DAVID WEBER

IM SCHWARZLICHT

Roman

knapp

Der menschliche Geist kann mit dem Körper nicht absolut zerstört werden, sondern es bleibt von ihm etwas übrig, das ewig ist.

Baruch de Spinoza

Für Andy

0

Freitagabendverkehr, Autoscheinwerfer im Regen, Lichtreflexe auf nassem Asphalt, der Hall einer Polizeisirene. Großstadtfeeling. Aber es ist lediglich Zürich, Heimplatz.
Fußgänger eilen vorbei, Taxis fahren vor, Autotüren schlagen zu. Unter schwarzen Schirmen geleiten dunkel gekleidete Männer elegante Damen in langen Roben. Man eilt unter die Passage ins Trockene.
Ein Paar ohne Schirm, in Regenanoraks, stellt sich leicht gehemmt zum vornehmlich älteren, teuer gekleideten Publikum in die Warteschlange. Man mustert die beiden unverhohlen. Irritation, Gemurmel. Haben sie sich verirrt?
Es sind bedeutend mehr Interessenten hier als sonst bei den Anlässen des Auktionshauses. Man ist sich nicht gewohnt, zu warten. Trotzdem fällt kein lautes Wort, kein verärgerter Kommentar, man sucht bekannte Gesichter unter den Wartenden, winkt sich zu, nickt.
Die Abgabe der Personalien, die Entgegennahme der Bieternummer gehen stockend vor sich. Man unterhält sich jetzt lauter, Mäntel und Schirme werden an der Garderobe abgegeben, man huscht am Sicherheitspersonal vorbei in den Saal.
Der Raum liegt im Halbdunkel. Nur das antike hölzerne Stehpult auf der Bühne wird von einem Scheinwerfer beleuchtet. Auf der rechten Seite, außerhalb des Lichtkegels, sitzen drei Frauen mit Telefonen vor der mit grünen Vorhängen verdeckten Fensterfront an einem langen Tisch. Drei Stufen tiefer füllen sich die Sitzreihen.
Ein Gong ertönt, die letzten Ankömmlinge suchen noch einen freien Platz, setzen sich hastig.
Licht auf der Bühne.

Der Auktionator, ein älterer Herr – aristokratisches Auftreten, dunkler Anzug, mit Fliege – tritt hinter das Pult, bittet um Ruhe. Die ersten Gemälde werden präsentiert, unaufgeregte Sammlerliebhabereien mit kleinem Bieterkreis und eher bescheidenen Geboten: Konstantinowitsch, Vedernikow, Fedorowsky, Puni ... In der Mehrzahl Plakatentwürfe und Studien. Man blättert im Katalog, flüstert. Keines der Werke schafft die Hunderttausender-Marke.
Immer wieder streifen kurze Blicke über das Paar, das vorne im Saal am Mittelgang sitzt. Es passt nicht in diese Runde, zu einfach gekleidet, zu jung.
Sesselrücken, Husten, Unruhe, das Gemurmel im Saal schwillt an, gleich wird das Hauptangebot vorgestellt. Die meisten sind nur deswegen gekommen. Man hat sich mit dem Gemälde bereits eingehend auseinandergesetzt, in der Galerie, in der Vorbesichtigung, im Internet, hat die Gutachten und Expertisen studiert ... jetzt:
Das gerahmte Kunstwerk wird von zwei Assistenten mit weißen Handschuhen auf die Bühne getragen, emporgehoben, präsentiert, diskret begleitet von Security-Leuten. Gleichzeitig im Hintergrund Details auf einer Großleinwand.
Das gezeigte Gemälde ist schwarz, nur schwarz, aber alle hier im Saal wissen, es ist natürlich viel mehr als einfach schwarz. Eine knisternde Spannung liegt in der Luft, Getuschel begleitet die allgemeinen Erläuterungen, man hört kaum zu, weil man sie bereits kennt: Nikolai Suetin, Russische Avantgarde, Schule Malewitsch, um 1930, alle warten auf den ersten Aufruf.
Der Auktionator startet mit fünfhunderttausend.
Man reagiert mit einem müden Lächeln, hält die Bieternummer schmunzelnd in die Höhe – der Schätzwert des Kunstwerks liegt bei einer Million.
In Fünfzigtausenderschritten werden weitere Gebote eingefordert.
Vorgeplänkel, die Frauen mit den Telefonen haben sich noch nicht beteiligt. Erst bei einer Million zweihunderttausend werden telefonisch Meinungen eingeholt.

Man ist bei einer Million dreihundertfünfzigtausend angelangt, im Saal wird kaum noch geflüstert.
Eine Million vierhunderttausend!
Lediglich eine ältere Dame streckt ihre Nummer in die Höhe. Ein Telefonbieter kontert umgehend, der Auktionator erhöht um weitere fünfzigtausend. Alle Blicke fokussieren sich auf die Frau, die unschlüssig scheint, schließlich doch bestätigt.
Der Auktionator hebt den Hammer.
Eine der Frauen, das Telefon am Ohr, hält die Hand hoch.
Eine Million fünfhundertfünfzigtausend!, ruft der Auktionator. Das Publikum hält den Atem an.
Der Auktionator hebt den Hammer, zum Ersten, zum Zweiten, zum …
Wieder ein Handzeichen, wieder ein Telefonbieter.
Eine Million sechshunderttausend!
Der Auktionator hebt den Hammer, zum Ersten, zum Zweiten, zum …
Dritten!
Die Anspannung entlädt sich, lautes Gemurmel im Saal. Das Paar sieht sich an. Die junge Frau, die gebannt auf der Kante des Stuhls gesessen hat, kippt langsam nach hinten, lässt ihren Oberkörper wie ein angezählter Boxer auf die Rückenlehne fallen, atmet tief aus.
In der Reihe dahinter werden Köpfe geschüttelt.

1

Ich habe die Zusammenhänge erst viel später erfasst – zu spät. An jenem Abend hatte ich ihn bereits verloren. Wegen eines banalen Zufalls! Wäre der Stromunterbruch nicht gewesen, hätte er ihr Atelier nie betreten, wäre nie in diese Umlaufbahn geschleudert worden, die er nicht mehr kontrollieren konnte.
Sein Leben wäre anders verlaufen.

Freitagabend. Ich war an den letzten Korrekturen. Nach der Arbeit würde ich bei Eric vorbeischauen, vielleicht mit Sarah ins Kino gehen, danach …
Plötzlich sah ich nur noch Schwarz!
Wir saßen vor schwarzen Bildschirmen in dunkeln Arbeitsräumen. Stromausfall. Drei Sekunden blieb es geisterhaft still, dann entlud sich der Schock in lauten Flüchen. Ohne Strom läuft nichts in der Branche, in der ich als Praktikant arbeitete. Vermutlich war bei der nahen Großbaustelle die Elektrohauptleitung herausgerissen worden.
Konfus irrten wir durch finstere Räume in die Cafeteria, um festzustellen, dass natürlich auch die Kaffeemaschine tot war. Die meisten hatten noch eine Arbeit abzuschließen, standen jetzt tatenlos herum, zückten ihre Handys. Man begann, aufgeschobene Telefongespräche zu führen, suchte durch die Fenster eine Lichtquelle auszumachen.
Nach zwei Stunden ein unwirkliches Flackern, auf einen Schlag war es taghell. Alle stürzten zurück an die wiedererwachten Bildschirme, um die verlorene Arbeitszeit nachzuholen – die Kunden erwarteten die Resultate. Wer die Daten nicht gesichert hatte, musste zusätzlich büßen. Ich gehörte dazu, kam als Letzter aus dem Büro, schloss ab.

Die Agentur befand sich zwischen kleinen ehemaligen Fabrikgebäuden, wuchernden Gärten, Clubs und alternativen Trendlokalen in einem alten Lager- und Bürogebäude in Zürich-West, das vermutlich früher Teil der einstigen Seifenfabrik gewesen war. Im Haus hatten sich Mieter eingenistet, die die Fabrikatmosphäre und die alternative Umgebung hip fanden oder einfach der tiefen Mieten wegen hier waren. Während in unseren Räumlichkeiten das Rohe und Karge durch Designermöbel, Kunstwerke und dezente Beleuchtung zu einem stimmigen Ambiente veredelt worden war, vermittelte die Welt außerhalb der Büroräume noch etwas von der einstigen Fabrikatmosphäre: ein düsteres Bild von kümmerlichen Schicksalen, harter Arbeit und schlechten Bedingungen. Der Zustand der Gebäudeteile, die nicht zur Mietfläche gehörten, war desolat. Korridore, Fassade und Umgebung boten ein Bild der Verwahrlosung. Die Besitzer kümmerten sich nicht um Unterhalt und Instandsetzung. Vermutlich hatten sie neue, renditeoptimierte Ziele für die Liegenschaft. Trotzdem wurden die Mietverträge jedes Jahr verlängert.
Die großen, alten Lifte waren nicht für Personentransporte zugelassen, man musste die Treppen benutzen. Die Leuchten im Treppenhaus und in den Korridoren waren prähistorisch, sehr sparsam gesetzt, jede zweite war defekt. Die abgenutzten Fußböden und Wände reflektierten das Licht kaum, schienen es geradezu aufzusaugen. Vom Club, der weiter vorne eingemietet war, donnerten Bässe bis weit in die anschließenden Gebäudeteile. Jetzt war ich froh, um diese Zeit in den unheimlichen Innereien des Hauses noch Anzeichen von Leben zu vernehmen.
Ich hatte das Erdgeschoss erreicht, war auf dem Weg zum Ausgang, als ich hinter mir laute Stimmen vernahm. Schreiende Männerstimmen. Ich drehte mich um, sah dunkle Schatten in wilden Bewegungen – ein Handgemenge. Ich drückte mich an die Wand, geschockt ob der brutalen Gewalt, die sich vor meinen Augen abspielte: Zwei Riesen droschen mit Fäusten und Füßen auf einen Mann ein, der ohne Gegenwehr am Boden lag,

fluchten, schrien. Auf Russisch? Endlich ließen sie von ihm ab, schleiften ihn in Richtung Club.
Sie kamen zurück. Ich stand immer noch da, hielt die Luft an. Wohin, verdammt, wohin jetzt?
Ich floh in den nächsten Seitengang. Es war nur ein kurzer Stichgang, kein Versteck – eine Sackgasse. Das Tor, das vermutlich auf den rückseitigen Platz führte, war verriegelt. Gleich daneben war eine Tür. Ich drückte die Klinke und – war drin. Der Raum war hell beleuchtet, ein zäher Geruch lag in der Luft, vermischt mit Zigarettenrauch. Ein Maleratelier. Gemälde an Gemälde, aber kein Mensch.
Die Stimmen der Schläger kamen näher. Ich drückte die Türe hinter mir zu, versuchte, den Verschlussmechanismus zu enträtseln. Es steckte kein Schlüssel, es gab keinen Riegel. Panisch sah ich mich nach einem Versteck um, da stand *sie* unversehens vor mir. Woher kam sie? Ich suchte nach einer Entschuldigung, einer Rechtfertigung.
Sorry … ich werde …
Ihr Blick ließ mich verstummen. Sie schob mich in eine angrenzende Kammer, schloss hinter mir die Türe. Unmittelbar danach vernahm ich die Stimmen der Schläger im Raum. Ich verharrte regungslos hinter der Türe, wagte kaum zu atmen, lauschte, verstand nichts. Sie unterhielten sich auf Russisch mit ihr.
Ich klaubte mein Smartphone aus der Jackentasche, schaltete die kleine Taschenlampe ein, die mir Eric installiert hatte. Gleich neben der Türe hing eine ausgedruckte Liste mit Zahlenkürzeln, die rechts mit einem Datum versehen waren. Ich ließ den dämmrigen Lichtkegel weiterschweifen. Zum Glück hatte ich mich nicht bewegt, die Kammer war klein, der Boden vollflächig mit Leinwänden verstellt, die, soweit ich feststellen konnte, provisorisch auf Holzrahmen befestigt waren. Die Leinwände waren weiß und unbemalt bis auf Zahlenangaben außen an der Schmalseite. Mehr sah ich nicht. Ich hörte die Türklinke hinter mir, knipste die Lampe aus.
Was hast du hier zu suchen?

Ich hielt die Luft an, spähte angespannt an ihr vorbei, konnte jedoch niemanden sehen – die Typen mussten gegangen sein. Ich atmete aus, trat ins Licht, wollte mein Eindringen erklären, aber sie war schneller.
Bilde dir nicht ein, ich hätte dich gerettet. Ich wollte ganz einfach keine Prügelei hier im Atelier.
Sie schob mich zur Türe, warf einen kurzen Blick hinaus in den Stichgang.
Verschwinde!
Sie gab mir einen Stoß, warf hinter mir die Türe zu. Die Riegel des Schlosses glitten in die Bolzenöffnungen, dann hörte ich nur noch das Blut in meinen Ohren rauschen, bis sich die Bässe in meine Wahrnehmung hämmerten. Lange blieb ich stehen, lauschte. Schließlich schlich ich der Wand entlang zum Hauptkorridor, eilte zum Ausgang.
Das Prügelopfer!
Erst, als ich sicher war, dass die zwei Russen nicht mehr hier sein konnten, ging ich zurück in Richtung der wummernden Bässe. Außer einer Blutspur deutete nichts auf das brutale Handgemenge hin, das Opfer war weg, vermutlich durch die Fluchttür ins Freie geschafft worden. Mit einer Mischung aus Erleichterung und schlechtem Gewissen ging ich zurück zum Ausgang.
Das Atelier, die Gemälde, der Abstellraum, die weißen Leinwände, die Künstlerin … Ich hatte das Gefühl, ich sei Stunden dort gewesen. Dabei waren vielleicht fünf Minuten vergangen.
Ich zog Mütze und Handschuhe an, stieg auf das Fahrrad. Die neblig-kalte Luft weckte mich, aber sie brachte mich nicht in die Gegenwart zurück. Ich war immer noch an diesem seltsamen Ort gefangen, hatte den eigenartigen Geruch in der Nase, stand dieser faszinierenden Frau gegenüber. Sie musste die Künstlerin sein, ihre Latzhose war über und über mit Farbe verschmiert.
Ich kannte diesen Typ Frau nur aus Filmen, nie hatte ich diese Mischung aus Schönheit, Wille und Kaltblütigkeit real erlebt. Sie mochte gegen vierzig sein, groß, hellbraune, wirre Haare,

das Gesicht ungeschminkt, ebenmäßig, hohe Wangenknochen. Ihre Augen schienen leicht geschwollen und zu Schlitzen verengt, als hätte sie in einem Nebenzimmer geschlafen und wäre gerade erwacht. Unsere Blicke hatten sich nur für einen Sekundenbruchteil getroffen – ich sah in die Augen eines Wolfs.
Wieso hatte sie mich nicht einfach rausgeworfen? War es nur die Angst vor einer Prügelei im Atelier oder wollte sie mich vor den Schlägern schützen?
Das Rotlicht!
Ich sah keine Scheinwerfer, beschleunigte, fuhr über die Kreuzung.
Die Situation im Atelier hatte sich in meinem Hirn wie eine großformatige Fotografie eingebrannt, erschien mir im Nachhinein wie eine Inszenierung. Den Hintergrund bildete ein weißer Vorhang, davor Bilder, auf Staffeleien, links und rechts an die Wände gelehnt oder aufgehängt. Alle hatten eine ähnliche Handschrift, wirkten wie fotografische Momentaufnahmen, wie geheimnisvoll ausgeleuchtete Bühnenbilder, irritierend, die Farbe in dicken Schichten aufgetragen. Virtuose Arbeiten, eindringlich, faszinierend. Vermutlich war es die Kombination all dieser Sinneseindrücke, die mich fesselte. Gerne hätte ich die Gemälde eingehender betrachtet.
Fuhr ich auf der richtigen Straße? Im Nebel nahm ich nur schemenhafte Bewegungen und irritierende Lichter wahr. Ein Fahrzeug schoss knapp vor mir aus einer Ausfahrt, ich zog reflexartig die Bremsen, schlitterte auf der glitschigen Fahrbahn, fing mich mit dem rechten Bein gerade noch auf. Fluchend trat ich wieder in die Pedale.
War sie Russin? Aus den paar Sätzen, die sie mir entgegenzischte, war deutlich ein Akzent zu hören und mit den Schlägern hatte sie Russisch gesprochen.
Der Abstellraum. Ich hatte in der knappen Zeit nur einen Ausschnitt gesehen. Die unterschiedlich großen, lose auf Rahmen gespannten Leinwände mit den knappen Zahlenkürzeln am Rand waren mir ein Rätsel. Die Liste, die neben der Türe hing, ließ keine Rückschlüsse zu.

Es musste noch einen anderen angegliederten Raum geben. Sie war ja nicht im Atelier, als ich eintrat, und sie kam eindeutig nicht aus der Abstellkammer, in der sie mich versteckt hatte.
Ich bog in die Freihofstraße ein, bremste, fuhr auf den Gehsteig, stieg ab. Wie ein Automat schob ich das Fahrrad bis zur Haustüre, kettete es an den Zaun.
Ich stieg die Treppe hoch, schloss leise die Wohnungstüre auf, lauschte, schlich hinein. Als ich die Schuhe auszog, realisierte ich, dass meine Rücksichtnahme unnötig war – Sarah war noch wach, ich hörte sie in der Küche hantieren. Sie stand am Spülbecken, drehte sich um, sah mich mit diesem Blick an, den ich aus meiner Kindheit kannte.
Wieso machst du das? Hast du vergessen, dass du Jonas hättest ins Bett bringen sollen? Es wäre mein Turnabend gewesen.
Wir hatten einen Gau in der Agentur, ich konnte unmöglich …
Du hättest anrufen können.
Okay, brummte ich, ich habe nicht daran gedacht, die Arbeit … Stell dir vor, eine PR-Agentur ohne Strom. Nichts lief mehr. Natürlich hatte ich nicht alles gesichert, darum …
Hast du Hunger?
Ja, sagte ich, versuchte, meine Erschöpfung in dieser einen Silbe zum Ausdruck zu bringen, zog die Jacke aus. Sie öffnete den Kühlschrank.
Ich habe einen Käsekuchen gebacken. Jonas hat mächtig zugelangt, aber es hat noch einen Rest.
Sie nahm Bleche und Rost aus dem Backofen, drehte den Schalter.
Als ich aus dem Bad in die Küche zurückkam, zog Sarah eben das Backblech aus dem heißen Ofen, schaufelte das Kuchenstück auf einen Teller, stellte ihn vor mir auf den Tisch.
Ich erwartete, dass sie sich zu mir an den Tisch setzen würde, aber sie wandte sich ab.
Ich muss schlafen gehen.
Ich werde noch arbeiten, sagte ich mit vollem Mund.
Sarah wusste um meine Situation, hatte meine bisherigen Versuche, das Thema zu vertiefen und Thesen herzuleiten, mit

ihrer sachlichen Kritik zu Recht immer wieder demontiert. Ich steckte noch tief in der Analyse des Stoffs, dabei sollte ich in vier Monaten die Masterarbeit abgeben. Während ich kaute, drückte mir meine Pendenz auf den Magen. Weder Thesen noch Thema hatte ich fixiert, hatte den Titel laufend geändert, weil ich immer wieder andere, neue Aussagen zu konstruieren versuchte. Ich kam nicht vom Fleck.

Ich würgte den Bissen hinunter. Natürlich hatte ich zu lange gezögert, hatte mich links und rechts bei meinen Kommilitonen umgehört, um überhaupt zu erahnen, wie eine Aufgabenstellung lauten könnte. Mein Zögern reduzierte die Möglichkeiten, es blieben kaum noch Lücken, es sei denn, ich wollte mich mit den alten Griechen anlegen oder ins Mittelalter eintauchen. Shit! Wie die meisten suchte ich aktuelle Bezüge, irgendein Thema zwischen Nietzsche und Heidegger. Ich hatte zugesehen, wie meine Kommilitonen ihre Masterthemen genehmigen ließen. Themen, die ich mir auch zurechtgelegt hatte, aber mich nicht dafür hatte entscheiden können.

Ich versuchte mir auszureden, es sei eine Verlegenheitswahl gewesen. Spinoza! Ausgerechnet. Diesem Philosophen waren alle ausgewichen. Ich wusste, es war ein waghalsiges Unterfangen.

Zumindest hatte ich den Dozenten, den ich für meine Masterarbeit als Referenten gewählt hatte, verblüffen können. Bei ihm hatte ich wenig Kredit, ich war in den Seminaren und Kolloquien kaum aufgefallen.

Spinozas Ethik!

Unzugänglich, unverdaulich, sperrig … wie ein kantiges Stück Holz.

Ich stellte den leeren Teller in die Spüle. Ja, zu Beginn glaubte ich, eine heroische Herausforderung angenommen zu haben, mittlerweile wusste ich, dass es purer Masochismus war. Ich suchte immer noch nach dem Einstieg, nach einem Zugang, der mich diesem Philosophen näherbringen würde.

Ich suchte meine Unterlagen zusammen, setzte mich mit meinem Notebook und den Büchern an den Küchentisch,

versuchte, aus den verschiedenen Entwürfen etwas Brauchbares herauszuziehen. Sarah kam aus dem Bad, gab mir einen Gutenachtkuss, verschwand im Schlafzimmer.
Spinoza musste etwas hergeben! Schließlich hatte er als revolutionärer Denker Leibniz, Lessing, Fichte, Schleiermacher, Nietzsche, Goethe und viele andere große Denker nachhaltig beeinflusst.
Ich hatte die «Ethik», sein Hauptwerk, aufgeschlagen, las zum wiederholten Male die Definitionen, Erläuterungen und Axiome, danach die Lehrsätze mit den Beweisen und Anmerkungen. Dauernd blieb ich hängen. Erst jetzt dämmerte mir, was ich mir da eingebrockt hatte. Was wollte ich überhaupt in Zusammenhang mit Spinozas Philosophie herleiten, beweisen?
Ich schrieb eine Seite, las sie, löschte sie wieder. Zuerst musste ich Spinozas Aussagen begreifen.
Ich wollte mich vorerst auf den ersten der fünf Teile beschränken. «Über Gott».

Elfter Lehrsatz
Gott oder die Substanz, welche aus unendlichen Attributen besteht, von denen jedes ewige und unendliche Wesenheit ausdrückt, existiert notwendig.

Beweis
Bestreitet man das, so nehme man an, wenn man kann, Gott existiere nicht. Es schließt also sein Wesen seine Existenz nicht ein. Nun ist aber das widersinnig. Also existiert Gott notwendig.

Weiterer Beweis
Von jedem Ding muss eine Ursache oder ein Grund angegeben werden, sowohl warum es existiert als auch warum es nicht existiert.
Zum Beispiel, wenn ein Dreieck existiert, so muss es auch einen Grund oder eine Ursache geben, warum es existiert. Existiert es aber nicht, so muss es ebenfalls einen Grund oder eine Ursache geben, welche hindert, dass es existiert oder welche seine Existenz

aufhebt. Dieser Grund aber, oder diese Ursache muss entweder in der Natur des Dinges enthalten sein oder außerhalb derselben. Zum Beispiel den Grund, warum ein viereckiger Kreis nicht existiert, gibt die Natur des Kreises selbst an, weil das nämlich einen Widerspruch in sich schließen würde …

Ich kam nicht weit, blieb in Spinozas geometrischer Beweisführung stecken. Seine sperrige Darstellungsweise wollte sich mir nicht erschließen. Wieso musste ich als Mathematikbanause ausgerechnet Spinozas Ethik wählen?
Seufzend las ich weiter.

Achtzehnter Lehrsatz
Gott ist die innewohnende, nicht aber die überlegende Ursache aller Dinge.

Beweis
Alles, was ist, ist in Gott und muss durch Gott begriffen werden, und darum ist Gott die Ursache aller Dinge, die in ihm sind. Damit ist das erste bewiesen. Sodann kann es außer Gott keine Substanz geben, d. h. kein Ding, das außer Gott in sich ist. Damit ist das zweite bewiesen. – Somit ist Gott die innewohnende, nicht aber die überlegende Ursache aller Dinge.

Die Beweisführungen konnte ich nicht wirklich nachvollziehen, aber der Gottesbegriff, wie ihn Spinoza im ersten Teil der Ethik definiert, gemahnte mich an den Buddhismus. Gott oder die Substanz … Anstelle des Göttlichen verwendet Spinoza den Begriff der Substanz. Diese radikal neue Definition musste im 17. Jahrhundert in der jüdisch-christlichen Tradition zwangsläufig auf Unverständnis und Ablehnung stoßen. Es war logisch, dass er sich mit der Kirche überwarf, seine Schriften verboten waren und er mit einem Bann belegt worden war.
Die geschichtlichen Fakten brachten mich auch nicht weiter. Ich gab entnervt auf, legte mich zu Sarah ins Bett, vergrub mich in die Behaglichkeit ihrer körperlichen Nähe. Durch die

auf- und abschwellenden Geräusche des Verkehrs vernahm ich ferne Kirchenglocken.

Samstagmorgen. Die Ruhe in der Wohnung war irritierend. Sarah musste bereits gegangen sein, sie hatte Dienst. Jonas? Ich stand auf, rief nach ihm, er war nicht da. Vermutlich hatte ihn Sarah zu ihren Eltern gebracht, damit ich ungestört arbeiten konnte.

Ich stand auf, öffnete die Fensterläden. Wirklich hell war es nicht, eine graue Nebeldecke lag dicht über der Stadt. Mein Blick streifte Sarahs kleinen Arbeitstisch mit ihrem Computer, blieb an den vielen Notizen hängen. Vermutlich schrieb sie wieder an einem Gedicht oder einer Kurzgeschichte. Fröstelnd schloss ich das Fenster, sperrte die klirrende Kälte aus.

Nach dem Frühstück holte ich meine Unterlagen, setzte mich damit vor das Notebook, das immer noch auf dem Küchentisch lag, las, was ich bisher geschrieben hatte.

Es war Schrott. Dabei hatte ich alles zusammengetragen, was ohne großen Aufwand verfügbar war: Artikel im Internet, jede Menge Bücher, Vorlesungsskripte. Der Stapel hatte mich anfänglich inspiriert, mittlerweile hatte ich den Überblick verloren.

Ich widerstand dem Impuls, meine eigenen Textansätze zu löschen. Am übernächsten Montag hatte ich eine Zwischenbesprechung und musste zumindest etwas vorweisen können. Ich blätterte in Spinozas Ethik zurück an den Anfang, überflog nochmals die im Buch markierten Stellen, beschloss, sie als Zitate mit Kapitel- und Seitenangaben aufzulisten. Ich kam nur schleppend voran, aber es war wenigstens ein Ansatz.

Nachdem ich den ersten Teil des Werks geschafft hatte, gönnte ich mir eine Pause. Ich warf mir den Anorak über, ging hinaus auf den Balkon, steckte mir eine Zigarette an. Obwohl wir ein Tischchen mit zwei Stühlen angeschafft hatten, blieb es der Raucherbalkon. Die Aussicht war alles andere als idyllisch und bestand im Wesentlichen aus dem großen Lager- und Umladeplatz eines Schlossereibetriebs. Der Verkehr der Hohl- und Baslerstraße lärmte auch jetzt fast ununterbrochen. Wenn ich paffte, kümmerte mich das nicht.

Es war scheißkalt, ich beließ es bei der einen Zigarette. Fröstelnd floh ich in die Wärme, ließ mir einen Kaffee aus der Maschine laufen, aß ein Stück Brot, nahm meine Arbeit wieder auf. Ich ging die Zitate nochmals durch, versah sie mit Hinweisen auf mögliche Themen. Beim siebenundvierzigsten Lehrsatz des zweiten Teils gab ich auf, speicherte das Ganze, klappte das Gerät zu.

Ich ließ alles liegen, zog Jacke und Schuhe an. Ein durchschnittliches Gesicht mit weichen Zügen, wirren Haaren, schlecht rasiert, starrte mich aus dem großen Garderobespiegel an. Ich wandte mich eilig ab, stülpte die Zipfelmütze über die Ohren, steckte die Handschuhe ein. Ich hatte keinen Plan, aber ich hatte ein Ziel.

Ich stieg auf das Rad, fuhr zur Fabrik. Die Straßenlampen brannten bereits. Auf der Rückseite des vierstöckigen, lang gestreckten Gebäudes war ich noch nie gewesen, der Haupteingang ging nach vorne auf den großen Kiesplatz, der direkt an der Straße lag. Die riesige, kahle Asphaltfläche war leer. Entlang der Geleise verlief ein Gitterzaun. Das Gebäude war dunkel, wurde hier von keiner Außenleuchte beschienen. Einzig die Fenster der dritten Etage waren beleuchtet, wahrscheinlich war die Putzequipe in unseren Räumen am Arbeiten. In kurzen Abständen warfen die vorbeifahrenden Züge ein bewegtes Lichtmuster auf die groben Backsteine der Fassade. Ich stellte das Fahrrad an der Gebäudeecke ab, versuchte zu erahnen, wo ihr Atelier lag. Langsam begann ich die Hausmauer abzuschreiten. Ich hatte bereits die Mitte des Gebäudes erreicht, da stolperte ich über ein schweres kantiges Ding, produzierte einen Lärm, als ob ein Glascontainer geleert würde. Erschrocken blieb ich stehen, lauschte, rieb mir das Schienbein. Leere Wodkaflaschen in einer Holzkiste. Ich knipste die Taschenlampe aus, steckte mein Smartphone ein, humpelte zurück zu meinem Fahrrad.

Im Schnellimbiss bei der Hardbrücke verdrückte ich einen Döner, dann ging ich noch für ein Bier in Erics Bar. Sarah musste noch Jonas abholen, sie würde spät zurück sein.

Die Sonntage glichen sich, ich fand kein Mittel, das Muster zu durchbrechen. Es war der einzige Tag, an dem die Familie zusammen war, entsprechend hoch waren Sarahs Erwartungen. Wenigstens konnte ich an diesem Tag meine Masterarbeit ohne schlechtes Gewissen liegen lassen, Sarah hatte mir unmissverständlich klargemacht, dass meine Masterarbeit sonntags Tabu sei. Es war nicht ihre Religiosität, die sie so kompromisslos machte, sondern ihre Hoffnung, dass ich mir mehr Zeit für meinen Sohn nehmen und wenigstens am Wochenende meine Rolle als Vater einnehmen würde.
Meistens schlug sie das Ausflugsziel vor. Mit wenigen Ausnahmen gingen wir in den Wald. Zoo, Dolder, Forch, Zürichberg, Albis, Sihl. Im Sommer die Seepromenaden und die Strandbäder. Sarah genoss die Stunden, die wir gemeinsam verbrachten, stellte keine weiteren Ansprüche. Ich wartete sehnlichst darauf, mit Jonas größere Reisen zu unternehmen, in Museen zu gehen, ihm die Stadt zu zeigen. Sarah würde sich dann um das Baby kümmern, das im Juni zur Welt kommen wird.

Ich hatte mir mein Leben eingerichtet, als wäre ich weiterhin Single, weiterhin Student. Am Montagmorgen – montags arbeitete ich nicht in der Agentur – ging ich weiterhin an die Uni, besuchte Vorlesungen, obwohl ich alle Fächer abgeschlossen und genügend Kreditpunkte beisammenhatte. Ja, ich genoss das Gefühl, weiterhin Student zu sein, suchte zu vergessen, dass ich eine Familie hatte. Den Fragen nach Job, Verantwortung und Lebensplanung wich ich beharrlich aus.
Sarah hatte sie für uns beide beantwortet – sie war es, die eine Familie gründen und Kinder in die Welt setzen wollte, um dem Tod, mit dem sie bei ihrer Arbeit im Sterbehospiz jeden Tag konfrontiert wurde, etwas entgegenzusetzen, wie sie argumentierte. Sie arbeitete achtzig Prozent als Pflegerin, war dauernd

aktiv. Konstant besuchte sie irgendwelche Schreibworkshops und Weiterbildungen, schrieb Tagebuch und Gedichte, pflegte im Gegensatz zu mir einen Freundeskreis und hatte ein gutes Verhältnis zu ihren Eltern. Dass sie neben ihrem Engagement für Beruf und Familie noch Zeit zum Schreiben fand, weckte in mir eine beschämende Eifersucht, dabei beanspruchte ich andauernd ihre Hilfe für meine Studienarbeiten. Die Vorlesungsbesuche an der Uni waren Entschuldigung für meine Passivität – ein hilfloser Versuch, ihren vielseitigen Aktivitäten etwas entgegenzusetzen.

An diesem Montag wählte ich Kunstgeschichte: Frühe Neuzeit, vom Humanismus zur Moderne.

Der Ausbruch aus den Fesseln des Mittelalters beflügelte mich tatsächlich, am Nachmittag zwei Seiten über Spinozas revolutionären Bruch mit dem traditionellen Gottesbegriff zu schreiben. Dabei verlor ich mich immer wieder in den Bildern, die ich im Atelier gesehen hatte. Sie waren auf irritierende Weise gegenständlich. Der schichtweise Farbauftrag kokettierte mit der Fantasie des Betrachters, dessen Hirn erst die Illusion schaffte, das Bild sei ein Abbild der Realität. Ein paar Sujets hatten sich mir in der Erinnerung eingebrannt. Eine Fabrikruine am Strand, Stadträume mit langen Schatten, menschenleer, dunkle Innenräume mit inszenierten Lichtsituationen, mit und ohne Menschen. Von den Gemälden ging eine seltsame Stimmung aus, beklemmend, geheimnisvoll.

Vermutlich war mein Praktikum eine Art Rechtfertigung. So kam ich mir zumindest vor, als würde ich etwas an unseren Lebensunterhalt beisteuern. Lächerlich. Ich verdiente lediglich einen bescheidenen Praktikantenlohn. Es war Sarah, die mit ihrem Gehalt unsere Familie finanzierte. Sie hatte mir dazu geraten, das Praktikum aufzugeben oder wenigstens mein Pensum zu reduzieren. Sie wusste, wie weit ich mit meiner Masterarbeit im Rückstand war. Ich wollte den Job auf keinen Fall sausen lassen, wehrte mich mit vorgeschobenen Begründungen dagegen. Das grafische Gestalten und die Arbeit an Texten lagen mir, aber das war nicht das Hauptmotiv. Ich hoffte auf eine Festanstellung in der Agentur, um dem drohenden Schiffbruch eine Alternative gegenüberzustellen. Es lag nicht an der mangelnden Zeit, dass meine Masterarbeit auf Grund gelaufen war.

Spinoza war eine Verlegenheitswahl wie das Philosophiestudium an sich. Ich zeichnete gern und hätte lieber etwas Gestalterisches studiert. Wenn ich die Aufnahmeprüfung für die Hochschule für Gestaltung und Kunst nicht versiebt hätte. Ha!

Wenigstens hatte ich mein Nebenfach abgeschlossen. Publizistik, nicht Kunstgeschichte … Sarah hatte mich zu dieser Wahl ermuntert. So hätte ich zumindest eine Chance, irgendwo im Markt einen Job zu kriegen. Einmal mehr hatte sie recht.

Es war wieder ein Freitag, als eine weitere Panne unsere Agentur heimsuchte: Es gab kein Wasser, weder auf der Toilette noch in der Küche. Als auch die Kaffeemaschine streikte, wurde das Problem dringlich. Natürlich fiel es mir zu, mich darum zu kümmern. Ich sicherte meine Daten, versuchte, den Hauswart zu kontaktieren. Ich erhielt die Telefonnummer von der Verwaltung, aber er war nicht erreichbar. Ohne große Hoffnung begann ich ihn im Gebäude zu suchen, begann zuoberst, fragte bei den anderen Firmen – die hatten ebenfalls kein Wasser –, schaute in den Korridoren, in beiden Treppenhäusern, arbeitete mich hinunter ins Erdgeschoss. Ergebnislos. Die Technikräume verblieben als letzte Möglichkeit. Ich stieg die Treppe hinab ins Untergeschoss, auf dem Podest hielt ich inne.

Gepolter, etwas Schweres wurde über den Boden geschoben.

Der Hauswart! Ich machte kehrt, ging zurück ins Erdgeschoss, versuchte, die Geräusche zu orten. Im Hauptkorridor waren sie deutlich zu vernehmen, jetzt auch die gepresste Stimme einer Frau. Ich verlangsamte meine Schritte. Vor mir lag der Stichgang, den ich vor einer Woche als Fluchtweg genutzt hatte. Die Laute kamen eindeutig aus dieser Richtung.

Ich bog um die Ecke. Der Boden war feucht. Ich konnte mir keinen Reim darauf machen, watete durch die Lache. Vor der

Ateliertüre hielt ich inne, das Wasser schien bei der Türschwelle durchzusickern. Ich klopfte, vernahm wieder dieses Schleifgeräusch, dann einen Fluch. Es war ihre Stimme! Ich drückte die Klinke, die Türe sprang auf, ich stand in einer Gischtwolke. Direkt neben dem Eingang zischte eine Wasserfontäne aus dem Rohr. Ich duckte mich, machte zwei Schritte in den Raum, stand fingerbreit im Wasser. Erst jetzt sah ich sie. Sie versuchte, den großen Tisch Richtung Fenster zu zerren. Ich eilte zu ihr, half mit, die Gemälde, die auf dem Tisch gestapelt waren, aus der Gefahrenzone zu bringen.
Stellen Sie das ab!, rief sie mir zu.
Ich bin nicht der Hauswart, erwiderte ich, offensichtlich zu wenig überzeugend, um ihren Irrtum klarzustellen. Sie packte mich am Arm, schrie mich an, erwartete, dass ich das Problem beheben, das Leck stopfen würde. Ich löste mich aus ihrem Griff, schob sie beiseite, sah mich im Raum um. Das große Tuch! Ich riss es aus der Deckenschiene, hielt es mit gestreckten Armen vor mich hin, schob mich am Tisch vorbei. Mit der Deckung schaffte ich es bis zum Rohr, ohne vollkommen nassgespritzt zu werden. Hektisch wickelte ich den Stoff ein paar Mal um die lecke Stelle, versuchte ihn mit einem halben Schlag zu sichern, eilte hinunter in den Keller. Entlang der Decke verliefen Strom und Wasserleitungen. Mich interessierten nur die Wasserleitungen. Ich folgte ihnen, bis sie neben einer Türe in einem Kellerraum verschwanden. Die Türe war verriegelt. Ich ging zwei Schritte rückwärts, holte Anlauf, wollte die Türe eintreten, da bemerkte ich neben dem Türrahmen den Nagel, an dem der Schlüssel hing.
Die Temperatur war tropisch. Ich knipste den Lichtschalter an. An der Längswand lag die Batterie Installationsleitungen – Rohr an Rohr mit Manometern und Handrädern. Wahllos begann ich alle Räder zuzudrehen, Heizungs- und Wasserleitungen.
Als ich ins Atelier zurückkam, feucht und außer Atem, warf sie sich mir um den Hals. Der Wasserfluss war versiegt. Ich fiel in die Umarmung, als hätte sich unter meinen Füßen eine Klappe geöffnet, atmete ihren Geruch nach Schweiß, Parfum und Panik.

Sie löste sich abrupt, setzte sich benommen auf einen Stuhl, kramte eine Zigarette hervor, begann mit kurzen Zügen zu rauchen, sah mich an. Erst jetzt schien sie mich wirklich wahrzunehmen, kräuselte die Stirn, stutzte. Hatte sie realisiert, dass sie mich schon einmal gesehen hatte? Ich erwartete, dass sie diesbezüglich eine Bemerkung machen würde, aber sie blieb stumm. Ich sah mich im Atelier um. Bilder standen keine mehr in der Wasserlache. Auf dem Tisch, den wir aus der Gefahrenzone zum Fenster hin verschoben hatten, lagen die Gemälde in mehreren Stapeln. Ohne Vorhang sah man jetzt auf den rückwärtigen Platz und die vorbeifahrenden Züge. Rechts neben dem Fenster stand ein alter Sekretär, darauf ein Computerbildschirm. Die Staffeleien mit den unfertigen Arbeiten hatte sie in die Ecke gegenüber verschoben, die Wände waren leer bis auf ein Plakat und ein paar Skizzen. Erst jetzt fiel mir die Türe auf. Es gab also noch einen Raum. Neben der geborstenen Wasserleitung befand sich ein Ausguss, ein einfaches Stahlbecken, wie man es in Waschküchen findet. Es war vollgestellt mit Gefäßen, darin Pinsel an Pinsel.
Sie hatte begonnen, einen der Bilderstapel zu kontrollieren, hob Bild für Bild an. Vermutlich um festzustellen, ob eines Schaden genommen hatte. Ich machte mich daran, mit einem trockenen Lappen die Gemälde auf dem Tisch abzureiben, sah ihr zu. Sie warf nur flüchtige Blicke auf die Leinwände, die Hektik irritierte mich. Überraschend zog sie ein Bild aus dem Stapel, verschwand damit in diesem dritten Raum. Ich drehte den Kopf, schaute ihr nach. Das Gemälde war speziell. Eine abstrakte Komposition, faszinierend anders als die Bilder, die ich getrocknet hatte.
Als sie zurückkam, prallte sie beinahe mit mir zusammen. Ich stand direkt vor der Türe zum Nebenraum. Sie fixierte mich, nahm mir das Tuch aus der Hand.
Ich brauche deine Hilfe nicht mehr.
Sie zeigte zur Türe. Die Nähe, die ich nach meinem heroischen Einsatz spürte, war auf einen Schlag weg. Sie verabschiedete mich mit einem knappen Lächeln, schob mich hinaus.

Das Problem ist noch nicht …
Sie wollte die Türe schließen, ich hielt die flache Hand dagegen.
Das Rohr kann nicht so belassen werden, verstehen Sie, es muss ersetzt werden. Dazu benötigen die Spezialisten Zugang zu Ihrem Atelier.
Natürlich, sagte sie ungehalten, suchen Sie den Hausdienst.
Man muss Sie kontaktieren können. Kann ich Ihre Handynumm …
Sie drückte die Türe ins Schloss. Ich stand ausgesperrt im Korridor, überlegte mir, wie ich ihr die Ernsthaftigkeit des Problems verständlich machen, wie ich doch noch an ihre Nummer kommen könnte. Ich wollte eben klopfen, als die Türe aufschwang. Sie erschien mit einem Paket unter dem Arm, verriegelte das Atelier, verschwand durch das Tor. Meine nochmaligen Erklärungsversuche hatte sie ignoriert.
Ich ging zurück in die Agentur, begann zu telefonieren. Nach einigen Fehlversuchen gelang es mir schließlich, den Hauswart ausfindig zu machen.
Technischer Leiter, korrigierte er mich. Er sei nicht Hauswart.
Ich erwartete ihn vor dem Atelier. Endlich hörte ich Schritte.
Ein Typ mit Aktentasche kam um die Ecke, grinste.
Wie sehen Sie denn aus?
Ach, nicht der Rede wert, die Kleider sind schon fast trocken.
Ich erklärte ihm die Situation, zeigte auf die Ateliertüre. Dabei fiel mir erstmals das Schild auf: Orlow & Frères SA.
Er fand die Firma nicht im Ringordner, den er mit sich führte, auch von der Künstlerin hatte er weder Namen noch Kontaktdaten. Er zückte sein Handy, telefonierte. Ich blieb tatenlos neben ihm stehen. Meine Hoffnung, durch ihn an die Kontaktdaten der Malerin zu gelangen, wollte ich noch nicht aufgeben.
Er nickte andauernd, nahm schließlich die Treppe ins Untergeschoss. Ich folgte ihm, kam mir vor wie sein Mitarbeiter.
Unten angekommen, nahm er das Handy vom Ohr, sah auf das Display, knurrte, kein Empfang.
Ich ging an ihm vorbei, wies den Weg zur Technikzentrale, öffnete die Tür. Offensichtlich war er das erste Mal hier. Ich deutete

auf die Batterie mit den Handrädern. Er ging nicht darauf ein, sah sich um.
Tatsächlich, sagte er, deutete auf ein Schlüsselbrett. Er konsultierte seinen Ordner, nickte, zog einen der nummerierten Schlüssel vom Brett. Er schien mir größer als die anderen.
Für die Räume, die wichtige Haustechnik beinhalten, hat die Verwaltung Schlüssel deponiert, erklärte er wichtig.
Auf dem Weg zurück ins Erdgeschoss nahm er zwei Stufen auf einmal, sagte keuchend, das Haus wurde ja nicht konzipiert, dass man es scheibchenweise vermietet. Die Hauptwasserleitung für die Obergeschosse führt durch die Mieteinheit.
Aha, ein Sicherheitsschloss, sagte er wichtig, zückte den Schlüssel. Die Türe sprang auf, unversehens standen wir zusammen im Atelier. Ich zeigte ihm das defekte Rohr. Die Bandage hatte sich gelöst und lag wie ein verendetes Tier am Boden.
Glück gehabt, ließ er mit Blick auf die vielen Bilder verlauten, die auf dem Tisch zu drei Türmen aufgeschichtet waren. Er schaute sich das Rohr näher an, maß Länge und Dimension des zu ersetzenden Stücks. Dann zückte er wieder sein Handy, wählte eine Nummer. Während er telefonierte, sah ich mich um, spielte den Schadenexperten, öffnete dabei die Türe zum Nebenraum, den sie mir verwehrt hatte. Dahinter lag eine kleine, fensterlose Schreinerwerkstatt. Darin eine Werkbank mit Bandsäge, Holzkisten und Holzrahmen in verschiedenen Größen, Bretter und Kanthölzer in unterschiedlichen Längen. In der Ecke stand ein Relikt, das kaum Platz fand: ein riesiger alter Brenn- oder Backofen, der in keine Küche gepasst hätte.
Das Gemälde, das sie ausgemustert hatte, war nicht da.
Der technische Leiter war immer noch mit Telefonieren beschäftigt. Ich verabschiedete mich mit einem Nicken.
In der Agentur versuchte ich mein langes Wegbleiben und die feuchte Kleidung zu erklären, aber man wollte keine Rechtfertigungen, man wollte endlich die Toilette wieder normal nutzen können und man wollte Kaffee. Den würde es im besten Fall am Montag geben, sagte ich entschuldigend, die Hauptwasserleitung müsse zuerst ersetzt werden.

In der Nacht träumte ich von Wassereinbrüchen und Überschwemmungen, erwachte mit Herzklopfen, stellte fest, dass es noch zu früh war, um aufzustehen. Sarah schlief ruhig neben mir, im Zimmer von Jonas war es still. Ich kehrte in Gedanken zu ihr ins Atelier zurück, ließ die kurze Zeitspanne, die ich bei ihr gewesen war, nochmals wie einen Film ablaufen.
Sie hatte sich mir um den Hals geworfen!
Ihre Nähe hatte mich verlegen gemacht und gleichzeitig euphorisch gestimmt. Ich tauchte ein in diesen Augenblick, spürte die Erregung, erschrak jäh, hatte Mühe zu atmen. Mir war, als hätte ich Sarah hintergangen. Dabei hatte ich nie einen Gedanken daran verwendet, mich mit anderen Frauen einzulassen, meine Schüchternheit stand wie eine Mauer im Weg und – ich war nicht der Typ, den die Frauen beachteten.
Was war mit mir passiert? Waren es die Bilder oder diese Aura der Kreativität, die mich derart faszinierten, oder waren es die Malerin und das Geheimnis, das sie umgab?
Sie hatte wieder die mit Farbe verschmierte Latzhose getragen, war ungeschminkt und unfrisiert. Aber ihre Augen! Ich sah nur ihre Augen. Dieser Wille, diese Entschlossenheit. Erst nachdem ich den Wasserfluss gestoppt hatte, wurde ihr Blick entspannter. Ich verweilte bei dieser Momentaufnahme, taumelte in ihre Umarmung, ließ sie andauern, bis mich die Szene einholte, wo sie das eigenartige Gemälde im Nebenraum wegstellte. Plötzlich war sie wieder distanziert und abweisend. War ich zu neugierig gewesen? Hatte es mit diesem Raum zu tun? Ich schloss die Augen, versetzte mich zurück. Ich sah lediglich eine Werkstatt zur Fertigung von Rahmen und Kisten.
Sarah erlöste mich aus meinen verirrten Gedanken. Seufzend hatte sie sich mir zugewandt, schien an meiner Schulter zu schnuppern. Ich legte meinen Arm auf ihren Bauch, sie schmiegte sich näher an mich.
Komm zu mir, flüsterte sie.

Nach dem Frühstück setzte ich mich an mein Notebook, ich hatte die Wohnung für mich. Sarah war im Schwangerschafts-

turnen, Jonas bei ihren Eltern. Sie würde ihn am Mittag abholen.
Ich las, was ich als Letztes geschrieben hatte, stellte mir die Kritik vor, die mich am Montag erwarten würde. Es war offensichtlich, mit Spinoza allein kam ich nicht weiter.
René Descartes! Er hatte eine Generation vor Spinoza gelebt. Ich erinnerte mich, dass er mit seinem Gottesbeweis den Zorn der Kirche provoziert hatte. Ich googelte und fand die Anknüpfungspunkte schnell. Descartes wichtigste Schrift «Discours de la méthode» hatte er aus Angst vor den Repressionen der Inquisition anonym herausgegeben. Spinoza musste sie gekannt haben, seine Methode der mathematischen Beweisführung hatte bestimmt Impulse daraus geschöpft.
Ich musste Spinozas Aussagen der Lehre Descartes gegenüberstellen!
Ich sah Licht am Ende des Tunnels, begann skizzenhaft erste Gedanken zu notieren. Nachdem ich eine halbe Seite geschafft hatte, klappte ich den Laptop zu, schrieb Sarah eine Nachricht.

Brauche frische Luft, bin gleich zurück.

Ich zog Parka, Handschuhe und Mütze an, verließ die Wohnung, kettete mein Fahrrad los.
Vor dem Fabrikgebäude war eine Menge los. Der Lagerverkauf des Möbelhauses zog viel Volk an, aber der rückseitige Platz war leer bis auf zwei Autowracks, die zuhinterst entlang des Bahnbords abgestellt und bereits von Unkraut halb zugewachsen waren. Die Kiste mit den leeren Wodkaflaschen stach mir ins Auge. Sie stand direkt an der Fassade zwischen Tor und Atelierfenster. Das Fenster … Da ich den Vorhang heruntergerissen hatte, sollte es möglich sein, einen Blick in den Raum zu werfen. Ich stellte das Fahrrad ab, machte ein paar Schritte über den Platz, zögerte. Schließlich drehte ich mit dem Rad eine Runde über den Platz, fuhr dabei möglichst nah am Atelierfenster vorbei, aber ich vermochte im Innern nichts zu erkennen. Der Raum war dunkel und in den Scheiben sah ich ledig-

lich mein flüchtiges Spiegelbild. Es hatte keinen Sinn. Ich kehrte zu meinem Ausgangspunkt zurück, bog eben um die Hausecke, als mich ein dunkler Wagen kreuzte. Das Fahrzeug fuhr auf den Platz. Ich stieg vom Rad, stellte es an die Fassade, schlich zurück. Der Wagen stand beim Tor neben dem Atelierfenster. Zwei Männer und eine Frau stiegen aus. Ich war zu weit weg, vermochte deshalb nicht mit Sicherheit zu erkennen, ob es die beiden Schläger waren. Auch bei der Frau war ich mir nicht sicher, sie trug eine Mütze, aber ich nahm an, dass sie es war. Einer der Männer öffnete den Kofferraum, dann verschwanden sie im Innern. Ich zündete mir eine Zigarette an, spähte immer wieder um die Ecke. Nach zehn Minuten erschien die Frau kurz unter der Türe, warf einen Blick auf den Hof, verschwand wieder im Gebäudeinnern. Kurz danach kamen die Männer mit einer Kiste zurück, die sie in den Kofferraum legten. Die Frau schloss das Tor ab, stieg zu den Männern in das Fahrzeug. Ich drehte mich weg, ging in die Hocke, nestelte an meinem Schuh. Als der Wagen an mir vorbeifuhr, schaute ich kurz auf – die Nummer eines Mietwagens.

Ich hetzte zurück an die Freihofstraße, stellte das Fahrrad ab, spurtete hinauf in die Wohnung. Sarah war noch nicht zurück, ich atmete auf.

Ich richtete mich wieder am Küchentisch ein, scrollte durch meinen Text, suchte nach der Fragestellung, bei der ich hängen geblieben war. Descartes, klar. Auch er hatte den Gottesbeweis neu hergeleitet…

Es konnte ein ganz normaler Transport gewesen sein, aber der Ablauf der Aktion war irgendwie… merkwürdig gewesen. Wobei…

Ich blätterte in den Unterlagen, suchte im Netz nach Descartes Gottesbeweis. Ich wollte ihn den Lehrsätzen Spinozas gegenüberstellen. Dabei fiel mir ein Papier in die Hände, das ich zum ersten Mal sah. Sarah musste es hingelegt haben.

Lebenszeichen

Die kühle Morgenluft
Auf dem Weg zur Arbeit
Bringe ich an die Betten
Der Sterbenden
Sie danken es mir
Mit stummen Blicken
Im Wissen darum
Dass ihr Erleben
Aus zweiter Hand kommt

Verkehrsgeräusche
Vogelgezwitscher
Ein Kinderlachen
Lebenszeichen
Ich schließe das Fenster
Sperre sie aus
Sie sind zu laut
In dieser Welt
Der leisen Zwischentöne

Wollte mir Sarah damit etwas sagen? Wollte sie Aufmerksamkeit für ihren Job?
Ich schob das Papier beiseite, wandte mich wieder meiner Arbeit zu. Im Internet fand ich Descartes «Meditationes de prima philosophia», in der die Existenz Gottes und die Unsterblichkeit der Seele bewiesen wird, allerdings eine fehlerhafte Übersetzung. Ich versuchte, die wesentlichen Punkte zusammenzufassen.
Descartes' Gottesbeweis basiert auf der Annahme, dass eine Ursache nicht weniger vollkommen sein könne als ihre Wirkung. Da die eigene Vorstellung von Gott weit vollkommener sei als die eigene Vollkommenheit, könne daraus geschlossen werden, dass Gott existiere.
In «res cogitans und res extensa» spricht Descartes von der Idee zweier Dinge, die er «geschaffene Substanzen» nennt und

die keines weiteren Beweises bedürften: Geist und Körper. Der Geist sei unräumlich und unkörperlich. Die Ausdehnung im Raume sei jedoch das Wesen der Körperwelt. Beide Substanzen seien so getrennt, dass die Materie nie denke oder unmittelbar den Geist bestimme und dass der Geist nie ausgedehnt sei, nie unmittelbar die Materie bestimme. Zwei Dinge also. Das schien mir bei Spinoza zu einem zu verschmelzen.
Der Begriff «Substanz» war zumindest eine Gemeinsamkeit, ein Anknüpfungspunkt. Sowohl Spinoza wie auch Descartes verwendeten ihn, aber in radikal unterschiedlichem Sinne.
Fazit: Substanz ist für Descartes das, was zu seiner Existenz keines anderen Dinges bedarf. Letztlich sei nur Gott Substanz. Das strich ich fett an. Motiviert begann ich, Spinozas Substanz- und Gottesbegriff und die Beweisführungen den Ansätzen von Descartes gegenüberzustellen.

Erster Lehrsatz
Die Substanz ist von Natur früher als ihre Erregungen.

Zweiter Lehrsatz
Zwei Substanzen, welche verschiedene Attribute haben, haben nichts miteinander gemein.

Ich blätterte weiter, suchte nach Lehrsätzen, die fassbarer, verständlicher waren.

Zehnter Lehrsatz
Jedes Attribut einer Substanz muss durch sich begriffen werden.

Beweis
Denn ein Attribut ist das, was der Verstand an der Substanz als zu ihrem Wesen gehörig erkennt, folglich muss es durch sich begriffen werden.

Ich atmete tief aus, klappte das Notebook mit einem Fluch zu. Spinozas Aussagen waren zu abstrakt. Ich hatte eine Ahnung,

was sie bedeuten könnten, aber ich kriegte sie nicht zu fassen. Jetzt konnte ich nur noch hoffen, dass ich von der Zwischenkritik neue Impulse für einen anderen Ansatz erhielt.
Die Gemälde, die ich im Atelier gesehen hatte, tauchten vor meinem inneren Auge auf. Sie erschlossen sich auch nicht auf den ersten Blick, aber verdammt, als ich sie in den Händen hielt, sie vorsichtig trockenrieb, begriff ich sie. Ich sah verwirrende, düstere Szenen, die unvermittelt wie überbelichtete Filmsequenzen vorbeizogen. Ich blickte auf, die Malerin stand vor mir, fiel mir um den Hals. Emotionen brachen wie Brandungswellen über mir zusammen, dabei hatte ich mein Leben auf eine ruhige See ausgerichtet.
Wieso war ich derart fasziniert von ihr? Reizte mich das Verbotene? Suchte ich den Kick, um meinem ereignislosen Leben etwas entgegenzusetzen? Oder war es lediglich Flucht vor der Verantwortung?
Aber ... Jonas war eine Tatsache! Ich hatte damals Ja gesagt. Es war alles sehr schnell gegangen und hatte mich heillos überfordert. Ich hatte nie einen Gedanken an Nachkommen und Ehe zugelassen – bis Sarah in mein Leben trat. Sie machte den ersten Schritt, zeigte mir die verborgenen Gärten der Liebe. Dass daraus ein Kind entspross, war für sie ein Zeichen der Hoffnung und des Glücks. Für mich war es das Ende eines Lebensplans ohne Verantwortung. Unvermittelt war ich Vater, hatte eine Familie!
Ich schnaubte wie ein Pferd, lehnte mich zurück.
Orlow ...
Wieso kam ich darauf?
Orlow & Frères! Das Schild neben der Ateliertüre.
Ich gab den Namen in die Suchmaschine ein.
Orlow & Frères SA, Genf, Verkauf und Ankauf von Kunstwerken. Ich suchte weiter, fand Verbindungen zu Galerien, mit denen die Firma zusammenarbeitete, zu Künstlern, die die Firma vertrat, darunter eine Kunstmalerin Ludmilla Borodin. Mein Herz hüpfte – war sie die Künstlerin, die ich suchte? Sie stellte in einer Galerie in Zürich aus. Heute war Vernissage!

Ich lehnte mich zurück, schüttelte den Kopf. Was trieb ich da? Unwillkürlich musste ich an Descartes' Aussagen denken, die mich bei der Lektüre bestürzt hatten, weil sie genau meine Situation beschrieben: Obgleich die Vernunft die Überlegungen leitet, fällt letztlich der Wille alle Urteile.

Bist du gut vorangekommen?
Ich nickte. Sarah stand mit zwei riesigen Tüten vor mir.
Du hast eingekauft?
Jemand muss es ja machen, sagte sie, stellte die Einkäufe neben die Spüle, begann sie zu verstauen.
Hast du etwas gegessen?, fragte sie.
Nein, ich habe gearbeitet.
Wir haben bei den Eltern zu Mittag gegessen. Iss wenigstens eine Banane oder einen Apfel.
Jonas hatte sich an mein Bein gehängt, ich zog ihn mit ins Wohnzimmer. Er war total überdreht. Ich machte Sarah den Vorschlag, mit ihm einen Stadtbummel zu unternehmen. Sie schaute mich überrascht an, meinte, um diese Zeit noch?, sah auf die Küchenuhr.
Es ist bereits fünfzehn Uhr.
Nur ein kleiner Ausflug. Zum Abendessen sind wir zurück.
Musst du denn nicht arbeiten?
Es lief gut, ich konnte einiges auf die Reihe bringen.
Jonas düste wie ein Flugzeug durch die Wohnung, als er mitbekam, dass wir zu zweit in die Stadt gehen würden. Wir nahmen den Bus bis zum Central, stiegen um in die Straßenbahn. Jonas war enttäuscht. Er wollte die Züge sehen. Ich versprach ihm, bei der Rückfahrt die Eisenbahnen zu besuchen. Beim Rathaus stiegen wir aus. Ich nahm ihn an der Hand, steuerte über die Rathausbrücke Richtung Paradeplatz, zeigte auf all die Sehenswürdigkeiten. Er hatte nur Augen für das Karussell, wollte es aus der Nähe betrachten. Ich setzte ihn auf ein Pferd, aber er protestierte, begann zu weinen, klammerte sich an mich. Ich kaufte heiße Kastanien, um ihn zu beruhigen. Er fütterte damit die Möwen. Ich zog ihn weiter, aber all die tanzenden und

fliegenden Lichter faszinierten ihn derart, dass wir kaum vom Fleck kamen. Die Geschäfte hatten mittlerweile geschlossen. Ich stellte mich darauf ein, dass wir zu spät kommen würden. Aber dann sah ich von Weitem, dass die großen Fenster der Galerie beleuchtet waren. Vor dem Eingang drängten sich Neuankömmlinge, zwei dunkel gekleidete Typen kontrollierten den Einlass, im Innern stauten sich die Besucher. Ich trug Jonas huckepack vor der Galerie hin und her, versuchte, im Innern etwas zu erkennen, erläuterte ihm, dass hier Bilder ausgestellt und verkauft würden.

Ich will auch ein Bild!, schrie er.

Psst!

Ich hatte sie erkannt!

Oder … War sie es doch nicht? War es ihre Zwillingsschwester? Sie hatte schwarze Haare, trug ein elegantes Kostüm, entsprach nicht dem Bild, das ich gespeichert hatte, aber – es war *ihr* Gesicht. Ich blieb vor dem großen Schaufenster stehen, schaute ebenso fasziniert wie Jonas auf das Geschehen hinter der Scheibe. Von den Gemälden waren zwischen den Menschentrauben nur Ausschnitte zu sehen.

Unser Verhalten schien den zwei Türstehern nicht adäquat zur Exklusivität des Anlasses. Sie baten uns, weiterzugehen. Ich hatte genug gesehen, löste mich von der Scheibe, aber Jonas wollte bleiben, fing an zu zappeln und zu schreien. Ich setzte ihn ab, nahm ihn an der Hand, zog ihn Richtung Straßenbahnhaltestelle.

Sarah schenkte mir einen strengen Blick, als wir um neunzehn Uhr aufkreuzten, sagte vorwurfsvoll, sie habe sich schon Sorgen gemacht.

Jonas hatte sich wieder gefangen, erzählte fasziniert von Bildern in Schaufenstern, was mich zu einer ergänzenden Erklärung veranlasste. Sarah schüttelte den Kopf, meinte, du besuchst mit Jonas eine Galerie, dabei gehen wir kaum mal ins Museum.

Wir waren nicht drin, sagte ich.

Na gut, aber scheinbar ist es alles, was du unserem Sohn gezeigt hast.

Ich legte den Kopf schief, versuchte ein Lächeln.
Jonas war auf dem Karussell, konnte Möwen füttern und wir haben heiße Kastanien gegessen!
Sarah hörte weg, blieb den ganzen Abend stumm.
Hatte sie geahnt, dass ich ihr nur die halbe Wahrheit erzählt hatte, dass ich …?
Es war mir egal, denn ich war *ihr* einen Schritt nähergekommen.

Am Morgen drehte sich Sarah von mir weg, als ich meine Hand auf ihren Bauch legte. Ich versuchte mir auszureden, sie habe etwas von meinem Verrat bemerkt. Meine Erregung hatte tatsächlich nichts mit Sarah zu tun, meine Gedanken kreisten unablässig um *sie,* um die Künstlerin. Nebenan hörte ich Jonas. Gleich würde er zu uns kommen und ins Bett krabbeln.
Sarah hatte Sonntagsdienst. Ich blieb mit Jonas im Bett liegen, vertrödelte den Morgen, ging im Kopf Varianten durch, wie ich *sie* im Atelier treffen könnte. Jonas fing an zu quengeln. Er hatte Hunger.
Nach dem Frühstück begann er am Tisch zu zeichnen. Mit etwas Fantasie konnte man ein Haus mit einem großen Fenster erkennen.
Ich überlegte, was wir unternehmen könnten, Sarah würde es nicht gutheißen, wenn wir den Tag zu Hause verbrachten.
Landesmuseum, Schwäne füttern, Kunsthaus?
Jonas, wir gehen ins Kunsthaus!
Er reagierte nicht.
Dort sind Bilder, viele, viele Bilder.
In der Straßenbahn versuchte ich ihn auf unseren Besuch vorzubereiten, aber er hatte nur Augen für die aus- und zusteigenden Passagiere.
Nachdem wir die Warteschlange vor der Kasse überwunden hatten, schritten wir durch die Sammlung. Jonas hatte meine Hand genommen und zog mich mit. Wir starteten im Erweiterungsbau mit den Modernen. Die großen Formate beeindruckten ihn zwar, aber weder Gertsch noch Kiefer noch die Gipsfiguren von George Segal ließen ihn länger verweilen. Einzig bei einem Bild

von Georg Baselitz blieb er stehen und sagte, das Bild hängt verkehrt herum. Als wir die Surrealisten streiften, alles kleine Formate, hielt er mich zurück. Eines der Bilder hatte sein Interesse geweckt. Es war ein Magritte, ein Strauch mit giftgrünen Blättern, die sich bei genauerem Hinsehen als Vögel entpuppten. Ich hob ihn auf den Arm, erwartete, dass er sich zur verwirrenden Symbiose von Pflanze und Vogel äußern würde, aber er blieb stumm.

Danach wollte er nur noch springen und hopsen. Ich nahm ihn auf die Schultern, schritt zügig durch die Räume im Altbau. Ich hatte bereits das Treppenhaus im Visier, als ich irritiert vor den Bildern von Felix Vallotton stehen blieb. Die Gemälde erinnerten mich an die Sujets von Ludmilla Borodin: geheimnisvolle Innenräume, spärlich mit Schlaglichtern beleuchtet.

Im nächsten Saal mit den Chagall-Bildern erwachte Jonas' Aufmerksamkeit mit einem Mal. Die riesige Ziege inmitten der Kriegsszene faszinierte ihn. Unwillkürlich fragte ich mich, ob ich ihm zu viel zumutete, ob er nach dieser Bilderflut noch würde schlafen können. Ich beschleunigte meine Schritte, zog Jonas zum Treppenhaus Richtung Ausgang.

In der Straßenbahn schlief Jonas nach der dritten Haltestelle ein.

Sarah kam am frühen Abend von der Arbeit zurück. Sie reagierte verwundert, als wir von unserem Ausflug berichteten. Jonas war bereits wieder am Zeichnen. Ich erwähnte, ich müsse mich noch auf die morgige Kritik vorbereiten. Sarah zog sich mit Jonas ins Kinderzimmer zurück, überließ mir den Tisch.

Hektisch begann ich nach der Bruchlandung mit dem Descartes-Vergleich neue Ansätze zu suchen, wie ich Spinozas Ethik eine Aussage abringen könnte. Ich begann neue Themen herzuleiten, Zusammenhänge zur Reformation, zur Stoa, zum Rationalismus, zur Scholastik zu konstruieren. Ich suchte im Internet nach Anhaltspunkten, schaffte es sogar, ein paar Artikel zu einem Text zusammenzufassen, aber als ich die Zeilen durchlas, schien es mir augenfällig, dass sie nicht von mir stammten. Ich blieb bei den Titeln stecken.

«Spinozas Gottesbeweis im Lichte der Reformation»
«Spinozas Ethik auf der Basis der Stoa»
«Spinozas Ethik und ihre Rolle innerhalb des Rationalismus»
«Einflüsse der Scholastik auf Spinozas Ethik»
Ich begann den Text für die morgige Zwischenbesprechung umzuschreiben, verlor jedoch mit den vielen Korrekturen die Zusammenhänge, die ich herleiten wollte.
Sarah kam aus dem Schlafzimmer. Ich wollte von ihr wissen, was sie von meinen Ideen hielt. Sie schaute über meine Schulter auf den Bildschirm, seufzte.
Mir scheint, du hast dich verirrt.
Ich sah sie verdutzt an.
Aber…
Sarah hatte recht, die Bewältigung der aufgelisteten Themen war jenseits meiner Möglichkeiten. Ich stand auf, deckte den Tisch.

2

Spinoza! Wieso Spinoza? Er kämpft mit dem Stoff, aber er kommt nicht vom Fleck. Er hat ein Thema gewählt, das außerhalb seiner Möglichkeiten liegt, damit er ... damit er weiterhin den ewigen Studenten spielen kann.
Nein. Ich tue ihm Unrecht. Er bemüht sich ja, aber etwas scheint ihn abzulenken. Sein Job in der Agentur?
Ich habe ihm meinen Gedichtentwurf hingelegt. Er muss ihn gesehen haben, hat ihn bestimmt gelesen, die Seite lag am Morgen ausgesondert neben seinen Unterlagen am Tischrand, aber er hat kein Wort darüber verloren. Kein Wort!

Wollen Sie sich wirklich in diese Spekulationen verstricken? Spinoza und die Reformation, Spinoza und sein Einfluss auf die Rationalisten? Ich bitte Sie, darüber wurde schon genug geschrieben. Wenn Sie dazu neue, eigene Aussagen liefern wollen, müssten Sie Ihren Masterlehrgang um mindestens ein Jahr verlängern. Bleiben Sie bei seinem Werk. Die Ethik gibt viel her. Was haben Sie denn bisher geschrieben?
Ich bin bei Descartes stecken geblieben, darum habe ich mir neue Themen überlegt, sagte ich entschuldigend.
Ich klappte das Notebook auf, begann zu suchen.
Haben Sie nichts ausgedruckt?
Ich schüttelte den Kopf, scrollte durch meine Notizen.
Mein Gegenüber begann mit den Fingern auf die Tischplatte zu trommeln.
Endlich hatte ich mein Stichwort gefunden, drehte den Bildschirm zu meinem Referenten.
«Substanz» – radikal unterschiedliche Definitionen von Spinoza und Descartes. Ist es das?

Ich nickte. Er las den Text, begann mit dem Kopf zu wackeln. Sie haben sich lediglich mit dem ersten Teil der Ethik befasst, und selbst mit dieser Einschränkung sind Sie nicht weit gekommen. Im Juni müssen Sie abgeben, das würde reichen, um eine neue Thematik anzugehen. Überlegen Sie es sich. Möglicherweise würde Sie das aus der Sackgasse führen, Spinoza ist kein einfacher Stoff. Aber denken Sie daran, das Thema muss genehmigt werden, und das geht nicht in zwei Tagen.
Er lehnte sich zurück, seufzte.
Was Sie mir hier zeigen, ist untauglich. Sie haben den wesentlichsten Punkt in Spinozas Ansatz gar nicht erkannt: Spinoza ist der erste Philosoph, der sich radikal vom herkömmlichen Gottesbegriff löst, wie ihn Descartes immer noch verwendet hat. Gott ist nichts Überirdisches, außerhalb der Natur, außerhalb des Menschen. Gott ist in allem! Verstehen Sie das. In jeder Pflanze, in Ihnen, und er hat nichts mit dem gemein, was die Religionen sich bis anhin unter Gott vorgestellt haben. Deshalb spricht Spinoza von Substanz. Den Gottesbegriff verwendet er nur, damit ihn seine Zeitgenossen und die Nachwelt überhaupt verstehen. Er ist dem Denken seiner Zeit weit voraus. Offenkundig haben Sie das nicht erkannt. Unter diesen Voraussetzungen kann ich mir nicht vorstellen, dass Sie zu Spinozas Gottesbegriff etwas Substanzielles aussagen können. Machen Sie einen Befreiungsschlag!
Er hatte seine Stimme erhoben, ich hielt den Atem an.
Nehmen Sie sich den dritten bis fünften Teil vor. Die Lehre über die Affekte ist leichter verständlich. Vielleicht finden Sie darin einen Ansatz.
Oder…, er drehte den Laptop zu mir, sah mir in die Augen, überlegen Sie sich eine vollkommen neue Themenwahl.

Desillusioniert verließ ich das Institut, spielte kurz mit dem Gedanken, die Bibliothek aufzusuchen, um mich dort zu verkriechen. Stattdessen stand ich unversehens vor der Galerie. Mein Blick fiel auf das kleine Plakat, das mir am Samstag entgangen war. «Ludmilla Borodin, 20. Februar bis 15. März».

Montags war die Galerie geschlossen. Es war mir egal. Durch das große Schaufenster hatte ich jetzt einen unverstellten Blick auf die Gemälde. Es waren ihre Bilder! An meine Masterarbeit verlor ich keinen Gedanken mehr. Ich hatte *sie* gefunden.

Ludmilla Borodin, Malerin, 1971 geboren in Sankt Petersburg, Russland, lebt in der Schweiz. Der Wikipedia-Eintrag mit Foto – auf dem Porträt hatte sie braune Haare – war knapp und beinhaltete lediglich die Einzelausstellungen der letzten Jahre. Einige Medienkritiken belegten, dass ihre Werke beachtet wurden. Über die Preise ihrer Bilder war nichts zu erfahren. Wie hoch sie im Kurs stand, würde ich bei einem Galeriebesuch herausfinden.

In der Agentur empfing mich Kaffeeduft. Ich spürte etwas wie Enttäuschung. Jetzt hatte ich keinen Grund mehr, sie im Atelier aufzusuchen.
In der Mittagspause verließ ich mit den anderen das Büro, folgte ihnen die Treppe hinab bis ins Erdgeschoss. Dann wartete ich, bis alle durch die Haupttüre das Gebäude verlassen hatten. Niemandem fiel auf, dass ich zurückblieb, niemand rief, Andy, wo bleibst du.
Ich nahm den Stichgang zu ihrem Atelier.
War sie da?
Ich hielt mein Ohr an die Ateliertüre, lauschte. Kein Laut. Ich klopfte, wartete angespannt. Nichts. Ich ging zum Tor, das auf den Platz führte, drückte die Klinke, es war verschlossen.
Frustriert und gleichzeitig erleichtert kehrte ich an den Arbeitsplatz zurück.
Ich musste den Text heute fertigstellen, kämpfte um meine Konzentration, kam nur stockend vorwärts. Um siebzehn Uhr rief ich Sarah an, teilte ihr mit, ich könne Jonas nicht abholen, ich müsse länger arbeiten.

Sarah saß am Küchentisch, Jonas war bereits im Bett.
Hallo, sagte ich.

Was ist mit dir los?
Ich setzte mich ihr gegenüber.
Ich musste eine Arbeit fertigstellen.
Und heute Morgen? Du hast versprochen, Jonas in die Kita zu bringen.
Ja, ich weiß, ich habe verschlafen.
Es bleibt alles an mir hängen. Du hältst dich an keine Abmachung, lässt mich im Stich. Gib deinen Job auf und schließe dein Studium ab.
Wieso bist du so bissig?
Sarah sah auf den Tisch, wischte mit der Hand ein paar Krümel beiseite.
Mein Vater hat mich heute gefragt, wann wir eine erste Rate des Kredits zurückzahlen können.
Ich griff seufzend nach ihrer Hand. Sie entzog sie mir.
Ist Spinoza schuld an deiner Unzuverlässigkeit?
Spinoza?
Seit du dich mit ihm befasst, hast du dich verändert. Das Thema überfordert dich.
Die Zwischenkritik ist ganz gut gelaufen.
Sie sah mich schief an, stand auf, ging aus der Küche. Anders als sonst hatte sie nicht gefragt, hast du noch Hunger. Einen Moment lang blieb ich sitzen, unfähig, einen Gedanken zu fassen, dann stand ich auf, zog den Anorak über, verließ die Wohnung.
Ich hatte Hunger. Trotzdem fuhr ich nicht zum Kebab-Imbiss, auch nicht zu Eric, sondern zurück zur Fabrik, am Club vorbei auf den rückwärtigen Platz. Erschrocken bremste ich meine Fahrt – im Atelier brannte Licht, ein dunkler Minibus stand vor dem Tor. Wie ein Einbrecher flüchtete ich zurück hinter die Gebäudeecke, stellte das Fahrrad an die Fassade. Da der Zaun, der dem Bahndamm entlanglief, in der Dunkelheit lag und durch die vorbeifahrenden Züge kaum beleuchtet wurde, wagte ich, der Einzäunung so weit zu folgen, bis ich dem Atelierfenster gegenüberstand. Der Vorhang war wieder aufgehängt worden, er streute ein milchiges Licht auf den Platz. Ich stand bereits

eine halbe Stunde in der Kälte, überlegte, umzukehren, als sich das Tor öffnete und *sie* erschien. Sie warf einen Blick in den Hof, verschwand wieder im Gebäudeinnern. Kurz darauf kamen zwei Männer aus dem Gebäude, luden Kisten in den Van. Alles ging sehr schnell, es fiel kein Wort. Die Heckklappe wurde geschlossen, gleichzeitig wurde im Atelier das Licht gelöscht, der Van fuhr weg. Ich wollte mich zurückziehen, da vernahm ich eine Stimme. War sie es? Über mir rumpelte ein Zug. Jetzt sah ich sie im flüchtigen Lichtmuster. Sie stand mir gegenüber vor dem Tor, telefonierte, verschwand wieder in der Dunkelheit. Eine Zigarette glimmte auf, sie ging mit kurzen Schritten hin und her. Ich vermochte kaum stillzustehen, schlotterte im eisigen Wind.
Ein Fahrzeug fuhr auf den Platz, hielt vor dem Atelier. Sie stieg ein, der Wagen wendete, kam direkt auf mich zu. Ich warf mich auf den Boden, die Scheinwerfer des Fahrzeugs wischten über mich hinweg. Ich wartete, bis das Motorengeräusch verstummt war, erhob mich, klopfte mir Blätter, Staub und Müll von den Kleidern. Meine rechte Gesichtshälfte brannte – ich war buchstäblich in den Nesseln gelandet. Erschrocken hielt ich mir die Hand an die Wange, sie pulsierte, juckte, war bestimmt knallrot. Wie soll ich das Sarah erklären?

Am Morgen versteckte ich mein Gesicht unter der Bettdecke, als Sarah die Läden öffnete. Jonas stürmte herein, versuchte mir die Decke wegzuziehen, wollte mich umarmen. Sarah nahm seine Hand, sagte, komm jetzt, wir sind spät dran.
Bereits wähnte ich mich in Sicherheit, da bemerkte Sarah emotionslos, was hast du mit deinem Gesicht gemacht?
Es juckt, vermutlich eine allergische Reaktion, hörte ich mich sagen.
Als die Wohnungstüre ins Schloss fiel, atmete ich auf. Nur für einen kurzen Moment. Unwillkürlich wurde mir bewusst, dass mich die Situation an beklemmende Momente in meiner Kindheit erinnerte. Allein mit einem schlechten Gewissen, weil ich nicht den Mumm hatte, Sarah die Wahrheit zu sagen.

War ich aus der Spur geraten? War ich im Begriff, mich zu verlieren?

Mitte Nachmittag verließ ich den Arbeitsplatz im Büro. Meine rechte Gesichtshälfte war leicht geschwollen und von roten Punkten gezeichnet, was mir einen plausiblen Grund für einen Arztbesuch verschaffte. Ich fuhr mit der Straßenbahn in die Innenstadt, suchte die Galerie auf. An der Türe stand diskret ein Aufpasser, der mich misstrauisch musterte. Bis auf eine teuer gekleidete Dame, die im Hintergrund an einem Designertisch vor einem Bildschirm saß, war ich allein mit *ihren* Bildern. Jetzt hatte ich endlich Zeit, sie in Augenschein zu nehmen, verfolgte fasziniert aus unterschiedlichen Sichtdistanzen die Verwandlung der Bildinhalte, eine Eigenheit, die mir bereits im Atelier aufgefallen war. Von Nahem waren es Farbaufträge von unterschiedlicher Dicke, die Struktur der Schichtung gemahnte an ein geologisches Relief. Erst aus fünf, sechs Metern betrachtet transformierten sich die Farbschichten zu realistischen Sujets, erwachten daraus irritierende Welten.
Ich suchte nach Motiven, die ich bereits im Atelier gesehen hatte, fand ähnliche Sujets, aber keines entsprach meinen gespeicherten Eindrücken. Unangenehm berührt betrachtete ich die Männerakte, die ich so noch nirgendwo gesehen hatte. Ich nahm im Vorbeigehen eine der Listen, die auf einem Tischchen lagen. Die Werktitel in kyrillischer Schrift waren mit einer deutschen Übersetzung ergänzt – poetische Sprachgirlanden, die keinen Bezug zum Dargestellten zu haben schienen oder sich vermutlich erst nach eingehendem Studium erschlossen. Ich überflog die Zahlen. Die Preise waren nicht so abgehoben, wie ich erwartet hatte, blieben im vierstelligen Bereich.
Hinter mir betrat ein älteres Paar das Lokal. Sie unterhielten sich leise, begrüßten die Dame mit einem diskreten Kopfnicken. Ich hielt mich unauffällig in ihrer Nähe auf, vermochte aber nichts zu verstehen, sie sprachen Russisch. Die Galeristin gesellte sich zu ihnen, augenscheinlich waren es Stammkunden. In der Galerie wurden zwar mehrheitlich amerikanische

Künstler ausgestellt, wie ich bei meinen Recherchen festgestellt hatte, aber Beziehungen zu Russland waren aufgrund des Galerienamens naheliegend.
Ich hatte genug gesehen, bedankte mich, verließ das Lokal. Die Liste hatte ich eingesteckt. Ich würde noch einmal zur Finissage am 15. März hierherkommen. Ich hoffte, dass *sie* an diesem Anlass anwesend sein würde.
Als ich am Abend die Wohnung betrat, war es ungewohnt ruhig. Weder Jonas noch Sarah erschienen, um mich zu begrüßen. Mit einer beklemmenden Ahnung öffnete ich die Küchentüre. Beide saßen am Tisch vor einem halbvollen Teller, schauten kaum auf.
Hallo, flüsterte ich mit zugeschnürtem Hals. Sarah hatte ein zerknülltes Taschentuch in der Hand. Hatte sie geweint? War Jonas deshalb so niedergeschlagen?
Was ist los?, fragte ich, legte die Jacke ab, setzte mich zu ihnen an den Tisch.
Sarah schickte Jonas zum Spielen in sein Zimmer, fixierte mich. Du hast Jonas schon wieder vergessen. Die Kita hat dich gesucht, aber du warst nicht zu erreichen, offenbar auch nicht in der Agentur. Ich musste früher von der Arbeit, musste mir von der Kita-Leiterin Vorwürfe anhören. Jonas hat alles mitgekriegt. Sie hielt sich das Taschentuch an die Nase, schniefte.
Du gehst und kommst, wann es dir passt, vergisst Abmachungen, schiebst deine Arbeit vor, damit du dich nicht um Jonas kümmern musst, deine Masterarbeit kommt seit Monaten nicht vom Fleck, dabei solltest du endlich deine Familie miternähren können.
Ich sah sie entgeistert an, sagte entrüstet, wenn ich in der Agentur länger arbeiten muss, hat das nichts mit der Masterarbeit zu tun!
Schieb nicht dauernd die Agentur vor, heute Abend warst du jedenfalls nicht am Arbeiten.
Ich war an der Uni. In der Bibliothek.
Das entschuldigt dein Verhalten nicht. Wach auf, du hast eine Familie!

Ich versuche ja mein Bestes, aber ich arbeite achtzig Prozent und habe die Masterarbeit im Nacken.
Du arbeitest achtzig Prozent, ja, aber du verdienst nichts. Ich habe dir vorgeschlagen, den Einsatz in der Agentur zu reduzieren, damit du sicher den Master schaffst. Mir scheint, du brauchst die Stelle vor allem, um einen Grund zu haben, damit du dich nicht um Jonas und deine Vaterpflichten kümmern musst.
Ich blieb stumm, hatte plötzlich Angst, mich in meinen Ausflüchten zu verstricken.

Die Masterarbeit beschäftigte mich tatsächlich, das war nicht gelogen. Ich war wieder am Startpunkt angelangt, hatte noch keine Ahnung, in welche Richtung ich steuern sollte. Eine total beschissene Situation. Ich tröstete mich mit Fantasien, die um die Malerin kreisten, suhlte mich in der Erinnerung, als ich in ihren Armen lag.
Nach der Arbeit in der Agentur zögerte ich das Nachhausekommen hinaus, Jonas war dann meistens schon im Bett. Mein Laptop, der Bücherstapel und die Notizen auf dem Wohnzimmertisch hätten mich nur daran erinnert, dass ich aufgelaufen war.
Bevor ich nach Hause fuhr, stattete ich Eric, meinem Primarschulfreund, einen Besuch ab. Seit ich ihn vor fünf Jahren zufällig wieder getroffen hatte, sahen wir uns öfter. Er führte das «glow», eine kleine alternative Bar an der Pfingstweidstraße, eine willkommene Gelegenheit, nach der Arbeit bei ihm vorbeizuschauen. Wenn ich häufiger bei ihm aufkreuzte, wusste er, dass ich Probleme hatte. Er war mein einziger Freund.
Am Freitag blieb ich nicht nur für ein, zwei Biere. Eric verabschiedete mich mit einem Wink zur Türe, ich war der letzte Gast, hatte zu viel getrunken.
Im frühmorgendlichen Verkehr fuhr ich vorsichtig nach Hause. Ich bemühte mich angestrengt, möglichst leise zu sein, machte nur Licht im Flur, stutzte, die beiden Schlafzimmertüren standen offen. Ich schob sie ganz auf, spähte in die leere Dunkelheit.

Wankend setzte ich mich auf den nächsten Stuhl, versuchte das Tosen in meinen Ohren auszublenden. War etwas passiert? Nach ein paar Minuten, in denen ich alle Möglichkeiten durchgegangen war, beruhigte ich mich mit der wahrscheinlichsten: Sie mussten bei Sarahs Eltern sein.
Die Notiz fand ich erst am Samstagmittag, als ich verschlafen in die Küche wankte, um mir einen Kaffee zu holen.

Wir sind zu meinen Eltern gezogen, ich kann nicht mehr. Ich brauche jemanden zum Sprechen, jemanden, der mir hilft. Wir lassen dich in Ruhe, geben dir Zeit, um über unsere gemeinsame Zukunft nachzudenken. Ich hoffe, du kommst zu einem guten Entscheid.
S.

Ich setzte mich an den Küchentisch, versuchte, der Situation etwas Positives abzugewinnen. Tatsächlich hatte ich immer wieder davon geträumt, allein zu leben, niemandem zur Rechenschaft verpflichtet, aber jetzt kam mir die Stille unheimlich, die plötzliche Freiheit leer vor. Das schlechte Gewissen verdrängte selbst die Gedanken an *sie.*
War es lediglich die leere Wohnung und mein Selbstmitleid, die mich Jonas und Sarah vermissen ließen? Ich hatte eine Familie, das wurde mir jetzt schmerzhaft bewusst.
Ich war im Begriff, sie zu verlieren.
Wir geben dir Zeit, um über unsere gemeinsame Zukunft nachzudenken.
Ich wusste, was sie damit meinte. Bis jetzt hatte Sarah die Familie ernährt. Ich musste endlich eine richtige Anstellung finden, damit ich meinen Part beisteuern konnte.
Ich musste den Abschluss schaffen!
Ich musste die Malerin vergessen.
Ich begann zu überlegen, wie ich die beiden zurückholen könnte. Ferienversprechen, Shopping, Geschenke, Abendessen?
Ein Versöhnungsessen am Sonntagabend schien mir die beste Variante.

Die Auswahl an Menüs, die ich einigermaßen verlässlich zubereiten konnte, war bescheiden, neben Sarah war es schwierig, in der Küche zu bestehen. Ich holte einen Zettel, stellte eine Einkaufsliste zusammen, machte mich auf den Weg zum Supermarkt.

Ich versuchte Sarah telefonisch zu erreichen, sie ging nicht ran. Ratlos sank ich im Wohnzimmer auf einen Stuhl. Meine Arbeitsunterlagen lagen wild verstreut vor mir auf dem Tisch. Lange saß ich regungslos vor dem Chaos, unfähig, irgendetwas anzugehen. Schließlich startete ich den Laptop, scrollte durch meine Spinoza-Aufzeichnungen, überflog meine mühsam zusammengeharkten Überlegungen zu Spinozas Gottesbeweis. Musste ich tatsächlich alles über Bord werfen? Die Arbeit von zwei Monaten.
Natürlich hatte der Referent recht, ich war dem Thema nicht gewachsen.
Ein neuer Stoff? Ich schluckte leer.
Das würde bedeuten: Leben neu organisieren, Rückzug in die Klausur, volles Engagement, lesen, analysieren, schreiben …
Den Praktikantenjob müsste ich sausen lassen. Aber … das konnte, das wollte ich auf keinen Fall.
Es gab keine Alternative – ich musste wohl oder übel bei Spinoza bleiben. Die Lehre über die Affekte sei leichter verständlich. Vielleicht fand ich darin tatsächlich einen Ansatz.
Ich könnte Hilfe organisieren. Es gab zwei, drei Kommilitonen, die ihre Arbeit längst fertiggestellt hatten und Spinoza bestimmt locker bewältigen würden: Brigitta, Daniela, Michael. Sie bewegten sich in anderen intellektuellen Sphären, würden vermutlich nahtlos eine Assistentenstelle besetzen, um danach zu doktorieren. Ich dagegen war ein belächelter Mitläufer ohne Verbindung zu Professoren und Kommilitonen. Nein, ich musste es gar nicht erst versuchen – es würde sich niemand herablassen, mir unter die Arme zu greifen.
Ich machte einen tiefen Atemzug, wendete mich dem dritten Teil der Ethik zu, las das Vorwort.

Es geschieht in der Natur nichts, was ihr als Fehler angerechnet werden könnte. Denn die Natur ist immer dieselbe, und ihre Kraft und ihr Vermögen zu wirken ist überall gleich. Das heißt: Die Gesetze und Regeln der Natur, nach welchen alles geschieht und Formen in Formen verwandelt werden, sind überall und immer die gleichen. Daher kann es auch nur eine Methode geben, nach welcher die Natur aller Dinge, welche es immer seien, erkannt wird, nämlich durch die allgemeinen Gesetze und Regeln der Natur. Es erfolgen darum die Affekte, wie Hass, Zorn, Neid, an sich betrachtet, aus derselben Notwendigkeit und Kraft der Natur wie alles andere. Hiernach haben sie ihre bestimmten Ursachen, durch welche sie erkannt werden, und haben bestimmte Eigenschaften, die unseres Erkennens ebenso würdig sind wie die Eigenschaften eines jeden andern Dinges, an dessen bloßer Betrachtung wir uns erfreuen.

Der Text schien mir verständlich. Ich klappte das Notebook zu, stand auf, warf einen Blick in den Kühlschrank. Meine Einkäufe, die ich am Morgen für ein gemeinsames Essen am Sonntagabend nach Hause geschleppt hatte, wollte ich nicht antasten. In den Gemüseschubladen fand ich noch Grünzeug, in der Türe etwas Käse und Schokolade – nichts, auf das ich Lust hatte. Ich würde am Kebab-Stand bei der Hardbrücke etwas essen.
Als ich das Fahrrad an die Fassade der Fabrik lehnte, verspürte ich keinen Hunger mehr, nur ein nervöses Pochen in der Magengegend. Vom Club her drangen Musikfetzen, Schreie, Gelächter. Der rückseitige Platz lag im Dunkel, kein Fenster erleuchtete die Asphaltfläche, einzig die vorbeifahrenden Züge warfen schemenhafte Lichtmuster in die Schwärze. Ich kramte mit klammen Fingern eine Zigarette aus der Tasche, zündete sie an. Was wollte ich eigentlich hier?
Unvermittelt setzte ich mich in Bewegung, ging wie ein Schlafwandler zurück, am Fahrrad vorbei, drängte mich an den Gruppen junger Leute vorbei, die auf dem Vorplatz vor dem Club rauchten, stand plötzlich vor dem Hauseingang, der zu den Büros führte.

Warum?
Der Schlüssel!
Der Schlüssel zu ihrem Atelier!
Ich wusste, wo er sich befand.
Mit zitternden Fingern warf ich die Kippe weg, schloss die Eingangstüre auf, schlich im Dunkeln zur Treppe, tastete mich hinunter ins Untergeschoss. Dort wartete ich, horchte. Stille. Einzig das Brummen der Bässe drang vom Club her. Ich drückte den Lichtschalter, näherte mich meinem Ziel, blieb ungläubig stehen, starrte auf den leeren Nagel – der Schlüssel, der neben dem Türrahmen hängen sollte, war weg, die Türe zum Technikraum abgeschlossen. Der technische Leiter musste den Schlüssel versehentlich eingesteckt haben. War ich erleichtert? Mein Vorhaben kam mir auf einmal absurd vor.
Ich ging zurück zum Ausgang, hatte bereits die Hand auf der Klinke, als ich wie eine Spielzeugfigur stockte, deren Mechanismus abgelaufen war. Langsam ließ ich die Klinke los, ging wie ferngesteuert wieder hinunter zum Heizungskeller, begann die Distanz zum Treppenhaus abzuschreiten: fünfzehn Meter, im Erdgeschoss kamen zehn Meter bis zum Ausgang dazu. Auf dem Vorgelände ging ich Richtung Club, zählte die Schritte bis zur Hausecke, rund sechzig Meter. Während ich einen großen Bogen um die Rauchergruppen vor dem Club machte, rechnete, addierte, subtrahierte ich. An der Gebäudeecke stand mein Rad. Ich ging daran vorbei, schritt auf der Rückfassade fünfunddreißig Meter ab, blieb stehen. Ungefähr hier musste der Technikraum liegen. Ich stand auf dem Metallrost eines Schachts – direkt vor dem Atelierfenster! Ich zündete mit der Taschenlampe meines Smartphones durch die Gitterstäbe in die Finsternis. Der Schacht war vielleicht ein Meter fünfzig tief, also zu schaffen, und da war ein Fenster. Der Technikraum hatte ein Fenster, da war ich mir sicher. Das Abdeckgitter war nicht festgeschraubt. Ich sah mich um, bückte mich, verschob das Gitter behutsam in kleinen Schritten. Dann setzte ich mich auf den Rand des Schachts, steckte die Beine in die Öffnung, stützte mich mit den Händen ab, ließ mich langsam hinuntergleiten.

Ich streckte mich, tastete mit den Fußspitzen nach dem Boden. Da war nichts, verdammt. Mit ausgestreckten Armen hing ich am Schachtrand, versuchte, mich hochzustemmen. Ich gab nach ein paar Anläufen auf, mir fehlte die Kraft. Ich ließ mich fallen, federte den Sprung ab. War ich in einer Falle gelandet? Ich musste mich auf die Zehenspitzen stellen, um das Gitter zu erreichen und in die angestammte Position zu ziehen. Das Kellerfenster war wie erwartet halb aufgeklappt. Es gelang mir, den Rückhaltemechanismus zu lösen, aber ich war zu wenig schnell, das Fenster klappte nach unten, schlug scheppernd auf, Glas klirrte, Scherben rieselten auf den Kellerboden. Ich hielt die Luft an, horchte, aber die irritierende Stille nach dem Knall dauerte an. Ich zündete mit der Taschenlampe meines Smartphones in den Raum, sah die Scherben, erschrak. Das Fenster lag mindestens zwei Meter über dem Kellerboden. Falls die Türe des Technikraums nicht von innen geöffnet werden konnte, wäre ich gefangen, wenn ich mich hinabwagte. Mein Plan war kläglich gescheitert, ich musste weg hier.
Bereits hatte ich die Hände an den Gitterstäben des Abdeckrosts, wollte ihn zur Seite stemmen, als ich Motorengeräusch vernahm. Ein Lichtstrahl wischte über den Schacht, ich duckte mich. Autotüren wurden zugeschlagen, ich vernahm Stimmen, darunter eine Frauenstimme. Sehen konnte ich nichts. Das Tor fiel ins Schloss, dann war es ruhig.
Was war ich für ein Depp! An einem Samstagabend hockte ich im Lichtschacht einer alten Fabrik, während meine Familie mich ausblendete, sich junge Leute weiter vorne im Club vergnügten und die Stadt jede Menge Abwechslung bereithielt.
Ich wartete eine halbe Stunde. Dann packte ich die Stäbe des Abdeckgitters, stellte mich auf die Zehenspitzen, hob es aus dem Rahmen, verschob es vorsichtig in kleinen Schritten. Ich griff mit den Fingern oben auf den freien Rand des Schachts, versuchte mich hochzuziehen. Vergeblich suchte ich strampelnd meine Füße irgendwo aufzusetzen, die Schachtwände waren glatt und glitschig. Ich gab auf, so kam ich nicht aus diesem Loch.

Keuchend kauerte ich mich hin, wartete, bis ich wieder genug Luft hatte. Ich ging in die Knie, spannte die Muskeln, schnellte in die Höhe, breitete blitzschnell die Arme aus, um mich oben abzustützen. Die ersten Versuche scheiterten kläglich. Beim vierten Versuch prallte ich mit der Schulter gegen den Metallrost. Ich ignorierte den Schmerz, grabschte nach dem Metallgitter, zerrte es hektisch wieder über meinen Kopf in die angestammte Position, duckte mich in die Ecke.
Shit, unvermittelt hörte ich Männerstimmen, die sich auf Russisch etwas zuriefen, dann wurde ich von einem grellen Licht geblendet. Das Gitter wurde scheppernd beiseitegeschoben, vier Arme griffen nach mir, zogen mich aus der Grube, drückten mich an die Wand, tasteten mich ab. Waren es die zwei Schläger, vor denen ich damals geflüchtet war? Ich sah mich leblos am Bahndamm liegen, tot mitten auf dem Platz, verscharrt im Wald. Dann vernahm ich ihre Stimme. Die zwei Typen packten mich, schoben mich durch das Tor in die Wärme.
Im Atelier brannten alle Lichter, der Raum war taghell ausgeleuchtet. Neben dem Tisch stand eine Staffelei mit einem Bild, dessen Farbe noch feucht glänzte. Sie kam aus dem Nebenraum, enge schwarze Lederklamotten, spitze schwarze Lederstiefel mit Metallkappe, auffallend geschminkt, die schwarzen Haare zu einer Punkfrisur gestylt. Mit energischen Schritten, in der einen Hand eine Zigarette, mit der anderen Hand das Handy am Ohr, kam sie auf mich zu, warf lediglich einen kurzen Blick auf mich, entfernte sich wieder, kam zurück, gab den beiden Hünen einen Wink. Meine Begleiter drückten mich auf einen Stuhl, blieben etwa zwei Meter entfernt neben mir stehen. Sie sprach Russisch, erhob immer wieder die Stimme, gestikulierte, ging im Atelier auf und ab. Zwischendurch warf sie einen Blick auf mich, sagte lange nichts, nickte. Ich stellte mir vor, dass sie mit jemandem besprach, wie sie mit mir verfahren sollte. Ich begann zu schwitzen, wurde von einer fiebrig nervösen Anspannung geschüttelt, versuchte, wach zu bleiben, aber die Augen fielen mir immer wieder zu. Es musste gegen Morgen sein. Sonntagmorgen.

Ich schreckte auf, als sie mit ihrem Stiefel seitlich gegen meine Schuhsohle schlug, blinzelte ins Licht. Sie stand direkt vor mir.
Warum warst du im Schacht?
Ich öffnete den Mund, aber ich fand keine Worte. Feigling!
Diesmal traf ihre Stiefelspitze meinen Knöchel. Ich zuckte zusammen.
Du spionierst mir nach. Dass du gleich zur Stelle warst, als die Wasserleitung barst, war kein Zufall. Wir haben die Aufzeichnungen gecheckt, du warst schon öfter hier.
Aufzeichnungen?
Die Vorzone des Ateliers ist videoüberwacht. Wieso warst du im Schacht?
Ich arbeite hier, stotterte ich. Sie gab einem ihrer Begleiter mit einem knappen Nicken ein Zeichen. Er kam näher, stellte sich seitlich vor mich hin, legt mir die Hand auf die Schulter, schwer wie eine Axt.
Gregori will dir nicht wehtun, er hasst es, wenn er anderen wehtun muss.
Gregori schenkte mir ein fieses Grinsen. Aber Gregori müsste dir wehtun, wenn du mich anlügst.
Gregoris Grinsen wurde breiter. Sie setzte sich mir gegenüber an den Tisch, zündete sich eine Zigarette an, lehnte sich zurück. Mit der linken Hand zupfte sie sich einen Tabakkrümel von der Lippe, fixierte mich.
Ich frage dich zum letzten Mal, wieso bist du hier?
Ich wand mich, suchte verzweifelt nach einer Antwort, Gregori neben mir begann unruhig zu werden, knackte mit den Fingern. Schließlich stammelte ich, wegen dir.
Sie legte den Kopf schief, verschob leicht ihre Lippen, blies eine Rauchwolke schräg gegen die Zimmerdecke, blickte mich amüsiert an.
Das heißt, du bist ein Verehrer. Schau an.
Sie stand lächelnd auf, wechselte mit ihren Begleitern ein paar Worte auf Russisch, zückte ihr Handy. Das Gespräch war diesmal kürzer. Sie setzte sich wieder mir gegenüber, knöpfte langsam ihre genietete Jacke auf.

Du kannst für uns arbeiten, wenn du ein Verehrer bist.
Ich brauchte einen Moment, um mich von meiner Verblüffung zu erholen.
Arbeiten?
Ja.
Was … was muss ich tun?
Was so anfällt, Hilfeleistungen, Kurierdienste. Ich denke, es werden vor allem Kurierdienste sein.
Kurierdienste?
Fahrten. Du hast doch den Führerschein?
Ich nickte. Bildtransporte und dergleichen. Vorwiegend ins Ausland.
Das heißt, ich würde längere Zeit wegbleiben?
In der Regel sind es ein, zwei Tage.
Ich schluckte leer.
Ich … ich habe eine Familie …
Sie begann zu lachen, ein amüsiertes, heiseres Lachen.
Du hast Familie und stellst mir an einem Samstagabend nach?
Sie lehnte sich zurück, musterte mich. Es war mir unangenehm. Was wollte sie, was …
Du hast Glück gehabt, sagte sie schließlich, vielleicht könnte ich dich sogar als Modell gebrauchen, zeig dich mal.
Sie wechselte ein paar Worte mit ihren Begleitern, worauf diese das Atelier verließen.
Plötzlich war ich mit ihr allein. Ein Umstand, den ich mir erträumt hatte, aber nicht unter diesen Umständen. Sie blieb sitzen, den Blick auf mich gerichtet.
Zieh dich aus.
Zaghaft begann ich den Parka aufzuknöpfen, rappelte mich auf. Je mehr ich mich entblößte, desto unbehaglicher fühlte ich mich. Ich war verschwitzt, roch unappetitlich. Zudem genierte ich mich, meinen Körper, weiß und unsportlich, vor ihr zu entblößen. Als ich zunehmend langsamer wurde, sagte sie aufmunternd, zier dich nicht so.
Ihr Blick ließ keinen Zweifel offen, sie wollte mich nackt sehen. Am liebsten wäre ich im Boden versunken. Ich zögerte, meine

verwaschene Unterhose auszuziehen, hoffte auf ihr Erbarmen, vergebens. Als ich nackt vor ihr stand, erhob sie sich, kam zu mir. Sie drehte mich um meine Achse, begutachtete mich wie einen Gegenstand, was mich nicht davor bewahrte, eine Erektion mit meiner Hand verdecken zu müssen. Sie zog mir die Hand weg, lächelte mich an.

Wenn du schon keine Muskeln hast, kannst du zumindest etwas zeigen.

Sie drückte mich wie eine Schaufensterpuppe in Position, ließ mich so verharren, schoss mit ihrem Handy ein paar Fotos, holte Papier und Kreide, steckte sich eine Zigarette an, setzte sich mir gegenüber wieder an den Tisch. Dann begann sie mit schnellen Strichen den Papierbogen zu bearbeiten. Ich hatte zunehmend Mühe, die ungewohnte Position einzuhalten, mein linkes Bein verkrampfte sich, zitterte unkontrolliert, Schweiß brannte in meinen Augen.

Okay, sagte sie endlich, du kannst dich wieder anziehen, fürs Erste sind wir fertig, jetzt kommen noch die Formalitäten.

Während ich in meine Kleider stieg, durchwühlte sie die Schublade des alten Sekretärs, fluchte, schüttelte den Kopf. Schließlich kam sie mit leeren Briefbögen und einem Durchschlagpapier an den Tisch, ordnete die Blätter, suchte nach einem Stift. Sie schrieb ein paar Zeilen, hielt inne.

Über diese Abmachung und die damit verbundenen Tätigkeiten wird Stillschweigen be…

Bewahrt, half ich ihr. Sie schrieb den Satz zu Ende, wartete, bis ich angezogen am Tisch saß, schob mir die Bögen zu.

Unter Auftragnehmer schreibst du deinen Namen und die Adresse, darunter die Handynummer und die Bankverbindung.

Ich kam mir vor wie beim Abschluss einer Versicherung. Bei der Angabe der Bankverbindung stutzte ich.

Für die Überweisung des Verdienstes, meinte sie nüchtern. Die Firma zahlt nicht in bar.

Ich kramte meine Bankkarte hervor, schrieb die Zahlen ab. Die Firma… Erst jetzt realisierte ich, dass unter Auftraggeber zwar ihr Name stand, aber in Vertretung von O&F.

O&F … Orlow & Frères?
Ja, sie geben die Aufträge für die Transporte.
Ich wagte nicht, weiterzufragen, unterschrieb zuunterst. Sie überprüfte die Informationen, schaute auf, sagte, Andy heißt du also, unterzeichnete ebenfalls, gab mir den Durchschlag.
Sie holte die beiden Hünen zurück, setzte sich wieder.
Dies ist ein Vertrag, ich hoffe, du weißt, was das bedeutet. Du wirst von einem unserer Handys jeweils eine SMS zugeschickt erhalten, die nur aus einem Datum und dem Zeitpunkt besteht. Du wirst nie antworten, verstanden? Treffpunkt ist bis auf Weiteres der Platz vor dem Atelier. Wenn noch niemand da ist, wartest du. Klar?
Ich schluckte, schaute auf, nickte.
Nichterscheinen, Unpünktlichkeit oder Entschuldigungen werden nicht akzeptiert. Falls es zu Unregelmäßigkeiten und Versäumnissen kommt, wirst du bestraft.
Sie warf ihren Begleitern einen eindeutigen Blick zu.
Mein Gott, dachte ich, in was bin ich da hineingeraten.

Durst weckte mich. Ich lag angezogen auf dem Bett, wunderte mich. War ich bei Eric gewesen? Vage erinnerte ich mich an einen seltsamen kafkaesken Traum. War es nur ein Traum? Ich schoss auf, kramte in meinen Taschen, förderte ein zerknittertes Papier zutage: der Vertrag – es war kein Traum!
Hiermit akzeptiert der Auftragnehmer alle Hilfeleistungen, zu denen er von O&F eingeladen wird. Über diese Abmachung und die damit verbundenen Tätigkeiten wird Stillschweigen bewahrt. Zuwiderhandlungen werden gebüßt.
Ich setzte mich auf den Rand des Betts, starrte auf die Zeilen.
… alle Hilfeleistungen, zu denen er von O&F *eingeladen wird.* Eingeladen! Ein Witz. Aber es war mir nicht ums Lachen, das Papier in meinen Händen schien zu brennen. Ich hetzte damit in die Küche, warf es ins Spülbecken. Keuchend blieb ich davor stehen, sah auf den Papierbogen. Dann zog ich das Feuerzeug aus der Tasche, steckte ihn in Brand. Nachdem ich alle Aschespuren im Spülbecken beseitigt hatte, trank ich gierig zwei

Gläser Wasser. Ich fühlte mich, als wäre ich unter einen Zug geraten, als hätte ich zu viel getrunken, dabei hatte ich keinen Schluck Alkohol intus.
Benommen begab ich mich wieder ins Schlafzimmer, legte die Kleider ab. Ein widerlicher Geruch machte sich breit, meine Unterwäsche stank, als hätte ich sie einen Monat nicht gewechselt.
Ich stand unter die Dusche, hielt den Kopf direkt unter die Brause, verharrte im heißen Wasserstrahl, als wollte ich die bedrückenden Erinnerungen von gestern Nacht wegspülen.
Ich zog neue Kleider an, raffte die abgelegte Wäsche zusammen, warf sie im Bad in den Korb.
Eine SMS!
Ich würde eine SMS erhalten, hatte sie gesagt.
Wo war mein Handy? Ich suchte im Schlafzimmer, in der Küche, irrte durch die Wohnung. Schließlich fand ich es in der Hose im Wäschekorb, klickte mit zittrigen Fingern auf SMS: nichts. Aber Sarah hatte zweimal versucht, mich zu erreichen. Das Abendessen, das ich zur Versöhnung zubereiten wollte, kam mir in den Sinn. Ich rief zurück, erwähnte, ich würde gerne am Abend für sie und Jonas kochen. Es blieb lange ruhig in der Leitung.
Wir werden hier essen, es ist bereits achtzehn Uhr.
Achtzehn Uhr? Tatsächlich, draußen war es dunkel.
Sie musste mein überraschtes Schweigen als Enttäuschung interpretiert haben, jedenfalls sagte sie überraschend, also gut, wir kommen. In einer Stunde sind wir da.
Ich verabschiedete mich verwirrt, in Gedanken bereits bei der Zubereitung eines Menüs, das in einer Stunde zu schaffen war. Zuerst musste ich den Tisch im Wohnzimmer räumen.
Sie kamen pünktlich um sieben, begrüßten mich in einem heillosen Durcheinander. Jonas wollte als Erstes wissen, was ich zubereitete.
Gemüseauflauf, sagte ich. Er sah mich enttäuscht an,... und Fischstäbchen, ergänzte ich. Jetzt strahlte er, fing an zu hopsen, rannte hinüber ins Wohnzimmer, wo Sarah den Tisch deckte. Ein Anflug von Normalität und Erleichterung stellte sich ein.

Das Essen war wider Erwarten ganz passabel geraten, Sarah lobte den Gemüseauflauf, Jonas die Fischstäbchen, die er als Einziger serviert bekam. Ich brachte kaum einen Bissen hinunter, obwohl ich ausgehungert war.
Der Schacht, ihr Atelier, die Schläger, meine Blöße, der Vertrag …
Ich begann zu zittern. Sarah sah mich kritisch an, runzelte die Stirn. Sie stand auf, legte ihre Hand auf meine Stirn.
Du hast Fieber. Geh schlafen, ich bring Jonas ins Bett und mach den Abwasch.
Ich nickte matt, erhob mich unsicher wie ein Betrunkener, obwohl ich die bereitgestellte Flasche Rotwein nicht geöffnet hatte. Ich gab Jonas einen Gutenachtkuss, torkelte ins Bad, legte die Kleider ab, kroch schlotternd ins Bett. Sarah legte mir feuchte Tücher auf die Stirn, dann kippte ich in wilde Träume, sah mich als Teil eines Gemäldes, in einem Vogelkäfig kauernd, der immer kleiner wurde, bis ich keine Luft mehr kriegte. Ich erwachte hechelnd, verschwitzt, schlotternd. Sarah stand auf, zog mir den Pyjama aus, wusch mich mit einem kalten Lappen, der nach Alkohol roch, zog mir trockene Sachen über. Sie verschwand in der Küche, kam mit einer Kanne Tee zurück, hielt mir den Becher hin, bestand darauf, dass ich einen halben Liter trank. Ich genoss die Fürsorge, fühlte mich wie ein Kind, versuchte, mir einzureden, ein Bubenstreich habe mich in diese Situation gebracht.

3

Ich bin mit Jonas bei meinen Eltern. Ich kann nicht mehr, weiß nicht mehr weiter.
Soll er allein schauen, wie er zurechtkommt! Ich hoffe, dass ihn unsere Flucht wachrüttelt.
Jetzt, mit etwas Distanz betrachtet, kommt mir meine Aktion hilflos vor, aber ich finde keinen Weg, ihn zu begreifen. Bisher konnte ich mich auf ihn verlassen. Und jetzt! Diese erschreckende Achtlosigkeit uns gegenüber – seiner Familie gegenüber. Er benimmt sich wie ein Junggeselle, trinkt, kommt erst gegen Morgen nach Hause. So wird er unmöglich seine Masterarbeit abschließen.
An diesem Wochenende wurde mir bewusst, dass er es nicht schaffen wird. Seine Flucht vor der Verantwortung, sein Hadern mit Spinoza – er will nicht erwachsen werden.
Trotzdem – ich bin zurückgekehrt. War das der richtige Entscheid? Er liegt mit Fieber im Bett.

Sarah musste schon länger auf sein, ich hörte sie in der Küche hantieren. Jonas schaute vorsichtig ins Zimmer. Als er realisierte, dass ich wach war, stürmte er zu mir, umarmte mich. Sarah brachte mir Tee ans Bett, steckte mir einen Thermometer in den Mund, sagte, nur noch siebenunddreißigfünf. Erhol dich. Du weißt, wo du mich erreichen kannst.
Sie gab mir einen Kuss, zog Jonas mit sich, verließ mit ihm die Wohnung. Ich war allein. Wohlig entspannt drehte ich mich auf die Seite, schloss die Augen. Wirklich krank fühlte ich mich nicht mehr, aber aufstehen mochte ich nicht.
Hatte ich bereits eine Nachricht erhalten?
Ich schälte mich aus den Decken, suchte mein Handy. Es war keine SMS eingetroffen.

Ich nahm einen Schluck Tee, legte mich wieder ins Bett, das Handy in der Hand.
Kaum war ich eingenickt, hörte ich ein Brummen, grabschte wie ein Ertrinkender nach dem Smartphone, das unter dem Kopfkissen lag, öffnete das Display. Nichts, keine SMS. Das Gerät mit beiden Händen vor dem Bauch haltend, verbrachte ich den Tag zwischen Wachen, Dösen, Aufschrecken, Einschlafen. Ich war froh, als Sarah mit Jonas zurückkam.

Am Dienstag fühlte ich mich nicht besser, meldete mich krank. Am Mittwoch raffte ich mich auf, meinen Arbeitsplatz in der Agentur aufzusuchen. Ich musste ausgesehen haben wie eine Wasserleiche, jedenfalls verlangte der Personalverantwortliche kein Arztzeugnis, sondern schickte mich umgehend nach Hause. Ich widerstand dem Impuls, im Atelier vorbeizuschauen, fuhr zurück in die Wohnung, legte mich wieder ins Bett. Immer wieder zückte ich mein Smartphone. Keine SMS.
Gegen Abend hielt ich es nicht mehr aus im Bett. Unschlüssig stand ich im Wohnzimmer, starrte auf das zugeklappte Notebook, überlegte, den Fernseher einzuschalten, ging stattdessen in die Küche, trank ein Glas Wasser. Dann begann ich den Tisch zu decken, gleich würde Sarah mit Jonas auftauchen.

Donnerstagmorgen. Ich war fieberfrei, die innere Unruhe war geblieben. Das Ausbleiben der SMS trieb mich in einen nervösen Zustand der Ungewissheit, der Erwartung, dauernd schielte ich auf mein Smartphone. Sarah schrieb diese Macke meiner fiebrigen Erkältung zu. Auch im Betrieb war es aufgefallen. Ich wurde ermahnt, mein Handy während der Arbeit wegzustecken.
Als auch das Wochenende ohne Meldung vorüberging, versuchte ich mir einzureden, ich hätte alles nur geträumt. Der 15. März, der Tag der Finissage, kam näher. Mit einem Mal war ich nicht mehr sicher, ob ich den Anlass besuchen wollte. Die ganze Woche hatte ich versucht, *sie* und meine traumhaften Erinnerungen zu vergessen.

Am Samstag erledigte ich die aufgetragenen Einkäufe ohne Widerrede, bahnte damit den Weg für meinen nachmittäglichen Ausflug. Nach dem Mittagessen eröffnete ich Sarah, ich müsse ins Zentrum, würde jemanden wegen meiner Masterarbeit treffen und könne Jonas nicht übernehmen. Sie sah mich konsterniert an, nickte schließlich. Ich stahl mich aus der Wohnung. Unter dem Anorak trug ich ein weißes Hemd und ein Jackett, hoffte, dass es ihr nicht aufgefallen war.
Die Galerie präsentierte sich wie an der Vernissage. Zwei Türsteher kontrollierten die Gäste. Ich stellte mich in die lockere Gruppe der Wartenden, stellte verwirrt fest, dass Einladungen wie Einlasskarten gezückt wurden. Verunsichert blieb ich stehen, wurde nach vorne geschoben, stand unversehens vor den Bodyguards, suchte nach einer Erklärung. Ich sei ein Mitarbeiter der Künstlerin, hörte ich mich sagen. Einer der Türsteher tastete mich routiniert ab, nickte – ich war drin. Neben dem Eingang war eine Garderobe eingerichtet worden. Ich gab meinen Anorak ab.
Niemand im großen Ausstellungsraum betrachtete die Bilder, die Besucher standen in Gruppen zusammen, unterhielten sich, vereinzelt wurde Russisch gesprochen. Ich suchte die Künstlerin in der Menge, die dichter stand als an der Vernissage. Auf gut Glück zwängte ich mich durch die palavernden Menschentrauben, schnappte mir ein Glas Champagner von einem Tablett. Selbst im hinteren Teil des Lokals standen die Gäste dichtgedrängt, die Arbeitstheke war entfernt worden. Dahinter erkannte ich zwei große, dunkel gekleidete Gestalten, eine Sicherheitsmaßnahme zur Beruhigung der vielen VIPs, nahm ich an. Eben unterhielten sich die beiden mit einem Besucher, nickten, deuteten auf eine Türe im Hintergrund. Der Mann verschwand im angrenzenden Raum. Ich vermutete ein Chambre séparée, wo die großen Geschäfte abgewickelt wurden. Gebannt blieb ich stehen, wartete, dass weitere Besucher passieren würden – vergeblich. Erst als die Person zurückkam, schickte sich eine andere an, den Raum aufzusuchen. Rätselnd wendete ich mich ab, mischte mich unter die Besucher, zuckte

zusammen – *sie* stand vor mir, ebenso überrascht wie ich, aber im Gegensatz zu mir verlor sie die Fassung nicht, sondern lächelte mich an.
André, welch eine Überraschung. Schick!
Sie fasste kurz ans Revers meines Jacketts. Hast du die SMS schon gekriegt?
Ne ... nein, ich glaube nicht.
Dann wird sie noch kommen. Schön, dass du hier bist.
Ich wurde abgedrängt, verlor sie aus den Augen.
Fluchtartig verließ ich die Galerie, klaubte, kaum an der kalten Luft, mein Smartphone hervor. *16. März, 13.00h.* Das war morgen Sonntag. Wir wollten den Zoo besuchen.
Ich eilte durch die leeren, hell erleuchteten Straßen, die der Nordwind leergefegt hatte, versuchte, mir Ausreden zurechtzulegen. Die Masterarbeit konnte ich nicht schon wieder vorschieben. Es musste die Agentur sein, sie brauchte meine Hilfe.
Sarah war in der Küche, blieb stumm, als ich ihr einen Kuss auf den Nacken drückte. Jonas kam aus seinem Zimmer, hängte sich kurz an mein Bein, dann wendete er sich wieder seinen Indianerfiguren zu. Ich zog mich um, ging in die Küche zurück, wollte Sarah bei der Zubereitung des Abendessens helfen, aber ihre routinierte Geschäftigkeit ließ mir keinen Platz. Als ich mich anschickte, von meinem imaginären Treffen zu fantasieren, erlöste sie mich mit dem Hinweis, ich könne den Tisch decken.
Zum Glück erzählte Jonas während des Essens, was er im Hallenbad erlebt hatte. Sarah ergänzte, während sie mit der Hand über ihren Bauch fuhr, ich dachte mir, es würde *ihr* auch guttun.
Ich nickte, versuchte ein Lächeln. Es gelang mir nicht überzeugend, die Erinnerung an die Zeit nach Jonas' Geburt war noch zu frisch: schlaflose Nächte, Wickeln, Füttern und einige Zeit keinen Sex.
Jonas gab mir einen Kuss, verschwand mit Sarah im Bad. Ich erledigte den Abwasch, wollte eben den Fernseher einschalten, als Sarah zurückkam und sagte, wir müssen reden.
Ich kam mir vor, als wäre ich auf frischer Tat ertappt worden.

Wir müssen reden, so kann es nicht weitergehen.
Sie setzte sich an den leeren Tisch. Zögerlich nahm ich ihr gegenüber Platz. Du bist wie ein Geist, flüchtig und nicht zu fassen. Ich habe deine gedanklichen und physischen Absenzen bisher mit der Masterarbeit entschuldigt, so viel hängt ja davon ab, dass du endlich dein Studium abschließt. Ich habe dich geschont, dir den Rücken freigehalten, weggesehen, wenn du für uns keine Zeit hattest, aber …
Sarah kämpfte gegen die Tränen, kramte ein Taschentuch hervor, tupfte sich die Augen ab. Plötzlich schaute sie auf, starrte mich an. Hast du eine Freundin?
Ich zuckte zusammen, schluckte leer.
Ich habe dich angelogen, improvisierte ich. Sarah riss die Augen auf, starrte mich verzweifelt an.
Ich war heute nicht wegen meiner Masterarbeit an einem Treffen.
Sarah ballte ihre Hände zu Fäusten.
Das weiße Hemd, das Jackett. Wo hast du sie getroffen?
Ich war bei einem … Vorstellungsgespräch.
Ihre Augen wurden noch größer.
Vorstellungsgespräch?
In einer Expeditionsfirma. Ich dachte mir, ein Zusatzverdienst würde unserer Familienkasse guttun.
Sarah atmete heftig, schluchzte, Tränen liefen ihr über die Wangen. Sie drückte sich das Taschentuch an die Nase, stand langsam auf, kam auf mich zu, schlang ihre Arme um mich.
Obwohl sie mich in dieser Nacht mehrmals umarmte, ihren gewölbten Bauch an mich drückte, mich um Verzeihung bat, gelang es mir nicht, ihre Liebkosungen zu erwidern. Wir schliefen beide schlecht, als Jonas zwischen uns kroch, waren wir bereits wach. Sein wilder Haarschopf roch nach Unschuld und Schlaf.
Während des Frühstücks zückte ich mein Smartphone, machte ein überraschtes Gesicht, seufzte, der erste Auftrag ist reingekommen. Leider ist es ein Aufgebot für heute Nachmittag. Die Firma arbeitet auch am Wochenende.
Sarah nickte bloß, vermutlich wollte sie nicht schon wieder meine Ehrlichkeit anzweifeln. Jonas hatte mitbekommen, dass

ich gehen würde, fing an zu quengeln, sah den versprochenen Zoobesuch in Gefahr. Sarah wandte sich ihrem einzigen Verbündeten zu, nahm ihn in die Arme, beruhigte ihn.

Zum ersten Mal fuhr ich ohne Skrupel auf den Platz, stellte das Fahrrad direkt vor dem Atelier ab. Ich war zu früh, es war noch niemand da. Ich zündete mir eine Zigarette an, suchte die Fassade nach Kameras ab. Direkt über dem Tor, ein rundes Auge. Es war mir entgangen. Vermutlich war die Zone im Gebäudeinnern direkt vor dem Atelier auch überwacht. Während ich wartete, begann ich mir den Kopf zu zerbrechen, welche Aufgaben mich wohl erwarteten, ob ich allein arbeiten würde.
Ich drückte eben die dritte Zigarette aus, als ein dunkler Lieferwagen auf den Platz fuhr. Er hielt direkt neben dem Ateliertor. Der Fahrer stieg aus, begrüßte mich in gebrochenem Deutsch mit einem kräftigen Handschlag, holte einen Schlüsselbund aus dem Fahrzeug. Während er das Tor öffnete, sagte er, heute wir sind zu zweit. Du nur einpacken und tragen, ich fahren.
Ich nickte, folgte ihm ins Atelier, wo neben der Türe zur Schreinerwerkstatt drei Kistenstapel standen, wie ich sie im Raum dahinter gesehen hatte. Das defekte Wasserleitungsrohr war ersetzt worden. Der Fahrer deutete auf die Kisten, hieß mich anpacken, sie mussten in den Wagen geladen werden. Wenigstens waren die Behältnisse nicht so schwer, wie sie aussahen.
Wir trugen die Kisten hinaus in den Hof, dabei fiel mein Blick auf ein Bild, das in der Nähe des Fensters auf einer Staffelei stand. Das war ich! Sie musste auf der Basis der Skizze und der Fotos den Akt weiterbearbeitet haben. Erschrocken realisierte ich, dass ich zu einem Teil ihres Werks geworden war. Es schien mir wie ein symbolischer Pakt. Ich ließ die Erkenntnis langsam setzen, während wir die Kisten im Laderaum des Wagens stapelten. Nach fünfzehn Minuten waren wir damit fertig. Der Fahrer machte einen Kontrollgang im Atelier, löschte die Lichter, schloss die Türen ab, dann setzte er sich hinters Steuer. Ich kletterte auf den Beifahrersitz. Obwohl nur wenig Verkehr herrschte, war ich froh, dass ich nicht steuern musste. Ich hatte

keine Fahrpraxis, hatte zudem noch nie einen Wagen dieser Größe gelenkt.

Wir fuhren in die Innenstadt, hielten vor der Galerie auf dem Gehsteig.

An der Türe wurden wir von einem Security-Typen erwartet. Die Bilder hingen noch, unbeleuchtet wirkten sie flach und leblos. Wir suchten anhand der Verkaufsliste die passenden Kisten – die Nummern der Gemälde waren auf den Holzdeckeln vermerkt – und positionierten sie direkt vor den Objekten. Als wir das erste Bild in die Kiste einpassten, dämmerte es bereits. Der Security-Mann verließ in kurzen Abständen die Galerie, um zu rauchen. Ich fingerte nervös nach meinem Zigarettenpäckchen, sah auf meinen Begleiter. Der arbeitete wortlos, wollte offensichtlich keine Pause einlegen. Ich schob das Päckchen wieder in die Tasche zurück.

Gegen sieben Uhr waren die Bilder verpackt und im Wagen verstaut. Wir fuhren los. Ich schlug vor, an einem Schnellimbiss einen Stopp zu machen, der Fahrer ging nicht darauf ein. Unbeirrt fuhr er Richtung Westen aus der Stadt. Meine Annahme, wir würden die Bilder an die Käufer liefern, entpuppte sich als Irrtum. In Schlieren bog er von der Hauptstraße ab, nahm eine Geleiseunterführung, lenkte den Wagen auf ein großes Werkgelände mit offenen Lagerflächen und Hallen. Vor einer der Hallen hielt er an, zückte sein Handy, führte ein kurzes Gespräch, dann fuhr er rückwärts dicht an die Torfront, wartete. Eines der großen Rolltore öffnete sich, wir stiegen aus. Vor uns lag ein riesiges Warenlager. Die Fläche wurde durch größere und kleinere massive Gitterbehältnisse in Sektoren eingeteilt. Mein Begleiter schloss einen der ebenerdig gelegenen Käfige auf, konsultierte eine Liste. Wir begannen, die Kisten nach einer bestimmten Reihenfolge einzuräumen. Ich nahm an, dass so die Lieferung der verkauften Bilder vereinfacht würde.

Gegen einundzwanzig Uhr hatten wir die Arbeit beendet. Ich war geschafft. Fröstelnd setzte ich mich auf den Beifahrersitz, spürte jeden Muskel. Mein Begleiter fuhr zurück zum Atelier, stoppte neben meinem Fahrrad. Er blieb sitzen, gab mir einen schmerzhaften Händedruck durch das offene Seitenfenster, ließ den Motor aufheulen. Der Wagen verschwand aus meinem Blickfeld. Ich schloss die Kette auf, stieg auf mein Rad, fuhr nach Hause.

In der Diele ließ ich den Anorak auf den Boden fallen, schleppte mich in die Küche, wo ich wie ein Verdurstender den Mund unter den Wasserhahn hielt. Sarah tauchte auf, sah mich besorgt an. Sie stellte mir Brot und Käse hin, strich mir über die Wange.

Wie kommst du bloß auf die Idee, einen solchen Job anzunehmen?, murmelte sie, als sie sich neben mir auf einen Stuhl gleiten ließ.

Am Montagmorgen blieb ich liegen, obwohl ich Jonas in die Tagesstätte hätte bringen sollen. Sarah hatte mich nicht geweckt und meinen Part übernommen. Das hoffte ich zumindest. Ich hatte wenig geschlafen, hatte kaum eine Position gefunden, die mich schmerzfrei liegen ließ. Erst gegen Mittag schlurfte ich in die Küche, machte Kaffee. Was sollte ich Sarah sagen, wenn sie wissen wollte, wie viel mir mein Nebenjob einbringe? Darüber stand nichts im Vertrag. Ich hatte keine Ahnung, wie viel und wann sie bezahlen würden. Ich hatte mich auf die Eisfläche begeben, jetzt musste ich damit rechnen, einzubrechen.

Ich installierte mich am Wohnzimmertisch, schlug die «Ethik» auf, blätterte vor zum dritten Teil, «Über den Ursprung und die Natur der Affekte».

Die Lehrsätze und Beweise waren verständlicher, weniger abstrakt. Beim neunten Lehrsatz hielt ich den Atem an. Ich las die Anmerkung nicht zum ersten Mal, aber diesmal sprang sie mich an wie ein Raubtier.

Dieses Bestreben wird, wenn es auf den Geist allein bezogen wird, Wille genannt; wird es aber auf Geist und Körper zugleich bezogen, so heißt es Verlangen; welches also nichts anderes ist als des Menschen Wesen selbst, aus dessen Natur das, was zu seiner Erhaltung dient, notwendig folgt, weshalb der Mensch bestimmt ist, es zu tun. Auch ist zwischen Verlangen und Begierde kein Unterschied; nur dass Begierde meistenteils auf den Menschen bezogen wird, sofern er seines Verlangens bewusst ist. Man kann es daher so definieren: Die Begierde ist ein Verlangen mit dem Bewusstsein desselben. – Aus dem allem geht darum hervor, dass wir nichts erstreben, wollen, verlangen oder begehren, weil wir es für gut halten, sondern dass wir umgekehrt darum etwas für gut halten, weil wir es erstreben, wollen, verlangen oder begehren.

Verlangen! Unweigerlich sah ich sie wieder vor mir in ihrer schwarzen, eng anliegenden Ledermontur mit den spitzen Stiefeln. Sie hatte nichts mehr gemein mit jener Frau, die ich die ersten beiden Male im Atelier angetroffen hatte, nachlässig gekleidet, unfrisiert, durch die äußeren Umstände verunsichert. Bisher hatte mich dieses Unerklärliche und leicht Fragile angezogen, jetzt drängte mich diese seltsame Mischung aus angstvoller Lust und Begierde – Verlangen.
Meine Finger blätterten weiter vor:

Fünfzehnter Lehrsatz
Jedes Ding kann zufällig Ursache der Lust, Unlust oder Begierde sein.

Verwirrt suchte ich die nächste markierte Stelle.

Zwanzigster Lehrsatz
Wer sich vorstellt, dass das, was er hasst, zerstört wird, der wird Lust empfinden.

Einundzwanzigster Lehrsatz
Wer sich vorstellt, dass das, was er liebt, mit Lust oder Unlust erregt wird, der wird selbst ebenfalls mit Lust oder Unlust erregt werden; und jeder dieser beiden Affekte wird im Liebenden stärker oder schwächer sein, je nachdem der Affekt in dem geliebten Gegenstand stärker oder schwächer ist.

Achtundzwanzigster Lehrsatz
Alles, wovon wir uns vorstellen, dass es zur Lust beiträgt, suchen wir zu fördern, um seine Verwirklichung herbeizuführen. Alles hingegen, wovon wir uns vorstellen, dass es jenem widerstrebt oder dass es zur Unlust beiträgt, suchen wir zu entfernen und zu zerstören.

Erschrocken legte ich das Buch beiseite, stand auf, blieb unschlüssig stehen, setzte mich wieder. Ich keuchte wie nach einem Sprint, griff mir an die Stirne. Nein, ich hatte kein Fieber. Wieso hatte ich mein Smartphone in der Hand? Wieso starrte ich darauf wie ein Junkie? Das nächste Aufgebot! Aber es war keine SMS eingetroffen.
Irgendwie war ich erleichtert – und gleichzeitig enttäuscht. Gegen Abend rief ich Sarah an, teilte ihr mit, ich würde Jonas abholen.
Wir machten den Umweg über den Spielplatz, ich ließ Jonas etwas austoben. Zu Hause begann ich das Abendessen vorzubereiten, Jonas durfte mithelfen. Als die Türe ins Schloss fiel, schoss Jonas auf, rannte hinaus in den Flur. Sarah erschien in der Küche, begrüßte mich mit einem Kuss.
Hast du gearbeitet?, bemerkte sie mit einem Blick auf den Wohnzimmertisch.
Ja, sagte ich, begann, das Chaos wegzuräumen. Ich werde mich vermutlich auf den dritten bis fünften Teil der «Ethik» konzentrieren. Es geht um die Affekte. Der Stoff ist weniger abstrakt. Ich habe das Gefühl, es könnte sich daraus etwas ergeben.
Das heißt, du hast Spinoza nicht aufgegeben, bemerkte Sarah vorsichtig.
Nein. Ich habe noch drei Monate Zeit, sagte ich, ging auf sie zu, nahm sie in die Arme.

Ich arbeitete in der Agentur, kümmerte mich abends um Jonas, erledigte meinen Teil im Haushalt, suchte die Nähe zu Sarah. Dabei wartete ich angespannt auf die nächste Nachricht. Mehrmals war ich versucht, auf dem Weg in die Agentur ihr Atelier

aufzusuchen. Da ich ja im selben Haus arbeitete, hätte ich eine zufällige Begegnung erklären können. Jedes Mal verließ mich der Mut, als ich vor der Türe stand.
Die Ostertage verbrachten wir zu Hause, im Wald lag noch zu viel Schnee. Wir kochten gemeinsam, machten Gesellschaftsspiele, sahen fern, Jonas suchte nach versteckten Ostereiern. Mir fehlte die Ablenkung, dauernd musste ich an nächste Aufgebote, an unlösbare Aufgaben, Komplikationen, Verstrickungen – an *sie* denken.
Es war wie eine Erlösung, als am Ostermontag die SMS eintraf.
Dienstag, 25. März, 17.00h
Das war morgen.

Ich verließ die Agentur ein paar Minuten vor dem vereinbarten Termin, ging am Club vorbei auf den rückwärtig gelegenen Platz. Das Atelierfenster war beleuchtet. War sie da? Ich sah auf die Uhr, realisierte, dass ich zu früh war, steckte mir eine Zigarette an.
Ich hatte mich in die Vorstellung hineinfantasiert, dass ich sie allein treffen würde, aber neben dem Tor stand ein Fahrzeug. Es war kein Lieferwagen, sondern ein dunkelgrüner Sportwagen mit chromglänzendem Kühlergrill, ein Oldtimer.
Ich begann zu schlottern, versuchte, mit wilden Bewegungen meine Glieder aufzuwärmen. Endlich öffnete sich das Tor, ein Mann erschien, stellte den mit Pelz eingefassten Kragen seines Mantels hoch, blickte kurz zurück, winkte, ging zum Fahrzeug, stieg ein. Er ließ den Motor mindestens eine Minute warmlaufen, bis er endlich in einer Abgaswolke davonfuhr.
Ich schnippte die Zigarette weg, ging zum Tor, es war verschlossen. Hatte sie mich vergessen? Ich war kurz davor, ans Fenster zu pochen, als die Türe einen Spaltbreit geöffnet wurde.
Komm herein!
Ich trat in den Gang, sah niemanden. Sie musste im Atelier sein. Der hell erleuchtete Raum war leer. Unschlüssig stand ich da, wartete.
Ich komme gleich, rief sie aus dem Nebenraum.

Ich ließ meinen Blick über die Bilder schweifen, kam mir vor wie ein kleiner Junge an einem verbotenen Ort. Zog sie sich um?
Die Türe zur Werkstatt öffnete sich. Sie trug ihre Latzhose, darunter ein ärmelloses weißes Shirt. Vermutlich starrte ich sie an, als sie langsam auf mich zukam. Sie blieb stehen, stemmte die Hände in die Hüften, musterte mich vergnügt.
Holla André, sagte sie mit einer Stimme wie Honig, drückte mir einen Kuss auf den Mund. Ich hatte weiche Knie, wie damals, als mich Sarah zum ersten Mal küsste.
Wie war's am Sonntag?
Am Sonntag?
Deine erste Fahrt.
Natürlich …, es war … spannend.
Spannend?
Die Bilder … deine Bilder zu verpacken, zu transportieren, einzuschließen.
Erinnerst du dich noch, wo ihr sie eingeschlossen habt?
Ja, in einer Halle in Schlieren.
Findest du sie wieder?
Ich denke schon.
Gut, für deinen Job musst du es wissen. Hast du ein Auto?
Nein.
Sie nickte, drehte sich um, ging zum Tisch, auf dem Farbtuben, Pinsel, Behälter, eine Flasche und zwei Gläser standen. Sie nahm eines der Gläser, wusch es flüchtig am Trog, stellte es auf den Tisch, schenkte beide Gläser voll, kam damit auf mich zu. Sie streckte mir das Glas entgegen, an dem noch Wassertropfen perlten, sagte, twajó starówje. Während ich daran nippte, leerte sie ihr Glas in einem Zug, schaute mich zuerst mitleidig überrascht, dann auffordernd an. Es war Wodka. Nach dem zweiten, größeren Schluck begann ich zu husten, Tränen schossen mir in die Augen. Sie wandte sich lachend ab, begann, Farbtuben auszuwählen, Pinsel zu sortieren, holte eine leere Leinwand, montierte sie auf eine Staffelei. Hatte sie meine Anwesenheit vergessen? Ich war stehen geblieben, verfolgte ange-

spannt ihre Vorbereitungen. Jetzt drehte sie sich um, winkte mich zu sich.
Heute machen wir eine Sitzung. Zieh dich aus.
Ich brachte die Füße nicht vom Boden, stand da wie festgeschraubt, dabei hatte ich es geahnt, als sie ihre Utensilien bereitstellte. Ich hatte von Malsitzungen geträumt, hatte sie in allen Details erlebt, aber jetzt konnte ich keinen Finger bewegen, kriegte kaum Luft, brachte keinen Ton über die Lippen.
Sie kam schmunzelnd auf mich zu, sagte, André, du bist so süß, begann, mich auszuziehen. Ihre körperhafte Nähe, ihre unverblümte Direktheit trieben mir Schweißtropfen auf die Stirn, zugleich kämpfte ich gegen eine Erektion.
Diesmal setzte sie mich in einen alten Polstersessel, ließ mich eine Position einnehmen, die mir unangenehm war. Sie steckte sich eine Zigarette an, schenkte sich ein weiteres Glas ein, begann, mit schnellen Strichen die Leinwand, die für mich verdeckt war, zu bearbeiten. Dann drückte sie aus Tuben Farbe auf eine Palette, nahm einen der Pinsel, rührte damit in der Farbe, trug sie auf die Leinwand auf. Dauernd wechselte sie Pinsel und Farben, alles geschah routiniert, stumm. Während sie ihr Werk immer wieder mit mir verglich, stellte ich mir vor, wir hätten die Rollen getauscht, sah sie nackt vor mir auf dem Sessel liegen, sah mich mit den Pinseln die Leinwand bearbeiten. Ich sog ihren Blick auf, wurde eins mit ihr.
Begehren!
Alles, wovon wir uns vorstellen, dass es zur Lust beiträgt, suchen wir zu fördern, um seine Verwirklichung herbeizuführen.
Hatte sie meine Blicke bemerkt? Sie legte die Pinsel ab, stand auf, begutachtete ihr Werk aus Distanz, brachte noch ein paar Verbesserungen an, dann nickte sie.
Fürs Erste lassen wir es bleiben, so deutete ich ihren Blick, der zwischen mir und dem Gemälde hin und her pendelte. Sie sammelte ihre Malutensilien zusammen, ging damit zum Ausguss. Ich wartete darauf, dass sie sagen würde, zieh dich wieder an, stattdessen bemerkte sie nüchtern, man sagt, die meisten Maler gehen mit ihren Modellen eine amouröse Beziehung ein.

Sie trocknete sich die Hände mit einem Tuch, kam langsam auf mich zu, öffnete die Knöpfe ihrer Latzhose.
Was meinst du?
Ich starrte sie an, starrte auf ihre Brustwarzen, die sich unter dem dünnen Stoff des Shirts abzeichneten.
Na, was meinst du?

Sarah war wach geblieben, hatte mir in der Küche meinen Anteil des Abendessens beiseitegestellt. Ich hatte Hunger, aber ich brachte in ihrer Gegenwart keinen Bissen runter. Sie sah mir zu. Als ich den halbvollen Teller von mir schob, stellte sie ihn in das Spülbecken, nahm mich bei der Hand, zog mich hinüber ins Schlafzimmer. Als sie sich an mich schmiegte, zuckte ich zusammen.

Es geschieht in der Natur nichts, was ihr als Fehler angerechnet werden könnte. Denn die Natur ist immer dieselbe, und ihre Kraft und ihr Vermögen zu wirken ist überall gleich.

Aber selbst Spinoza vermochte meine Skrupel nicht zu mildern. Ich war froh, als ich am Morgen aus dem Haus in die Agentur fliehen konnte. Ich sollte einen Beitrag mit den passenden Symbolbildern bestücken und layouten. Er musste heute fertig werden, aber ich kam nicht vom Fleck. Die Eindrücke des vergangenen Abends detonierten in meinem Hirn, besetzten jeden Winkel, jede Windung, unmöglich, sich auf etwas anderes zu konzentrieren.
Einmal mehr musste ich über Mittag durcharbeiten, einmal mehr kam ich spät aus dem Büro.

Alles hingegen, wovon wir uns vorstellen, dass es der Lust widerstrebt oder dass es zur Unlust beiträgt, suchen wir zu entfernen und zu zerstören.

War Spinozas Lehrsatz eine Aufforderung? Würde ich für *sie* meine Familie opfern?

Mein Gott, dachte ich erschrocken, bin ich verrückt geworden?

Wollust kann ein Übermaß haben und schlecht sein; Schmerz aber kann insofern gut sein, sofern Wollust oder Lust schlecht ist.

Der nächste Einsatz stand wie eine Prüfung vor mir, dauernd musste ich daran denken, dauernd sah ich auf mein Handy. Wenn ich wenigstens gewusst hätte, wann er stattfinden würde, hätte ich mich darauf einstellen können. Aus ihren Äußerungen schloss ich, dass ich selbst fahren müsste, womöglich einen Lieferwagen, eine beklemmende Vorstellung, die mich in meinen Träumen verfolgte.
Ich wusste nicht einmal, wie lange ich wegbleiben würde. Wenn es eine der erwähnten Auslandfahrten wäre, konnte ich nicht damit rechnen, dass es wieder ein Wochenendeinsatz sein würde. Meine Arbeitszeit in der Agentur könnte tangiert werden! Bisher hatte ich diesen Umstand verdrängt. Ich konnte nicht einfach Krankheit vorschieben, zumal der Treffpunkt für die Fahrten vermutlich weiterhin vor dem Atelier sein würde, wo ich gesehen werden konnte.
Ich wählte die Offensive, überraschte mich selbst, als ich dem Personalverantwortlichen mein Dilemma darlegte. Aufgrund meiner Schilderung nahm er an, dass ich nur des Verdienstes wegen eine zusätzliche Stelle angenommen hatte. Er konsultierte die Lohndaten und das Qualifikationsblatt, meinte, Ihre Arbeitsresultate sind mehrheitlich gut, Sie benötigen lediglich etwas viel Zeit. In Anbetracht dieser Tatsache kann ich Ihnen fünfhundert Franken zusätzlich geben, wenn sie auf den Zusatzjob verzichten.
Ich war perplex. Das war eine Verdoppelung meines Lohns. Ich blickte auf, schluckte leer. Mein Vorgesetzter rechnete damit, dass ich ohne Zögern einwilligen würde. Ich rang nach Worten, bedankte mich ungelenk für das Vertrauen, erklärte, ich könne den Speditionsjob nicht aufgeben, ich hätte einen Arbeitsvertrag unterzeichnet. Der Personalverantwortliche sah mir in die Augen, atmete aus.

Schade. In diesem Fall kann ich Ihnen auch keine anspruchsvollen, komplexeren Arbeiten mehr zuteilen lassen, da die Einsätze, wie ich verstanden habe, spontan erfolgen werden.
Ich nickte wortlos, verließ den Raum.
Fünfhundert Franken zusätzlich!
Was war ich doch für ein Arsch, ich hätte den Vorschlag annehmen sollen.
Zuwiderhandlungen werden gebüßt!
Ich hatte keine Wahl. Auch wenn ich den ominösen Vertrag vernichtet hatte, der Satz hallte nach, hockte mir im Genick, drückte mir auf den Magen. Ich wusste, es würde nicht bloß eine Geldbuße sein, ihre Schläger hatte sie nicht dafür abgerichtet. Überrascht stellte ich fest, dass ich wieder an meinem Arbeitsplatz saß. Ich starrte auf den Bildschirm, versuchte, in meine Arbeit zurückzufinden. Hatte eben mein Smartphone gebrummt? Die erwartete SMS? Ich eilte auf die Toilette.
28. März, 17.00h
Das war in zwei Tagen, am Freitagabend. Ich atmete auf. So hatte ich das Wochenende, notfalls auch den Montag zur Verfügung, falls der Auftrag mehr als zwei Tage in Anspruch nehmen sollte. Sarah würde ich schonend darauf vorbereiten.

Meine Einsätze in der Agentur hatten sich wieder auf Hilfsarbeiten reduziert. Kleinere Korrekturen an abgabebereiten Projekten, suchen von Symbolbildern, kopieren, Kaffeenachschub sicherstellen, Kaffeemaschine warten. Überstunden musste ich keine mehr einschieben. Am Freitag war ich bereits um halb fünf mit meiner Arbeit fertig, fuhr den Computer herunter, verließ die Agentur. Hätte ich eine Tasche mit dem Nötigsten für eine Übernachtung mitnehmen sollen? Sarah hatte ich eröffnet, der Auftrag könne länger dauern.
Hinter der Fabrik stand der Oldtimer, den ich bereits beim letzten Treffen gesehen hatte.
Ich war zu früh, steckte mir eine Zigarette an. Sie verglühte schnell im kalten Wind. Endlich wurde das Tor geöffnet, ein Lichtstreifen fiel auf den Asphalt. Ich warf die Zigarette weg,

ging darauf zu. Überrascht hielt ich inne, drückte mich an die Hausmauer, der weißhaarige Typ trat durch das Tor. Sie stand hinter ihm, ich sah sie erst, als er sich umdrehte und sie sich küssten. Nicht nur flüchtig, wie ich erschrocken feststellte. Sie verschwand wieder im Gebäude, schloss das Tor. Der Mann stieg in den Wagen. Der Oldtimer lärmte auf, beschrieb eine Runde auf dem Platz, donnerte an mir vorbei. Ich schluckte leer, zog den Mantelkragen hoch, trat hinaus in den Wind. Vor dem Tor wartete ich, schielte durch das Atelierfenster, aber der Vorhang verhüllte den Blick ins Innere. Ich vertrat mir die Beine, begann zu hüpfen. Wo blieb der Wagen, den ich übernehmen sollte?

Komm herein!

Ich flüchtete in die Wärme.

Der Raum war überheizt, Zigarettenrauch lag wie Nebel über der Szene. Sie war dabei, sich umzuziehen. Diesmal hatte sie sich nicht in den Nebenraum zurückgezogen, sondern wechselte ihre Kleider, als wäre ich nicht anwesend. Als sie die Träger ihrer Latzhose festgehakt hatte, kam sie auf mich zu, gab mir wortlos einen Kuss auf den Mund, fasste mit ihrer rechten Hand mit einer selbstverständlichen Geste an mein Gesäß.

Zieh den Anorak aus und setz dich.

Sie deutete auf einen Stuhl, der neben dem Tisch stand. Er war mit einem Stapel Skizzen bedeckt.

Leg sie auf den Tisch, sagte sie, während sie wie das letzte Mal eines der beiden Gläser auswusch. Sie stellte es auf den Tisch zurück, griff nach der Wodkaflasche, füllte beide Gläser, setzte sich mir gegenüber, hob ihr Glas.

Twajó starówje.

Sie sah mich auffordernd an, kippte das Glas, ohne mit der Wimper zu zucken. Vorsichtig nahm ich zwei Schlucke, bereitete mich innerlich darauf vor, dass ich meine Kleider wieder ablegen müsste.

Zu deinem nächsten Job, sagte sie überraschend. Du wirst nach Wien fahren.

Heute?, fragte ich erschrocken. Ich spürte bereits den Alkohol durch meinen Kopf rasen.

Am Montag. Einige meiner Bilder sind an einer Ausstellung.
Sie machte eine Pause, zündete sich eine Zigarette an, blies den Rauch an die Decke.
Eines soll ausgetauscht werden.
Mir war nicht klar, was das bedeutete. Ich musste sie ziemlich ratlos angesehen haben, jedenfalls lachte sie, beugte sich über den Tisch, strich mir über die Haare, sagte, ich werde dir alles erklären.
Sie füllte ihr Glas.
Das Auto, das du fahren wirst, steht am Montag um vierzehn Uhr vor dem Atelier bereit. Der Schlüssel wird unter der Sonnenblende stecken. Du fährst mit einer Kiste nach Wien, dort wird sie ausgetauscht. Danach fährst du hierher zurück.
Ich nickte, fragte vorsichtig, kann ich damit einfach so über die Grenze?
Sie seufzte, kramte in der Schublade des Sekretärs, zog ein zerknittertes Papier hervor, sagte, falls du gefragt wirst, transportierst du Bilder von mir in meinem Auftrag. Sie sind nicht für den Verkauf bestimmt. Steht hier drin. Falls du kontrolliert wirst.
Sie schob mir den Papierfetzen zu. Ich schaute sie ungläubig an. Sie reagierte nicht darauf, zückte ein Kuvert.
Hier sind fünfhundert Euro für Benzin und sonstige Spesen.
Sie wartete, bis ich alles verstaut hatte. Die Destination wird im Navigationsgerät des Fahrzeugs gespeichert sein: letztes Ziel. Wenn du da bist, wirst du eine SMS senden, dann wird sich jemand melden. Danach löschst du die Meldung. Kannst du dir die Telefonnummer merken, wenn ich sie dir zeige?
Ich glaube schon.
Ohne irgendwo zu notieren? Es ist wichtig.
Ja.
Gut.
Sie gab mir einen Zettel, auf dem eine Nummer gekritzelt war. Wir haben Zeit, du sagst, wann du so weit bist. Zum Schluss werde ich dich abfragen.
Zum Schluss?

Sie lachte mich vergnügt an, stand auf.
Wir werden unsere dritte Sitzung abhalten. Das Bild ist noch nicht so weit, nicht annähernd so weit, dass ich damit zufrieden wäre.
Mit dieser Vorstellung konnte ich mich kaum auf die Zahlen konzentrieren. Ich brauchte lange, sie wurde ungeduldig.
So schwierig kann es doch nicht sein.
Es ist eine Schweizer Handynummer, wagte ich zu bemerken.
Ja und? Ist eine Schweizer Handynummer schwieriger zu merken? Überleg nicht so viel, es tut nichts zur Sache.
Endlich fühlte ich mich so weit, dass ich sagte, ich denke, ich hab's.
Sie zog mir den Zettel weg, sah mich auffordernd an.
Ich begann mit der Zahlenreihe, musste zweimal korrigieren, aber ich brachte die Nummer schließlich zusammen.
Gut.
Danach füllte sie unsere Gläser randvoll, nickte mir aufmunternd zu, sagte, bevor du nach Hause gehst, frag ich dich nochmals ab.

An diesem Wochenende trat das Unvermeidliche ein: Sarah fragte, willst du nicht von deinem neuen Job erzählen?
Es war eher der Ton als die Frage selbst, die mich zur Vorsicht mahnte.
Ich muss Kunstwerke transportieren, eigentlich reine Routine, aber es ist trotzdem anspruchsvoll. Stell dir vor, etwas würde beschädigt.
Kunstwerke?
Bisher waren es Bilder. Wir müssen sie in Kisten packen und von einem Ort zum nächsten transportieren, für Ausstellungen, für Käufer oder für's Depot. Am nächsten Montag muss ich ein Bild in Wien abliefern.
In Wien. Und was hast du gestern Abend transportiert? Mir stockte kurz der Atem.
Gestern Abend war die Vorbesprechung.
Und die dauerte bis um Mitternacht?

Mein Gott, ich war noch bei Eric.
Sarah nickte ein Zeitlupennicken, entgegnete nichts, fragte nichts weiter, nickte nur. Hatte sie etwas bemerkt?
Die Ungewissheit ließ mich kurzatmig werden, meine Gedanken jagten zwischen meiner Fahrt nach Wien und Sarahs möglichem Verdacht hin und her. Ich setzte mich hinter mein Notebook, googelte meine Reise.
Am Sonntag machte Sarah den Vorschlag, ich solle doch mit Jonas allein etwas unternehmen, sie brauche Ruhe, wolle ausspannen. Jonas war begeistert. Er wollte auf den Spielplatz, Fußballspielen, in den Wald, zum Hauptbahnhof, an den See, um die Schwäne zu füttern. Wir einigten uns auf's Schwänefüttern.
Als wir an der Seepromenade unter den Platanen dem Kiesweg entlanggingen, seine kleine Hand vertrauensvoll in meiner Hand, wurde mir bewusst, was ich alles verlieren würde.
Alles!

Reue ist keine Tugend oder entspringt nicht aus der Vernunft; sondern der, welcher eine Tat bereut, ist doppelt gedrückt oder unvermögend.

Es war einer der Sätze, die ich angestrichen hatte.

Am Montagmorgen verließen wir zusammen das Haus, Sarah ging ins Hospiz, ich brachte Jonas in die Kindertagesstätte. Danach meldete ich mich in der Agentur für morgen ab, begann meine Reise vorzubereiten. Es waren über siebenhundert Kilometer bis nach Wien! Eine Reise zum Mond, und das ohne Fahrpraxis. Es war über ein Jahr her, seit ich das letzte Mal ein Auto gelenkt hatte. Ich fuhr mit dem Fahrrad zum Supermarkt, kaufte Proviant ein. Zu Hause packte ich eine kleine Tasche, in die ich das Nötigste für eine zweitägige Reise verstaute. Dauernd sah ich auf die Uhr, sprach mir die Handynummer vor, an die ich die SMS schicken musste, fläzte mich vor den Fernseher, zappte durch die Kanäle. Der Bankencrash in den USA und die

Folgen waren immer noch Hauptthema.
Ich trank ein Glas Wasser, checkte abermals meine Unterlagen, Geld, Lieferschein, die Zollbescheinigung, Identitätskarte. Dann zog ich den Reißverschluss der Tasche zu, hängte sie mir um, schloss die Wohnung ab, stieg aufs Fahrrad.
Ein kleiner Fiat mit Zürcher Nummernschildern stand vor dem Atelier. Ich kettete das Fahrrad neben die Kiste mit den Wodkaflaschen ans Regenrohr, öffnete die Fahrertür, tastete nach dem Schlüssel. Er war da. Ich legte die Tasche auf den Beifahrersitz, warf einen Blick in den hinteren Teil des Wagens. Die Lehnen der Rücksitze waren umgeklappt, im Fond lag eine Holzkiste. Ich setzte mich hinters Steuerrad, steckte den Schlüssel ins Zündschloss, checkte Gangschaltung, Hebel und Schalter, verstellte die Sitzposition und den Rückspiegel. An der Frontscheibe war ein mobiles Navigationsgerät montiert. 764 km, 7 Stunden und 53 Minuten zeigte das Display nach Aktivierung des Ziels.
Zuerst übte ich die wichtigsten Handgriffe im stehenden Fahrzeug, drückte ein paar Mal die Pedale, dann drehte ich den Schlüssel. Als ich die Kupplung schleifen ließ, reagierte der Wagen wie ein bockiger Esel. Ich trainierte fünf Minuten auf dem Platz, bevor ich mich auf die Straße wagte. Obwohl ich verkehrsgefährdend langsam fuhr, gelang es mir nicht, meine Aufmerksamkeit auf Verkehr, Ampeln, Hinweisschilder und den kleinen Bildschirm des Navigationsgeräts gleichzeitig zu lenken, ich nahm zweimal eine falsche Ausfahrt im Kreisverkehr, musste Umwege fahren. Mein Rücken war nassgeschwitzt, als ich endlich auf die Autobahn fuhr.
Im St. Galler Rheintal wurde mir bewusst, dass ich nächstens die Grenze nach Österreich passieren würde. Bei Kriessern nahm ich die Ausfahrt, sah die Schilder, sah die Zollgebäude, kurbelte die Seitenscheibe hinunter, erwartete, dass ich eine ID zeigen müsste. Aber … niemand war da, das Zollhaus auf der österreichischen Seite war verlassen.
Ich hielt bei der nächsten Tankstelle, klatschte mir auf der Toilette Wasser ins Gesicht, trank einen Kaffee, löste an der Kasse

eine Autobahnvignette, die Hinweise waren mir noch rechtzeitig aufgefallen. Auf der A12 kurz vor Innsbruck machte ich auf einer Raststätte Halt. Tanken musste ich noch nicht, der Wagen war vollgetankt gewesen, als ich losgefahren war. Ich rief Sarah an. Sie hatte mir am Morgen ans Herz gelegt, mich zwischendurch zu melden, nachdem sie mich lange umarmt hatte, als würde ich in die Fremde ziehen. Es wurde ein kurzes Gespräch, ich konnte ihr noch nicht viel erzählen.
Der Kaffee war schal, ich ließ ihn stehen, ging zurück zu meinem Fahrzeug. Auf dem Weg steckte ich mir eine Zigarette an, paffte in gierigen Zügen. Es dämmerte bereits.
Schroffe Berghänge zogen an mir vorbei, beidseits der Autobahn lag Schnee. Kurz vor Kufstein stellte ich fest, dass ich Richtung Deutschland fuhr. Zuerst dachte ich an einen Fehler des Navigationsgerätes, wollte die nächste Ausfahrt nehmen, aber die Fahrzeit bis ans Ziel nahm laufend ab, was mich wieder beruhigte. Als ich «Ausfahrt Salzburg» las, atmete ich auf. Ich war wieder in Österreich.
Die Landschaft löste sich in der Dunkelheit auf, Lichter und Lichtreflexe prasselten wie Sternschnuppen auf mich ein. Ich fuhr noch defensiver, schielte immer wieder auf das Navigationsgerät. Die Ankunftszeit verschob sich laufend, lag bereits bei dreiundzwanzig Uhr. Konnte ich die Kontaktperson überhaupt noch erreichen? Wien 70 Kilometer, las ich auf einer Hinweistafel. Ich kämpfte gegen die Müdigkeit, verkrampfte mich zusehends, war wie erlöst, als mich das Navigationsgerät von der Autobahn wies. Auf einmal fuhr ich auf kleinen, teilweise schneebedeckten Straßen durch ländliches Gebiet ohne Verkehr. Besorgt schielte ich auf die Benzinanzeigenadel, die sich dem Nullpunkt näherte. Hier im Niemandsland konnte ich nicht damit rechnen, eine Tankstelle zu finden. Noch fünf Minuten Fahrt! Ich passierte kleine Dörfer, Gehöfte, Weiler und Wälder, aber keine städtischen Vororte.
Sie haben Ihr Ziel erreicht!
Ich fuhr auf den Vorplatz einer Scheune, ließ den Wagen ausrollen, hielt an.

Scheiße!
Ich blieb eine Minute regungslos sitzen, wartete, bis die Adrenalinblockade sich löste. Dann stieg ich aus, schaute mich um. Links und rechts der Straße ein paar Wohnhäuser, dazwischen landwirtschaftlich genutzte Gebäude, die Szene beschienen von einer einzigen Straßenlampe. Die Ruhe war gespenstisch, ich konnte lediglich zwei beleuchtete Fenster ausmachen. Mutlos floh ich zurück in den Wagen in die Wärme, holte mein Smartphone, tippte die Nummer ein, schrieb, ohne lange zu überlegen: *Bin am ziel aber nicht in wien. Falsche koordinate?* Ich erinnerte mich an die Direktive, löschte die SMS auf meinem Display.
Es war kurz vor Mitternacht, ich rechnete nicht mit einer Antwort, gab mir eine Frist von fünfzehn Minuten, dann würde ich irgendwo eine Übernachtungsmöglichkeit suchen. Ich nutzte die Zeit, um Sarah zu schreiben, ich sei gut angekommen, ich werde morgen telefonieren.
Hämmern schüttelte mich aus einem beklemmenden Traum mit wilden Tieren. Ich riss die Augen auf, setzte mich gerade, versuchte mich zu orientieren. Jemand klopfte ans Seitenfenster. Erschrocken drehte ich den Kopf, sah in das bärtige Gesicht eines Mannes, das von einer Fellmütze eingerahmt wurde. Direkt vor der Kühlerhaube meines Fahrzeugs stand ein Wagen mit laufendem Motor, Abgasschwaden wurden von den Rücklichtern dramatisch rot eingefärbt.
Was wollte der Mann? Ich kurbelte das Seitenfenster einen Spalt auf, aussteigen schien mir nicht ratsam. Er deutete mir mit Handzeichen an, seinem Fahrzeug zu folgen.
War er der angesprochene Kontakt, fand die Übergabe des Gemäldes an einem Ort statt, den man nicht mit Koordinaten preisgeben wollte oder – wurde ich in einen Hinterhalt gelotst? Ich verdrängte die Antworten, fuhr den Rücklichtern des Wagens nach, der zu schnell fuhr. Vor jeder Biegung verlor ich ihn aus den Augen, dann tauchte er weit vorne wieder auf. Das Gebiet blieb ländlich, vergebens hoffte ich, wir würden bald die Vororte von Wien erreichen. Der Wagen vor mir verlangsamte,

fuhr auf einen Parkplatz ohne Autos. Außer einem beleuchteten Wirtshausschild war kein Licht weit und breit. Der Mann stieg aus, ließ den Motor weiterlaufen. Er kam auf mich zu, deutete auf den Kofferraum. Ich überwand meine Bedenken, stieg ebenfalls aus. Wir begrüßten uns stumm wie Mitarbeiter der gleichen Firma.

I nehm' die Kist' in Empfang, ließ er in breitem, leicht klebrigem Wiener Dialekt verlauten. Hier können'S übernachten, Sie ham Zimmer, dabei deutete er auf das Haus hinter dem Wirtshausschild. Die Fenster waren dunkel. Morgen bring i die Kist' wieder zrück.

Um welche Zeit?, fragte ich.

Zum Champagnerfrühstück, meinte er grinsend, während wir die Kiste in den Laderaum seines Geländefahrzeugs luden. Er schloss die Heckklappe, hob kurz die Hand, stieg ein, fuhr los. Ich nahm meine Tasche vom Nebensitz, schloss den Wagen ab, tappte im Dunkeln über den Plattenweg zum Eingang, der sich im Neonlicht der Reklame vage abzeichnete. Die Türe war abgeschlossen. Ich tastete nach einer Klingel, fand einen Knopf, drückte. Nichts passierte. Ich drückte noch einmal, länger. Jetzt ging irgendwo im Erdgeschoss ein Licht an, dann ein zweites, schließlich die Lampe hinter der Türe. Ein verschlafenes Männchen erschien, nicht verärgert, sondern sich entschuldigend. Er habe mich früher erwartet, darum habe es etwas länger gedauert.

Sie haben mich erwartet?, fragte ich ungläubig. Er nickte energisch, führte mich in den nächstgelegenen Raum, Frühstückszimmer, Bar und Entree zugleich, ließ mich an der Theke auf einem Barstuhl Platz nehmen. Fußballwimpel, ein Schlüsselbrett mit fünf Schlüsseln und ein Hirschgeweih bildeten den Hintergrund der Szene.

Wollen'S ein Bier?

Ja … gerne, sagte ich überrascht. Er zapfte das Bier mit viel Hingabe, stellte das Glas vor mich auf die Theke, die wie fast alles im Raum aus Holz gefertigt war, legte einen Schlüssel daneben. Im ersten Stock gleich rechts ist Ihr Gästezimmer. Dann bis morgen. Die Lichtschalter sind bei der Treppe.

Er ging zurück zum Eingang, schloss ab, verschwand. Ich hatte einen unbändigen Hunger, kramte in meiner Tasche, holte ein Brötchen und ein Stück Käse aus meiner Proviantüte. Während ich mein spätes Abendessen verdrückte, sah ich auf die Fußballwimpel, sah mich auf der Autobahn, zuckte zusammen, als jemand an die Seitenscheibe klopfte, jagte den Rücklichtern nach. Es war zu verrückt, um wahr zu sein. Ich schüttelte den Kopf, rutschte vom Stuhl, klemmte die Tasche unter den Arm.

Das Zimmer war einfach, Toilette und Bad im Gang. Ich schlief wie ein Stein. Erst gegen Morgen suchten mich Träume heim, in denen ich ohne Licht durch die Nacht fuhr.

Das Klopfen einer Wasserleitung weckte mich. Es war bereits halb neun. Ich verzichtete auf die Dusche, hastete hinunter in den Frühstücksraum, setzte mich an den Tisch, der als einziger gedeckt war. Das Männchen erschien vergnügt, wünschte einen schönen Tag, brachte unaufgefordert Kaffee, Milch, Brot, Butter und Konfitüre, dann verschwand es wieder. Um Punkt neun öffnete sich die Haustüre, der Mann erschien, der gestern die Kiste übernommen hatte.

Geben'S mer den Autoschlüssel, sagte er, nachdem er einen guten Morgen gewünscht hatte. Ich schaute ihn ungläubig an, er grinste.

Ich leg Ihnen die Kiste zurück in Ihren Wagen, sagte er. Dann können Sie in aller Ruhe Ihr Champagnerfrühstück weiter genießen.

Danke, stammelte ich, drückte ihm zögerlich die Schlüssel in die Hand. Ich sah ihm nach, wusste nicht recht, sollte ich hinterher. Ich blieb sitzen, horchte angespannt auf das Motorengeräusch eines Fiat, vergaß zu kauen. Er kam nach zwei Minuten zurück, legte den Schlüssel und eine Tafel Schokolade auf den Tisch.

Russische Schokolade, sagte er. Ist beinahe so gut wie die Schweizer Schokolade. Gute Fahrt. Er gab mir die Hand, verschwand grinsend. Ich schüttelte verwirrt den Kopf, starrte auf das Geschenk. War ich wach?

Sarah kam mir in den Sinn, sie erwartete einen Anruf. Jetzt war sie am Arbeiten, aber ich versuchte es dennoch. Es dauerte, bis sie sich meldete.
Wieso konntest du nicht früher anrufen?, fragte sie vorwurfsvoll. Ich begann meine Situation zu erklären, aber ich brach den Versuch schnell ab. Das Erlebte war zu absurd. Natürlich wollte sie wissen, wann ich zurück sein würde. Ich blieb so vage wie möglich.
Nach dem Frühstück packte ich meine Tasche, bezahlte die erstaunlich niedrige Rechnung. Die Tafel Schokolade ließ ich im Zimmer zurück.
Das Männchen bedankte sich überschwänglich für meinen Besuch, winkte mir nach, als ich zu meinem Wagen marschierte. Ich öffnete die Heckklappe, die Kiste lag an ihrem Platz. Aber was war darin? Ich hob sie an, schüttelte sie. Sie schien mir gleich schwer wie gestern, im Innern bewegte sich nichts. War es lediglich ein Bild? Der Deckel war festgeschraubt. Ich hatte weder Schraubenzieher noch irgendein Werkzeug.
Shit!
Ich trat gegen den Reifen, schlug die Heckklappe zu, setzte mich hinters Steuer.
Ich hatte noch nie ein Navigationsgerät bedient, begann hilflos am Touchscreen herumzudrücken. Nach einigen hilflosen Versuchen schaffte ich es tatsächlich, Zürich als neue Destination einzugeben. Ankunft achtzehn Uhr dreizehn. Ich fiel erleichtert in den Sitz zurück, drehte den Zündschlüssel. Der Motor sprang an, gleichzeitig blinkte ein Warnlicht auf: Die Tankanzeige hatte den Nullpunkt erreicht. Mit einem Fluch stellte ich den Motor wieder ab, ging zurück ins Wirtshaus, um den Weg zur nächsten Tankstelle zu erfragen.
Bis zum nächsten Dorf seien es etwa zehn Kilometer, dort habe es seines Wissens eine Tankstelle. So richtig überzeugt klang das Männchen nicht. Er sei nicht Autofahrer, meinte mein Gastgeber entschuldigend.
Ich saß wie auf Nadeln, behandelte den Wagen wie ein rohes Ei, tippte das Gaspedal nur an, wenn die Geschwindigkeit unter

Schritttempo sank. Aufgrund der Anzeige hätte der Motor längst streiken müssen. Im nächsten Dorf gab es keine Tankstelle, aber ein hilfsbereiter Bauer füllte mir aus einem Reservekanister fünf Liter in den Tank. Das werde bestimmt bis nach Breitenfurt reichen, dort würde ich Benzin finden. Ich drückte ihm einen Zehn-Euro-Schein in die Hand, bedankte mich.
Die Tankstelle existierte, ich atmete tief durch.
Mit vollem Tank folgte ich den Anzeigen des Navigationsgerätes auf die Autobahn. Ohne Pause würde ich kurz nach neunzehn Uhr in Zürich sein, es würde auf jeden Fall spät werden. Vor Salzburg geriet ich in einen Stau, die Ankunftszeit kroch gegen zwanzig Uhr. Kurz nach St. Anton machte ich trotzdem eine Rast, aß meinen restlichen Proviant, genehmigte mir in der Raststätte einen Kaffee.
Die Grenze kam näher. War wirklich nur ein Bild in der Kiste?
Im dichten Verkehr vor dem Grenzübergang in Lustenau reihte ich mich in einer Kolonne ein und hatte reichlich Zeit, mich gedanklich mit den Konsequenzen zu befassen, die mir drohten, wenn in der Kiste Schmuggelgut versteckt war.
Nervös kurbelte ich das Fenster hinunter, starrte auf den Uniformierten und … war durch.

In Zürich kam ich in den üblichen Stoßverkehr, fuhr erst kurz vor einundzwanzig Uhr auf den Platz vor dem Atelier. Ich rechnete nicht damit, dass mich um diese Zeit noch jemand erwartete.
Aber ich hatte mich getäuscht.
Vor dem Atelier stand einer der Bodyguards. Ich stellte den Wagen neben das Tor, stieg aus, sagte, der Schlüssel steckt.
Der Typ nickte, sagte, warte hier.
Er verschwand durch das Tor. Kurz darauf erschien sie. Sie trug nicht ihre Malergarderobe, sondern schwarze Jeans, Stiefel und ein enges schwarzes T-Shirt.
Und, ist alles gut gelaufen?
Ja.
Komm herein. Trinkst du ein Glas?

Eigentlich will ich …
Sie zog mich an die Wärme, drückte mir ein Glas Wodka in die Hand.
Twajó starówje.
Sie hob das Glas, leerte es in einem Zug. Ich versuchte, es ihr nachzumachen, hustete. Sie klopfte mir auf den Rücken, lachte. Als ich mich beruhigt hatte, fragte ich beiläufig, was ist in der Kiste, die ich transportiert habe?
Aber André, das weißt du doch. Ein Gemälde von mir.
Sie drückte mir einen Kuss auf den Mund, sagte, geh jetzt.

Kurz vor Mitternacht schloss ich die Wohnungstüre auf, stellte die Tasche im Flur auf den Boden, atmete auf. Anders als die letzten Abende, in denen ich spät nach Hause kam, hatte ich diesmal keine Skrupel, sondern ein reines Gewissen – ich hatte einen harten Job hinter mir.
Sarah erschien, kaum hatte ich die Jacke an den Haken gehängt. Hätte ich mehr Freude zeigen müssen, als sie vor mir stand? Sie umarmte mich nicht, gab mir keinen Kuss, starrte mich nur an. Ich zog mir die Schuhe aus, stellte sie auf den Rost. Sie blickte mich unverwandt an, sagte kein Wort.
Hallo, sagte ich vorsichtig. Was ist los?
Ich bin nicht so naiv, wie du vielleicht denkst. Lippenstift fällt auch mir auf. Du kannst mir jetzt erzählen, was du willst, wie toll und spannend deine Reise war, wie anspruchsvoll dein neuer Job – ich werde dir kein Wort mehr glauben. Du kannst auf dem Auszugsofa im Wohnzimmer schlafen. Die Bettwäsche lege ich dir bereit, wenn du im Bad bist.
Sie drehte sich um, ging.
Ich fuhr mir mit der Hand über den Mund und betrachtete konsterniert den roten Zeigefinger. Ein Kuss, banal an sich, ein Missverständnis, das ich klären würde.

Es geschieht in der Natur nichts, was ihr als Fehler angerechnet werden könnte. Denn die Natur ist immer dieselbe, und ihre Kraft und ihr Vermögen zu wirken ist überall gleich.

Als ich aus dem Bad kam, lagen Laken, Decke und ein Kissen auf dem Sofa. Ich ging in die Küche, schenkte mir ein Glas Kirsch ein. Ich hatte die Grenze überschritten. Ich würde Sarah mit der Wahrheit konfrontieren müssen, mit meiner Torheit, mit meinem Pakt – mit dem Teufel. Sie würde es nicht begreifen können, würde mich verurteilen. Zu Recht.

Wenn jemand einen geliebten Gegenstand zu hassen begonnen hat, so dass die Liebe vollständig verdrängt wird, so wird er denselben, bei gleicher Ursache, stärker hassen, als wenn er ihn niemals geliebt hätte, und zwar um so stärker, je stärker vorher die Liebe gewesen ist.

Steh auf! Jonas wird gleich aufwachen!
Ich blinzelte in ein grelles Licht. War das Sarah, die vor mir stand? Das Bild begann sich zu drehen, mein Magen drehte sich mit, mein Kopf hämmerte.
Steh auf!
Benommen sah ich mich um. Mein Mund pelzig und trocken, mein Rachen ausgetrocknet. Ich lag angezogen auf dem Sofa im Wohnzimmer, Decke und Kissen lagen am Boden. In der Küche vernahm ich die Stimmen von Sarah und Jonas. Ich stand schwankend auf, torkelte ins Bad. Wie ein Flüchtender verriegelte ich hinter mir die Tür, eine lächerliche Maßnahme, hier würde ich mich nicht verschanzen können, das Badezimmer war eine neutrale Zone. Ich hielt den Kopf unter den Wasserhahn, trank gierig, wartete.
Sarah klopfte. Mit gesenktem Kopf öffnete ich, ließ mich wie ein Verurteilter ins Schlafzimmer führen. Jonas hatte ich nicht gesehen, aber ich konnte hören, wie die beiden miteinander tuschelten, vernahm Wassergeräusche, die WC-Spülung, Türen, die geschlossen wurden.
Als ich sicher war, dass sie gegangen waren, schlich ich aus dem Zimmer, stellte mich unter die Dusche.
Danach meldete ich in der Agentur, ich könne erst am Nachmittag zur Arbeit kommen.

4

Andy, mein Mann, hat eine Geliebte!
Wie dumm war ich nur, dass ich auf seine billigen Ausreden, seine Lügen hereinfiel. Natürlich hat er eine Geliebte, ich hatte mich nicht geirrt. Den Verdacht hatte ich schon lange, aber mein Verstand sperrte sich dagegen. Andy, der Schüchterne, der Zaghafte, Gehemmte, der sich von Frauen leicht in Verlegenheit bringen lässt. Hätte ich damals nicht die Initiative ergriffen, hätte er mich nie geküsst.
Und jetzt? Es ist geradezu lächerlich, dass ich Mitleid hatte, als er überarbeitet nach Hause kam. Überarbeitet! Ich mag mir gar nicht vorstellen, was seine angeblichen Lieferfahrten in Wirklichkeit waren.
Was soll ich ihm noch glauben?

Wie könnte ich Sarah meine Situation erklären? Sie würde kaum zu einem Gespräch bereit sein, ich hatte sie zu sehr enttäuscht. Mit einem Brief?
Ich holte Papier, begann mit Stichworten, sammelte Argumente wie ein Angeklagter, der seine Verurteilung abwenden will. Nachdem ich eine Seite gefüllt hatte, zerknüllte ich das Papier, warf es in den Abfalleimer. Die Rechtfertigungen waren lächerlich, verlogen und falsch.
Ich hatte die Schranke überschritten und musste die Konsequenzen tragen, musste zumindest für ein paar Tage ausziehen. Aber wohin? Ein Leben ohne meine Familie schien mir auf einmal unvorstellbar. War es Zuneigung, Liebe – oder war es nur eine angenehme Gewohnheit? Sarah war meine wichtigste Bezugsperson, meine Beraterin, mein Coach. Ich brauchte sie. Und Jonas … Er war mein Sohn, eine Tatsache, die erst jetzt

diese schicksalhafte Dimension annahm. Und das Ungeborene? Ich vergrub den Kopf in meinen Händen, begann zu heulen.

Reue ist keine Tugend oder entspringt nicht aus der Vernunft; sondern der, welcher eine Tat bereut, ist doppelt gedrückt oder unvermögend.

Ludmilla verdrängte mein Selbstmitleid. Am Abend würde ich sie besuchen. Ich stand auf, wischte mir die Tränen aus den Augen.

Bereits um siebzehn Uhr verließ ich die Agentur, nahm den internen Weg zu ihrem Atelier. Auf mein Klopfen reagierte niemand. Ich setzte mich gegenüber der Ateliertüre auf den Boden, lehnte mich an die Wand, wartete. Ein Knacken weckte mich. In der Türe stand der Alte mit dem Pelzkragen, starrte mich an wie einen Gegenstand, der nicht hierhergehört.
Dein Aktmodell wartet, rief er zurück in den Raum, aus dem eine Wärmewelle strömte. Er ließ die Türe offenstehen, ging an mir vorbei zum Tor, stapfte hinaus in die Kälte. Als ich den Kopf drehte, stand sie in einem langen Pelzmantel mit hochhackigen Stiefeln vor mir, machte einen Schmollmund.
Komm herein.
Ich stemmte mich hoch, zu schnell, strauchelte, versuchte an der Wand Halt zu finden, taumelte in ihre Arme. Sie schleppte mich in den Raum, ließ mich in den Sessel fallen, in dem ich als Aktmodell hatte posieren müssen, setzte sich an den Tisch, fixierte mich.
Was ist passiert?
Ich schilderte ihr mit knappen Worten mein Dilemma. Sie nickte.
Am Abend, als wir dich aus dem Schacht holten, hast du mir nachgestellt. Das passt nicht zu einem Familienvater. Steh dazu!
Ich musste sie ziemlich konsterniert angesehen haben. Jedenfalls lachte sie wieder ihr gurrendes Lachen, stand auf, holte die Wodkaflasche. Sie kam auf mich zu, blieb vor mir stehen. Sie

trug immer noch ihren Pelzmantel, er sah teuer und erschreckend echt aus.
Du hast gestern gute Arbeit geleistet. Willst du wissen, was ich unter dem Pelz trage? Langsam öffnete sie den Mantel.

Während ich meine Kleider zusammenraffte, zog sie sich in den Nebenraum zurück. Sie erschien in einer engen Bluejeans mit weißem T-Shirt, richtete sich vor dem kleinen Spiegel über dem Ausguss die wilden Haare, trug Lippenstift nach.
Ich sah ihr zu, wusste nicht weiter. Was bedeutete ich ihr? War ich nur ein Spielzeug, das man mit einem anderen ersetzen konnte? Sie drehte sich um, legte den Kopf schief, sah mich kritisch an.
André, was ist los? Hast du es nicht genossen?
Doch, doch, stammelte ich.
Sie kam zu mir, nahm mich in die Arme.
Was ist los?
Mir war, als hätte ich ein amüsiertes Schmunzeln wahrgenommen. Ich holte Luft, wagte zu fragen, weißt du mir keine vorübergehende Bleibe?
Sie löste sich abrupt von mir, sah mich vorwurfsvoll an.
Aber André, ich bin nicht deine Mutter. Für deine Unterkunft bist du selbst verantwortlich.
Sie ging hinüber zum Tisch, goss sich ein Glas Wodka ein, mich verschonte sie.
Es wäre nur für eine Nacht, ergänzte ich. Noch hatte ich nicht alle Hoffnung fahren lassen.
Wo denkst du hin? Bleib raisonnable.
Ist es wegen des Mannes, der vor mir da war?
Das geht dich nichts an. Er ist auch ein Verehrer, aber im Gegensatz zu dir hat er Geld.
Unerwartet kam sie auf mich zu, wuschelte mir die Haare.
Du bist so süß, wenn du eifersüchtig bist.

Ich fuhr zu Eric in die Bar, hoffte, dass ich bei ihm zu Hause übernachten konnte oder dass er zumindest einen Tipp für

mich hatte. Die Ungewissheit, wo ich die Nacht verbringen würde, hatte meine Überlegungen verdrängt, wie ich den Scherbenhaufen, den ich bei Sarah und Jonas zurückgelassen hatte, aus der Welt schaffen könnte. Es würde nicht bei einer Übernachtung bleiben, das war mir mittlerweile klar geworden. Ich würde ein oder zwei Wochen durchstehen müssen, bis sich die Wogen geglättet hatten.
Eric ließ sich überreden, mich zumindest eine Nacht zu dulden.

Das wird schon wieder, sagte Eric, als ich am Morgen die Wohnung verließ. Er sagte nicht, dann bis heute Abend oder auf Wiedersehen. Erics Freund war ziemlich eindeutig gegen eine Verlängerung des Gastrechts. Ich musste mir eine andere Bleibe suchen.
Viel Spielraum hatte ich nicht. Ich konnte nicht auf Sarahs Konto zugreifen, sie hatte darauf bestanden, unsere Finanzen nicht zusammenzulegen, solange ich noch nichts für die Familie beisteuern könne. Am Arbeitsplatz begann ich günstige Hotels zu googeln.
Über Mittag fuhr ich in die Wohnung, schlich wie ein Dieb durch die Zimmer, raffte frische Wäsche, Ersatzhemden, Zahnbürste, Rasierapparat und mein Notebook zusammen, verstaute alles in der Reisetasche. In der Küche setzte ich eine kurze Mitteilung auf, aber das Geschriebene tönte so falsch, dass ich den Zettel zerknüllte und in den Abfall warf. Ich flüchtete zurück an die Arbeit. Irgendwann schaute ich auf und stellte erstaunt fest, dass ich allein war, die anderen waren alle schon im Feierabend. Ich streifte durch die leeren Büroräume, ging zurück an meinen Arbeitsplatz, checkte mein Bankkonto, um abzuschätzen, was ich mir überhaupt leisten konnte. Ungläubig rieb ich mir die Augen – gestern waren fünftausend Franken überwiesen worden. War es ein Versehen, eine Fehlbuchung? Nein … Absender war die Orlow & Frères SA in Genf.
Der Kontostand vervielfältigte meine Optionen auf einen Schlag. Zuerst würde ich mir ein üppiges Abendessen leisten, die letzte warme Mahlzeit hatte Sarah zubereitet. Ich fuhr den

Computer herunter, verließ die Agentur, stieg auf mein Rad. Als ich in die Geroldstraße einbog, kam mir die Idee, sie zum Abendessen einzuladen (noch immer hinderte mich etwas, sie beim Vornamen zu nennen). Ich fuhr auf den Platz, bremste abrupt. Der Sportwagen stand vor dem Atelier. Mir war, als hätte ich einen Schlag in den Magen erhalten, ich rang nach Luft. Verdammt! Behandelte sie den Alten genauso freizügig wie mich?

Ich wendete, versuchte, zurück in meine euphorische Stimmung zu finden, überlegte, wo ich mein Abendessen zelebrieren könnte. Ich ging die Restaurants durch, die ich kannte. Viele waren es nicht, mit Sarah war ich nur bei besonderen Gelegenheiten auswärts essen gegangen – an diese Erlebnisse wollte ich keinesfalls erinnert werden. Mit Arbeitskollegen hatte ich über Mittag hie und da einen Schnellimbiss besucht, das wollte ich mir nicht antun. Unversehens trat ich weniger enthusiastisch in die Pedale. Ich dachte an Essen, dabei hatte ich noch keine Ahnung, wo ich die Nacht verbringen würde. Zuerst musste ich mir eine Bleibe suchen.

Ich landete wieder bei Eric in der Bar, wollte dort mein Notebook nutzen, um nach Hotels zu suchen. Das Lokal war voll und laut, ich kam nicht dazu. Ich versuchte, den leeren Magen zu ignorieren, aber nach dem zweiten Bier gab ich auf – ich musste etwas essen. Eric empfahl mir eine Pizzeria gleich um die Ecke, bei den Hotels müsse er passen.

Die letzten Gäste waren eben im Begriff, die Rechnung zu begleichen. Ich musste den Kellner bestechen, damit er mir noch einen Salat und eine Pizza organisierte. Ich trank eine Flasche Wein, googelte Hotels in der Nähe, scrollte hin und her, konnte mir beim besten Willen nicht vorstellen, dort eine Nacht zu verbringen. Ich war schon längst der letzte Gast, nur mein großzügiges Trinkgeld hielt den Kellner vermutlich davon ab, mich rauszuschmeißen. Die Zeiger der Uhr rückten gegen Mitternacht, als er mir diskret die Rechnung servierte. Ich verließ das Lokal, stand unversehens im Schneetreiben. Die Straßen waren weiß gepudert und von den Spuren der wenigen Autos

gezeichnet. Ich klemmte meine Tasche auf den Gepäckträger, schob mein Fahrrad auf dem glitschigen Untergrund über den Gehsteig.
Ich landete wieder bei Eric. Mit einem Unterton, in dem leichte Verärgerung mitschwang, sagte er schließlich, noch eine Nacht.

Unversehens hatte die Suche nach einem Nachtlager eine Dringlichkeit erhalten, die alles andere in den Hintergrund drängte: Familie, Masterarbeit, Praktikum, sogar mein neuer Nebenjob beschäftigte mich nur noch in meinen Träumen. Die SMS holte mich in die Realität zurück.
5. April, 14.00h
Das war bereits morgen Samstag. War es ein nächster Einsatz oder war es eine Sitzung? Vierzehn Uhr deutet eher auf einen nächsten Transporteinsatz hin. Ich brach die Suche nach einer provisorischen Bleibe ab, konzentrierte mich auf eine Lösung für die kommende Nacht. Mir fiel nur Eric ein.
Sein Freund war ausgezogen, offenbar nicht überraschend, so konnte ich Eric, wie ich beteuerte, ein ultimativ letztes Mal für eine Übernachtungsmöglichkeit gewinnen. Er steckte mir kommentarlos den Wohnungsschlüssel zu. Ich kaufte im Supermarkt eine Flasche Single Malt, zückte sie wie ein Eintrittsticket, als Eric gegen zwei Uhr morgens nach Hause kam. Er war bestimmt eingedeckt mit Spirituosen, trotzdem schien ihn die Geste zu rühren. Wir machten es uns auf den Kissen im Wohnzimmer bequem, er öffnete die Flasche, holte zwei Gläser, schenkte großzügig ein. Ich erzählte ihm von meiner familiären Misere, er erzählte von seinem offensichtlichen Pech in der Liebe. Als die Flasche leer war, brach der Damm, ich gab mein Geheimnis preis, erwähnte die Malerin, mein Verhängnis, meine Transportfahrten. Eric war auf einmal wie verwandelt, ließ sich von seinem Liebeskummer ablenken, hörte aufmerksam zu. Mittlerweile war es fünf.
Da ist etwas faul, sagte er weise. Ich weiß nicht was, aber die Sache mit den Bildern stinkt.
Wie meinst du das?, fragte ich mit schwerer Zunge.

Bilder austauschen. Das ist ein Witz. War sonst nichts in der Kiste?
Das weiß ich nicht.
Mmh, brummte Eric, leerte sein Glas.
Vermutlich habe ich heute eine nächste Fahrt, sagte ich.
Und du fährst?
Wahrscheinlich.
Dann solltest du jetzt schlafen gehen.
Ich hob seufzend das Glas, trank den letzten Schluck.

Gegen Mittag erwachte ich mit schwerem Kopf. Eric hantierte bereits in der Küche, ich verdrückte mich ins Bad. Nach der Dusche fühlte ich mich etwas besser, aber mehr als ein Glas Wasser und einen Kaffee brachte ich nicht herunter. Eric war enttäuscht, dass ich sein Frühstücksbuffet ausschlug. Zum Abschied umarmte er mich, wünschte mir viel Glück.

Vor dem Atelier stand ein großer Lieferwagen. Meine Schritte wurden jetzt noch unentschlossener, unsicherer. Vermutlich ein kürzerer Einsatz, beruhigte ich mich, ich hatte ja keine speziellen Anweisungen erhalten. Ich kettete das Fahrrad neben dem Tor an das Regenrohr.
Unvermittelt öffnete sich die Türe auf der Fahrerseite, einer ihrer Bodyguards stieg aus, kam auf mich zu, streckte mir die Hand entgegen, sagte, Dimitrij. Meine Hand verschwand in seiner Pranke. Er sah mich dabei grinsend an. Hatte das etwas zu bedeuten? Sein Grinsen erlosch, wie ausgeknipst. Er drehte sich zur offenen Fahrertüre, grabschte nach einem Umschlag, der auf dem Armaturenbrett lag, griff hinein, zeigte mir ein Bündel Euroscheine.
Für Spesen.
Dann zog er ein Papier aus dem Kuvert, sagte, für den Zoll. Du transportierst Bilder für eine Ausstellung. Die Ware ist nicht zum Verkauf bestimmt, du musst das Papier am Zoll abstempeln lassen, es bleibt beim Transportgut. Die Kisten holst du im Lager in Schlieren, hier ist die Liste. Man erwartet dich.

Er wartete mein Nicken ab, bevor er weiterfuhr.
Das Navigationsgerät ist eingestellt. Wenn du das Ziel erreicht hast, sendest du eine SMS und löschst danach die Nachricht. Wie das letzte Mal.
Er kramte einen Zettel hervor, hielt ihn mir hin, sagte, auf diese Nummer.
Ich versuchte mir die Zahlen einzuprägen.
Hast du's?
Ich nickte. Gut, danach erscheint jemand, kümmert sich um die Fracht. Du fährst mit dem leeren Wagen zurück. Er drückte mir die Schlüssel in die Hand.
Ich legte meine Tasche auf den Beifahrersitz, stieg ein, steckte den Schlüssel ins Zündschloss. Die Sitzposition war ungewohnt hoch, die Rückenlehne zu steil eingestellt. Ich versuchte zu erahnen, wo in etwa die Front und das Heck des Wagens endeten, aber ich schaffte es nicht. Nachdem ich Sitz und Spiegel eingestellt hatte, drehte ich den Schlüssel. Der Motor sprang mit einem Rumpeln an, aus dem Laderaum antworteten Vibrationsgeräusche.
Es war mir egal, dass mir Dimitrij zusah, wie ich auf dem Platz meine Runden drehte, um mich an das Ungetüm zu gewöhnen. Der Lieferwagen reagierte wie ein Elefant. Alles ging schwer, die Lenkung, die Kupplung, die Bremse, der ganze Wagen. Beiläufig schielte ich auf das Display des Navigationsgerätes: 331 km, drei Stunden und siebenundvierzig Minuten.
Ich verzichtete darauf, nachzusehen, welche Destination programmiert war. Aufgrund der Kilometerangabe musste sie im nahen Ausland liegen.
Auf dem Weg nach Schlieren korrigierte mich das Gerät dauernd, es war zum Verzweifeln. Dass ich die Lagerhallen trotzdem fand, stimmte mich für meine weitere Reise zuversichtlich.
Das Tor war geöffnet. Ich fingerte die Liste unter der Reisetasche hervor, betrat die Halle. Ein Mann im Overall erschien, begrüßte mich mit einem Kopfnicken, stellte sich als Giorgio vor. Er behändigte den Schein, schloss wortlos einen der bei-

den Käfige auf, in die wir die Kisten mit ihren Gemälden verstaut hatten – die Stapel waren nur unmerklich kleiner geworden. Ich fuhr den Wagen näher ans Tor, öffnete die beiden Hecktüren. Als ich zurückkam, hatte Giorgio bereits begonnen, die Kistenstapel abzubauen und vor dem Käfig zwei Gruppen zu bilden. Er deutete auf die rechte, sagte, diese hier gehen mit.

Nach zehn Minuten war die Ware verladen, vierzehn Gemälde. Giorgio hatte die restlichen Kisten wieder eingeschlossen, ließ mich die Liste unterschreiben, wünschte gute Fahrt.

Ich wurde auf der A1 Richtung Norden dirigiert, kam nach Schaffhausen an die Zollstation, ließ die Papiere abstempeln (reine Routine, keine Fragen), fuhr bis Lindau und dann die A96 nordwärts, bis der Verkehr staute. Das Gerät lotste mich beim Autobahnkreuz Memmingen Richtung München, hier ging es wieder flüssiger voran. Bei der Ausfahrt Germering Süd fuhr ich, wie programmiert, von der Autobahn. Die Straße führte durch dichten Wald mit verschneiten Bäumen, ich rechnete bereits mit einem ähnlichen Szenario wie bei meiner letzten Fahrt, doch dann wechselte das Bild. Es folgte ein unscheinbares Wohnquartier und danach, etwas urbaner, ein Gewerbegebiet, wie ich es so kurz vor München erwartet hatte. Fabriken, Gewerbehallen, Tankstellen und Supermärkte säumten die Straße, im Hintergrund war die Landschaft schemenhaft weiß. Noch fünf Minuten bis zum Ziel.

Ich passierte einen großen Lidl-Markt, wurde beim nächsten Kreisel in eine Gewerbezone eingewiesen, holperte über eine löchrige Straße, auf der ein Hauch grauer Schnee lag. Ich war allein auf der Straße. Die Gebäulichkeiten links und rechts machten einen desolaten Eindruck, einige schienen verlassen, auf den weißen Vorplätzen waren keine Reifenspuren auszumachen.

Eine Pappelallee säumte die Fahrbahn, die zunehmend holpriger wurde. Weiter vorne ein weißes Feld, aus dem Strohhalme wie Bartstoppeln durch den Schnee lugten.

Sie haben ihr Ziel erreicht. Draußen ging der Abend sanft in die Nacht über.
Diesmal blieb ich cool, es war anscheinend üblich, dass die Destination im Niemandsland lag. Ich öffnete die Tür, zündete mir eine Zigarette an, genoss das Gefühl von Freiheit – Sarah erwartete keine Meldung von mir. Ich sendete die SMS-Bestätigung meiner Ankunft, löschte sie wieder. Dann knipste ich die Innenraumbeleuchtung an, warf einen Blick auf die Papiere, die Dimitrij mir übergeben hatte. Adressatin war eine Galerie Stokowski in München. Ich stieg aus, wartete. Nach der dritten Zigarette blitzten zwei Autoscheinwerfer auf, krochen langsam auf mich zu, im Gegenlicht konnte ich nichts erkennen. Das Fahrzeug hielt neben dem Lieferwagen, die Türen schwangen auf, zwei dunkle Silhouetten lösten sich, kamen auf mich zu. Ich versuchte ruhig, zu bleiben, sog wie ein Junkie an meiner Zigarette, fing an zu husten.
Guten Abend, wurde ich unisono begrüßt, wie war die Fahrt?
Ich unterdrückte meinen Hustenreiz, krächzte, gut, danke.
Die Innenbeleuchtung war die einzige Lichtquelle, ich sah ihre Gesichter erst, als sie dicht vor mir standen. Es waren zwei Männer, ein jüngerer und ein älterer, beide massig. Der Jüngere umrundete den Lieferwagen, zündete mit einer Taschenlampe ins Wageninnere, nickte. Der andere übernahm das Sprechen.
Ich werde Sie zu einem Hotel in der Innenstadt bringen. Mit dem Lieferwagen wäre das nicht ratsam, viel Verkehr, keine Parkmöglichkeit, Sie verstehen. Mein Kollege wird Ihren Wagen übernehmen und die Kisten in die Galerie liefern. Morgen hole ich Sie im Hotel ab, bringe Sie hierher, dann können Sie den Lieferwagen wieder übernehmen – vollgetankt.
Vollgetankt!, echote der Jüngere. Die beiden grinsten.
Danke, murmelte ich verwirrt.
Es blieb mir keine Zeit, zu überlegen. Der Kollege hatte sich bereits hinter das Steuer gesetzt und den Motor gestartet, ich hatte den Zündschlüssel stecken lassen. Er wendete auf der Straße, fuhr los.
Kommen Sie, sagte der andere, stieg in den Personenwagen.

Halt!, meine Tasche, rief ich, rannte dem Lieferwagen hinterher. Schon befürchtete ich, alles verloren zu haben, als der Wagen stoppte. Atemlos fischte ich meine Tasche vom Sitz.
Die Limousine, die mich in die Innenstadt brachte, war ein alter Mercedes Diesel mit Handschaltung. Es fiel kein Wort. Aus dem Autoradio dudelten Schlager.
Können Sie mir ein gutes Restaurant empfehlen?, fragte ich, um etwas zu sagen. Der Fahrer sah mich an, ungemütlich lange, lächelte entschuldigend.
Im Hotel wird man Ihnen selbstverständlich auf Ihre Frage eine Antwort geben können. Ich bin nicht von hier.
Sein Bayerndialekt war seltsam gefärbt, Russisch, vermutete ich.
Wir fuhren Richtung Stadtzentrum, der Verkehr wurde dichter. Auf einen Schlag blieben die Hausfassaden aus, Bäume tauchten auf, wir überquerten einen Fluss. Danach schloss sich die Stadt wieder um uns, wir passierten gleichförmige, neuere Gebäude mit vereinzelten Ladenlokalen im Erdgeschoss. Der Fahrer bog rechts ab in eine kleine Seitenstraße, die beidseits zugeparkt war, stoppte den Mercedes vor einem unscheinbaren Gebäude. Ein Hotel? Die Fassade sah ziemlich verwahrlost aus, ein Hotelschild konnte ich nicht erkennen. Ich blickte den Fahrer ungläubig an.
Die Zimmer sind okay, sagte er mit Überzeugung, stieg aus. Er holte mir die Tasche aus dem Kofferraum, sagte, die Pension liegt im ersten Obergeschoss, gleich rechts bei der Hofeinfahrt die Treppe hoch. Morgen gegen Mittag lade ich Sie wieder auf.
Die Erdgeschossfenster waren dunkel, einzig die Zufahrt zum Hof, eine etwa vier Meter breite Lücke im Sockelgeschoss, wurde von einer Lampe beleuchtet. Zögerlich ging ich darauf zu, hörte, wie hinter mir mein Taxi wegfuhr. Die Passage war mit grünen Kacheln verkleidet, führte auf einen dunklen Hof mit Garagen. Rechter Hand war zwischen den Kacheln ein Tor mit Bogen integriert, dahinter kam eine steile Treppe zum Vorschein. Ein Pfeil mit dem Hinweis *Pension im 1.OG* wies nach oben.

Ich zögerte. Mit meinem Spesengeld könnte ich mir eine andere Unterkunft leisten. Ich konsultierte meine Uhr, bereits zwanzig Uhr. Unschlüssig stieg ich die Treppe hoch, landete in einem kleinen Vorraum, von dem drei Türen abgingen. Im schwachen Licht erkannte ich eine schwere Holztheke vor einem Schlüsselbrett mit acht Schlüsseln. Ich räusperte mich, aber niemand erschien. Auf der Ablage stand eine Messingklingel. Ich schlug mit der Handfläche einmal darauf, offensichtlich zu zögerlich, nichts passierte. Ich schlug stärker. Kurze Zeit später öffnete sich eine der Türen. Ein älterer Herr in einem schlecht sitzenden Anzug erschien, richtete sich beflissen die Krawatte, sah mich prüfend an. Dabei legte er den Kopf leicht schief.
Sie sind sicher der Herr mit der Reservation.
Ich habe nicht reserviert, sagte ich verdutzt.
Nicht Sie, irgendjemand. Sie sind neu, hab ich gleich bemerkt.
Er begann im Gästebuch zu blättern.
Kein Wunder, nachdem Ihr Vorgänger … Na, wie soll ich sagen.
Er war auch in der Fünf einquartiert, aber … So, da hab ich's.
André Heim. Interessanter Name. Zimmer fünf.
Was ist mit meinem Vorgänger passiert?
Der hat sein Gepäck im Zimmer zurückgelassen. Wurde nie abgeholt.
Der Mann legte den Schlüssel auf die Theke, schob ihn mir zu.
Ich übersah die Geste.
Ihr Schlüssel, sagte er, deutete lächelnd darauf. Zweiter Stock!
Leider haben wir keinen Lift.
Das Zimmer war größer als erwartet. Es musste vor nicht allzu langer Zeit neu gestrichen worden sein, der Geruch nach Farblösungsmitteln hing in der Luft. Die Möbel waren antik oder zumindest alt, das Bett hing durch wie eine Hängematte. Ich setzte mich benommen auf den Rand.
War der Hinweis auf meinen Vorgänger eine Warnung?
Ich holte das Notebook aus der Tasche, gab «Stokowski» ein. Es gab keinen Eintrag für eine Kunstgalerie. Seltsam. Handelte es sich um eine improvisierte Ausstellung oder um ein Untergrundprojekt?

Der Hunger trieb mich aus dem Zimmer. Ich erkundigte mich an der Rezeption lediglich nach einem Restaurant, die Frage nach der Galerie ließ ich weg. Die Restaurantempfehlung war der «Augustiner», ein traditionelles Bierlokal in der Altstadt. Einen Stadtplan hatten sie nicht, ich ließ mir den Weg beschreiben.

Die Distanz zur Altstadt war größer als erwartet, ich brauchte zwanzig Minuten, bis ich den Marienplatz erreichte. Ich bog links ab, suchte nach dem Wirtshausschild. Augustiner, endlich!

Ich verzichtete darauf, die Speisekarte im antiken Glaskasten zu konsultieren, trat ein. Eine Geräuschwelle rollte auf mich zu, zäher Bier- und Essensgeruch lag in der Luft, die Hitze ließ mich augenblicklich meinen Parka aufknöpfen. Vor mir stauten sich die Neuankömmlinge, ich hätte mir einen Platz reservieren sollen. Während ich in einer Gruppe Asiaten wartete, sah ich mich um. Das Lokal war riesig, bestand aus unterschiedlichen Räumen auf unterschiedlichen Niveaus, alle mit Durchgängen und Sichtfenstern verbunden, dunkles Holz bis Brusthöhe, darüber Gewölbe- und Balkendecken. Über den voll besetzten Tischen wogte ein Gemenge aus Stimmen, Gejohle, Volksmusik. Ich wendete mich ab, wollte gehen, als ich vom Platzanweiser angesprochen wurde. Ich stand unversehens zuvorderst.

Der Tisch, der mir zugewiesen wurde, lag exponiert in der Nähe des Ausschanks und war schon besetzt. Die Gäste, offensichtlich Fußballfans, mussten auf der langen Bank aufschließen, damit ich am Rand noch Platz fand. Ich bestellte ein Bier, für die Menüwahl brauchte ich mehr Zeit. Die Tagesempfehlung, marinierter Schweinebauch vom Grill, wollte ich mir nicht mal vorstellen. Ich entschied mich schließlich für Leberknödelsuppe, Fleischpflanzerl mit Spätzle und Blaukraut – das erste Menü auf der Karte.

Mir gegenüber wurde ein weiterer Gast an den Tisch gesetzt. Er schob sich mit einem flotten Spruch, den er an die Runde richtete, auf die Bank, begrüßte mich leutselig. Er war eigenartig

gewandet. Lederstiefel, Lederhosen, Lederjoppen mit Goldknöpfen, Lederhut mit Gamsbart. Ich nahm an, dass es eine Art Folkloretracht war. Nach fünf Minuten wusste ich, dass er geschäftlich in München weilte und Vertreter für Ledermode war. München ist das Mekka der Ledermode, müssen Sie wissen, sagte er belehrend, hob seinen Bierkrug, prostete mir zu. Nachdem er seine Bestellung aufgegeben hatte, erläuterte er die verschiedenen Modelle, die er im Lieferprogramm führte, nannte die Geschäfte, die er belieferte, setzte zu einem Loblied auf Bayern an, landete übergangslos in der Politik. Als er die Qualitäten der CSU zu preisen begann, konzentrierte ich mich auf meine Fleischpflanzerl, die sich als Frikadellen entpuppten.
Ich atmete auf, als mein Tischnachbar sein Essen serviert bekam.
Als er sich die letzten Bissen in den Mund schob, trank ich aus, verlangte die Rechnung. Die Einladung des Lederwarenhändlers zu einem weiteren Bier lehnte ich dankend ab. Ich fragte den Kellner beiläufig nach der Galerie Stokowski. Er schüttelte den Kopf, verwies mich an den Ausschank. Dort war so viel Betrieb, dass ich die Frage niemandem stellen konnte, ich stand nur im Weg.
Ich flüchtete an die frische Luft, schlenderte zurück Richtung Marienplatz, in etwa hatte ich mir den Weg gemerkt. Gegenüber dem Rathaus musste ich rechts abbiegen, bei den Marktständen die Straße hoch zum Gärtnerplatz nehmen, danach war es ein Katzensprung. Ich begegnete nur noch wenigen Passanten, schaute mir links und rechts die Schaufenster genauer an. Kleidergeschäfte folgten auf Warenhäuser, dazwischen kleine Juwelier- und Andenkenläden – keine Lage für eine Kunstgalerie.
Beim Marienplatz bog ich rechts ab, auch hier gab es jede Menge Kleiderboutiquen, aber keine Galerien. Eigentlich müssten jetzt die Marktstände auftauchen, aber die Straße führte geradeaus weiter. Vermutlich war ich zu früh abgebogen. Ich entschied mich, die erste Gasse zu nehmen, die links abging, gefühlsmäßig müsste ich so auf die richtige Route treffen. Ich

landete am Stadtmuseum, hier war ich nicht vorbeigekommen. Die Gegend war überraschend ruhig und menschenleer. Sollte ich besser umkehren? Unschlüssig sah ich mich um. Hinter mir stand ein Mann! Er bückte sich abrupt, nestelte an seinem Schuh. Ich ging langsam weiter. Bei der Gebäudeecke warf ich einen Blick zurück. Der Typ war hinter mir, stand still, wartete. Ich setzte meinen Weg fort, konnte kaum atmen. Wurde ich beschattet? Ich lief schneller, befand mich mit einem Mal in einer dunklen Gasse, die immer enger wurde. In der Ferne vernahm ich die Geräusche der Stadt, hinter mir Schritte. Vor mir etwas Helles, ein Durchgang. Ich steuerte darauf zu, stand übergangslos im Licht, vor mir lagen die Marktstände. Ich blickte über die Schulter zurück, während ich weiterhastete. Mein Verfolger war verschwunden. Die Straße war belebt, trotzdem drehte ich mich immer wieder um, suchte den Gehsteig hinter mir ab. Hatte ich mich getäuscht, hatte mir meine Fantasie einen Streich gespielt?

Am Gärtnerplatz stockte ich. Inmitten des Wiesenrunds versuchte ich mich zu erinnern, in welcher Straße die Pension lag. Die Einmündungen sahen alle gleich aus. Erste Tropfen fielen, ich fluchte, zog mir die Kapuze über den Schädel. Nachdem ich erfolglos eine Runde gedreht hatte, suchte ich nach Straßenschildern. Klenzestraße. Das war die Adresse der Pension, erinnerte ich mich.

Im Zimmer machte ich kein Licht, begab mich ans Fenster, raffte die klebrigen Gardinen zurück, spähte hinunter. Auf Gehsteig und Straße spiegelten sich irritierend die Lichter auf dem nassen Asphalt, an der Fassade gegenüber flackerte eine Leuchtreklame, aber ich sah niemanden. Hatte ich mir nur eingebildet, ich würde verfolgt? Ich öffnete das Fenster, widerstand dem Drang, zu rauchen, schloss die Klappläden, tappte mich zum Tischchen vor, auf dem die kleine Leuchte stand. Ich fand den Schalter, knipste ihn an. Ein weiches gelbes Licht ergoss sich in den Raum.

Ich ging zurück zum Fenster, hielt inne, stutzte. Da war etwas! Ein kurzes Aufblitzen. Ich begab mich wieder hinüber zum

Tischchen mit der Lampe, schritt noch einmal die Strecke zum Fenster ab, blickte konzentriert in dieselbe Richtung.
Jetzt – ein kurzer Blitz direkt neben dem Bett.
Vermutlich ein Loch in der Wand, durch das Licht vom Nachbarzimmer durchschien. Ich ging näher, da war der Lichtpunkt weg, ich verschob mich leicht, er war wieder da. Ein Reflex. Die Tischleuchte auf der Fußseite des Betts musste durch einen Punkt in der Wand gespiegelt werden. Ich ging näher, kniete nieder, fuhr mit der Hand über die Stelle, spürte eine Vertiefung, ein kleines Loch, wie es in der Tapete einige gab. Ich schraubte meinen Kugelschreiber auf, holte die Mine heraus, steckte sie hinein. Nach etwa eineinhalb Zentimeter stieß ich auf – Metall. Es war eindeutig ein metallisches Geräusch, als ich daran klopfte. Ich erhob mich, stemmte die Hände in die Hüften, starrte auf das Loch.
Ich musste der Sache nachgehen, sonst würde ich unmöglich schlafen können.
Ich brauchte einen stabilen spitzen Gegenstand, aber ich hatte weder Taschenmesser noch Schraubenzieher dabei, begann mich im Zimmer umzusehen. Mein Blick blieb am Bild haften, das über dem Bett hing, ein Hirschmotiv in Öl. Es war mit einem langen Nagel befestigt. Ich hängte es ab, versuchte den Nagel aus der Wand zu ziehen, erfolglos. Mithilfe des nassen Handtuchs, das ich rundum wickelte, konnte ich besser zupacken. Endlich wackelte der Nagel, gab schließlich nach, ich landete rücklings auf dem Bett.
Der Nagel war gegen zehn Zentimeter lang. Ich begann damit rund um den metallenen Gegenstand den Gips wegzukratzen, das Loch zu vergrößern. Nach einer Viertelstunde war das Ding lose. Mithilfe der Kugelschreibermine und des Nagels vermochte ich es aus dem Loch zu fischen.
Shit!
Erschrocken ließ ich den metallenen Kegel fallen. Eine Pistolenkugel! Mein Vorgänger … War er hier …?
Ich sank aufs Bett, stand wieder auf, begann wie ein wildes Tier im Käfig das Zimmer abzuschreiten. Unvermittelt blieb ich

stehen, hielt die Luft an, lauschte, horchte auf Schritte, das Klicken des Türschlosses, die Ladebewegung einer Waffe. Ich musste weg! Hastig raffte ich meine wenigen Utensilien zusammen, stopfte sie in die Tasche, ging zur Tür. Die Hand auf der Klinke, zögerte ich. Sie könnten mit gezückten Pistolen im Flur stehen. Blitzschnell verschob ich mich aus der Schusslinie, kauerte neben den Schrank. Jedes Geräusch ließ mich zusammenfahren, dabei waren es vorbeifahrende Autos, Regenfontänen, die an die Läden klatschten, im Gebäude war es ruhig. Ich versuchte, wach zu bleiben, aber ich fiel durch ein Loch im Boden in unruhige Traumwelten, sah mich im Hotelbett liegen, als die Türe aufgestoßen wurde und vier Schüsse in schneller Folge die Stille zerrissen.

Was ist denn mit Ihnen los? Unten wartet ein Herr?

Verwirrt schaute ich auf. Ich saß vornübergebeugt und schief an den Schrank gelehnt auf dem Boden. Wieso lag ich nicht im Bett?

Es ist zehn Uhr, sagte der Herr von der Rezeption. Ich hatte schon Bedenken, es sei etwas passiert.

Das Stichwort, ich schnellte auf, wankte, musste mich am Bettgestell festhalten.

Die Pistolenkugel!

Ich ging um das Bett herum, kniete auf den Boden, begann zu suchen. Ich musste sie fallen gelassen haben.

Was suchen Sie denn?

Meinen Ring, stammelte ich, den Kopf unter das Bett verrenkt.

Der Herr von der Rezeption öffnete die Läden, begann ebenfalls zu suchen.

Wie sieht er denn aus?

Wer?

Der Ring!

Ein … ein einfacher Goldring.

Ich fuhr tastend mit den Händen über den abgewetzten Teppich, verschob immer wieder meine Position, holte schließlich mein Smartphone, leuchtete mit der Taschenlampe unter das Bett.

Nichts außer Staub.
Ich sag unten Bescheid, dass Sie gleich kommen, sagte der Herr von der Rezeption, erhob sich, verließ das Zimmer.
Ich zog mich am Bett hoch, begann das Loch zu suchen, aus dem ich die Pistolenkugel geklaubt hatte. Die Position hatte sich mir wie das Standbild eines Films eingeprägt. Aber da war nichts. Mein Blick fiel auf die Kugelschreibermine, die auf dem Bett lag. Ich hob sie auf, als wäre sie ein Beweisstück, begann damit die Wand abzuklopfen, aber ich fand keine Stelle, die anders oder hohl tönte.
Im Bad hielt ich den Kopf lange unter den Wasserhahn, versuchte, die Gedankenspirale zu stoppen, die sich durch das Loch in der Wand bohrte.
Zurück im Zimmer, nahm ich die Position ein, aus der ich den Reflex wahrgenommen hatte. Genau hier musste der Schütze gestanden sein, wurde mir bewusste. Ein Schuss musste sein Ziel verfehlt haben, schlug links vom Bett auf Kissenhöhe in die Wand ein. Noch einmal klopfte ich mit der Kugelschreibermine den Bereich ab – ergebnislos.
Wo war der Nagel, mit dem ich die Pistolenkugel aus der Wand gelöst hatte? Ich hob den Blick – das Hirschmotiv hing an seinem angestammten Ort über dem Bett. Ich wankte, setzte mich benommen auf die Bettkante.
Das Poltern an der Türe ließ mich zu einem hilflosen Bündel schrumpfen. Mein Fahrer stand in der Türe, ging durch den Raum auf mich zu, rüttelte mich.
Zu viel getrunken?
Er zog mich hoch, nahm meine Tasche, schleppte mich aus dem Zimmer zum Treppenhaus. Stufe um Stufe um Stufe kletterten wir hinab. Der Herr von der Rezeption tauchte auf, mein Begleiter verlangsamte, tauschte leise ein paar Worte mit ihm.
Wenn wir Ihren Ring finden, melden wir uns, rief mir der Herr von der Rezeption nach, als mich der Fahrer hinaus zum bereitstehenden Mercedes führte.
Mein Vorgänger, lallte ich. Mein Vorgänger. Was ist mit ihm passiert?

Vorgänger?
Er war im selben Zimmer einquartiert, er ist verschollen.
Ich wartete vergebens auf eine Antwort, mein Begleiter schüttelte lediglich den Kopf, hielt mir die Türe auf.
Mir war übel, als hätte ich tatsächlich zu viel getrunken. Ich bat den Fahrer, etwas langsamer zu fahren. Der bedachte mich mit einem mitleidigen Lächeln, nahm rücksichtsvoll den Fuß vom Gas.
Der Lieferwagen stand bereits da, als wir am Übergabeort eintrafen, der Fahrer übte im Schneematsch kleine Tanzschritte neben der Fahrertür, rauchte.
Er kam auf mich zu, schnippte die Kippe weg, sagte, für ein Bild fand sich kein Platz in der Ausstellung. Der Schein für den Zoll liegt im Handschuhfach.
Mein Fahrer hatte die Tasche aus dem Kofferraum des Mercedes geholt, drückte sie mir in die Hand, sagte, genehmigen Sie sich noch einen Kaffee, bevor Sie auf die Autobahn fahren.
Ich ging zum Lieferwagen, legte die Tasche auf den Beifahrersitz, stieg hinter das Steuer – der Zündschlüssel steckte –, startete den Motor. Die Nadel der Benzinanzeige kletterte bis zum Anschlag. Ich winkte den beiden Hünen zu, die sich an den Mercedes lehnten. Sie hoben kurz die Hand.
Als ich aus dem Gewerbequartier in den Kreisel einbog, musste ich meinem Begleiter recht geben: Ich war nicht fahrtauglich. Meine Unsicherheit lähmte mich geradezu, ich fuhr im Schritttempo, jetzt fehlten mir die eingeschliffenen Mechanismen jahrelanger Fahrpraxis.
Ich nahm die nächste Ausfahrt, es war der Parkplatz eines Großverteilers, voll und hektisch. Fußgänger bewegten sich mit und ohne Einkaufswagen zwischen den abgestellten Fahrzeugen. Ich fand eine Parklücke gleich nach der Einfahrt, breit genug, stellte den Wagen ab. Der Komplex war riesig, irgendwo müsste es eine Cafeteria geben. Ich klemmte die Tasche unter den Arm, eilte im kalten Nieselregen zwischen den Reihen geparkter Autos zu einem der vielen Zugänge. In der geräumigen Vorhalle gab es tatsächlich eine Kaffeeecke. Sie lag zwischen der Batterie

der Kassenanlage und dem Kinderspielland. Familien schienen diesen Ort für ihren Sonntagsausflug zu nutzen, es war hektisch und lärmig, jedes Spielgerät war belagert.
Ich setzte mich auf einen freien Stuhl an der Bartheke, bestellte Kaffee und ein Brötchen. Nach dem zweiten Kaffee fühlte ich mich etwas besser, ging zum Wagen zurück. Ich öffnete die Türe, wollte einsteigen, als mir der Satz durch den Kopf schoss: Für ein Bild fand sich kein Platz mehr in der Ausstellung.
Ich eilte zum Heck des Lieferwagens, öffnete eine der Türen. Tatsächlich, eine einzige Kiste lag im Laderaum.
Ich fuhr Richtung Ausfahrt, sah in den Rückspiegel, nahm den Fuß vom Gas. Der Mercedes! Er stand auf einem Parkfeld in der Nähe der Cafeteria. Auf einen Schlag war ich hellwach. Ich hielt an, fixierte den Rückspiegel, der Mercedes bewegte sich nicht. Hinter mir wurde gehupt, ich fuhr weiter.
Bis zur Auffahrt folgte mir kein Fahrzeug, auch danach, auf der Autobahn, konnte ich den Mercedes nicht ausmachen. Litt ich unter Verfolgungswahn? Mittlerweile war der Regen in leichten Schneefall übergegangen. Ich schaltete in den dritten Gang, reihte mich ein in die Kolonne der Lastwagen, konzentrierte mich auf die Rücklichter vor mir.
Die Pistolenkugel! Hatte ich sie tatsächlich in der Hand gehalten oder … Die Bremslichter des Lastwagens vor mir leuchteten auf, beinahe wäre ich aufgefahren. Jetzt sah ich nur noch Bremslichter, auch auf der Überholspur.
Während ich im zweiten Gang dahinkroch, musste ich an *sie* denken. Wegen ihr war ich auf dieser Scheißautobahn. Wegen ihr hatte ich meine Familie verlassen.
Sarah und Jonas. Was machten sie in diesem Moment? Vermutlich hatten sie den Schneehang in der Nähe aufgesucht. Jonas würde auf dem verbliebenen Schnee herumrutschen, während Sarah ihm verträumt zusah, die rechte Hand auf ihrem riesigen Bauch.
Verdammt, was war ich doch für ein Narr!
Ich hatte meine Familie für *sie* aufgegeben! Für ein Phantom. Sie war nicht die Göttin, für die ich sie hielt, sie war Malerin,

eine undurchsichtige Strippenzieherin, für die ich Aufträge ausführte – ausführen musste. Sie hatte mich in diese fremde, unheimliche Welt hineingezogen.
Wie kam ich da wieder heraus?
Ich stellte bei der ersten Raststätte den Blinker. Es schneite nicht mehr, aber ein kalter Regen prasselte auf mich ein, als ich über den Platz ins Trockene spurtete.
Den Kaffee trank ich stehend, war plötzlich in Eile. Ich musste es hinter mich bringen.
Der Verkehr lief wieder flüssiger, ich kam gut voran. Das Navigationsgerät hatte ich ausgeschaltet, damit mir nicht andauernd vorgerechnet wurde, wie viel Zeit ich verloren hatte.
Noch fünfhundert Meter bis zum Zoll. Ich begann zu schwitzen, spürte eine Verspannung im Rücken, verlagerte die Sitzposition, folgte den Schildern.
Ich parkierte den Wagen vor den Zollgebäuden, stellte mich mit dem Schein in die Warteschlange vor den Schaltern. Das Dokument wurde am österreichischen Zoll wortlos abgestempelt, die Schweizer Kollegen hatten gerade Schichtwechsel, ich musste mich gedulden. Mit hängenden Schultern stand ich vor dem Schalter, sah auf die Uhr. Bereits halb sieben. Ich vertrat mir die Beine an Ort, konnte mich nicht entschließen, in einen der Plastikstühle zu sitzen.
Endlich. Ich zückte den Schein, schob ihn dem Beamten hin. Er warf lediglich einen knappen Blick darauf, griff zum Telefonhörer, unterhielt sich kurz, sagte dann emotionslos, meine Kollegen werden sich gerne Ihren Wagen näher ansehen. Das Dokument können Sie danach abholen.
Ist etwas mit den Papieren … nicht in Ordnung? Ich sollte …
Routinekontrolle, sagte der Beamte ungerührt. Warten Sie bei Ihrem Fahrzeug.
Ich trottete kopfschüttelnd zu meinem Wagen zurück, fluchte über mein stümperhaft unprofessionelles Verhalten. Meine Nervosität musste aufgefallen sein. Ich schloss die Fahrertüre auf, wartete. Nach einer Minute steckte ich mir eine Zigarette an, begann den Wagen zu umrunden.

Verdammt!
Sie kamen zu dritt, zusammen mit einem Drogenspürhund.
Mir fiel das Herz zwischen die Beine.
Nach einer knappen Begrüßung musste ich die Hecktüren öffnen. Sie warfen einen Blick ins Innere, ließen den Spürhund den Laderaum absuchen, offensichtlich erfolglos. Ein Beamter interessierte sich für die Wagenpapiere, die zwei anderen holten die Kiste aus dem Laderaum. Sie stellten sie auf die Laderampe, lösten die Schrauben, hoben den Deckel ab. Gespannt verfolgte ich, was sie aus der Kiste hoben. Es war ein Gemälde, mir fiel ein Stein vom Herzen. Sie hielten es ins Flutlicht, schüttelten den Kopf. Es war ein ... verdammt, das war ich! Niemand schien es wahrzunehmen. Man ließ den Hund am Bild schnuppern, ließ ihn in der Kiste schnüffeln – ohne Ergebnis. Die Beamten diskutierten kurz, dann legten sie das Gemälde zurück in die Kiste, verstauten sie im Laderaum. Einer sprach etwas Unverständliches in sein Funkgerät, dann meinte er, Sie können Ihr Zolldokument am Schalter abholen.
Hatten sie einen Verdacht oder war es nur eine Routinekontrolle?
Gegen elf Uhr kam ich in Zürich an. Vor dem Club staute sich das Partyvolk, ich musste für die letzten Meter einen Slalom zurücklegen. Im Scheinwerferlicht tauchten zwei abgestellte Fahrzeuge auf. Sie standen direkt neben dem Tor des Ateliers: der Oldtimer ihres Verehrers und ein Van. Ich stellte den Lieferwagen dazwischen, stieg aus.
Hallo, sagte ich ins Nichts, klopfte ans Tor.
Ein Lichtstreifen fiel auf den Vorplatz, das Tor öffnete sich, eine schwarze Silhouette erschien im Gegenlicht. Ich konnte das Gesicht nicht erkennen, aber ich war sicher, dass *sie* es war.
Sie rief etwas auf Russisch. Aus dem Schatten des Vans lösten sich dunkle Gestalten wie Nachtvögel, umrundeten den Lieferwagen. Unwillkürlich schossen mir die Bilder meines nächtlichen Erlebnisses durch den Kopf. Drehte ich durch?
Dimitrij löste sich aus der Gruppe, öffnete die Hecktüren, spähte in den Laderaum. Nachdem er die Türen wieder geschlossen

hatte, kam er auf mich zu, schüttelte mir die Hand. Ich fragte mich, ob das etwas zu bedeuten habe, ob ich jetzt in ihrem Club aufgenommen worden war. Nachdem ich meine Tasche vom Beifahrersitz geholt hatte, hielt mir Dimitrij die hohle Hand hin. Als ich nicht gleich reagierte, sagte er, die Schlüssel. Er nahm sie entgegen, schloss den Wagen ab, verschwand wieder in der Dunkelheit.

Sie hatte die Szene verfolgt, nahm mich bei der Hand, zog mich durch das Tor in den Flur. Erst jetzt fiel mir auf, dass sie mit nackten Füssen in offenen Pantoffeln vor mir stand. Ich nahm an, dass sie mich ins Atelier führen würde, aber sie blieb vor der Ateliertüre stehen.

Du bist ja völlig durch den Wind. Ist etwas passiert?

Bevor ich ihr entgegnen konnte, erschien Dimitrij, flüsterte ihr etwas ins Ohr, sie erstarrte.

Der Deckel wurde gelöst! Was ist passiert?

Ich gab eine knappe Zusammenfassung der Ereignisse am Zoll. Sie hing an meinen Lippen, schlotterte. Unversehens rief sie etwas auf Russisch, ungehalten, wie mir schien. Wie durch Geisterhand wurde das Tor zum Hof geschlossen. Sie wandte sich wieder mir zu, sagte, gut gemacht. Und sonst?

Die Pension …

Ja?

Sie war unheimlich.

Unheimlich? Sie lachte ihr kehliges Lachen, fragte, wieso?

Gab es einen Vorgänger, der nach München lieferte?

Vorgänger? Du meinst Fahrer, die für mich Bilder nach München transportiert haben. Da gab es etliche.

Ist einer von ihnen verschwunden?

Sie lachte nicht mehr.

Bisher brachte jeder Fahrer den Wagen zurück, sagte sie. Was er danach gemacht hat, weiß ich nicht.

Sie lehnte sich zurück, sah mich mit eisigen Augen an. Wie kommst du auf diese Idee?

Der Rezeptionist hat mir davon erzählt.

Der Rezeptionist!

Sie atmete aus, hob kurz den Kopf, sagte gepresst, du hast vermutlich zu wenig geschlafen.
Sie riss das Tor auf, schob mich hinaus, ohne Kuss und Abschied. Unvermittelt stand ich in der Kälte, Atemwolken vor dem Gesicht. Hastig knöpfte ich die Jacke zu.
Ich kettete mein Fahrrad los, stieg auf, fuhr aber lediglich um die Hausecke. Dort stellte ich das Rad ab, steckte mir eine Zigarette an, ging hinüber zum Zaun. Von hier konnte ich den gesamten Platz überblicken. Die Bodyguards luden eben die Kiste aus, trugen sie durch das Tor ins Gebäudeinnere. Jemand stieg in den Lieferwagen, brauste an mir vorbei, verschwand in der Anonymität der Stadt. Ich wartete darauf, dass der Alte endlich wegfuhr, aber nichts tat sich. Das Atelierfenster blieb hell erleuchtet.
Im Gegenlicht hatte ich sie lange nicht bemerkt. Neben dem Tor standen links und rechts je ein Bodyguard. Die restlichen Sicherheitsleute waren verschwunden.
Nach einer halben Stunde gab ich auf, ging hinüber zu meinem Fahrrad.
Ich fand ein Geschäft, das noch geöffnet war, kaufte eine Flasche Rioja, mein Eintrittsticket zu Erics Wohnung – ich würde es nochmals bei ihm versuchen. Er hatte seinen freien Abend, ich traf ihn zu Hause an. Er schien nicht besonders überrascht, als ich vor der Türe stand. Ich erzählte ihm von meinen mysteriösen Erlebnissen, den diffusen Entdeckungen, von meinen Zweifeln und Ängsten. Eric stellte hie und da eine Frage oder gab einen knappen Kommentar ab. Als ich geendet hatte, sagte er mit besorgtem Gesicht, an deinen Fahrdiensten ist etwas faul. Steig aus, solange du noch kannst.
Ich sah ihn irritiert an.
Das Ganze riecht doch nach illegalen Geschäften!
Das sind bloß Ahnungen, Vermutungen. Am Zoll haben sie nichts Illegales gefunden.
Und all die Sicherheitsleute, die Abschirmung des Ateliers? Wie erklärst du dir das?, fragte er entrüstet. Das ist doch geradezu offensichtlich.

Ich senkte den Blick, fixierte mein Glas. Eric hatte recht, unvermittelt fragte ich mich, ob das Atelier bereits länger von einer ganzen Security-Mannschaft überwacht wurde oder erst seit ich mit dem Wagen zurückgekommen war. Hatten die Zollbeamten etwas übersehen?

Wir mutmaßten und grübelten, aber wir kamen nicht weiter, keine der Spekulationen ergab einen Sinn.

Diesmal waren wir vernünftiger, beließen es bei der einen Flasche Rotwein. Ich leerte mein letztes Glas, beschloss, das Ganze zu vergessen. Morgen, nahm ich mir vor, würde ich an die Universität gehen.

Es regnete, ich nahm die Straßenbahn an die Uni, entschied mich für eine Geschichtsvorlesung. «Der Achtzigjährige Krieg», ein spontaner Impuls. Die Tasche mit meinem Hausrat stellte ich in ein Tagesschließfach.

Das Auditorium war gerammelt voll, ich ergatterte einen der letzten Plätze. Den Dozenten hatte ich in früheren Geschichtsvorlesungen schon erlebt, mittlerweile hatte er Kultstatus. Es war nicht nur die Art, wie er den Stoff präsentierte, es war vor allem seine Sicht der Dinge, die fesselte.

Während ich den Ausführungen lauschte, sah ich auf einmal Spinoza inmitten der Kriegswirren, die auch in Amsterdam das Leben geprägt haben mussten, folgte seiner Familiengeschichte, erlebte seine Flucht aus Spanien als Folge des Achtzigjährigen Kriegs, in dem sich der nördliche Teil der Niederlande unter dem Einfluss Calvins von der katholischen Spanischen Krone löste.

Nach der Vorlesung blieb ich an der Uni, setzte mich in den Lichthof, startete den Laptop, ging meine Notizen durch, suchte nach Anknüpfungspunkten. In Gedanken war ich noch einmal in der Vorlesung. Der Krieg konnte nicht spurlos an Spinoza vorübergegangen sein. Die riesigen Umwälzungen mussten sich auch auf seine philosophischen Reflexionen ausgewirkt haben. Welche Erkenntnisse könnte er aus den Kriegserfahrungen abgeleitet haben?

Es waren Religionskriege …
Natürlich – die Befreiung von den Zwängen der Religion, die für alle damaligen Kriege verantwortlich war! Die Lösung von allen klassischen Religionsinhalten, die Neudefinition der moralisch ethischen Gesellschaftsbasis. Eine neue Dimension der intellektuellen und individuellen Freiheit!
Endlich hatte ich einen Anhaltspunkt. Ich begann zu schreiben, schrieb drei, vier, fünf Seiten, spürte eine Zuversicht, die mir abhandengekommen war.
Ich zückte mein Handy, zögerte nur kurz, wählte Sarahs Nummer. Sie ging nicht ran. Ich schrieb weiter, versuchte es noch einmal.
Sarah? Ich bin an der Uni, arbeite. Ich habe die Blockade überwunden.
Du bist an der Uni?
Ich habe einen neuen Ansatz, habe bereits acht Seiten geschrieben. Der Aspekt der Freiheit in Spinozas Lehre über die Affekte. Aber ich habe dich nicht deshalb angerufen, ich … ich will mich bei dir entschuldigen.
Ich suchte nach den richtigen Worten. Sarah kam mir zuvor.
Du kannst heute zum Abendessen kommen, Jonas wird sich freuen, aber … ich will Klartext reden. Über Nacht kannst du nicht bleiben.

Ich blieb über Nacht, es hatte sich ganz selbstverständlich ergeben. Seither übernachtete ich wieder zu Hause.
Ich hatte mich entschuldigt, hatte Sarah zu erklären versucht, wie ich in die Sache hineingeschlittert war. Sie hörte schweigend zu, auch als ich beteuerte, meine Verirrung um die russische Malerin sei überwunden, ich könne mir im Nachhinein nicht erklären, weshalb ich mich dermaßen in die Irre habe führen lassen.
Wollte sie keine Fragen stellen, weil sie befürchtete, das labile Gebilde, das ich da vor ihr aufbaute, würde zusammenbrechen? Hatte sie bemerkt, dass ich ihr nur die halbe Wahrheit offenbart hatte?

Die Tage verflossen wieder in einer beruhigenden Routine. Ich ging meiner Arbeit in der Agentur nach, schrieb in jeder freien Minute an meinem neuen Thema.
Mein Referent konnte sein Erstaunen nicht verhehlen.
«Der Aspekt der Freiheit in Spinozas Ethik vor dem Hintergrund des Achtzigjährigen Kriegs». Ein überraschender Ansatz, vielversprechend. Machen Sie weiter!
Auch Sarah, die meine ersten Überlegungen dazu las, war überrascht und ermutigte mich, das Thema zu vertiefen. Sie würde gerne daran teilnehmen. Wir beide hatten einen Faden gefunden, an dem wir das Unmögliche weiterspinnen konnten.
Auf meinem Konto waren erneut fünftausend Franken eingegangen, ein Umstand, der mich unangenehm an meinen Vertrag mit der Malerin erinnerte. Am Arbeitsplatz in der Agentur ging ich immer wieder hinaus in die kleine Küche der Cafeteria, von der aus ich den Platz zwischen Geleise und Gebäude überblicken konnte. Fahrzeuge standen vor dem Atelier, Bodyguards lungerten herum, Taxis fuhren vor, es schien mir mehr Betrieb zu sein als in den Wochen zuvor. Auch heute war der grüne Oldtimer ihres Verehrers direkt neben dem Tor parkiert. Mich ging es nichts mehr an.
Spannend?, sagte jemand hinter mir. Ich versuchte einen lockeren Spruch, ging an den Arbeitsplatz zurück.
Bevor ich am Abend die Agentur verließ, stand ich unversehens wieder in der Küche, schaute hinab auf den Platz. Der Wagen des Alten stand immer noch da. Ich spürte einen Stich in der Brust, dabei hatte ich *sie* doch vergessen.
Ich erledigte die Aufträge in der Agentur, spielte den Familienvater, schrieb zu Hause an meiner Masterarbeit. Ich hatte mir von der Bibliothek zusätzliche Bücher ausgeliehen, die elektronisch nicht verfügbar waren, hatte den Tisch im Wohnzimmer vereinnahmt und vollflächig belegt. Sarah übersah das Chaos großzügig, sie, die immer auf Ordnung bedacht war. Dabei benötigte ich vorwiegend das Original. Ich schlug Spinozas Ethik auf, vierter Teil:
«Über die menschliche Unfreiheit und die Macht der Affekte»

Achtzehnter Lehrsatz
Die Begierde, welche aus der Lust entspringt, ist, bei sonst gleichen Umständen, stärker als die Begierde, welche aus der Unlust entspringt.

Anmerkung
Damit glaube ich die Ursache dargelegt zu haben, weshalb die Menschen mehr von ihrer Meinung als von der wahren Vernunft sich bewegen lassen und weshalb die wahre Erkenntnis des Guten und Schlechten in der Seele Aufregungen verursacht und häufig Lüsten aller Art den Platz räumt.

Zweiundfünfzigster Lehrsatz
Selbstzufriedenheit kann aus der Vernunft entspringen, und nur diese aus der Vernunft entspringende Zufriedenheit ist die höchste, welche es geben kann.

Beweis
Selbstzufriedenheit ist Lust, daraus entsprungen, dass der Mensch sich selbst und sein Tätigkeitsvermögen betrachtet. Aber das wahre Tätigkeitsvermögen des Menschen oder die Tugend ist die Vernunft selbst, welche der Mensch klar und deutlich betrachtet. Folglich entspringt Selbstzufriedenheit aus der Vernunft.

Die persönliche Freiheit! Ich kann sie erreichen, wenn ich meine Spielräume vergrößere, meine Sinne übe, mein Bewusstsein erweitere und mich als Teil des Ganzen erfahre, ein Teil des Universums werde, mich den Spielregeln unterwerfe.
Jetzt begriff ich auch, dass Spinoza die Affekte anders verstand als Descartes. Sie standen für ihn nicht in Konflikt zur Vernunft. Befreiung und Freiheit als Bewusstwerdung!
Wenn ich untertags schrieb, setzte sich Jonas oft zu mir an den Tisch und zeichnete. Von Zeit zu Zeit musterte er mich mit einem unergründlichen Blick.
Wie hatte ich ihn, wie hatte ich Sarah aus meinem Leben ausblenden können?

Nachts legte ich meine Hand auf Sarahs Bauch, schlief mit ihr, tagsüber spielte ich mit Jonas, erzählte ihm Geschichten, legte am Sonntag einen Familientag ein. Ich verkroch mich in die vertraute Routine, versuchte, die Gedanken an die Malerin, an ein nächstes Aufgebot zu verdrängen. Wenn ich mit Sarah und Jonas zusammen war, gelang mir das, aber kaum waren sie aus dem Haus, irrten meine Gedanken zu ihr ins Atelier, meinte ich das Brummen des Handys zu vernehmen, das eine nächste SMS anzeigte.
Ich suchte Zuflucht in meiner Masterarbeit, schrieb erstmals motiviert an der Thematik, vertiefte mich in Spinozas Lehre über die Affekte, aber die Fantasien schoben sich immer wieder in meine Konzentration.
Am darauffolgenden Samstag geschah es. Wir waren beim Abendessen, planten den morgigen Ausflug an die Sihl, da traf die SMS ein. Es war ein Aufgebot für Sonntagmittag, vierzehn Uhr. Meine Kehle war wie zugeschnürt, ich kriegte keinen Bissen mehr runter. Sarah sah mich kritisch an, runzelte die Stirn. Ist es wegen unseres Ausflugs? Wenn du die Zeit für deine Arbeit nutzen willst, gehe ich mit Jonas allein.
Nein, nein. Ich komme mit. Ich habe nur eben überlegt, welche Bücher ich am Montag noch besorgen muss. Ich sehe noch kein Ende, dauernd öffnen sich neue Türen.
Bist du sicher, dass du mitkommen willst?
Ja.
Auf dem Spaziergang wollte Jonas Indianer spielen, ich fiel immer wieder aus meiner Rolle. Sarah schrieb es meiner Arbeit zu, dabei musste ich dauernd an meine Verweigerung und die möglichen Konsequenzen denken.

5

Ich habe Jonas zuliebe nachgegeben, Andy ist wieder bei uns eingezogen. Sein halbes Geständnis hat mich nicht wirklich beruhigt, aber er bemüht sich, gibt sich mit Jonas ab, spricht hie und da mit mir, trotzdem – die Alltäglichkeit kommt mir vor wie gespielt. Es ist nicht wie früher.
Liegt es an mir? Bin ich zu misstrauisch?
Ich vermag seiner Wandlung nicht vorbehaltlos zu trauen, zu sehr bin ich enttäuscht worden.
Ich schreibe nur noch selten, bin zu abgelenkt. Wenn ich ein kurzes Gedicht schaffe, ist es wie ein Wunder.

Anna
Wir zwei
Sind eins
Atmen
Stehen
Tanzen
Liegen
Gemeinsam
Wir zwei
Sind eins

Schreibend suche ich Annas Nähe. Vermutlich, weil wir nicht von ihr sprechen, dabei geht es keine drei Monate mehr bis zum Geburtstermin. Wieso? Wieso will er es nicht wahrhaben? Er scheint diese Tatsache auszublenden.
Es betrübt mich. Nein, es stimmt mich traurig. Wie kann so eine gemeinsame Zukunft aussehen?
Zum Glück habe ich meine Kinder.

Am Montagmorgen brachte ich Jonas in die Krippe. Danach ging ich in die Bibliothek an der Uni, suchte Fakten zum Achtzigjährigen Krieg. Den Nachmittag verbrachte ich am großen Tisch im Wohnzimmer, vergrub mich in die Arbeit, belohnte mich zwischendurch mit einer Rauchpause, schrieb weiter. Als mir nichts mehr einfiel, scrollte ich zurück, überflog die Zeilen, lehnte mich entspannt zurück.
Shit!
Jonas!
Ich hätte ihn um sechs abholen sollen – es war bereits halb sieben. Ich stürmte aus der Wohnung, rannte zur Tagesstätte, hoffte, dass er noch vor der Türe stand, doch da war niemand. Die Türe war abgeschlossen, die Räume menschenleer und dunkel. Ich ging in die Hocke, rang nach Atem, überlegte. Der Spielplatz! Ich spurtete los.
Schon von Weitem konnte ich erkennen, dass jemand auf dem Platz war, meine Hoffnung stieg. Aber – es war nicht nur ein Kind, es war auch ein großer Erwachsener dabei. War es doch nicht Jonas?
Das Kind und der Mann, er kam mir vor wie ein Riese, saßen auf der Balkenschaukel. Das Kind lachte ausgelassen. Ich atmete auf, es war Jonas, als er mich sah, winkte er in meine Richtung. Der Mann daneben ... Mir war, als drückte mir jemand die Kehle zu. Der Mann, der mit Jonas spielte, war – Dimitrij!
Na endlich, ich dachte, ich müsste mich die ganze Nacht um deinen Sohn kümmern, rief er mir zu, wuchtete das Bein über den Balken, stand auf, kam auf mich zu. Er streckte mir nicht die Hand entgegen.
Ich brachte keinen Ton über die Lippen, ging zu Jonas, nahm ihn in die Arme.
Morgen um achtzehn Uhr, sagte er, zwinkerte Jonas zu, schlenderte davon.
Der Weg nach Hause war wie eine Flucht. Ich zerrte Jonas hinter mir her, ignorierte sein Quengeln, wollte nur möglichst schnell die Wohnungstüre hinter uns zusperren. Sarah war noch nicht da, ich atmete auf. Während ich ein Abendessen

improvisierte, schenkte ich mir ein Glas Schnaps ein, um meine Nerven zu beruhigen. Jonas hatte ich erklärt, ich hätte einen Kollegen vorgeschickt, um ihn abzuholen, weil ich aufgehalten worden sei. Natürlich würde er Sarah von Dimitrij berichten, der Mann war zu imposant, als dass man ihn einfach vergessen konnte. Als sie um acht erschien, war ich bereits ziemlich alkoholisiert, sie bemerkte es gleich beim Willkommenskuss, wendete sich angeekelt ab, machte eine diesbezügliche Bemerkung. Ich blieb stumm.
Jonas erzählte enthusiastisch von seinem neuen Spielkameraden. Sarah war zu abgelenkt durch mein Verhalten, reagierte nicht darauf. Ich schöpfte Salat, dachte, Gott sei Dank. Dabei steckte ich tief in der Scheiße.
Morgen um achtzehn Uhr!

In der Agentur kam ich mit meiner Arbeit kaum vom Fleck, verstrickte mich im Text, machte Fehler. Der Nachmittag wurde zur Folter. Ich zählte die Minuten, kam mir vor wie kurz vor der Hinrichtung. Um halb sechs ging ich in die Cafeteria, stahl mich ans Fenster, überblickte den Platz. Er war leer.
Ich ging zurück zum Arbeitsplatz, fuhr den Computer herunter, verließ die Agentur.
Ich klopfte am Außentor. Nichts. Ich wartete. Nach fünf Minuten klopfte ich ein zweites Mal. Jetzt wurde das Tor einen Spaltbreit geöffnet. Ein Typ der Sicherheitscrew musterte mich, wies mich weg.
Ich habe um achtzehn Uhr einen Termin bei Ludmilla Boro…
Er knallte das Tor zu. Mittlerweile musste es halb sieben sein.
Wieso wurde das Atelier bewacht, wenn sie nicht da war? War die Künstlerin Opfer eines Komplotts, einer Verschwörung? Bisher war sie als Chefin aufgetreten, hatte Befehle erteilt und Anordnungen diktiert. Hatte ich mich getäuscht? War sie auch nur eine Spielfigur wie ich?
Steckte der Alte mit dem Pelzkragen dahinter? Hatte er sie in seiner Gewalt? Dieser schmierige Typ mit dem lächerlichen Oldtimer.

Ein Autounfall…
Ein Autounfall, präzise geplant und pedantisch ausgeführt, wäre der Befreiungsschlag.
Ich lehnte mich an die Fassade, sah den Wagen über eine Klippe fliegen, begann die Züge zu zählen, die vorbeirumpelten.
Schritte, ich löste mich von der Wand.
André?
Wieso blieb sie vor dem Tor stehen, kam nicht auf mich zu? Sie schien unschlüssig, wie sie meine Anwesenheit deuten sollte. Dann fiel es ihr ein.
André, sagte sie schneidend. Dimitrij ist gut zu Kindern, du hast Glück gehabt. Das nächste Mal kommt Gregori.
Was willst du damit sagen?
Sie gab keine Antwort, klopfte zweimal ans Tor, der Bodyguard öffnete, sie verschwand. War es ein Spuk, war es real? Das Atelier schien mit einem Mal heller beleuchtet, das Fenster strahlte auf den Platz. Ich floh aus dem Licht, trottete zu meinem Fahrrad.
Ich blieb an der Gebäudeecke stehen, zündete mir eine Zigarette an, wartete. War es Ahnung, Verdacht, Verlangen, Begierde? Ich sah den Bewacher erst, als er sich aus dem Schatten des Gebäudes löste. Er schritt den Platz ab, schlenderte dem Bahndamm entlang, kehrte an die Ausgangsposition zurück. Wurde sie in ihrem Atelier gefangen gehalten? Ich wagte nicht, mich zu bewegen, blieb in Deckung. Es nieselte leicht, vergeblich suchte ich Schutz unter dem Vordach des Gebäudes. Ich hatte eben meine letzte Zigarette angesteckt, als das Licht im Atelier gelöscht wurde. Kurz danach trat sie durch das Tor, wechselte ein paar Worte mit der Wache, schlenderte der Fassade entlang in meine Richtung. Bevor sie mich erreicht hatte, machte sie kehrt, zückte ihr Handy, wählte, drückte es ans Ohr, steckte es wieder ein. Scheinbar war die Verbindung nicht zustande gekommen. Sie drehte sich abrupt um, kam auf mich zu, diesmal mit schnellen Schritten. Ich warf die Zigarette weg, packte mein Fahrrad, wollte…
André?

Ich blieb wie angewurzelt stehen, erwartete ihre Rüge. Sie kam näher, sagte in die Dunkelheit:
Willst du mich begleiten?
Ich war zu perplex, um zu antworten, ließ mein Fahrrad stehen, trottete wie in Trance neben ihr her am Club vorbei Richtung Hardbrücke. Bei der Bahnhofvorfahrt ging sie auf eines der wartenden Taxis zu, öffnete die hintere Türe, sprach kurz mit dem Fahrer. Sie stieg ein, zog mich mit, ich schloss die Türe. Als wären wir ein Paar, legte sie mir die Hand aufs Knie, sah mich mit einem rätselhaften Blick an. Dabei sollte ich längst zu Hause sein, Sarah würde wach bleiben, würde auf mich warten. Ich klaubte mein Smartphone hervor, tippte eine SMS. Ich sei bei Eric, wir hätten uns in eine Diskussion verstrickt, die länger dauern könnte.
Beim Albisriederplatz dirigierte sie den Fahrer in einen dunklen Hinterhof. Ich zögerte, blieb sitzen. Als sie mich fragend ansah, stieg ich aus. Ohne ein Wort ging sie voraus, an abgestellten Motorrädern vorbei, zu einem schäbigen Hauseingang. Geräusche einer Restaurantküche hallten zwischen den Fassaden. Licht fiel nur spärlich durch die Einfahrt von der Straße in den Innenhof, die Fassaden lösten sich in der Dunkelheit auf. Das Quartier einer Künstlerin hatte ich mir anders vorgestellt. Auch das dunkle, muffige Treppenhaus vermochte ich nicht mit dem Bild in Verbindung zu bringen, das ich mir von ihr gemacht hatte. Als sie nicht die Treppe ins Obergeschoss nahm, sondern hinab ins Souterrain stieg, blieb ich stehen. Wollte sie etwas aus dem Keller holen, oder wollte sie mich in eine Falle locken?
Wo bleibst du?, rief sie zu mir hoch. Ich wohne nicht im Penthouse!
Sie öffnete eine mehrfach verschlossene, schwere Tür, ging voraus.
Warte kurz, ich muss Licht machen.
Ich drückte hinter mir die Türe zu, stand im Dunkel. Ein Scheinwerfer blitzte auf, ich schirmte mit der Hand die Augen ab, sah nur Bühnenvorhänge.

War es ein Traum? Stand ich auf einer Bühne?
Sie ließ ihr gurrendes Lachen hören, sagte, es ist vermutlich nicht die Wohnung, die du erwartet hast.
Sie verschwand hinter einem dunklen Vorhang. Alles schien hier verhängt. Schwarze und weiße Tücher bildeten die Raumabschlüsse des überraschend hohen und großen Raums, der von Theaterscheinwerfern farbig ausgeleuchtet wurde. Der Boden bestand aus einem Patchwork verschlissener Teppiche, gezeichnet von Farbspritzern und Brandlöchern, in einer Ecke waren farbige Polsterkissen zu einer Pyramide aufgetürmt, daran anschließend reihte sich ein Arsenal vergammelter Leinwände. Inmitten des Raums standen eine Staffelei, ein Stativ mit einer Kamera, daneben ein Tisch mit Farbtuben, Töpfen, Pinseln und einer Flasche Wodka. Im Hintergrund erkannte ich zwei weiße Schirme, vermutlich Fotoleuchten.
Musik ertönte, einer der Vorhänge wurde zurückgerafft, sie erschien mit zwei Gläsern, stellte sie auf den Tisch, schenkte ein.
Ich hoffe, du leistest mir Gesellschaft.
Sie kam näher, drückte mir ein volles Glas in die Hand, schaute mich angriffslustig an.
Ich zögerte. Sarah wartete auf mich, trotz meiner Kurznachricht. Wollte ich tatsächlich den eben wiedererlangten normalen Alltag mit Familie und Beruf aufs Spiel setzen?
Was ist los, André?
Sie stemmte die linke Hand in die Hüfte, legte den Kopf schief, fixierte mich. Dann hob sie auffordernd das Glas, leerte es zur Hälfte. Ich nahm einen Schluck, verfolgte, wie sie das Stativ mit der Kamera beiseitestellte, wie sie langsam auf mich zukam. Sie umfasste mich mit ihrem linken Arm, begann sich im Takt der Musik zu bewegen, zu wiegen – undurchschaubare, schwierige Tanzschritte, Drehungen, Verkrümmungen, bis ich begriff:
Tango!
Ich versuchte ihren Bewegungen zu folgen, umklammerte mein Glas im aussichtslosen Versuch, nichts zu verschütten. Sie ließ ob meiner Ungeschicklichkeit und Steifheit ihr ent-

spanntes Lachen hören, lenkte mich noch bestimmter hinein in diesen Sog aus Rhythmus und Melodie. Ich kam mir vor wie eine Marionette ohne eigene Impulse, abhängig von ihrer Regie. Sie animierte mich, das Glas auszutrinken, schenkte nach, ohne die Tanzbewegungen abzusetzen, wirbelte mit mir um Tisch und Staffelei, die Vorhänge begannen zu flattern, drehten sich immer schneller um uns, bis ich durch den Raum kreiste, gelenkt von ihrem Willen.

Ich erwachte mit dröhnendem Kopf, mir war schlecht, rund um mich war ein Durcheinander von Tüchern und Kissen. In der Dunkelheit konnte ich nichts erkennen, dämmerte wieder weg. Unvermittelt ein Lichthauch. Ich schlug die Augen auf, blickte auf eine fremde Welt, die sich zu drehen begann. Das Hämmern! Ich langte mir an den Kopf, vernahm ein Stöhnen. Ich musste … ich musste eine Toilette finden. Ächzend löste ich mich aus den Polstern, stemmte mich wankend hoch, torkelte auf eine Wand zu, die sich mir entzog, auswich, keinen Halt bot. Alles war in Bewegung, verzweifelt griff ich zu, um den Sturz zu verhindern, dann ein Reißen und Poltern, ich fiel, lag mit einem Mal begraben unter einem Leichentuch, das sich immer enger um mich schloss. Ich wollte schreien, aber ich fand keine Luft.
Licht, plötzlich sah ich Licht, aber ich lag eingeschnürt in einen Kokon, vermochte mich nicht zu bewegen.
André!
Hände griffen nach mir, wickelten mich aus der Bandage. Ich rang nach Atem, kam mir vor wie ein Ertrinkender, der eben gerettet worden war. Sie stand über mich gebeugt, schüttelte den Kopf.
Du hast zu viel getrunken. Komm.
Sie zog mich hoch, führte mich durch die Vorhangschicht in einen großen Raum mit Toilette, einem Lavabo und einer frei stehenden antiken Badewanne mit Löwenfüssen. Ich konnte mich vage erinnern, dass ich schon einmal an diesem Ort gewesen war.

Ich erbrach mich in die Kloschüssel. Danach hielt ich den Kopf unter den Wasserhahn, wartete, bis mein Hirn wieder in die Gänge kam.

Ich habe Kaffee gemacht, hörte ich durch das Rauschen.

Ich hatte Mühe, die Augen offenzuhalten, stolperte Richtung Kaffeeduft. Sie saß, lose in einen Kimono gehüllt, mit einer Zigarette in der Hand an einem kleinen Tisch, auf dem zwei dampfende Tassen standen. Es war die Küche, spartanisch eingerichtet, aber riesig. Der Raum hatte lediglich ein Fenster, das klein und schmal unter der Decke hing.

Setz dich.

Ich zog einen Stuhl unter dem Tisch hervor, nahm ihr gegenüber Platz. Sie schnippte die Asche in eine leere Blechdose, sah mich an.

Gestern mochte ich nicht mit dir darüber sprechen, da war mir mehr ums Tanzen. Ich denke, jetzt ist der Zeitpunkt dafür gekommen.

Sie machte eine Pause, hob kurz den Kopf, verschob die Unterlippe, blies den Rauch zur Decke. Dabei blickte sie mich unverwandt an. Ich nippte am Kaffee, wusste nicht, wie ich ihr Verhalten deuten sollte. Erwartete sie, dass ich etwas sagte? Ich stellte die Tasse ab.

Wieso spionierst du mir nach?, sagte sie laut. Ich zuckte zusammen, sah sie erschrocken an.

Sie legte ihre Hand auf meine Hand, hielt den Blick weiter auf mich gerichtet.

Ich weiß, du bist ein Verehrer, aber jetzt bist du ja einer meiner engen Mitarbeiter, und da ist es doch merkwürdig, dass du mir auflauerst.

Ich schluckte leer, blieb stumm. Es wollten mir keine Argumente oder Erklärungen einfallen, die mein Verhalten rechtfertigen würden.

Ich wollte dich persönlich fragen, ohne dass meine Freunde dabei sind. Also?

Ich rutschte auf dem Stuhl hin und her, suchte nach einer Antwort.

Die Wachen ..., begann ich.
Ja?
Ich habe befürchtet, du wärst im Atelier eingeschlossen. Eine Gefangene. Die Security-Leute würden dich bewachen.
Ihre Augen weiteten sich, dann ließ sie ein Lachen los, das in einen kratzenden Husten überging. Sie drückte die Zigarette aus, holte sich ein Glas Wasser, versuchte den Hustenanfall unter Kontrolle zu bringen.
André, du bist so süß, die Wachen sind da, weil eingebrochen worden ist.
Sie kam auf mich zu, fuhr mir mit der Hand durch die Haare.
Du wolltest mich tatsächlich von meiner Wachmannschaft befreien?
Ich hob den Kopf, sah ihr in die Augen, nickte. Sie beugte sich amüsiert vor, gab mir einen Kuss auf die Stirne.
Komm, ich zeig dir noch den Rest der Wohnung.
Sie griff nach meiner Hand. Das Schlafzimmer hast du noch nicht gesehen. Es schien mir ratsamer, dich auf den Kissen schlafen zu lassen.
Sie zog mich hinter sich her in eine Höhle. Im flackernden Licht der Kerzen erkannte ich eine Gruft, es gab weder Wände noch Decke. Eine schwarze Hülle, vermutlich auch Tücher, wölbte sich über dem aus zwei Matratzen bestehenden Bett.
Sie begann mich zu entkleiden, führte meine Hände, ließ mich das wenige, das sie auf dem Leib trug, abstreifen, dann zog sie mich auf das Bett in die zerwühlten Laken, die einer Wüstenlandschaft glichen.

Sphärische Töne weckten mich – vermutlich ihr Handy. Ich lag allein im Bett. Von irgendwo hörte ich Geräusche, das Rauschen von Wasser. Benommen kroch ich aus dem Bett, sammelte meine Kleider zusammen, wartete fröstelnd, bis sie zurückkam. Ich erwiderte knapp ihr «guten Morgen», stahl mich verschämt an ihr vorbei ins Bad. Durch die angelehnte Tür konnte ich hören, wie sie telefonierte. Sie sprach nicht Russisch. Ihr Verehrer!

Ich stieg in die Badewanne, spritzte mich ab, setzte dabei das halbe Bad unter Wasser. Es war mir egal. Ich kletterte aus der Wanne, schnappte mir eines der Tücher, die an einer Wäscheleine hingen. Dahinter kam ein Gerät zum Vorschein, das mir irgendwie bekannt vorkam. Es glich dem überdimensionalen Backofen in ihrer Schreinerwerkstatt.
Als ich mit nassen Haaren ins Schlafzimmer zurückkam, war sie angezogen und geschminkt.
Ich muss gehen, beeil dich, sagte sie.
Sie stand unter der Türe, klimperte ungeduldig mit den Schlüsseln. Ich versuchte in die Kleider zu schlüpfen, taumelte, brauchte mehrere Anläufe.
André, komm schon!
Ich stolperte hinter ihr her die Stufen des dunklen Treppenhauses hoch, folgte ihr in den Hof. Die Küchenventilation des Restaurationsbetriebs lief auf Hochtouren, der Geruch lag zäh in der Luft. Ich musste einen Brechreiz unterdrücken, sah zu ihr. Sie war stehen geblieben, sagte, geh jetzt, ich komm allein zurecht.
Sie küsste mich flüchtig, wandte sich ab. Frustriert, mit unsicheren Schritten, ging ich über den Hof, der sich jetzt bei Tageslicht als abgeschlossener Gassenraum zwischen Wohnbauten und Werkstätten entpuppte. Dabei wollte ich sie noch nach ihrer Telefonnummer fragen.
Eben noch waren wir zusammen im Bett…
Ich hätte es wissen müssen, unsere anderen Treffen endeten ebenso abrupt.
Als ich hinaus auf die Badenerstraße trat, bog der dunkelgrüne Oldtimer in den Hof ein. Ich sah dem Wagen nach, verfluchte den Alten, biss auf die Zähne.
Ich lief mit schnellen Schritten Richtung Hardbrücke. Dabei versuchte ich mir einzureden, sie verkehre mit dem Alten einzig des Geldes wegen, aber mit jedem Meter, den ich zurücklegte, verdichtete sich die Ahnung, dass Geld auch zu Gegenleistungen verpflichtet.
Sie schlief auch mit ihm!

Ich blieb auf der Brücke stehen, wankte. Ich klammerte mich ans Geländer, hörte unter mir das Lärmen der Züge, sah Geleise, fahrende Eisenbahndächer, spürte den Sog, tauchte ein in ein tiefes Schwarz …

Hupen, Rufe!

Ich hing weit über das Geländer gelehnt in der Schwebe, die Beine labil in der Luft.

Nein!

Ein Reflex. Ich zog die Knie an, wuchtete mich zurück. Wie ein Sack kauerte ich danach an das Geländer gelehnt auf dem Gehsteig.

Brauchen Sie Hilfe?

Eine Frau auf einem Fahrrad hatte neben mir angehalten. Ich schüttelte den Kopf, richtete mich auf.

Das Erlebnis auf der Brücke suchte mich in meinen Träumen heim, riss mich aus dem Schlaf. Ich erwachte schweißgebadet, mit klopfendem Herzen, vermochte nicht mehr einzuschlafen. Nach zwei Tagen blieben sie überraschend aus. Stattdessen kamen all die bizarren Eindrücke jener Nacht schlagartig zurück, nahmen von mir Besitz.

Der Drache!

Ich hatte die Tätowierung erst an jenem Morgen als Ganzes wahrgenommen. Ein Drache überspannte mit seinen Flügeln ihren Rücken, den feuerspeienden Kopf auf ihrem linken Schulterblatt und den Schweif wie die Spuren eines Peitschenhiebs auf ihrem Gesäß. Aber es war nicht der Drache, der mich peinigte, sondern die Erinnerung an ihren sinnlichen Körper im Kerzenlicht, an den Moment, als ich ihr den Kimono abstreifte und sie nackt vor mir stand. Ganz anders als Sarah, die gehemmt war, wenn sie ihre Kleider abgelegt hatte, deren drahtiger Körper nur während Schwangerschaft und Stillzeit üppige Formen annahm. Ich kam mir gemein vor, als ich diesen Vergleich anstellte, aber es gelang mir nicht, meine Fantasien zu bändigen. Sarah hatte mein Wegbleiben nicht erwähnt und keine Fragen gestellt. Ich nahm nicht an, dass sie meine Entschuldigung für

bare Münze genommen hatte, eher glaubte ich, dass sie das fragile Gleichgewicht unseres eben wieder aufgenommenen Familienlebens nicht zerstören wollte.
Ich hatte wenig Appetit, rauchte viel, schlief schlecht, genehmigte mir immer öfter ein Glas Wodka – die Flasche hatte ich heimlich gekauft –, aber ich trank erst, wenn Sarah und Jonas im Bett waren. Am Morgen kam ich kaum in die Gänge, trat meine Arbeit oft verspätet an, bald würden mir die Ausreden fehlen.
Wenn ich morgens auf das Fahrrad stieg, schien mir die Sonne ins Gesicht, die Vögel zwitscherten. Ich nahm es nicht wahr! Ich dachte nur an *sie*.
Ich musste sie sehen!
Wie ein Süchtiger versuchte ich mich abzulenken, flüchtete in die familiäre Routine, half im Haushalt mit, machte hie und da eine Bemerkung. So hoffte ich, davon abzulenken, dass meine Gedanken bei *ihr* waren.
In der Agentur war ich zu einem Botengänger degradiert worden, der zwischendurch Kaffee servierte und die Kaffeemaschine reinigte, interessante Arbeiten wurden mir nicht mehr zugeteilt. Ich sah meine Festanstellung in Gefahr, suchte das Gespräch mit dem Personalverantwortlichen, lobte das Klima in der Firma, die spannende Arbeit. Als er unruhig wurde, schilderte ich das Dilemma mit Job, Masterarbeit, Familie, gelobte Besserung, appellierte an sein Verständnis, schlug als Zwischenlösung ein Fünfzig-Prozent-Pensum vor.
Wenn Sie sich in den verbleibenden fünfzig Prozent uneingeschränkt in der Firma einbringen, kann das eine Lösung sein. Mit entsprechender Lohnanpassung, versteht sich.
Wir einigten uns darauf, dass ich ab Mai (das war bereits nächste Woche) nur noch an den Nachmittagen in der Agentur arbeiten würde.
Sarah war erleichtert, als ich ihr die Neuerung mitteilte.
Jetzt hielt ich den Tisch im Wohnzimmer mit meinen Büchern und Notizen dauernd belegt und mimte den schreibenden Studenten. Zwischendurch schrieb ich tatsächlich an meiner Arbeit, damit ich Sarah etwas zeigen konnte.

Am Morgen, wenn beide aus dem Haus waren, stand ich auf, meistens mit dröhnendem Kopf, stieg auf mein Rad, fuhr zum Albisriederplatz, um *sie* zu sehen. Ich hatte festgestellt, dass man durch eine rückseitig gelegene Nebenstraße über einen schmalen Durchlass in den Hof gelangen konnte und so nicht Gefahr lief, dem Alten in die Hände zu laufen.
Der Oldtimer stand bisher nicht im Hof. Hatte sie ihn aufgegeben?
Ich wartete, bis sie aus dem Haus kam, fuhr dann zur Fabrik. Auf der hinteren Stirnseite des Fabrikgebäudes hatte ich einen Trampelpfad entdeckt, der zu den ausrangierten Fahrzeugen führte. Das Versteck war ideal und ich war außerhalb des Aufnahmewinkels der Überwachungskamera. Von hier aus konnte ich den gesamten Hof einsehen, konnte feststellen, ob der Alte noch im Kurs war. Sie erschien immer wieder für kurze Rauchpausen vor dem Atelier, unterhielt sich mit den Bodyguards, die Bewachung war immer da. Mittlerweile kannte ich die Typen. Sie wechselten sich im Schichtbetrieb ab. Bis auf einen. Den sah ich nur sporadisch und immer nur aus großer Distanz. Meistens lungerte er bei der Hofzufahrt herum. Er war mir aufgefallen, weil er keinen Parka trug wie die anderen, sondern einen dunklen, eleganten Mantel. Gehörte er überhaupt dazu?
Verdammt! Der Alte!
Er fuhr vor das Atelier, ging an der Wache vorbei durch das Tor, als sei er Teil des Teams.

Die Tage glichen sich. Obwohl schon seit Wochen keine SMS mehr eingetroffen war, checkte ich andauernd mein Handy. Ich saß die meiste Zeit im Wohnzimmer am großen Tisch, las, schrieb zwischendurch an meiner Arbeit. Vor dem Abendessen und an den Wochenenden setzte sich Jonas zu mir und malte. Ich genoss diese Momente, die mich meine entgleisten Fantasien kurz vergessen ließen.
Ich ging Sarah zur Hand, ging einkaufen, holte Jonas von der Krippe ab, brachte ihn nach dem Abendessen ins Bett. Sarah nahm es dankbar auf, bemühte sich um Nähe und Vertrautheit,

wiegte mich in einen Zustand der Normalität, aus dem ich jäh stürzte, wenn ich an *sie* dachte. Es waren diese Momente, die mich innerlich zerrissen, zur Wodkaflasche greifen ließen.

Dreiundfünfzigster Lehrsatz
Niedergeschlagenheit ist keine Tugend oder entspringt nicht aus der Vernunft.

Spinozas Aussagen trafen mich wie Hiebe. Dabei suchte ich zwischen den Zeilen nach Trost.
Ha!

Vierundsechzigster Lehrsatz
Die Erkenntnis des Schlechten ist eine inadäquate Erkenntnis.

Neunundsechzigster Lehrsatz
Die Tugend des freien Menschen zeigt sich ebenso groß in Vermeidung als in Überwindung von Gefahren.

Zusatz
Dem freien Menschen wird daher die Flucht zur rechten Zeit als ebenso große Seelenstärke angerechnet wie der Kampf. Mit andern Worten: der freie Mensch erwählt mit derselben Seelenstärke oder Geistesgegenwart die Flucht wie den Kampf.

Die Flucht zur rechten Zeit … Hastig blätterte ich weiter zum Fünften Teil «Über die Macht der Erkenntnis, oder die menschliche Freiheit».

Der menschliche Geist kann mit dem Körper nicht absolut zerstört werden, sondern es bleibt von ihm etwas übrig, das ewig ist.

… etwas übrig, das ewig ist.
Ha! Was würde wohl von mir übrig bleiben?
Ich hob das Glas auf meinen Geist, leerte es in einem Zug – wie Ludmilla.

Es war ein Tag Anfang Mai, Regen und Sonne wechselten sich ab, als ich wie jeden Morgen zu *ihr* fuhr. Meistens kam sie kurz nach zehn aus dem Haus. Diesmal wartete ich vergebens. Beunruhigt fuhr ich zur Fabrik, besetzte meinen Beobachtungsposten. Zwei Personenwagen standen vor dem Atelier, zwischendurch tauchte eine Wache auf, aber ich konnte keine Anzeichen erkennen, dass *sie* da war. Ich wollte eben mein Versteck verlassen, als eine große schwarze Luxuskarosse mit getönten Scheiben vorfuhr, rückwärts direkt vor dem Tor parkte. Zwei Männer in Anzug und Krawatte stiegen aus, wurden von der Wache begrüßt, verschwanden durch das Tor. Eine halbe Stunde geschah nichts. Dann verfolgte ich, wie die Wache kurz das Handy zückte, es wieder einsteckte, zuerst den Kofferraumdeckel des großen schwarzen Wagens öffnete, dann das Tor. Die zwei Männer erschienen mit einer Kiste, legten sie in den Kofferraum, warfen den Deckel zu, stiegen ein, fuhren los. Die Aktion dauerte lediglich ein paar Sekunden und schien eingeübt. Noch während ich dem Wagen nachschaute, fuhren die beiden geparkten Fahrzeuge ebenfalls los. Ich nahm an, dass die Bewachung abgezogen worden war, dass sie jetzt allein wäre. Ich war eben im Begriff, meine Deckung zu verlassen, als der Sportwagen des Alten auf den Platz einbog. Wie versteinert blieb ich zwischen den Autowracks stehen, sah zu, wie der Wagen vor dem Tor hielt. Im Atelier wurde das Licht gelöscht, kurze Zeit später erschien sie, schloss ab, stieg in den Wagen.

Ich kroch aus meinem Versteck, ging mit gesenktem Kopf in die Agentur.

Am Tag darauf begab ich mich wie gewohnt um neun zu ihrer Wohnung. Am Zaun blieb ich jäh stehen, wandte den Blick ab, sah wieder hin, das Resultat blieb dasselbe: Der Wagen des Alten stand im Hof! Er hatte bei ihr übernachtet! Am liebsten hätte ich meine Wut an seinem exklusiven Oldtimer ausgelassen, hätte die Kühlerfigur abgebrochen, den Lack zerkratzt oder die Reifen durchstochen, aber ich wagte nicht, mein Versteck zu verlassen.

Der Alte kam aus dem Haus, stieg in den Wagen, startete den Motor. Kurz danach erschien sie, stieg zu. Der Oldtimer fuhr röhrend aus dem Hof in die Badenerstraße. Ich verließ meinen Unterschlupf, eilte dem Fahrzeug hinterher, als wollte ich es einholen, aber mitten im Hof blieb ich wie angewurzelt stehen. Da lag ein glänzendes längliches Ding. Wo der Oldtimer des Alten gestanden hatte, lag ein metallischer Gegenstand. Ich hob ihn rätselnd auf. Eine Metallsäge. Vermutlich hatte jemand von der Motorradwerkstatt das Werkzeug liegen lassen. Ich sah mich um, im Hof war niemand, die Werkstatt war geschlossen. Langsam ging ich in die Hocke, den Blick auf den Boden gerichtet. Dort, wo das Ding gelegen hatte, war der Asphalt auffällig heller. Ich fuhr mit dem Finger über die Stelle, zog eine Spur wie durch Mehl. Erschrocken inspizierte ich die Fingerkuppe. Sie glänzte. Das waren Metallspäne! War am Wagen des Alten etwas manipuliert worden?
Erschrocken legte ich die Säge wieder hin, ging zurück in meine Deckung. Ich wartete eine Stunde, rauchte die restlichen Zigaretten.
Hoffte ich tatsächlich, dass jemand das Corpus Delicti holte?
Es erschien niemand. Sollte ich ihr davon berichten? Ich schüttelte den Kopf. Mit einem beklemmenden Gefühl im Magen fuhr ich nach Hause.
Ich versuchte, zurück zu meiner Arbeit zu finden, den Fragen auszuweichen, die auf mich einstürmten. Ich schaffte es nicht. Hätte ich den Alten, hätte ich sie warnen müssen? War ich mitschuldig, wenn sein Wagen sabotiert worden war? Wenn er irgendwo ungebremst über eine Kurve schoss, wenn er …
Ich stand auf, ging hinaus auf den Balkon, rauchte. Jede Polizeisirene erschien mir wie ein Zeichen.
Das gesamte Wochenende hatte ich Magenschmerzen, rührte das Essen kaum an. Ich ließ den Kuchen zu lange im Ofen, vergaß meine Geldbörse zu Hause, sprach kaum ein Wort auf dem Ausflug, sah den Wagen des Alten frontal in einen Lastwagen knallen. Sarah hatte ein Familienprogramm zusammengestellt, das mir keine Möglichkeit bot, mich abzusetzen.

Am Montagabend holte ich Jonas von der Krippe ab. Wir nahmen den Weg über den Spielplatz. Jonas spurtete auf die Schaukel los, erwartete, dass ich mitspielte. Ich war abwesend, unterließ es meistens, den Stoß abzufedern, was ich erst bemerkte, als Jonas zu weinen anfing.
Sarah hatte mir eine Kurzmitteilung geschickt, sie komme später, ich solle Jonas nach dem Abendessen ins Bett bringen. Um Jonas aufzumuntern, kochte ich Spaghetti. Nach dem Essen verschwand er in seinem Zimmer. Ich lauschte lange dem Flüstern seiner Spielfiguren, setzte mich entgegen meiner Gewohnheit vor den Fernseher, verfolgte die Tagesschau. Vermutlich war es der Versuch, mich abzulenken, aber die Berichte perlten wie Wasser an mir ab: Der Wirbelsturm im Fernen Osten, Barack Obamas Sieg bei den ersten Vorwahlen, Sarkozy ... Ich begann zu gähnen, war kurz davor, einzunicken, als ich einen Stromschlag erhielt. Plötzlich saß ich aufrecht im Sessel, klammerte mich an die Armlehnen, starrte mit aufgerissenen Augen auf das eingeblendete Porträt des Alten, versuchte, der Stimme des Tagesschausprechers zu folgen: tödlicher Unfall ... bekannter Zürcher Anwalt ... Kunstsammler ... Kunstförderer ...

Ich erwachte mit trockenem Mund und schwerem Kopf auf dem Boden vor dem Fernseher. Die Sonne schien mir ins Gesicht. Ich schleppte mich ins Bad, hielt den Kopf lange unter den Wasserhahn. Erst jetzt fiel mir die Ruhe auf. Es war bestimmt nicht Wochenende. Sarah würde im Hospiz und Jonas in der Kinderkrippe sein.
Der Durst trieb mich in die Küche. Wasser! Gierig trank ich Glas um Glas, da sah ich die Notiz.

Es ist nicht möglich, mit dir zusammenzuleben. Du zerstörst unsere Familie.

Was war passiert?
Ich setzte mich an den Küchentisch, legte das Kinn auf meine gefalteten Hände, zerbrach mir den Kopf.

Wieso hatte ich mich dermaßen volllaufen lassen, wieso lag ich vor dem Fernseher?
Die Tagesschau-Meldung! Der Unfall!
Ich musste mit *ihr* reden. Vielleicht wusste sie mehr.
Ich stieg auf mein Rad, hetzte zum Albisriederplatz, fuhr in den Hof, stürzte zur Haustüre. Sie war verschlossen. Auf der Klingelbeschriftung fand ich keinen Namen, der zu ihr passte. Ich drückte den untersten Knopf, wartete. Nichts passierte. Ich ließ den Finger auf dem Klingelknopf stehen, konnte deutlich das sirrende Geräusch hören.
Ich ging der Fassade entlang, fixierte die vergitterten Kellerfenster, die Räume waren dunkel. Sie musste bereits im Atelier sein. Ich wollte eben auf mein Fahrrad steigen, als das Smartphone vibrierte, eine SMS.
13.00h Josefwiese
Das war in einer halben Stunde. Ich fuhr zur Fabrik, stellte das Fahrrad ab. Mir schien es offensichtlich, dass das Treffen etwas mit dem Tod ihres Verehrers zu tun haben musste. Eine bedrückende Vorahnung ließ mich viel zu schnell gehen. Bei den Viaduktbögen am Rand des Parks blieb ich stehen. Ich war zu früh.
Unter den großen Kiefern unterhielten sich Mütter, Kinderwagen schaukelnd, auf den Spielgeräten wurde geturnt, Jugendliche spielten auf der Wiese Fußball, Pensionäre saßen auf den Bänken in der Frühlingssonne. Ich folgte dem Kiesweg zwischen den Linden und der Buchenhecke, begann die Wiese zu umrunden. Ich konnte sie nirgends sehen.
Plötzlich stand sie vor mir. Blonde Haare, große Sonnenbrille, eine Garderobe wie eine Schuluniform. Unter dem Arm trug sie ein Paket. Sie berührte flüchtig meinen Arm.
Lass uns weiterlaufen.
Ich folgte ihr.
Sie drehte den Kopf, schaute sich misstrauisch um, bevor sie leise sagte, ich brauche deine Hilfe. Kannst du dieses Paket für mich aufbewahren? Ich muss für ein paar Wochen verreisen.
Ich sah sie konsterniert an, sagte, ja, natürlich.

Sie drückte mir das Ding an die Brust.
Es muss trocken an einem sicheren Ort gelagert werden. Ich muss es unbedingt wiederhaben. Sie blieb vor mir stehen, sah mich an.
Unbedingt!
Obwohl ich ihre Augen durch die Sonnenbrille nur erahnen konnte, las ich in ihrem Verhalten Angst, Verzweiflung, flackernde Unruhe. Ich spürte, dass sie gehen wollte, dabei hatten wir noch kein Wort über *ihn* gesprochen. Hastig sagte ich, gestern Abend habe ich in der Tagesschau vom Tod deines Verehrers gehört. Weißt du mehr?
Es war ein Unfall, flüsterte sie. Ungeduldig setzte sie sich wieder in Bewegung, sagte, ich muss weiter. Du bist jetzt mein Verbündeter, ich zähle auf dich.
Wie kann ich dich kontaktieren?
Ich kontaktiere dich.
Sie gab mir einen flüchtigen Kuss auf die Wange, wandte sich um, verschwand hinter der Hecke.
Es ging alles so schnell, dass ich verdattert stehen blieb, dabei hätte ich sie so vieles fragen wollen. Ich starrte auf das Ding, drehte es, wendete es. Eine mit breitem Klebeband umwickelte Kartonhülle, vermutlich die Verpackung eines Flachbildschirms.
Gedankenverloren ging ich zurück zu meinem Fahrrad, wog das Paket in meinen Händen, es war leicht. War ein Bild darin? Ihre Bilder waren größer.
Wohin damit?
Zu Hause fiel mir keine Möglichkeit ein, wo ich es hätte verstecken können. Die Schließfächer am Bahnhof kamen nicht infrage, die konnten nicht lange belegt werden und die Gepäckaufbewahrung war mir zu riskant.
Ich klemmte das Paket unter den Arm, fuhr zur Uni. Am Historischen Seminar gab es Fächer, die längerfristig belegt werden konnten. Allerdings war der Ort im obersten Geschoss, nicht im Keller. Ich wählte den direktesten Weg über die Karl-Schmid-Straße, vorbei am Zoologischen Museum, über die Treppe ins

Dachgeschoss. Hier war weniger los als im Hauptgebäude, hier wurde ich nicht beachtet.
Die Schließfächer waren direkt vom Treppenhaus zugänglich, die Situation offen und einsichtig. Ich wartete, bis ich allein war, fand noch ein leeres Fach, schob das Paket hinein, aber es schien zu groß. Erst nachdem ich verschiedene Winkel ausprobiert hatte, vermochte ich die Türe ins Schloss zu drücken. Ich steckte den Schlüssel in meine Geldbörse, ging hinüber ins Hauptgebäude, passierte dabei die Bibliothek der Philosophischen Fakultät, wurde ungewollt an meine Masterarbeit erinnert. Ich nahm die Treppe hinunter ins D, holte mir einen Kaffee, setzte mich in den Lichthof.
Was hatte das alles zu bedeuten? Ihr Verhalten, ihre Verkleidung, ihre Anweisungen? Es gab nur eine Erklärung: Sie musste untertauchen. Darum die Übergabe des geheimnisvollen Pakets, das sie sicher aufbewahrt haben wollte. Es schien mir zunehmend offensichtlicher, dass der Tod des Anwalts etwas damit zu tun haben musste. In meinem Kopf baute sich ein Vakuum auf, ich brauchte einen Drink.
In der Wohnung war es geisterhaft ruhig. Jonas' Murmeln, wenn er mit seinen Figuren spielte, sein leises Summen, wenn er hingebungsvoll malte, fehlten mir. *Er* fehlte mir. Sarah? Im Moment dachte ich an *sie.* Ich würde sie längere Zeit nicht sehen. Das war eine Erkenntnis, die mir die Luft zum Atmen nahm. Ich schenkte mir ein Glas Wodka ein, stellte mir mit den Resten, die ich im Kühlschrank fand, ein Abendessen zusammen, verfolgte die Tagesschau.
Der Unfall des Anwalts wurde nicht mehr erwähnt. Auch in den Onlinemedien fand ich keine neuen Fakten. Kein Trost. Für mich stand außer Zweifel: Ich hätte ihn warnen müssen, ich war mitschuldig. Ich musste mit jemandem über meine Unterlassung sprechen. Mit einem Schlag wurde mir bewusst, dass ich nur noch einen Menschen hatte, mit dem ich mich austauschen konnte: Eric.
Ich war schon ziemlich blau, als ich bei ihm in der Bar aufkreuzte. Er legte den Kopf schief, sagte, in einer Stunde mach ich

Schluss, dann kannst du die Gründe für deinen Zustand erklären. Willst du ein Mineralwasser?
Ich wartete an der Bartheke vor einem Bier, das hatte er mir gnädig zugestanden. Er nahm meinen Arm, geleitete mich hinaus, nachdem er sich von seiner Crew verabschiedet hatte. Auch auf dem Weg zu seiner Wohnung, die nur ein paar Straßen stadteinwärts lag, hielt er mich am Arm, dabei hatte ich mich voll im Griff. Erst als wir die alte Treppe ins dritte Obergeschoss in Angriff nahmen, war ich froh um seine Unterstützung. Ich fläzte mich aufs Sofa, hoffte, dass er mit einer Flasche Whisky aus der Küche auftauchte. Stattdessen stellte er ein Glas Wasser vor mich auf das Salontischchen. Ich schaute ihn beleidigt an. Er sagte mit gespielter Anteilnahme, wäre doch schade, wenn du mir auf den Flokati kotzen würdest.
Er setzte sich mir gegenüber in den Sessel, musterte mich, fragte, was ist los? Hast du wieder Stress zu Hause?
Wenn es nur das wäre, sagte ich matt, leerte das halbe Glas.
Zier dich nicht, du bist ja vermutlich zu mir gepilgert, um zu beichten.
Bist du jetzt zu den Katholiken konvertiert?, sagte ich genervt.
Na komm schon, spiel nicht den Beleidigten. Früher hast du mir auch alles erzählt.
Das war in der Primarschule, sagte ich.
Ich hörte ihn seufzen.
Und all das Gequatsche bei mir in der Bar?
Okay.
Ich begann mein Dilemma auszubreiten, erwähnte den Unfall des Anwalts, erzählte von meiner Beobachtung, von meinem schlechten Gewissen, weil ich ihn nicht gewarnt hatte, schilderte, wie mir Ludmilla das Paket in Verwahrung gegeben hatte, weil sie verreisen müsse.
Eric hatte sich gerade aufgesetzt, hörte aufmerksam zu. Dann ließ er sich zurück in den Sessel sinken, atmete geräuschvoll aus.
Da bist du in eine verrückte Sache hineingeraten. Jetzt bist du quasi ihr Komplize.

Ja, das … hat sie auch gesagt.
Du musst ein Paket aufbewahren. Was ist drin?
Ich weiß es nicht.
Jedenfalls etwas, das ihr am Herzen liegt.
Eric griff sich mit der Hand ans Kinn, sah mich an. Dass sie so überhastet abreist, sieht nach Flucht aus. Hast du eine Ahnung, wieso sie flüchten musste?
Ich denke, es hat einen Zusammenhang mit dem Tod des Anwalts.
Du meinst, es war kein Unfall?
Es könnte etwas am Fahrzeug manipuliert worden sein, Bremse, Gaspedal. Bei einem Oldtimer ist das bestimmt einfach.
Okay, das ist möglich. Hat sie etwas damit zu tun?
Indirekt. Er war ein Verehrer der Künstlerin.
Verehrer …
Ich denke, sie ließ sich von ihm aushalten.
Okay, jetzt ist der Gönner gestorben. Deswegen muss sie doch nicht fliehen. Es sei denn … Vielleicht hat sie das Auto manipulieren lassen, weil sie profitiert, wenn er stirbt.
Diesen Aspekt habe ich ausgeblendet. Du hast recht. Obwohl … Sie machte eher den Eindruck, als wäre sie geschockt.
Mmh.
Das Rätsel war auf die Schnelle nicht zu lösen. Eric schien meine Gedanken erraten zu haben.
Wollen wir morgen nachsehen, ob wir etwas finden, das uns weiterhilft?
Du meinst in der Wohnung, im Atelier?
Genau.
Willst du einbrechen?
Nein, nein. Wir sehen uns um, unterhalten uns mit den Nachbarn. Die übliche Polizeiarbeit.
Polizeiarbeit?
Tja, ich war mal Polizeiaspirant, kenne mich aus.
Du warst bei der Polizei?
War ein Witz.
Eric kicherte vergnügt. Aber ich habe Beziehungen zur Polizei.

Offiziell?
Nein, verdeckt. Du kennst doch Tobi. Er ist Polizist.
Bist oder warst du mit ihm liiert?
Nein, er ist hetero. Du meinst Max. Der ist nicht mehr bei der Polizei. Tobi kenne ich aus der Zeit, als ich Karate trainierte. Er ist seit einem Jahr bei der Kripo.
Wirst du ihn einspannen?
Nein, es ist noch zu früh. Zuerst müssen wir etwas in der Hand haben. Vielleicht finden wir zufällig einen Hinweis, der uns weiterbringt.
Ich nickte ohne Überzeugung.

Eric hatte weder Fahrrad noch Auto, wir nahmen den Linienbus an den Albisriederplatz. Ich ging voraus, blieb stehen, hielt Eric zurück. Im Hof stand ein Polizeifahrzeug.
Siehst du, schmunzelte Eric. Wir sind am richtigen Ort.
Polizisten sahen wir keine, der Wagen war leer.
Ist das die Türe?, fragte Eric, deutete auf den Hauseingang. Ich nickte. Er ging darauf zu, schob sie auf.
Wieso war sie nicht abgeschlossen?
Er stand bereits im Treppenhaus, als ich durch die Türe trat, hielt den Zeigefinger an die Lippen, deutete nach unten. Aus ihrer Wohnung waren Stimmen zu hören.
Warte hier, flüsterte Eric. Er verließ kurz das Haus, kam grinsend zurück, verschwand die Treppe hinab. Die Stimmen wurden kurz lauter, dann wieder leiser, Eric erschien wieder, zog mich hinaus ins Freie.
Der Trick hat funktioniert. Ich habe einen Blick in die Wohnung werfen können. Ein einziges Chaos. Alles liegt wild verstreut auf dem Boden. Ich nehme nicht an, dass deine Malerin in einem solchen Gewirr von Tüchern und Stangen wohnt. Das sah nach Einbruch aus. Auch die Eingangstüre. Vermutlich aufgestemmt.
Ich sah ihn bestürzt an. Irgendjemand hat da etwas gesucht, sagte Eric wichtig.
Was war eigentlich dein Trick?

Ich sagte, ich suche Zlatan Babic.
Zlatan Babic?
Der Name stand auf einem der Briefkästen. Die alte Dame, die bei den Polizisten war, hat mir freundlich erklärt, er wohne im ersten Geschoss. Sie hat den Einbruch vermutlich gemeldet.
Ich war stehen geblieben, mein Kopf dröhnte. Eric zog mich weiter.
Komm, gehen wir zu ihrem Atelier. Würde mich nicht wundern, wenn es dort ähnlich aussieht.
Es fuhr gerade kein Bus. Wir gingen zu Fuß über die Hardbrücke zum Fabrikgebäude. Es stand kein Fahrzeug da, der Platz war menschenleer, trotzdem – ich hatte ein flaues Gefühl im Magen, als wir uns dem Tor näherten. Das Fenster war intakt, aber das Tor war nur angelehnt, auch hier war das Schloss mit einem Stemmeisen aufgebrochen worden.
Nichts anfassen, sagte Eric, zog wichtig ein Taschentuch aus der Hosentasche, öffnete langsam die Türe, spähte in den Stichgang. Er war leer, Geräusche waren keine zu hören. Wir traten ein, Eric schob die Türe hinter sich zu.
Auch die Ateliertüre war gewaltsam geöffnet worden. Ich zögerte, ließ Eric den Vortritt. Er ging voraus in den Raum, stieß einen leisen Pfiff aus. Ich trat neben ihn, erstarrte. Sämtliche Bilder waren aus den Rahmen gerissen worden, lagen wie Vogelleichen auf dem Boden. In der Abstellkammer sah es ähnlich aus. In der Werkstatt waren die verbliebenen Kisten geöffnet und auf einen Haufen geworfen worden. Auf der Werkbank lagen eine Mappe mit großformatigen Fotos abstrakter Gemälde und daneben seltsame schwarze Fragmente, die wie verkohlte Lasagne aussahen. Material- oder Farbmuster? Ich konnte mir keinen Reim darauf machen.
Eric trat neben mich, sah sich im Raum um, gab einen zischenden Laut von sich, sagte, Schwarzlicht! Ich schüttelte verständnislos den Kopf. Eric deutete auf die Lampe über der Werkbank. Wird von Fälschern benutzt.
Ein Geräusch. Eric zupfte mich am Arm, flüsterte, lass uns abhauen.

Ich hielt es für ratsamer, den internen Weg zu nehmen, dirigierte Eric durch den Korridor ins Freie.
Komm, lass uns einen Kaffee trinken, sagte Eric. Wir gingen in die Oase gleich um die Ecke, eine Mischung aus Karibik und Großstadt. Ich widerstand der Versuchung nach etwas Alkoholischem, Eric holte Kaffee.
Er stellte die Tassen auf den Tisch, setzte sich mir gegenüber, rührte Zucker in den Kaffee, schien zu überlegen. Dann schaute er unvermittelt auf, sah mich eindringlich an.
Die hatten etwas ganz Bestimmtes im Visier. Hast du eine Ahnung, was es sein könnte?
Ich zuckte mit den Achseln, verzog den Mund, sagte schließlich, ein Gemälde, nehme ich an?
Okay, angenommen, sie suchten ein Bild, dann kann es sich kaum um ein Bild von ihr handeln. Ihre Gemälde wurden ja zum Teil beschädigt, als man sie von den Rahmen riss. Das sieht nicht nach einem Vandalenakt aus, andernfalls hätte man die Bilder nicht ausnahmslos von den Rahmen gelöst. Mir scheint, die Einbrecher haben nach etwas gesucht, das unter den Leinwänden versteckt ist.
Ich sah ihn verständnislos an.
Rauschgift! Könnte sie Rauschgift geschmuggelt und versteckt haben?
Diesen Verdacht hatte ich, als ich diese Lieferfahrten ins Ausland machte, aber der Drogenspürhund hat damals beim Zoll in Thayngen nichts gefunden.
Pah, sagte Eric. Vielleicht war es gut präpariert und der Hund wurde getäuscht. Angenommen, es handelt sich um Rauschgift, dann ist sie vermutlich damit geflohen. Falls das Zeug der russischen Mafia gehört, wird sie ein größeres Problem …
Das Paket, unterbrach ich ihn.
Shit, sagte Eric. Du musst nachschauen, was drin ist. Wo ist es?
An der Uni.
Erics skeptischer Blick ließ mich präzisieren, in einem Schließfach.
Hat dich jemand gesehen, als du es weggeschlossen hast?

Ich glaube nicht.
Gut. Lass es vorläufig im Versteck. Vielleicht klärt sich die Sache in den nächsten Tagen.
Ich blickte ihn ungläubig an. Na ja, die Polizei fasst zum Beispiel die Einbrecher oder findet zumindest heraus, wer es war. Und wie willst du das erfahren?
Tobi wird Bescheid wissen. Ist mir noch eine Gefälligkeit schuldig.
Ich atmete erleichtert aus.
Danke, sagte ich, drückte kurz seine Hand, die auf dem Tisch lag. Eric lächelte gerührt, sagte, eigentlich schade, Andy, dass du auf Frauen stehst.
Ich bezahlte. Vor dem Lokal verabschiedeten wir uns. Eric würde mich kontaktieren, wenn er mehr wusste.
Während ich überlegte, wo ich mein Fahrrad abgestellt hatte, drängte sich eine Irritation in die Flut meiner unmittelbaren Eindrücke: In der Werkstatt hatte der verrostete alte Brenn- oder Backofen gefehlt! Im Chaos von aufgeschichteten Holzkisten hatte ich es nicht gleich bemerkt. Stand das Ding jetzt in ihrem Badezimmer?

Die Wohnungstür war nicht abgeschlossen. War Sarah zurückgekommen? Ich öffnete, lauschte.
Sarah!
Etwas stimmte nicht. Ich stockte, blieb stehen. Noch einmal rief ich, Sarah! Diesmal lauter.
Nichts.
Ich stieß die Wohnzimmertür auf, erstarrte. Das Bild, das sich mir bot, erinnerte mich an Explosionen, an Krieg, an Gewalt. Umgeworfene Möbel, Glasscherben, wild verstreute Gegenstände, gekippte Schubladen, der Tisch leer gefegt. In den beiden Schlafzimmern sah es gleich aus, selbst im Bad waren alle Behältnisse ausgeräumt und in der Küche alle Schubladen und Schränke auf einen wilden Haufen geleert worden.
Wie ein Schlafwandler ging ich zurück ins Wohnzimmer, richtete einen Stuhl auf, setzte mich. Plötzlich schoss ich hoch, als

hätte mich eine Wespe gestochen. Ich begann zu suchen. Zwischen Büchern, meinen Notizen, Gesellschaftsspielen und den Überresten der Bilder, die aus den Rahmen gerissen worden waren, wühlte ich wie ein Irrer. Nach einer halben Stunde gab ich auf – mein Notebook war unauffindbar, meine Arbeit über Spinozas Ethik war weg, ich hatte keine externen Sicherungen gemacht. Ich sank auf den Stuhl, versuchte zu begreifen, was das bedeutete. Es war der Gau! Ich stemmte mich hoch, warf nochmals einen Blick in alle Räume, zückte das Smartphone, um die Polizei anzurufen. Da fiel mein Blick auf das Ding. Ungläubig ging ich näher. Mein Notebook lag aufgeklappt auf der Küchenkombination, wo ich es bestimmt nicht abgelegt hatte. Im Chaos hatte ich es übersehen. Wieso hatten sie es liegen lassen? Hatten sie lediglich versucht, das Passwort zu knacken, um an meine Daten zu gelangen?

Ich rief die Polizei an. Man würde jemanden vorbeischicken, es könne dauern.

Danach informierte ich Eric. Er reagierte aufgeschreckt, beschwor mich, ihn auf keinen Fall nochmals mit meinem Smartphone anzurufen.

Ich komme nach der Arbeit vorbei, sagte er und legte auf.

Erics Reaktion schien mir übertrieben, aber je mehr ich darüber nachdachte, desto offensichtlicher wurde, dass ich selbst zur Zielscheibe geworden war und Eric in Gefahr bringen konnte. Sie hatten mich aufgespürt. Mit einem Mal wusste ich, was sie suchten: das Paket! Hatten sie mich damit gesehen oder die Übergabe mitverfolgt? Benommen setzte ich mich aufs Sofa, begann mir mein Hirn zu zermartern, vergeblich. Wahrscheinlich war ich an jenem Tag zu abgelenkt gewesen, um einen Beschatter erkennen zu können.

Nein!

Sie tappten im Dunkeln. Die Einbrüche waren der Schlüssel. Es war zu offensichtlich. Wenn sie sicher wären, dass ich das Paket verwahrte, hätten sie nicht auch in ihrer Wohnung und im Atelier gesucht. Wahrscheinlich hatten sie mich irgendwann zusammen mit der Künstlerin beobachtet und verfolgten jetzt diese Spur. Der Anwalt kam mir in den Sinn. War er auch einer der Verfolgten gewesen? Musste er fliehen? Wurde er dabei in einen Unfall verwickelt? Ich fasste mir mit beiden Händen an den Kopf, versuchte, meine galoppierenden Gedanken zu stoppen. Sollte ich der Polizei vom Paket erzählen?

Ich wusste nicht, was darin war, es könnte für mich zum Bumerang werden. Nein, ich durfte es nicht der Polizei aushändigen, so einfach konnte ich den Kopf nicht aus der Schlinge ziehen, ich musste es ihr zurückgeben. Ich hörte ihre Stimme, eindringlich, flehend.

Ich muss es unbedingt wiederhaben!

Ich würde sie nicht enttäuschen, das Paket war mein Pfand. Aber … ich wusste nicht, wo sie war. Solange ich das Paket verwahren musste, war ich nicht sicher. Sogar meine Familie war in Gefahr. So unwahrscheinlich dieser Gedanke zuerst schien, je mehr ich darüber nachdachte, desto realistischer wurde er. Verdammt, ich kam mir vor wie in einem Hamsterrad.

Ich sah auf, realisierte, dass ich im Dunkeln saß. Ich schaltete das Küchenlicht an, versuchte, mich zu entspannen. Das Notebook! Ich holte es an den Küchentisch, scrollte durch die Ablage, checkte die neuesten Files. Alles war noch da.

Endlich! Sie waren zu zweit, stellten ihre Standardfragen, organisierten den kriminaltechnischen Dienst für die Aufnahme von Fingerabdrücken. Danach protokollierten sie, was in die Brüche gegangen war, machten Fotos.

Sie baten mich, noch einmal nachzusehen, ob nichts entwendet worden war. Ich streifte abermals durch alle Zimmer. Es fiel mir nichts auf, aber im Chaos war es schwer zu beurteilen. Bargeld? Die Frage konnte ich nicht mit Sicherheit beantworten. Ich ging jedoch davon aus, dass Sarah kein Geld in der Wohnung zurückgelassen hatte.

Einer der Polizisten deutete auf den Laptop, wollte wissen, ob das Ding offen hier gelegen habe. Ich verneinte. Ich hätte es mitgebracht.

Die aufgebotenen Spezialisten, ein Mann und eine Frau, sprachen sich kurz mit ihren Kollegen ab, begannen mit den Aufnahmen. Ich zog mich ins Wohnzimmer zurück, setzte mich an den Tisch. Kurze Zeit später erschien einer der Polizisten, ließ mich wissen, ihre Arbeit sei beendet. Auf meine Frage, wie die Chancen stünden, die Einbrecher zu fassen, blieb er vage. Das Paket erwähnte ich nicht.

Ich schob die Wohnungstüre zu, die Schritte im Treppenhaus verhallten, unten fiel die Haustüre ins Schloss. Ich war allein in der Wohnung.

Die Eingangstüre ließ sich nicht mehr abschließen, das Schloss war aufgebohrt worden. Ich löschte in der Küche das Licht, ging auf den Balkon, steckte mir eine Zigarette an. Von der Straße fiel etwas Licht auf den Platz, der Balkon lag im Dunkeln. Ich lehnte mich in die Ecke, hielt Ausschau nach verdächtigen Gestalten.

Das Paket. Was war darin? Ich musste es in Sicherheit bringen. Die Geräusche des Verkehrs, eine miauende Katze und hie und da eine Kirchenglocke begleiteten meine Gedankenspiralen. Ich fingerte die letzte Zigarette aus dem Päckchen. Wo blieb Eric? Ich starrte in die Dunkelheit, sah tanzende Schatten, vermummte Gestalten. Trugbilder, redete ich mir ein, eine Folge meiner überspannten Nerven. Nein. Jetzt sah ich die Gruppe, die sich von der Freihofstraße her näherte. Ich hörte sie sprechen, offensichtlich ließen sie jede Vorsicht fahren. Ich löschte die Zigarette, verharrte bewegungslos in der Balkonecke. Jetzt hörte ich Stimmen im Treppenhaus, dann wurde an die Türe geklopft. Das Klopfen irritierte mich. Das konnten nicht meine Häscher sein. Ich streckte den Kopf ins Wohnzimmer, lauschte. Andy!, hörte ich rufen.

Eric!

Ich tappte durchs dunkle Wohnzimmer, zu schnell, ich stieß mich am Tisch an, etwas fiel scheppernd zu Boden. Mit ausgestreckten Armen trippelte ich weiter, erreichte die Wand, tastete mich zum Lichtschalter vor. Die Lichtexplosion ließ mich zusammenfahren. Eric stand im Türrahmen. Er war nicht allein, hinter ihm konnte ich drei, nein vier Männer erkennen. Er kam auf mich zu, umarmte mich, stellte mir seine Begleiter vor.

Ich habe Verstärkung organisiert, alles Kollegen. So bist du sicher. Wir werden dir beim Aufräumen helfen, ich nehme an, die Polizei hat ihre Arbeit beendet.
Ich nickte, umarmte ihn nochmals. Die anderen klopften mir motivierend auf die Schulter, bedauerten mein Pech.
Eric wollte wissen, ob etwas geklaut worden war.
Ich glaube nicht. Sogar mein Notebook ist noch da, aber es lag aufgeklappt auf der Küchenablage. Da hatte ich es nicht abgelegt.
Eric sah mich erschrocken an.
Vielleicht wollen sie dir auf der Spur bleiben. Waren sie drin?
Ich zuckte mit den Achseln.
Hast du wenigstens ein Antivirusprogramm installiert?
Ich denke schon.
Auf dem neuesten Stand?
Weiß ich nicht.
Sie könnten eine Spionagesoftware installiert haben, die alles aufzeichnet und weiterleitet. Ich rate dir dringend, auf Internet und WLAN zu verzichten. Dein Smartphone kannst du auch vergessen.
Ich nickte, als hätte ich eben ein Strafurteil verlesen bekommen.
Eric verließ die Küche, inspizierte das Schadenausmaß, koordinierte die Aufräumarbeiten. Nach zwei Stunden holte ich den Staubsauger, befreite den Wohnzimmerteppich von den letzten Glasscherben. Die wenigen Bilder, die unversehrt waren, lehnten an der Wand, was zu Bruch gegangen war, lag in Säcke abgefüllt auf einem Haufen im Flur.
Um drei Uhr morgens setzten wir uns im Wohnzimmer an den Tisch. Ich hatte in der Küche zwei Flaschen Rotwein gefunden, die das Inferno überlebt hatten. Wir teilten uns den Inhalt direkt aus der Flasche, Gläser waren keine heil geblieben.
Was jetzt? Hier konnte ich nicht bleiben. Eric musste meine Gedanken erraten haben.
Ein paar Tage können wir dich unterbringen. Meine Freunde sind bereit, dir zu helfen. Du wirst vorläufig zu Remy ziehen, dann suchen wir etwas Längerfristiges.

Remy nickte mir aufmunternd zu.
Pack eine Tasche, du wirst nicht mehr in die Wohnung zurückkehren können. Und zieh einen Kapuzenpulli an, rief er mir nach.
Ich ging ins Schlafzimmer, stellte das Nötigste zusammen. Als ich im Flur erschien, legte Eric den Arm um meine Schultern, sagte, ich werde Sarah informieren und das Schloss reparieren lassen. Sie muss mit Jonas bei ihren Eltern bleiben, gib mir ihre Nummer.
Ich tippte sie ihm ins Smartphone.
Einer von Erics Kollegen erschien, sagte leise, er ist da.
Wir gingen gemeinsam hinunter. Draußen wartete ein Großraumtaxi. Ich schaute Eric fragend an.
Wir müssen dafür sorgen, dass sie keine Spur aufnehmen können. Als wir bei dir aufgekreuzt sind, stand jemand in der Nähe des Hauseingangs.
Eric hielt mir die Hand hin.
Gib mir dein Smartphone.
Ich gab ihm das Gerät, setzte mich zu den anderen ins Taxi. Eric stieg zuletzt ein.
Hauptbahnhof, sagte er zum Fahrer, dann wandte er sich an mich. Wir machen ein kleines Ablenkungsmanöver. Sicher ist sicher.
Immer wieder schaute Eric zurück, verfolgte angespannt jedes Scheinwerferpaar, das hinter uns auftauchte. Er wandte sich uns zu, sagte, am Hauptbahnhof hat es noch nicht viel Volk, das erschwert unsere Aktion. Beim Taxistand muss es schnell gehen. Wir wechseln zu zweit in andere Taxis. Andy, du gehst mit Remy. Ihr müsst dicht beieinanderbleiben, damit deine Tasche nicht auffällt. Ihr fahrt nach uns. Zieht eure Kapuzen über den Kopf, so wird es schwieriger, dich zu identifizieren.
Der Taxifahrer schien erleichtert, als wir am Hauptbahnhof ausstiegen.
Ich hielt mich nah bei Remy, stieg mit ihm in eines der wartenden Taxis. Eric fuhr mit den anderen vor uns, wir folgten ein paar Häuserblocks, bogen dann ab. Remy hatte eine Adresse im Kreis 3 genannt.

Als der Wagen verlangsamte, deutete Remy auf einen Torbogen. Der Fahrer schlug das Steuer ein, fuhr durch das Tor in einen großen Gartenhof. Remy sagte, okay, zückte zwanzig Franken, zog mich aus dem Fahrzeug. In der Morgendämmerung erkannte ich eine Kellertreppe.
Eine Vorsichtsmaßnahme, der Haupteingang ist vorne, sagte Remy. Er ging voraus, schloss die Türe auf, schob mich vorbei an Kinderwagen und Fahrrädern. Wir landeten im Treppenhaus, stiegen im dämmrigen Licht, das durch ein Oberlicht fiel, die Treppe hoch.
In der Wohnung mahnte mich Remy, vom Fenster fernzubleiben. Er machte mir auf dem Auszugsofa im Wohnzimmer eine Schlafgelegenheit zurecht. Ich stand daneben, versuchte, ihm zu helfen.
Lass nur. Am besten ruhst du dich jetzt aus. Du bleibst hier, gehst nicht an die Tür und ans Fenster und nimmst kein Telefon entgegen. Ich muss bald zur Arbeit, du wirst den ganzen Tag allein sein. Im Kühlschrank findest du bestimmt etwas zu essen.
Als ich aus dem Bad kam, umarmte er mich, sagte, schlaf gut, zog sich in die Küche zurück.
Das Paket, das Paket, das Paket …
Es wurde immer schwerer, zog mich hinab in bodenlose Tiefen, in ein undurchdringliches Schwarz.

6

Erics Anruf kam nicht einmal überraschend. Andy ist in etwas hineingeraten. Das erklärt seine radikale Veränderung. Abwesend, dann wieder um Nähe bemüht, zum Schluss unkontrolliert abgestürzt. Es war nicht nur eine amouröse Beziehung, es war mehr.
Ist er in illegale Geschäfte verwickelt?
Zum Glück waren wir nicht in der Wohnung, als eingebrochen wurde.
Hat er den Einbruch provoziert? Ist er selber kriminell? Musste er deswegen untertauchen?
Eric verneinte vehement, aber seine Begründungsversuche blieben so vage, dass ich davon ausgehen muss. Die Wohnung wurde auf den Kopf gestellt, aber offenbar ist nichts geklaut worden. Da stimmt doch etwas nicht! Das ist unheimlich!
Keine Kontakte, keine Telefonate. Aus Sicherheitsgründen, sagte Eric. Wir sollen vorläufig noch bei meinen Eltern bleiben.
Spinnt er denn vollkommen? Ich will wissen, wo Andy ist!

Die Wohnung war von genossenschaftlichem Zuschnitt, praktisch, mit Möbeln aus den Fünfzigerjahren eingerichtet, war aufgeräumt und sauber. An den Wohnzimmerwänden hingen gerahmte Schwarz-Weiß-Aktfotos von Männern. Die Türe zu Remys Schlafzimmer stand offen. Ich warf einen Blick in den abgedunkelten Raum, blieb wie festgenagelt im Türrahmen stehen. Bildschirme und Computer türmten sich vor mir wie das Triptychon eines gotischen Altars. Sie standen auf und unter einem Tisch, waren mit Kabelgirlanden verbunden, die wie Tentakel eines Riesenkraken zwischen den Geräten hervorquollen. Davor ein zerschlissener Bürostuhl, im Hintergrund ein Garderobenständer auf Rädern mit Hemden und

Sakkos, ein Sideboard und ein paar Hanteln. Der Arbeitsplatz eines Computerfreaks mit einem schmalen Bett in der Ecke.
In der Küche war die Kaffeemaschine betriebsbereit, eine italienische Gastromaschine, vermutlich von Eric organisiert, in seiner Wohnung stand das gleiche Modell. Ich nahm den Siebhalter, hielt ihn unter die Kaffeemühle, füllte randvoll, drückte das Kaffeepulver fest, setzte ihn mit einer Vierteldrehung an den Brühkopf, stellte die Tasse darunter, drückte den Knopf. Begleitet von einem lauten Wimmern breitete sich der betörende Geruch nach dunkel geröstetem Kaffee aus.
Ich setzte mich an den kleinen Bistrotisch, trank in kleinen Schlucken, schloss die Augen. Mein Magen knurrte. Ich ging zum Kühlschrank, öffnete die Tür. Er war randvoll. Mit einem Stück Käse setzte ich mich wieder an den Tisch, Brot hatte ich im Behälter auf der Ablage gefunden.
Ich räumte den Tisch ab, holte mein Notebook in die Küche. Lange saß ich regungslos vor dem Bildschirm. Wieso hockte ich in der Wohnung eines schwulen IT-Freaks in der Quarantäne, ohne Kontakte zur Außenwelt, ohne Nachrichten von meiner Familie? Bilder zogen wie Filmsequenzen an mir vorbei: das Atelier, die Abstellkammer, ihre Augen, der Wasserschaden, der Schacht, die Sitzungen, Wien, München, der Drache …
Ich begann, die Erlebnisse zu beschreiben, die Lieferfahrten, die Auffälligkeiten rund um das Atelier, den Unfall des Alten, meine Nacht bei ihr. Auf einen Schlag war *sie* ganz nah – und doch unerreichbar fern. Welche Rolle spielte ich für sie? War ich lediglich ein williger Komplize, im richtigen Augenblick zufällig aufgetaucht? War ihre Hingabe nur ein Spiel, darauf angelegt, mich für ihre Aufgabe wie eine Spinne zu umgarnen?
Ich hielt den Atem an, schluckte leer.
Dann würde sie mich fallen lassen, sobald ich meine Aufgabe erfüllt hatte. Von mir bliebe nur eine leere Hülle zurück.
Von irgendwo hörte ich Kindergeschrei, Motorenlärm, eine Fernsehstimme in der Nachbarwohnung. Ich saß an diesem Tischchen in einer fremden Küche, beobachtet, wie die Schatten der Wand entlang krochen.

Eine leere Hülle …
Ich erhob mich, machte mir ein Rührei. Danach korrigierte ich meine Notizen. Ich begann, Stichworte zu markieren, Fragen zu notieren, stellte mir vor, ein Kriminalinspektor würde ähnlich vorgehen. Nur – die Antworten wollten mir nicht einfallen. Ich begann mich mit meiner nahen Zukunft zu befassen.
Bei Remy konnte ich nicht lange bleiben. Ich musste mich mit dem Gedanken vertraut machen, in eines dieser belanglos öden Hotels zu ziehen.
Oder …
Oder ich verkroch mich auf einem Campingplatz. Die Idee schien mir eine mögliche Alternative, obwohl ich noch nie campiert hatte, selbst als Kind nicht. Unsere Familie hatte Ferien in gemieteten Ferienwohnungen gemacht, bei den Pfadfindern war ich nie. Ich stellte mir vor, wie ich ein Zelt und das notwendige Zubehör kaufen würde, wie ich auf einer Luftmatratze meinen Schlafsack ausrollen, mir Kaffee über einem kleinen Gaskocher zubereiten, wie ein Nomade leben würde. Damit ich nicht auffiel, müsste ich umherziehen, von Camping zu Camping.
So romantisch sich diese Überlegungen zu Beginn präsentierten, ich traute mir nicht zu, diese Rolle glaubhaft zu spielen. Es war lächerlich. Und doch würde ich mich für eine der beiden Möglichkeiten entscheiden müssen.
Ich wechselte ins Wohnzimmer, schaltete den Fernseher ein, ein vorsintflutliches Modell, das zu den Möbeln passte. Nach einer Minute erschien tatsächlich ein Bild. Verschneite Berge, Tiere in wilder Bewegung. Bären? Eine Fernbedienung gab es nicht. Als ich am Knopf drehte, reagierte die Kiste mit Flimmern. Offensichtlich gab es nur diesen einen Sender. Ich ließ das Ding laufen, zog mich wieder in die Küche zurück. Mit den Stimmen im Hintergrund fühlte ich mich besser.
Es wurde dunkel.
Ich zuckte zusammen, mein Kopf lag auf der Tischplatte, grelles Licht über mir.
Hallo, sagte Remy. Ich hoffe, du hast Hunger.

Ich blinzelte ihn an.
Sorry, wenn ich dich geweckt habe.
Er entnahm einer Papiertüte zwei kleine Kartonboxen, legte sie auf das Tischchen.
Sushi!
Ich versuchte, mich von seiner Ungezwungenheit anstecken zu lassen, half mit beim Verteilen der Speisen und Zutaten. Remy öffnete eine Flasche Rotwein, setzte sich mir gegenüber. Ich habe mit Eric gesprochen, sagte er unvermittelt. Wir müssen eine längerfristige Lösung für dich suchen.
Ich weiß, sagte ich mit vollem Mund. Ich habe mir auch Gedanken gemacht. Hotel oder Camping. Habe mich noch nicht entschieden.
Remy schüttelte lachend den Kopf.
Als Gangster bist du tatsächlich ein Anfänger. Hotel, Camping! Vergiss es, da wirst du registriert. Nein, es muss etwas Anonymes sein. Eine Wohnung in einem Haus mit vielen Wechseln oder etwas Abgeschiedenes. Wir arbeiten daran.
Nach dem Essen sagte Remy, er gehe nochmals weg, ich müsse mit dem tollen Fernsehprogramm von DRS1 zurechtkommen, mehr könne er nicht bieten.
Ich wagte nicht zu fragen, ob ich im Schlafzimmer einen seiner Computer benützen könnte, ich bat ihn lediglich, mir sein Rasierset auszuleihen. Er sah mich prüfend an.
Lass dir einen Bart stehen, so schaffst du dir eine neue Identität, oder zumindest die Basis dazu.
Als er die Wohnung verlassen hatte, löschte ich die Lichter. Die Situation erinnerte mich unangenehm an die Abende, an denen ich als Kind allein zu Hause war. Es kam selten vor, aber die Situationen waren Anlass für viele Albträume. Ich sprach nie darüber, wollte nicht als Schwächling dastehen.
Auch jetzt bedrückte mich die lähmende Einsamkeit. Ich schritt durch das dunkle Wohnzimmer, stellte mich ans Fenster, blickte hinunter auf den großen begrünten Innenhof, der schwach von einigen Kandelabern beleuchtet wurde. Eine Frau war mit ihrem Hund unterwegs, sonst waren die Kieswege men-

schenleer. Ich konzentrierte mich auf Schatten, auf Zonen, wo kein Licht hinfiel, registrierte Bewegungen, wo keine waren, sah hinter jedem Busch meine Verfolger. Schließlich machte ich die Augen zu, lehnte die Stirn ans Fensterglas, versank in einer Woge des Selbstmitleids. Ich sah die Scherben meines Lebens vor mir, Fragmente, die ich nie mehr zu einem Ganzen würde fügen können, dachte an Sarah und Jonas, vermisste ihre selbstverständliche Nähe, die häusliche Geborgenheit, die ich so leichtfertig verspielt hatte. Auf einmal schienen mir meine amourösen Abenteuer mit Ludmilla schal und peinlich, eine schwärmerische Entgleisung, ein Resultat meiner Naivität. Spinoza hatte mich gewarnt, aber ich hatte die Warnung ignoriert.

Ich ging in die Küche, setzte mich vor das Notebook, schrieb weiter an meinen Notizen.

Wie war ich in diese Falle geraten?

Anders als Odysseus war ich den Reizen der Sirene erlegen. Es gab keine Zauberin und keine Gefährten, die mich bewahrten und damit gerettet hätten.

Unbeabsichtigt hatte ich die Sammlung meiner Spinoza-Zitate geöffnet.

Die Begierde ist ein Verlangen mit dem Bewusstsein desselben. Daraus geht hervor, dass wir nichts erstreben, wollen, verlangen oder begehren, weil wir es für gut halten, sondern dass wir umgekehrt darum etwas für gut halten, weil wir es erstreben, wollen, verlangen oder begehren.

Denn der den Affekten unterworfene Mensch steht nicht unter seinen eigenen Gesetzen, sondern unter denen des Schicksals, dessen Macht er dermaßen unterworfen ist, dass er sich oft gezwungen sieht, dem Schlimmeren zu folgen, obgleich er das Bessere sieht.

Goethes Faust …

War es auch mein Schicksal, dass ich diesen Weg eingeschlagen hatte?

Ich schaute auf, sah das irritierende Flimmern des Fernsehbildes im dunkeln Wohnzimmer, die vom Widerschein des kleinen Computerbildschirms erleuchteten Küchenschränke.
Ich war jäh in ein anderes Leben katapultiert worden, das Paket hatte alles verändert. Noch wusste ich nicht, was sich darin befand. Ich wusste nur, dass man Jagd darauf machte.
Die Gedanken begleiteten mich in den Schlaf. Ich lag auf dem Sofa, döste weg, dabei hatte ich mir vorgenommen, auf Remy zu warten.

Remy war bereits gegangen, als ich aufwachte. Ich lauschte auf die leisen Geräusche im Haus, Stimmen im Treppenhaus, eine Türe, die geschlossen wurde, Kindergeschrei. Ich kam mir vor wie ein Verbrecher unter Hausarrest. Wieder würde ich einen Tag allein in der Wohnung verbringen müssen.
Ich hielt mich länger im Bad auf, prüfte mein Gesicht im Spiegel, stellte mir vor, wie ich mit Vollbart aussehen würde. Irgendwie passte mein hagerer Körper nicht dazu.
Nach dem Kaffee und einer Schale Cornflakes machte ich ein paar Liegestütze, holte mir zwei Hanteln aus Remys Schlafzimmer, begann unbeholfen mit Armbeugen und anderen Übungen, die ich mit einer gewissen Logik herleiten konnte. Es tat gut, obwohl ich nur wenige Wiederholungen schaffte.
Vergeblich suchte ich nach Lesestoff. Es gab weder Zeitschriften noch Bücher. Mir blieben nur die Texte, die ich für meine Arbeit auf das Notebook geladen hatte.
Es war bereits dunkel, als Remy erschien, zwei chinesische Nudelgerichte aus einer Papiertüte zauberte, eine Flasche Wein öffnete und gute Laune verbreitete. Er erkundigte sich nach meinem Befinden, plauderte während des Essens über Belanglosigkeiten. Ich war froh, dass er da war.
Was isst du am liebsten? Morgen ist Samstag, da mache ich den Großeinkauf.
Ich durfte also vorläufig hierbleiben, die angekündigte längerfristige Lösung war noch nicht in Sicht. Als ich ihn darauf ansprach, antwortete er ausweichend, Eric sei am Ball.

Hast du trainiert?, fragte Remy anerkennend, als er die Hanteln im Wohnzimmer sah. Ich hatte vergessen, sie zurückzulegen.
Entschuldige, ich war so frei. Musste mich bewegen, habe das erste Mal mit Hanteln trainiert.
Remy sah mich mit einem bestätigenden Blick an.
Soll ich dir ein paar Übungen zeigen?
Ich hatte absolut keine Lust mehr auf ein zusätzliches Hanteltraining, aber Remy war dermaßen erpicht darauf, mir etwas zu demonstrieren, dass ich ihn nicht enttäuschen wollte.
Er zog sein Hemd aus und jetzt, nur mit einem knappen, engen T-Shirt bekleidet, realisierte ich, dass seine bärenhafte Statur antrainiert war.
Bin fast täglich im Studio, sagte er, als er meinen Blick bemerkte.
Ich versuchte, mir die verschiedenen Varianten seiner Demonstration zu merken, wiederholte kurz, was er vormachte, bis meine Muskeln unkontrolliert zu zittern begannen. Stöhnend winkte ich ab.
Bleib dran, sagte er gönnerhaft, klopfte mir auf die Schulter, verschwand unter der Dusche. Nach einer halben Stunde erschien er parfümiert mit schwarzer knapper Lederjeans, Muscle-Shirt und Bomberjacke in der Küche. Ich verkniff mir ein Schmunzeln, wünschte ihm einen schönen Abend.
Seine Heimkehr hatte ich wieder verpasst, ich war früh schlafen gegangen. Als ich aufwachte, war es hell. Es war geisterhaft ruhig im Haus, draußen im Park sangen die Vögel. Samstagmorgen. Bereits die erste Bewegung zwang mich zu einem Stöhnen. Ich konnte meine Arme kaum anheben, spürte jeden Muskel, verfluchte meinen übermotivierten Eifer. Remys Schlafzimmertür war geschlossen, ich nahm an, dass er noch schlief. Ich bemühte mich, meine gemarterten Extremitäten möglichst ruhig durch die Wohnung zu bewegen, wollte ihn nicht wecken. Erst um zehn machte ich mir Kaffee. Die Kaffeemühle war penetrant laut, Remy würde bestimmt gleich auftauchen. Doch die Schlafzimmertüre blieb geschlossen. Im Laufe des Nachmittags begann ich unruhig zu werden, klopfte vorsichtig. Keine

Antwort. Ich öffnete die Tür, stellte fest, dass Remy auswärts geschlafen haben musste. Er hatte nichts erwähnt.
Ich wärmte mir eine Fertigmahlzeit in der Mikrowelle, aß ohne Lust und Appetit.
Als Remy erschien, stand ich am Fenster, es dämmerte bereits. Suchst du die Gegend nach Beschattern ab, fragte er scherzend, ging in die Küche, stellte zwei große Papiertüten auf den kleinen Tisch. Er drehte sich um, kam auf mich zu, drückte mir wortlos ein kleines Päckchen in die Hand. Ich sah ihn fragend an.
Geschenk, sagte er geheimnisvoll.
Es war tatsächlich in Geschenkpapier eingewickelt. Ich befreite es ungeschickt aus der Hülle, Remy sah mir zu. Endlich war ich so weit: ein Nokia, ein vorsintflutliches Modell.
Ein Nokia 8210 mit Prepaid-Karte, das ideale Werkzeug für den Untergrund, bemerkte er mit einem Augenzwinkern. Die Nummer steht hier.
Gerührt legte ich das Telefon ab, ging auf ihn zu, umarmte ihn. Remy sortierte die Einkäufe auf der Arbeitsfläche neben der Spüle, türmte einen Teil der Esswaren neben meinem Notebook auf den Bistrotisch, sagte, heute kochen wir selbst und machen uns einen lustigen Abend.
Du bleibst hier?, fragte ich ungläubig.
Die letzte Nacht sitzt mir noch in den Knochen, sagte er mit einem Stöhnen, dann verschwand er in seinem Zimmer. Kurz darauf ertönte Musik. Techno.
Er kam zurück, fragte, magst du elektronische Musik?
Elektronische Musik… Ich mag eher klassische Musik, log ich in der Annahme, er ließe das Thema dann sein.
Ein Klassikliebhaber, sagte Remy anerkennend. Barock, Romantik, Avantgarde?
Weder noch, sagte ich. Am liebsten Mozart.
Er nickte.
Hatte er mich entlarvt? Er schob mir das gewaschene Gemüse zu, deutete auf die Messer, die in einem Holzblock steckten, sagte, möglichst klein.

Remy schaute mir mitleidig zu, nahm mir das Messer sachte aus der Hand, schnetzelte in der Manier eines Profis den Rest. Ich hoffe, du magst es scharf. Wir kochen eine asiatische Hähnchen-Gemüse-Pfanne mit Reisnudeln.
Ich bejahte, während ich den kleinen Tisch freimachte.
Erzähl mal von dir, sagte er, während er geschäftig weiterarbeitete.
Wie, von mir?, fragte ich unsicher.
Beziehung, Leidenschaften, Beruf. Was machst du so im Leben?
Ich hatte mir diese Frage noch nie gestellt, überlegte lange, bis ich sagte, ich bin verheiratet, habe einen dreijährigen Sohn und versuche, mein Studium abzuschließen.
Okay, sagte Remy nach einer verwirrenden Pause. Was ist mit Leidenschaften?
War meine amouröse Schwärmerei für die geheimnisvolle Künstlerin eine Leidenschaft? Ich war mir nicht sicher. Es war eher eine triebhafte Entgleisung. Ich sagte schließlich, nein, ich glaube nicht.
Während des Essens, das ich hinunterschlang, als hätte ich seit Tagen nichts zu essen gekriegt, begann Remy mit Begeisterung von sich zu erzählen. Er war homo, einer von Erics ehemaligen Freunden, zurzeit ohne feste Beziehung, Kraftsportler und Techno-Fan, arbeitete bei einer IT-Firma als App-Entwickler. Begeistert referierte er von den Möglichkeiten, die das neue iPhone bot.
Er hatte mir einiges voraus, wurde mir bewusst. Im Gegensatz zu mir hatte er seinen Platz im Leben gefunden und schien glücklich zu sein.
Während wir die letzten Bissen mit den Stäbchen zusammenpickten, erwähnte er beiläufig, dass Eric vorgehabt habe, vorbeizukommen, aber nach den neuesten Erkenntnissen sehe er davon ab. Die Stäbchen fielen mir aus der Hand.
Neueste Erkenntnisse?
Der Tod des Anwalts. Eric hat neue Informationen. Von Tobi. Eric wird dir von ihm erzählt haben.
Ich nickte.

Der Anwalt ist mit dem Wagen am Montagmorgen ungebremst in eine Hausmauer geknallt, als er die Forchstraße hinunterfuhr. Er wohnte am Zürichberg.
Remy machte eine dramatische Pause, die mir etwas Luft verschaffte. Tobi meint, es habe wie ein Suizid ausgesehen, aber dann habe man bei der Überprüfung der Karre festgestellt, dass die Radbremszylinder des Oldtimers angesägt worden waren. Hätte leicht schlimmer kommen können. Zum Glück hat er keine Fußgänger erwischt.
Mein Gott, hauchte ich, klammerte mich an den Tisch.
Hast du ihn gekannt?, fragte Remy leicht konsterniert.
Flüchtig, sagte ich.
Ich will nicht indiskret sein, aber es scheint dir nahe zu gehen.
Ich nickte, brauchte lange für die Begründung, sagte schließlich, es könnte auch mir passieren.
Du meinst, dass du umgebracht werden könntest?, fragte Remy entgeistert.
Ja.
Er sah mich lange an, atmete schnaubend aus.
Jetzt begreife ich Erics Vorsicht. Aber wieso eigentlich?
Ich zögerte mit der Antwort. Schließlich kam er mir zuvor.
Okay, vielleicht ist es besser, wenn ich nicht alles weiß. Eric hat mir ja auch nichts weiter erzählt, obwohl ich annehme, dass er noch mehr Infos hat. Er hat sich übrigens auch ein Nokia angeschafft. Für eure Kommunikation. Hier ist seine neue Nummer. Remy drückte mir einen Zettel in die Hand.
Ich zog mich ins Wohnzimmer zurück, während Remy den Abwasch erledigte, tippte die Nummer in mein Nokia. Eric musste Sarah informieren und mich in der Agentur abmelden. Die Verbindung kam nicht zustande, er hatte das Handy ausgeschaltet. Remy erschien mit einer Flasche Single Malt, setzte sich zu mir, begann mir einen Vortrag über die Islay Brands zu halten. Nach drei Gläsern wurde er sentimental, legte mir den Arm um die Schultern. Mir war die Geste unangenehm, ich sah mich gezwungen, ihm schonend beizubringen, ich sei zweifelsfrei hetero.

Eric hat mich gewarnt, sorry, seufzte er, stand auf, zog sich ins Bad zurück. Ich überlegte, Eric nochmals anzurufen, aber es war bereits ein Uhr, ich ließ es bleiben.
Remy winkte mir kurz zu, bevor er in seinem Zimmer verschwand.
Nach dem Frühstück war ich wieder allein, Remy war im Training, dafür erschien gegen Mittag überraschend Eric. Er begrüßte mich mit einem lockeren Spruch, konnte aber nicht überspielen, dass er nervös war. Ich machte mich an der Kaffeemaschine zu schaffen, servierte ihm einen Espresso. Als wir in der Küche am Bistrotisch saßen, fingerte er aus der Innentasche seiner Jacke zwei gefaltete Papierbogen heraus, streckte sie mir hin.
Es waren Fotos, undeutlich und verpixelt, trotzdem so eindeutig … Oben rechts waren Datum und Uhrzeit eingeblendet. Das eine Bild zeigte den Oldtimer im Hof, das zweite aus dem gleichen Blickwinkel, zwei Minuten später aufgenommen, anstelle des Oldtimers einen Mann, der einen Gegenstand in der Hand hielt. Sein Gesicht war unscharf. Ich ließ die Hand mit dem Papierbogen sinken.
Der Mann war ich.
Eine Überwachungskamera! Ich habe sie nicht beachtet. Shit.
Du sagst es. Die Bilder wurden der Polizei anonym zugespielt, Tobi hat sie mir weitergeleitet.
Die Ausschnitte suggerieren, ich sei der Täter! Dabei … Der eigentliche Saboteur muss auch auf den Aufzeichnungen sein! Wenn das ganze Video vorliegt, wird sich die Sache klären, sagte ich viel zu laut.
Reg dich ab. Die Polizei ist der Sache nachgegangen. Es ist eine private Kamera. Der Besitzer der Motorradwerkstatt hat sie aufgestellt. Er begründet die Maßnahme mit der Zunahme der Diebstähle. Wie jemand an die Aufzeichnungen kommen konnte, kann er sich nicht erklären. Tobi meint, das sei keine Sache, der Computer stehe frei zugänglich im Laden.
Ja, okay, aber sag endlich, hat die Polizei die Aufzeichnungen retten können?

Leider …
Nein, hauchte ich, kippte nach vorne. Eric packte mich an den Schultern, schüttelte mich.
Reiß dich zusammen!
Ich lehnte mich zurück.
Was heißt das? Wird die Polizei nach dem Mann auf dem Foto fahnden?
Vermutlich. Es ist bis jetzt die einzige Spur. Das Ding in deiner Hand haben sie als Metallsäge identifiziert. Es sieht schlecht aus.
Wird Tobi dichthalten?
Ich denke schon, er kennt ja deine Geschichte. Aber er muss vordergründig mitspielen. Am besten hältst du dich aus der Schusslinie, bewegst dich nicht.
Aber, sagte ich nach einer zermürbenden Pause, wer könnte die Aufnahmen beschafft haben? Wer hat ein Interesse, mich zum Täter zu machen?
Ich habe Tobi auf diesen Punkt angesprochen. Er meint, es sei die einfachste Möglichkeit, vom eigentlichen Täter abzulenken. Man legt eine falsche Spur. Er geht davon aus, dass das erst der Anfang ist. Vermutlich tauchen weitere Bilder auf und in ein, zwei Tagen werden die Medien damit bedient. Es gäbe aber noch eine andere Hypothese …
Die wäre?
Jemand will dich aus der Reserve locken.
Ich war platt. Damit hatte ich nicht gerechnet. Das Paket! Wollte man mich zu einem Fehler verleiten? Jetzt war es an Eric, mir einen Kaffee zu machen. Er versuchte, mich zu beruhigen.
Ich arbeite mit Tobi daran, für dich ein besseres Versteck zu organisieren. Hier kannst du nicht länger bleiben.
Remy hat so etwas angedeutet.
Eric stand auf, klopfte mir auf die Schulter, sagte, wir finden eine Lösung.
Kannst du Sarah informieren und mich in der Agentur abmelden?
Sarah habe ich bereits orientiert. Sie bleibt mit Jonas vorläufig bei ihren Eltern. Was soll ich der Agentur sagen?

Ich atmete tief ein und aus.
Sag ihnen, ich stecke irgendwo im Ausland mit einer Fracht fest.
Nachdem Eric gegangen war, blieb ich reglos sitzen, versuchte, die neuen Aspekte zu begreifen. Auf einen Schlag war ich ein Verdächtiger, nach dem gefahndet wird. Schließlich ging ich ins Wohnzimmer, drehte den Fernseher an, stellte den Ton lauter. Ich wollte die News auf keinen Fall verpassen.
In den Achtzehn-Uhr-Nachrichten und in der Tagesschau wurde nichts über den Fall gebracht. War ich jetzt ruhiger? Nein, im Gegenteil, an Schlaf war nicht zu denken. Ich stand ans Fenster, schaute hinab in den Hof, sah überall Gestalten auf der Lauer. Auch die Spätnachrichten erwähnten nichts. Ich schaltete den Fernseher aus, wartete auf die Müdigkeit und auf Remy. Er hatte lediglich von Training gesprochen. Jetzt machte ich mir auch um ihn Sorgen. Die düsteren Ahnungen und Ängste begannen um einen Gegenstand zu kreisen. War das Paket, diese ungelenk zugeklebte Kartonhülle, tatsächlich der Auslöser für den ganzen Horror? Mein Verdacht wuchs wie ein Ballon, begann die ganze Wohnung auszufüllen. Ich musste wissen, was in der Verpackung steckte!

Remy schlich leise an mir vorbei ins Bad. Ich wachte trotzdem auf, stellte verwirrt fest, dass ich vornübergebeugt auf dem Sofa saß. Remy half mir, das Bett herzurichten, meinte, wir reden morgen, es ist schon spät.
Als ich aufwachte, war es hell, Remy war schon weg.
Im Bad stellte ich mich vor den Spiegel. Ich sah immer noch aus wie Andy Heim. Lag es an den Augen? Ich holte die Sonnenbrille, zerzauste mir die Haare. Das war schon besser. Wenn ich Remys Klamotten anzog, würde mich kaum noch jemand erkennen. Der Dreitagebart verlieh mir tatsächlich zusammen mit der Sonnenbrille eine unerwartet verwegene Note. Unwillkürlich musste ich schmunzeln. Die Allüren verflüchtigten sich schnell, als ich in Gedanken meinen Plan durchging, den ich gestern Abend ausgeheckt hatte.

Der Schlüssel steckte. Ich verließ die Wohnung, schloss hinter mir ab, schlich leise hinunter zum Ausgang. Durch das halb blinde Fenster neben der Türe konnte ich nichts Auffälliges erkennen. Ich trat hinaus auf den Gehsteig, tauchte ein in die Hektik der Stadt.

Am Goldbrunnenplatz nahm ich die Straßenbahn zum Hauptbahnhof, wechselte in den Sechser, fuhr bis zur ETH. Ich hatte den Platz zuhinterst im Wagen eingenommen, damit ich alles überblicken konnte. Halbwegs beruhigt stieg ich aus. Während der Fahrt hatte ich mir den Weg durch die Gebäulichkeiten in allen Details zurechtgelegt.

Ich nahm den Seiteneingang an der Rämistraße. Er war etwas versteckt, wenig frequentiert. Nachdem ich die Glastüre passiert hatte, blickte ich zurück. Da war niemand. Ich nahm die Treppe ins Geschoss G. Aus dem Lichthof flirrte der vertraute Hall des Stimmengemenges, ein Geräusch, das mich immer beruhigt hatte, aber jetzt nur nervöser werden ließ. Ich ging zögernd auf die umlaufende Galerie hinaus, stellte mich hinter eine Säule, blickte hinunter auf das Treiben. Die Tische waren gut besetzt, die meisten Studenten saßen vor einem Laptop oder palaverten mit den Sitznachbarn – das übliche Bild. Aber dann zuckte ich zusammen. Ein Typ allein an einem Tisch, zu alt, um Student zu sein. Er hatte den Kopf leicht schief gelegt, schien in den Kragen seines Jacketts zu sprechen.

Es war zu offensichtlich. Blitzschnell zog ich den Kopf zurück, flüchtete Richtung Historisches Seminar.

Der Korridor dehnte sich, wollte nicht enden. Nicht rennen, sagte ich mir andauernd. Meine Schritte gerieten zu kurz oder zu lang, ich verkrampfte mich, spürte Blicke in meinem Rücken. Erst als ich ins Treppenhaus des Nebentraktes einbog, wagte ich einen Blick zurück in den Korridor. Da waren bloß ein paar Studenten. Ich spurtete los, nahm zwei Stufen auf einmal, verschwand in der Nische, wo die Schließfächer standen, klaubte mit zitternden Fingern den Schlüssel aus der Geldbörse, schloss auf. Das Paket war noch da! Ich zog es aus dem Fach, klemmte es unter den Arm, eilte zurück ins Treppenhaus. Welchen Ausgang sollte ich wählen? Die Nebenausgänge schienen mir zu riskant, da konnte ich keine Hilfe erwarten. Ich entschied mich für den Ausgang Künstlergasse. Hier war immer am meisten Betrieb, aber der Weg führte notgedrungen wieder am Lichthof vorbei.

Ich schaffte es unerkannt hinunter in die Eingangshalle. Dort stellte ich mich hinter das große Modell des Universitätshauptgebäudes, das prominent direkt vor der Glasfront auf einem massiven Sockel thronte, spähte durch die Scheiben nach draußen. Direkt hinter den Ausgangstüren war viel Volk. Trotzdem fiel mir der Kerl sofort auf. Er sah in meine Richtung, fixierte die Ausgänge.

Hier kam ich nicht durch. Ich duckte mich hinter das Modellgebäude, überlegte.

Im Erdgeschoss gab es kein Versteck, auch das Untergeschoss war keine Option, da waren ausnahmslos Hörsäle. Als sich der Aufpasser ein paar Schritte entfernte, packte ich das Paket, rannte die Treppe hinauf ins nächste Geschoss, flüchtete in die Toilettenanlage hinter dem Treppenhaus, schloss mich in einer Kabine ein.

Verdammt, was blieben mir für Möglichkeiten? Sollte ich es doch bei einem Nebenausgang versuchen oder … Ich kramte mit zitternden Fingern mein Nokia aus der Tasche, wählte Erics Nummer. Das Klingelzeichen blieb aus. Ich nahm das Gerät vom Ohr, realisierte, dass ich keine Verbindung hatte. Im Lichthof funktionierten die Dinger, aber hier offensichtlich nicht. Verzweifelt sah ich mich um. Sollte ich das Paket in der Toilette irgendwo zurückzulassen, um draußen zu telefonieren? Unmöglich! Ich klemmte den Karton unter den Arm, verließ die Kabine. Vorne bei den Waschbecken baute sich die Verbindung zögerlich auf. Ich drückte die Wiederholtaste.

Eric nahm beim dritten Klingelton ab. Ich versuchte ihm meine Situation zu schildern, hektisch, mit vielen Pausen, weil ich nicht allein im Vorraum war. Eric musste dauernd nachfragen, wurde ungehalten. Als er meine Situation endlich begriff, begann er zu fluchen. Dann hörte ich nichts mehr.

Eric? Bist du noch …
Bleib in der Toilette, ich organisiere Hilfe.
Ich beschrieb ihm meine Position.
Ich wartete, fixierte angespannt die Türe. Eric kam nicht. Eben wollte ich ihn nochmals anrufen, als zwei Handwerker in Blaumännern den Vorraum betraten. Sie trugen Schirmmützen mit einem Firmenlogo. Einer kam auf mich zu, sagte, Tobi, streckte mir die Hand entgegen. Wir bringen dich hier raus. Zieh dich um. Getarnt geht's einfacher.
Er drückte mir einen Overall in die Hand, wie ihn die beiden trugen. Als er meinen kritischen Blick bemerkte, zeigte er mir seine Polizeimarke. Ich verzog mich mit dem Paket in eine Kabine, stieg in den Blaumann.
Wir warten draußen auf dem Korridor, hörte ich ihn rufen.
Ich drückte mich an den Studenten vorbei, die vor den Lavabos standen, eilte hinaus.
Unser Wagen steht beim Ausgang Künstlergasse, raunte mir Tobi zu. Setz auch eine Mütze auf, wir sind ein Handwerkerteam.
Tobi trug eine Bockleiter, sein Kollege eine Kartonschachtel. Zu dritt gingen wir die Treppe hinunter, vorbei am Lichthof, hinaus über Vorplatz und Treppe zu einem grauen Kombi. Als ich auf der Rückbank saß, kamen mir erste Zweifel. Eric war nicht im Wagen, wie ich erwartet hatte. Ich umklammerte das Paket, begann zu schwitzen. Tobi saß auf dem Beifahrersitz, drehte sich zu mir. Er lachte, als er meine Panikattacke bemerkte, meinte, es war Erics Idee. Gute Finte. Ich habe den Kerl auch gesehen, da wärst du allein nicht vorbeigekommen.
Wohin fahren wir?
Nicht weit. Eric erwartet dich.
Ich atmete tief durch. Meine Anspannung begann sich zu lösen.
Der Wagen nahm die Quaibrücke, fuhr den Mythenquai entlang, hielt auf einem Parkplatz bei den Tennisplätzen.
Umsteigen, sagte Tobi in meine Richtung. Benommen stieg ich aus, registrierte, dass Eric neben dem Wagen stand und mit

Tobi sprach. Ich zog Blaumann und Mütze aus, legte beides auf die Rückbank, nahm das Paket an mich.
Tobi verabschiedete sich, der Polizeiwagen wendete, verschwand Richtung Innenstadt.
Schnell, sagte Eric, schob mich zu einem Fahrzeug mit laufendem Motor, hielt mir die Türe auf. Er nahm mir das Paket ab, legte es auf den Rücksitz, schloss die Türen, setzte sich hinters Steuer, fuhr los. Mir fehlten die Worte, es ging alles so schnell. Als Eric den Wagen auf die Autobahn lenkte, brachte ich den ersten Satz über die Lippen.
Ich dachte, du … du hättest keinen Wagen.
Ist nicht meiner, lachte Eric.
Wohin entführst du mich?
Lass dich überraschen.
Eric fuhr auf der A3 Richtung Chur.
Willst du mich in den Bergen verstecken?
So ungefähr.
Mensch, wer denkt sich das alles aus? Kidnapping durch die Polizei, Übergabe auf einem Parkplatz am See, Abschiebung ins Exil.
Komm schon, war doch ein geiler Coup. Der Tobi ist Gold wert. Er grinste mich an, sagte, ich bringe dich in Sicherheit.
Was ist mit meinem Hausrat, den ich bei Remy eingestellt habe?
Du meinst den Laptop und deine Unterhosen?
Ja.
Hab ich dabei. So unvorbereitet bin ich nicht losgefahren. War eine organisierte Aktion. Du hast uns ganz schön ins Schwitzen gebracht.
Mensch, du bist so locker drauf, als würden wir an ein Klassentreffen fahren, dabei geht es um Leben und Tod.
Sorry, du kennst mich ja, ist nicht böse gemeint.
Es ist ja fantastisch, wie ihr euch um mich kümmert, aber … aber was ist mit meiner Familie?
Tobi hat daran gedacht. Die beiden erhalten Schutz, ich habe Sarah informiert.
Sie erhalten … Schutz? Wie ein Promi?

Tobi konnte seine Vorgesetzten überzeugen, dass es nötig wäre.
Ist das kein Witz?
Nein, nein, wie sollte ich. Du bist da in etwas Großes hineingeraten, das hat mittlerweile auch die Polizei begriffen. Darum auch die Hilfsaktion vorhin.
Wie hat sie es aufgenommen?
Sarah?
Ja.
Sie war zuerst etwas … etwas verärgert, weil ich sie zu ihrem Schutz nicht in unsere Pläne einweihen kann, aber ich konnte sie beruhigen.
Ich will selbst mit ihr sprechen.
Eric warf mir einen Kapierstdudenngarnichts-Blick zu.
Bring dich und deine Familie nicht unnötig in Gefahr. Sie werden vermutlich Sarahs Handy abhören.
Dann organisier ihr doch auch ein Nokia.
Die Kommunikation muss einfach bleiben. Nur so, meint Tobi, bist du sicher.
Wieso muss ich mich eigentlich verstecken? Ich könnte doch auch Polizeischutz haben wie meine Familie.
Weil du das Paket hast.
Du meinst, es ist etwas Heikles darin.
Habe so eine Ahnung. Tobi ist gleicher Meinung. Wenn wir ankommen, sehen wir nach.
Unbedingt. Sag mal, du hast eben die Ausfahrt Glarus genommen. War das ein Versehen?
Nein, nein. Wir haben eine Viersternlösung vorbereitet, oder … zumindest Dreistern.
Ich sah ihn verständnislos an, schüttelte den Kopf.
Im letzten Tageslicht fuhren wir über eine breite Ebene. Schreiende, unförmige Gewerbebauten, Einkaufszentren, Autohäuser, dahinter eine dunkle, bedrohliche Bergsilhouette. Nach einer abrupten Rechtskurve sah ich nur noch Fels – eine senkrechte Wand stieg direkt vor uns auf, dramatisch vom Abendrot ausgeleuchtet. Ich schrumpfte im Sitz. Eric sagte lachend, das ist erst der Anfang.

Wir passierten eine größere Agglomeration, war es Glarus?, zweigten unvermittelt links ab, überquerten den Fluss, tauchten ein in ein enges Tal. Die Straße stieg steil an, vor uns fuhr ein Konvoi von Militärfahrzeugen, Eric nahm den Fuß vom Gas, fluchte. Gebäude waren keine mehr auszumachen, bis wir in ein Hochtal fuhren und die Bergflanken zurückwichen. Ich war versucht, die Augen zu schließen, mich dieser fremden Welt zu verweigern, aber ich schaffte es nicht, zu bizarr war das, was vor mir auftauchte – eine Bergkette, die das Tal gegen Süden abriegelte wie eine Staumauer.

Mensch, wo bringst du mich hin!

Wir sind gleich da, antwortete Eric, als müsste er ein Kind beruhigen. Er setzte den Blinker, fuhr geradeaus in eine schmale Straße, die von einzelnen Häusern gesäumt wurde.

Das letzte Dorf im Tal, dein neues Zuhause, kommentierte Eric. Bei der Kirche bog er links ab. Wir passierten eine Gruppe alter Holzhäuser, überquerten eine Brücke, danach wurde es schlagartig dunkel, nur die Scheinwerfer schnitten einen eng begrenzten Ausschnitt aus der Umgebung. Ich stellte fest, dass Kandelaber die Straße säumten, aber sie waren nicht in Betrieb. Nach einer scharfen Linkskurve ging es steil den Hang hoch, links konnte ich die Lichter des Dorfs erkennen.

Wir sind da, sagte Eric, ließ den Wagen ausrollen, löschte die Scheinwerfer. Ich konnte nichts erkennen, kein Licht, blankes Dunkel.

Wohin verfrachtest du mich? Da ist nichts.

Doch, doch, nur Geduld.

Eric stieg aus, ich folgte ihm, holte das Paket vom Rücksitz. Er öffnete den Kofferraum, wühlte darin, fluchte. Plötzlich zerschnitt ein Lichtstrahl das Dunkel.

Na also, ich wusste, dass ich die Taschenlampe dabeihabe.

Der Lichtkegel traf auf etwas Helles, Großes, keine Hütte, wie ich erwartet hatte. Ein massiver Sockel, darüber ein dreistöckiges Gebäude mit vielen Fenstern und kleinen Balkonen.

Hier willst du mich unterbringen?

Ja. Lass dich überraschen.

Er streckte mir meine Tasche entgegen, klemmte sich eine große Tüte unter den Arm.
Warte kurz, ich muss noch die Schlüssel suchen.
Abermals kramte Eric im Kofferraum, zündete mit der Lampe in eine Aktentasche, fand schließlich, was er suchte, ging auf eine Treppe zu. Wie ferngesteuert trabte ich hinter ihm her. Wir stiegen die Stufen hoch, landeten auf einer Terrasse. Der Scheinwerfer fuhr über eine antike Holztür, Eric steckte den Schlüssel ins Schloss, gab einen bestätigenden Laut von sich, stieß die Türe auf.
Wir kamen in eine Halle, groß wie ein Ballsaal, so schien es mir zumindest im Schein der Lampe. Es roch muffig. Der Lichtkegel strich über eine mit Tüchern abgedeckte Sitzgruppe, eine Art Tresen, einen Aufzug.
Willkommen im Kurhaus Alpenrose, rief Eric, zog einen Plan aus der Tasche, richtete die Lampe darauf.
Du hast das ganze Untergeschoss für dich. Der Lift funktioniert nicht, wir müssen die Treppe nehmen.
Nachdem er den Plan mehrmals im Schein der Taschenlampe gedreht hatte, ging er voraus. Die Treppe lag neben dem Tresen.
Eric richtete den Lichtkegel auf die Stufen, langsam stiegen wir hinunter in den Keller.
Führst du mich in ein Verlies?
Nein, in die Wellness-Abteilung.
Toll.
Ich bitte dich, es war das Beste, das wir auftreiben konnten.
Eric ging voraus, sagte laut, das Hotel ist zurzeit nicht in Betrieb.
Der Korridor wollte nicht enden. Immer wieder konsultierte Eric seinen Plan. Schließlich blieb er vor einer Türe stehen, zündete suchend nach dem Schild.
Voilà: Sauna, Dampfbad.
Er öffnete, leuchtete in den Raum, nickte.
Im Ruheraum sollen Liegen sein. Wasser gibt es, nur Strom ist abgeschaltet, ich lass dir auf jeden Fall die Lampe da.

Ich war stehen geblieben, fassungslos, stumm. Eric schob mich vorwärts, vorbei an Duschen und einer Saunakabine. Es roch modrig feucht.
Das muss der Ruheraum sein.
Er legte die Tüte ab, deutete darauf. Hier sind noch Kissen, Decken, ein paar DVDs. Für Proviant hat es nicht mehr gereicht, aber du wirst nicht verhungern. Jeden Morgen wird eine Frau vorbeikommen, um das Haus zu lüften und zu kontrollieren. Sie heißt Helen Brander. Sie versorgt dich mit Lebensmitteln und du kannst bei ihr Bestellungen aufgeben. Bleib hier unten, lass dich in den oberen Geschossen nicht blicken, und wag dich nicht hinab in die Zivilisation! Was ist los mit dir, hat es dir die Stimme verschlagen?
Ich … ich fass es nicht. In diesem Loch soll ich die Zeit totschlagen, allein im Dunkeln?
Ja und nein. Ich hoffe, ich finde den Elektrohauptschalter. Warte hier.
Eric verschwand mit der Lampe. Ich setzte mich auf eine Liege, unfähig, einen klaren Gedanken zu fassen. Es dauerte lange, bis Eric zurückkam. Er blieb unter der Türe stehen, suchte mit der Lampe nach dem Lichtschalter, sagte verheißungsvoll, Achtung!
Ein milchig trübes Licht flammte auf, ließ mich die Augen abschirmen.
Funktioniert. Zu deiner Bemerkung. Du wirst hier unten einquartiert, weil du dich versteckt halten musst. In der Wellness-Oase kannst du Licht machen, aber auf keinen Fall im Flur. Zu deinem Schutz! Verstehst du? Komm schon, Kopf hoch! Morgen sieht alles anders aus. Wir werden dir noch einen Campingkocher und etwas Geschirr organisieren. Sieh es als Abenteuer.
Abenteuer, du bist gut.
Eric ging nicht darauf ein, deutete auf das Paket.
Lass mal sehen.
Ich hatte es am Fußteil der Liege abgelegt, hob es auf, begann, vorsichtig das Tape zu lösen. Eric holte sich eine Liege, setzte

sich nah zu mir, verfolgte ungeduldig die Aktion. Nachdem eine Stirnseite von Klebestreifen befreit war, klappte ich die Kartonlasche auf. Ich ließ Eric den Karton halten, griff hinein, zog einen in ein weißes Leintuch geschlagenen rechteckigen Gegenstand heraus. Gemeinsam wickelten wir das Ding aus dem Tuch. Es war ein Bild, damit hatte ich gerechnet, Eric offenbar nicht, er schien enttäuscht. Er sah auf die Leinwand, stutzte, legte den Kopf schief. Ich drehte das Gemälde zu mir, erschrak. Es war einer der Männerakte, für die ich Modell gestanden war. Sie hatte bestimmt zehn ähnliche Sujets gemalt, aber dieses hier erinnerte mich an eine Situation, die ich im Augenblick nicht einordnen konnte. Unangenehm berührt, erwartete ich einen Kommentar. Aber Eric legte den Karton beiseite, nahm mir das Objekt aus der Hand, drehte und wendete es, schnupperte daran.
Ölfarbe.
Die Leinwand war auf einen alten Keilrahmen geheftet, es gab kein Geheimfach, keinen doppelten Boden, nichts offensichtlich Spannendes. Eric ließ das Bild sinken.
Ich begreif's nicht. Die plausibelste Erklärung ist Rauschgift, vielleicht im Rahmen versteckt. Hast du alles ausgepackt?
Ich schüttelte das Paket und – tatsächlich, ein schmales Heft fiel auf die Liege. Eric übergab mir das Bild, nahm das Heft, blätterte darin, schüttelte den Kopf, reichte es mir wortlos. Es war eine Art Arbeitsbuch, ein Skizzenheft mit vielen Bleistiftdarstellungen, eingeklebten Farbfotos mit Gemäldedetails, dazu unleserliche Bemerkungen in kyrillischer Schrift.
Eric sagte nach einigem Überlegen, ich werd' nicht schlau. Das kann nicht alles sein. Aber … ich muss nach Zürich zurück. Du hast jetzt genügend Zeit, dir beides genauer anzusehen.
Er erhob sich, sah zu mir hinunter.
Halte die Türe zu deinem Versteck abgeschlossen, der Schlüssel steckt. Frau Brander wird sich mit Klopfzeichen bemerkbar machen, wenn sie vorbeikommt. Wir telefonieren nur im Notfall. Hier unten hast du sowieso keinen Empfang.
Eric klopfte mir auf die Schulter.

Wie gesagt, sieh's als Abenteuer.
Ich stand auf, ging ihm nach in den Flur, sah ihn in der Dunkelheit verschwinden. Kurz darauf vernahm ich Motorengeräusch, das sich schnell entfernte. In der Stille, die folgte, rasten die Bilder meiner Flucht wie ein Film über die Landebahn meiner Erinnerung.
Ich schüttelte die Eindrücke ab, begann, mein Verlies zu erkunden. Linker Hand des Stichgangs, der zum Ruheraum führte, befand sich eine große Garderobe, gegenüber eine Toilette, eine Dusche, anschließend die Sauna. Im Ruheraum gab es ein Fenster, das in einen Lichtschacht mündete. Ich öffnete den Flügel in der Hoffnung, den Mief zu neutralisieren, lehnte Bild, Skizzenbuch und das leere Paket an die Wand, stapelte die Liegen bis auf eine in der Ecke. Jetzt wirkte der Raum zumindest geräumiger. Morgen würde ich einen Tisch organisieren.
Toilette und Dusche funktionierten, das Wasser war genießbar – wenigstens das. Ich begann, die Tasche, die mir Eric in die Hand gedrückt hatte, auszupacken. Laptop und Ladegerät waren da. Auch der Kulturbeutel, Unterwäsche, Kleider. In der Außentasche steckten Zigaretten. In der Tüte fand ich DVDs, ein Kissen und eine Decke, ich legte sie auf die Liege.
Mitternacht war längst vorbei, aber ich spürte keine Müdigkeit, im Gegenteil, ich fühlte mich, als würden Ameisen durch meine Blutbahnen rennen.
Ludmillas Aktbild.
Ich stellte mich davor, betrachtete das Werk. Im Licht der Leuchtstoffröhre hatten die Farben einen Grünstich und der Farbauftrag trat weniger plastisch in Erscheinung. Trotzdem verlor ich mich in dem Gemälde, hatte plötzlich den intensiven Geruch frischer Ölfarbe in der Nase, war bei ihr im Atelier, sah sie in ihrer farbverschmierten Latzhose vor mir stehen, ihr konzentrierter Blick zwischen meiner Nacktheit und der Leinwand auf der Staffelei hin und her huschend, folgte dem Pinsel, der von der Palette Farbe aufnahm und, für mich unsichtbar, irgendwo auf dem Gemälde auftrug, tauchte ein in ihr Lächeln, wenn sie zufrieden ihr Werk taxierte.

Ludmilla! Ich stellte sie mir auf der Flucht vor, in der Transsibirischen Eisenbahn durch karge Landschaften jagend, in Automobilen, die verfolgt wurden, in Hotelzimmern – zusammen mit neuen Liebhabern.
Die Vorstellung drückte mir die Luft ab.
Begehren!
Spinoza… Erst durch Ludmilla vermochte ich zu begreifen, was Spinoza mit der Lehre über die Affekte gemeint hatte. Ich war mit Sarah vier Jahre verheiratet, hatte einen Sohn und eine Tochter gezeugt und dennoch – ich hatte nie Begehren gespürt. Begehren, wie es Ludmilla entfacht hatte.
Ich löste meinen Blick vom Gemälde, kramte eine Zigarette aus der Packung, öffnete das Fenster, rauchte stehend in kurzen Zügen, lauschte. Kein Geräusch drang von draußen durch den Lichtschacht in mein Verlies.
Ich holte das Bild, setzte mich auf die Liege, begann, die Leinwand mit den Fingern abzutasten, fuhr über die Unebenheiten der Textur, spürte die Pinselstriche. Seitlich am Rahmen fielen mir leichte Erhöhungen auf, die gleichmäßig verteilt in einer Linie lagen. Ich konnte mir keinen Reim darauf machen, drehte das Bild. Die Leinwand war mit einfachen Heftklammern ohne große Sorgfalt auf den Holzrahmen aufgespannt worden. Es war ein alter Keilrahmen, vermutlich Fichte, die Keile aus Hartholz, je zwei in jeder Rahmenecke. Ich nahm an, dass sie den Zweck hatten, die Leinwand zu spannen. Ich rüttelte daran, zog daran, die Keile schienen seit Jahren im Rahmen zu stecken. Aber die Leinwand mit Ludmillas Aktbild war neu aufgespannt worden. Ich legte das Gemälde auf meine Knie, überlegte.
Wieso musste sie ein Aktbild in Sicherheit bringen, von dem es mehrere ähnliche Versionen gab? Ich nahm nicht an, dass ihre Sorge hauptsächlich dem Skizzenheft galt, das hätte sie einfach irgendwo unterbringen können. Es musste das Bild sein, aber dem Werk fehlte die Einmaligkeit, es sei denn… Wie ferngesteuert fuhren meine Finger über den Außenrand des Rahmens: Da waren eindeutig diese kleinen Ausbuchtungen, gleichmäßig verteilt.

Könnte es sein …? Könnte es sein, dass es gar nicht um ihr Bild geht, sondern …
Ich klaubte das kleine Taschenmesser aus meiner Geldbörse, klappte die Klinge heraus, setzte mich mit dem Bild auf die Liege. Vorsichtig versuchte ich, eine der Klammern zu lösen. Nach einer Minute gab ich das Vorhaben auf, die Klinge war zu schwach.
Ich stellte das Gemälde zurück neben den Karton, ging hinaus in den Flur, tastete nach dem Lichtschalter, zögerte. Vielleicht gab es Fenster, die den Lichtschein nach außen strahlen ließen und mich verraten würden.
Ich kehrte in mein Verlies zurück, schloss hinter mir die Türe, drehte den Schlüssel. In Gedanken versunken setzte ich mich auf eine Liege, stand wieder auf, fingerte eine Zigarette aus der Packung, rauchte unter dem offenen Fenster. Mit zusammengekniffenen Augen ließ ich den Blick durch den viel zu hellen Kellerraum schweifen, am Gemälde blieb er hängen.
Es ging nicht um Ludmillas Bild!
Eine Ahnung, lediglich eine Ahnung, aber …
Nach der vierten Zigarette konnte ich mich kaum noch aufrecht halten. Ich schleppte mich zur Toilette, löschte anschließend das Licht, fiel auf die Liege. In einem nervösen Halbschlaf häutete sich das Bild wie eine russische Matrjoschka-Puppe, wurde dabei immer größer, bedrohlicher, dunkler.
Gegen Morgen vernahm ich Vogelgezwitscher, graues Licht sickerte durch den Lichtschacht in den Raum. Ich blieb liegen. Wie lange würde ich hier ausharren müssen? Tage? Wochen? Ohne Internet, ohne Bücher. Ich würde Frau Brander bitten, mir Tageszeitungen zu besorgen.
Ich schielte auf meine Armbanduhr: sieben Uhr dreißig. Ich hatte Hunger. Eric hatte nicht gesagt, wann Frau Brander jeweils kommen würde, nicht mal, ob sie täglich kommen würde. Verdammt, bevor ich verhungere, werde ich mich auf den Weg ins Dorf machen!
Mehrmaliges Klopfen riss mich aus einem wirren Traum.
Frau Brander! Ich schoss auf, eilte zur Türe, schloss auf.

Eine sportlich gekleidete Frau um die vierzig, kurze, dunkelbraune Haare, wacher Blick, hielt mir einen Korb entgegen. Sympathisch, war mein erster Eindruck.
Ihr Frühstück. Ich dachte schon, Sie seien bewusstlos. Sie rieb sich die Hand. Musste richtig zuschlagen, um Sie zu wecken.
Ich konnte mir ein Lächeln nicht verkneifen, sie lächelte zurück.
Bin erst am Morgen eingeschlafen. Wollen Sie kurz in mein Reich kommen?
Nein, nein, ich habe noch einiges zu tun. Ich muss weiter. Der Kocher und das Geschirr kommen morgen.
Gibt es irgendwo einen Tisch und einen Stuhl, damit ich arbeiten könnte – und Werkzeug?
Kommen Sie, ich glaube, es gibt einen Raum mit alten Möbeln. Aber Werkzeug? Kaum.
Ich folgte ihr hinaus in den Korridor. Trübes Tageslicht fiel links durch eine verglaste Tür am Ende des Flurs. Sie öffnete eine der zahlreichen Türen, schüttelte den Kopf, ging weiter, spähte in den nächsten Keller.
Ja, hier ist es. Suchen Sie sich etwas aus. Wie gesagt, Werkzeug werden Sie kaum finden.
Können Sie mir etwas besorgen?
Sie sah mich fragend an. Auf ihrer Stirn bildeten sich adrette Fältchen. Eine Beißzange und ein spitzes starkes Messer.
Ich werde sehen, was ich auftreiben kann.
Sie verabschiedete sich, war bereits am Ende des Flurs angelangt, als ich ihr hinterherrief, und Tageszeitungen, bitte.
Sie blickte kurz zurück, sagte, okay, verschwand um die Ecke im Treppenhaus.
Ich stellte den Korb neben die Liege, machte eine Auslegeordnung: eine Thermoskanne mit Kaffee, Brot, Butter, Konfitüre, Käse und Obst, zuunterst ein Messer und ein Becher. Ich hockte mich daneben, goss mir Kaffee ein, strich mir Brote, aß mit Heißhunger.
Frau Brander … Vermutlich machte sie diesen Hilfsjob als Zusatzverdienst. Ich nahm an, dass sie verheiratet war und Kinder hatte.

Sarah und Jonas kamen mir in den Sinn. Waren sie immer noch bei den Eltern, wurden sie tatsächlich von der Polizei beschützt? Eric wüsste es bestimmt.
Ich räumte den Rest wieder in den Korb zurück, machte mich auf, das Untergeschoss zu erkunden. Im Lichtschein von Erics Taschenlampe hatte der Korridor unheimlich und spannend zugleich gewirkt, jetzt sah alles banal aus. Die verglaste Türe am Ende des Flurs war abgeschlossen. Es war Milchglas, von der Umgebung konnte ich lediglich vage Konturen wahrnehmen. Zumindest könnte ich den Glaseinsatz einschlagen und abhauen.
Ich ging zurück, öffnete die Türe zum Möbellager, drehte den Lichtschalter. Eine nackte Glühlampe beleuchtete ein Chaos von wild gestapelten Tischen und Stühlen unterschiedlichster Bauart. Ich bahnte mir einen Weg durch die Spinnweben, begann zu suchen.
Einen Stuhl hatte ich schnell gefunden, beim Tisch ließ ich mir Zeit. Ich wählte ein leichteres Modell, zerrte es ohne große Rücksicht aus dem Haufen. In einer Wolke aus Staub kippte ich den Fund auf die Schmalseite, brachte ihn so in kleinen Schritten zu meinem Stützpunkt. Danach stellte ich mich unter die Dusche. Die Kleider wusch ich gleich mit.
Neu angezogen, mit frischer Wäsche auf dem Leib, begann ich die wichtigen Dinge auf dem Tisch zu ordnen: das Gemälde, mein Notebook, zum Schluss das Skizzenbuch. Neugierig begann ich darin zu blättern. Es war eine Mischung aus Tagebucheinträgen, Skizzen und Fotos mit vielen Anmerkungen. Das Wenige, was ich aus den Notizen herauslesen konnte, waren Jahreszahlen. Sie begannen 2005, hörten 2007 auf. Das Wort MOCKBA kam mehrmals vor. Die Skizzen mussten einen Zusammenhang mit den Fotos haben, aber sie blieben mir ein Rätsel. Waren es Details abstrakter Gemälde? Ich klappte das Heft zu, nahm das Gemälde, ging damit zur Türe mit dem Glaseinsatz. Ich drehte und wendete das Objekt, besah mir jedes Detail im Tageslicht, erhielt aber keine neuen Einsichten. Bis auf die kleinen Ausbuchtungen am Rand konnte ich nichts

Auffälliges finden. Ich legte das Relikt auf den Tisch zurück, begann die Kellerräume nach Werkzeug abzusuchen. Die meisten Türen waren beschriftet: Skiraum, Fitnessraum, Lager, Werkstatt. Werkstatt! Der Raum war bis auf eine Werkbank und ein paar gestapelte Rohre leer.

Weiter vorne sickerte Tageslicht in den düsteren Korridor, lockte mich weiter. Unversehens stand ich vor der Treppe, die in die oberen Stockwerke führte. Ich lehnte mich etwas vor, hob den Blick, suchte die Lichtquelle. Mein rechter Fuß stand bereits auf der ersten Stufe, der linke folgte, meine Hand legte sich auf den Handlauf, zog mich weiter. Auf dem Podest blieb ich stehen, lauschte. War das ein Knarren? Ich hielt die Luft an. Das Geräusch war unregelmäßig, vermutlich ein offenes Fenster, das vom Wind bewegt wurde. Ich ging weiter.

Durch die Schlitze der Klappläden schossen Lichtschwerter aus flirrendem Staub über die abgedeckten Möbel der Eingangshalle. Shining! Gleich würde Jack auftauchen. Ich wagte kaum zu atmen. Aber nichts passierte. Vorsichtig, als könnte ich durch ein Geräusch die Szene zum Leben erwecken, schlich ich zum Windfang. Die riesige Eingangstüre war abgeschlossen. Ich ging weiter, der Fensterfront entlang. Die Klappläden ließen sich von innen öffnen.

Ich war bei einer zweiflügligen Türe angelangt, einer der Flügel stand halb offen. Der Speisesaal. Tische und Stühle schienen in einer Explosion von Lichtpunkten zu tanzen. Ich wandte mich ab, bewegte mich der Wand entlang zur nächsten Türe. Das Office, dahinter die Küche. Ich sah die Küchencrew bei der Arbeit, hörte Rufe, spürte Hektik, fuhr mir mit der Hand über die Augen. Da war niemand. Ich ging weiter, vorbei an einem Aufenthaltsraum mit abgedeckten Sesseln und leeren Bücherregalen, passierte die Toilettenanlage, dann war ich wieder beim Tresen angelangt. Dahinter gab es noch ein kleines Büro.

Bei der Treppe hielt ich inne, blickte zurück. Jetzt, wo ich meine unmittelbare Umgebung inspiziert hatte, verflog das bedrückende Gefühl unheimlicher Vorahnungen. Da war nichts Außergewöhnliches, nichts Bedrohliches. Ich würde mir untertags

die Freiheit nehmen, den Speisesaal als Arbeitsplatz zu nutzen. Den Kocher und das Geschirr würde sie morgen vorbeibringen, hatte Frau Brander gesagt, also würde sie vermutlich jeden Tag vorbeikommen. Das war beruhigend. Vielleicht konnte ich sie auf einen Kaffee einladen.
Eigenartig. Plötzlich hatte ich das Bedürfnis, mich jemandem mitzuteilen, mich zu unterhalten, mich auszutauschen. Vermutlich hatte bisher Sarah ganz selbstverständlich diese Rolle besetzt. Sarah und Jonas. Ich stellte mir vor, was sie wohl im Moment machten. Waren sie immer noch bei ihren Eltern oder wieder in der Wohnung? Ich zückte mein Handy, gab Sarahs Nummer ein, unterbrach die Aktion. Erics Warnung kam mir in den Sinn. Scheiß drauf. Ich wiederholte den Vorgang, aber nichts passierte. Der Akku war leer. Ich nahm es als Zeichen, suchte das Ladegerät, hängte das Gerät an die Steckdose.

Klopfen riss mich aus einem angenehmen Dämmerzustand. Ich schielte auf die Uhr. Neun. Verdammt! Ich stolperte zur Türe, fuhr mir mit den Fingern durch die Haare, rieb mir die Augen, öffnete mit einer Entschuldigung.
Diesmal musste ich nur zweimal klopfen, lachte sie.
Ich war früh wach und bin wieder eingedöst, log ich. Übrigens, ich heiße Andy.
Helen, entgegnete sie, komm, du kannst mir helfen.
Ich folgte ihr zur verglasten Türe am Ende des Flurs. Sie stand offen, Wald starrte mir entgegen. Direkt vor der Türe lag ein mit einer Mauer eingefasster betonierter Vorplatz. Rechts standen Container, Metallfässer, ein Stapel Reifen, Wellblech, Gerümpel, dahinter erhob sich die Flanke eines bewaldeten Hangs. Von rechts mündete eine Rampe in den Vorplatz. Inmitten der freien Fläche stand ein Fahrrad mit einem Anhänger, der abgekoppelt war. Ich half ihr, das Gefährt über die Türschwelle zu ziehen. Vor dem Wellness-Zentrum blieb sie im Korridor stehen.
Wir bringen das Ding nicht um die Ecke, ab hier müssen wir tragen.
Kein Problem, sagte ich.

Vorsicht mit der Gasflasche.
Ich staunte, was sie alles in den Anhänger geladen hatte. Zusätzlich zu Gaskocher, Geschirr und Esswaren war eine kleine Kühlbox mit Elektroanschluss dabei. Als ich mich bedankte, meinte sie, warte, das ist noch nicht alles. Sie zog zwei Zeitungen aus der Umhängetasche, streckte sie mir entgegen, kramte weiter.
Hier noch die Beißzange und das Messer. Ich hoffe, es ist okay.
Es war ein großes Armeemesser mit vielen Klingen. Ich bedankte mich, klemmte die Zeitungen unter den Arm, steckte die Werkzeuge in meine Hosentaschen. Aus einem Impuls heraus fasste ich Helen am Arm, sagte, danke. Einen Moment spielte ich mit dem Gedanken, sie zu umarmen. Stattdessen fragte ich, weißt du eigentlich, wieso ich hier bin?
Sie zuckte die Schultern, sagte, so ungefähr. Walter, mein Mann, kennt jemanden bei der Zürcher Polizei, der hat diesen Auftrag gegeben.
Auftrag?
Na ja, dass wir dich hier unterbringen, Verpflegung und so.
Aha. Die Zürcher Polizei. Übernimmt sie auch die Bezahlung deiner Dienste?
Ja.
Tatsächlich! Was ist denn die offizielle Begründung für das Versteckspiel?
Zeugenschutz, glaub ich.
Ich verzog den Mund zu einem gequälten Lächeln. Zeugenschutz …
Als ich mich anschickte, ihr wieder mit dem Anhänger behilflich zu sein, hielt sie mich zurück.
Du solltest dich nicht mehr draußen zeigen. Das wurde mir eingeschärft, auch nicht in den oberen Geschossen, aber das weißt du ja. Es melden sich immer wieder Kaufinteressenten, die das Hotel besichtigen wollen.
Dann kannst du mir die Schlüssel für diese Türe nicht hierlassen?
Nein.

Nein?
Ich darf nicht. Ich will diesen Job nicht verlieren, wir sind darauf angewiesen.
Ich schluckte meine Enttäuschung, sagte, danke für alles.
Sie lächelte, schob den Anhänger hinaus auf den Platz, schloss die Türe. Mit unsicheren Schritten, als hätte ich zu viel getrunken, kehrte ich in den Ruheraum zurück, legte Zeitungen und Werkzeuge auf den Tisch, setzte mich.
Helen …
Ich blickte auf das Arsenal der Dinge, die sie mir gebracht hatte.
Wahnsinn, mit dem Fahrrad …
Am liebsten hätte ich mich gleich mit dem Gemälde befasst, aber der Hunger drängte mich, die Küche einzurichten. Ich hatte keinerlei Erfahrung mit Campingkochern und Gasflaschen, aber irgendwie schaffte ich es, das Rechaud in Gang zu bringen. In der Kühlbox waren Eier. Auf einmal hatte ich eine unbändige Lust auf Spiegeleier. In einer kleinen Kartonschachtel fand ich Gewürze, Öl und Essig.
Die Eier waren genießbar. Ich aß mit Heißhunger. Während ich kaute, blätterte ich die Zürcher Zeitung durch, das Lokalblatt hatte ich beiseitegelegt. Vergeblich suchte ich nach dem Bild, das mich mit der Metallsäge in der Hand zeigte. Es war in keiner Rubrik zu finden. Beruhigt war ich dennoch nicht.
Ich räumte den Tisch ab, legte das Leintuch darauf, schob ihn zwischen Deckenleuchte und Fenster, an die Stelle, wo das meiste Licht hinfiel. Dann legte ich das Gemälde mit der Rückseite nach oben auf den Tisch, holte Beißzange und Messer, positionierte sie neben dem Bild wie Operationsbesteck.
Das Armeemesser war dick und schwer, mindestens zehn Klingen und Werkzeuge. Ich klappte die größte Klinge auf, hielt kurz inne, versuchte, gleichmäßig zu atmen. Vorsichtig begann ich eine der Klammern, mit denen die Leinwand auf der Rückseite des Keilrahmens fixiert war, zu lösen. Die Klammern waren mit einer Heftpistole ins Holz geschossen worden und boten einigen Widerstand, aber schließlich hatte ich eine so weit, dass

ich sie mit der Beißzange fassen konnte. Ich zog vorsichtig, denn ich musste die Klammern wiederverwenden können.
Nach einer Stunde hatte ich die Fixierung auf einer Längs- und einer Kurzseite gelöst. Ich hob die Leinwand vorsichtig an.
Unter einem Schutzvlies verbarg sich eine zweite bemalte Leinwand.
Verdammt!
Es ging nicht um Rauschgift! Hektisch begann ich die restlichen Klammern zu entfernen. Es war Nachmittag, als ich Ludmillas Männerakt endlich ablösen konnte.
Ich war – enttäuscht. Es war ein zweifarbiges Ölgemälde, ein simples schwarzes Quadrat auf weißem Grund, unsigniert, unbeschriftet, undatiert. Das Schwarz nahm den größten Teil des Formats ein. Die Darstellung erinnerte mich an eine Kunstgeschichtevorlesung, die ich zufällig besucht hatte: Bauhaus oder De Stijl.
Konnte dieses Bild den ganzen Irrsinn ausgelöst haben? Nein, unmöglich. Ich hatte zwar etwas entdeckt, aber ich konnte mir schlicht nicht vorstellen, dass dafür gemordet werden könnte.
Trotzdem …
Es ließ mir keine Ruhe, ich begann, das Gemälde genauer zu untersuchen. Der Rahmen, auf den die Leinwand aufgespannt war, musste alt sein, auch die Nägel, mit denen sie auf der Außenseite des Rahmens befestigt war. Sie waren handgeschmiedet, jedenfalls keine Massenware vom Baumarkt.
Ich schob den Tisch direkt unter die Leuchtstoffröhre, sah aus verschiedenen Winkeln und Entfernungen auf das Gemälde, kontrollierte es wie ein Uhrmacher. Der weiße Grund, der die schwarze Figur einrahmte, war unterschiedlich breit, das Quadrat war auch nicht exakt rechtwinklig, der obere Rand verlief leicht schief. Das Schwarz schimmerte in einem irritierenden Glanz und war von Haarrissen durchwirkt, ein mäanderndes, feines Netz. Der Farbauftrag musste ziemlich dick sein, die Leinwandstruktur war nirgends mehr erkennbar. Trotz der Einfachheit des Sujets strahlte das Werk eine eigenartige Kraft aus, wirkte irgendwie hypnotisch. Schlagartig begriff ich, dass auch

das Gemälde alt sein musste. 1910? 1920? Dass es mit Ludmillas Aktbild getarnt war, deutete darauf hin, dass es wertvoll war. Auch Ludmillas Verhalten ließ darauf schließen.
War es Raubgut?
Verflucht, hier in diesem Loch hatte ich keine Möglichkeit, Recherchen aufzunehmen. Ich würde Eric darum bitten müssen. Aber ... dann würde er den Auftrag an Tobi weitergeben. Erics Worte fielen mir ein. *Du bist da in etwas Großes hineingeraten, das hat mittlerweile auch die Polizei begriffen.* Etwas stimmte nicht. Sie verhalfen mir zur Flucht, überließen mir aber das Paket. Sollte ich den Lockvogel spielen? Wollten sie Ludmilla in eine Falle locken? Es waren Vermutungen. Trotzdem, ich musste vorsichtig sein.
Am Morgen erwachte ich früher, stand unter die Dusche, zog frische Kleider an. Das Gesicht im Spiegel war mir fremd geworden. Sollte ich Helen bitten, mir ein Rasierset zu besorgen?
Als sie erschien – diesmal kam sie durchs Treppenhaus – erwartete ich sie im Flur.
Schon auf?, begrüßte sie mich schmunzelnd.
Ich bin schon lange wach. Gestern sah ich kaum aus den Augen, als du kamst. Peinlich.
Ich bitte dich, meinetwegen musst du nicht früher aufstehen, sagte sie lachend. Sie überreichte mir den Korb, der wieder mit Lebensmitteln gefüllt war – offenbar hatte sie ihn gestern zurückgenommen, ich hatte es nicht bemerkt. Ich widerstand dem Impuls, sie in meine Entdeckung einzuweihen, bedankte mich unbeholfen, senkte den Blick, sah auf den Korb in der Hand.
Ich ... ich könnte Kaffee machen.
Danke, nein, ich muss mich noch um die oberen Stockwerke kümmern, muss die Fenster schließen, es soll ein Gewitter geben.
Das könnte ich doch übernehmen, ich habe ja Zeit.
Sie legte den Kopf schief, sah mich tadelnd an. Ich wäre so gut wie unsichtbar.
Nein!

Sie verabschiedete sich, ging zurück zum Treppenhaus.
Kommst du morgen zum Kaffee?, rief ich ihr nach.
Sie blickte kurz zurück, ohne etwas zu sagen.
Während des Frühstücks blätterte ich durch die Zeitung, die zuunterst im Korb lag. Nichts, keine Artikel im Zusammenhang mit dem Tod des Anwalts.
Ich erledigte in der Dusche den Abwasch, stellte das Geschirr anschließend zum Trocknen auf die Umkleidebank. Das mysteriöse Gemälde ließ mir keine Ruhe. Ich ging damit zur verglasten Ausgangstüre, hielt es prüfend ans Licht. Es gab nirgendwo eine Beschriftung, keinen Hinweis, der mir weitergeholfen hätte, dafür entfaltete es hier im Tageslicht eine ungeheure Dynamik, wirkte beinahe wie eine Skulptur. Die Farbe begann zu leben, oszillierte. Erst jetzt wurde deutlich, dass das Weiß leicht gebrochen war, aus Überlagerungen mehrerer unterschiedlicher Weißtöne bestand. Auch das Schwarz war mehrschichtig aufgetragen.
Ob die feinen Haarrisse dem Alter des Gemäldes zuzuschreiben sind oder so gewollt waren?
Ich würde nicht darum herumkommen, Eric über meine Entdeckung zu informieren. Ich holte mein Nokia, ging damit zurück an die Außentür, hier hatte ich Empfang. Mein Finger war bereits auf der Tastatur, als ich das Gerät wieder sinken ließ.
Gab es keine anderen Möglichkeiten, mehr über dieses Mysterium zu erfahren? Sollte ich Helen einweihen? Ich holte mir einen Stuhl aus dem Möbellager, stellte ihn direkt vor die Türe, setzte mich darauf, starrte durch die Scheibe auf die grauen Silhouetten.
Nein, vorläufig würde ich gar nichts unternehmen. Eric würde sich selbst melden, wenn sein Freund Tobi fand, man müsse das Paket genauer untersuchen.
Ich ging zurück, stellte mich ans Lichtschachtfenster, steckte mir eine Zigarette an. In der Ferne vernahm ich Donnergrollen, kurz danach das Trommeln eines Gewitterregens. Die muffige, abgestandene Luft mischte sich mit dem Geruch nach nassem Staub und dem Rauch meiner Zigaretten, Donnersalven krach-

ten durch den Schacht, vielfach zurückgeworfen von den Berghängen.
Kunstgeschichtsbücher! Vielleicht ließe sich damit etwas über das Gemälde erfahren. Helen könnte mir Bücher über neuere Kunstgeschichte besorgen. Als Grund würde ich meine Masterarbeit vorschieben.
Ich lauschte dem Regen, stellte mir vor, wie ich sie morgen zum Kaffee einladen würde. Mein Notebook läge eingeschaltet auf dem Tisch. Beiläufig würde ich erwähnen, dass ich eine Abschlussarbeit schrieb.
Ich brachte den ganzen Nachmittag keinen klaren Gedanken zustande, das Gemälde, Ludmilla, Helen tanzten mir durch den Kopf. Gegen Abend schob ich den Tisch zurück in die Raummitte, machte Ordnung in meiner improvisierten Küche, drapierte das Schutzvlies und Ludmillas Männerakt lose um den Keilrahmen, wickelte das Leintuch darum, legte den mysteriösen Schatz zusammen mit dem Skizzenbuch und dem Karton in die Saunakabine. Jetzt störten nur noch die gestapelten Liegen, ich brachte sie in der Garderobe unter. Danach öffnete ich eine der Weinflaschen, die ich in der Kiste zwischen den Esswaren fand, versuchte, mich zu entspannen. Nach drei oder vier Gläsern fiel ich halb bewusstlos auf die Liege und schlief augenblicklich ein.

7

Wir sind wieder in der Wohnung, aber ich fühle mich hier nicht wohl, nicht sicher und nicht mehr zu Hause. Die Vorstellung, dass fremde Hände in meinen persönlichen Sachen gewühlt haben, ist … ist – ach, ich finde kein Wort dafür.
Keine Telefonate … Ich habe zehn Mal, zwanzig Mal auf Andys Handy angerufen, er meldet sich nicht, ruft nicht zurück. Es muss doch eine Möglichkeit geben, dass ich mit ihm reden kann. Eric sagt, es gehe ihm gut, aber – wieso kann er mir das nicht selbst sagen? Die Ungewissheit ist schlimmer als die Angst, selber als Opfer in diese Sache hineingezogen zu werden.
Tobi, Erics Polizeifreund, hat sich gemeldet. Er sei zu unserem Schutz abgestellt, deshalb müsse ich mein Handy immer eingeschaltet lassen.
Polizei. Schutz. Mein Gott, was passiert da? Ist Andy in Gefahr?
Eric kam mit Tobi vorbei, stellte ihn vor. Es war eine eigenartige Situation, jedenfalls sah es nicht nach Polizeieinsatz aus.
Für Jonas hat er einen kleinen Armsender mitgebracht. Mit einem Schlag begriff ich, dass sogar er, dass wir beide – wir drei – in Gefahr sind.

Es war zu hell, als ich aufwachte. Ich sah erschrocken auf die Uhr. Zehn Uhr. Mein Plan!
Ich schoss auf, hastete zur Türe, riss sie auf, spähte hinaus in den Flur, stolperte über eine Papiertüte.
Schei…
Vielleicht war sie noch im Haus. Ich hastete die Treppe hoch, horchte. Stille. Sie war weg. Frustriert ging ich zurück, legte die Tüte mit Esswaren und der Tageszeitung auf den Tisch.
Wieso hatte sie nicht geklopft? Hatte ich es nicht gehört?

Ich stand unter die Dusche, aß etwas, legte mich wieder auf die Liege. Wassertropfen trommelten im Lichtschacht, es regnete immer noch. Durch das Fenster fiel ein graues Licht.
Irgendwann raffte ich mich auf, es war noch hell. Ich rieb mir den Schlaf aus den Augen, ging gähnend hinaus in den Flur. Unversehens stand ich oben in der Eingangshalle. Zwischen den Lamellen der Klappläden versuchte ich etwas von der Umgebung wahrzunehmen, konnte aber nur schemenhafte Graukontraste erkennen, die sich im Nebel verloren. Ich sank auf einen Stuhl im Speisesaal, ballte meine Fäuste, wollte auf die Tischplatte hauen, aber ich schaffte es nicht.
Ich wartete, bis die Dunkelheit den Raum besetzte, schlich dann tastend die Treppe hinunter zurück in mein Gefängnis.
Am nächsten Morgen war ich früh wach. Als Erstes öffnete ich die Türe zum Flur, machte die Espressokanne bereit, platzierte sie auf dem Gaskocher. Ein Geräusch. Ich schoss auf, ging hinaus auf den Flur, um sie zu empfangen. Sie kam auf mich zu, außer Atem, sagte bereits bei der Begrüßung, ich bin in Eile.
Ich habe Kaffee gemacht. Hast du kurz Zeit für …
Nein. Ich muss, entschuldige.
Hastig brachte ich mein Anliegen vor.
Kunstgeschichte des zwanzigsten Jahrhunderts, speziell Malerei, sagst du? Morgen Nachmittag bin ich in Glarus, da kann ich nachschauen. Bei uns im Dorf gibt es keine Bibliothek.
Ich nickte. Sie verabschiedete sich, hastete davon. Ich folgte ihr, bei der Treppe blieb ich stehen. Etwas war anders gewesen als vorgestern.
Ihre Augen! In ihrem Blick las ich … Angst.
Gerne hätte ich mit ihr gesprochen. Sie schien genauso wie ich ein Geheimnis zu hüten.

Als sie am anderen Morgen aufkreuzte, fehlte ihr Lächeln. Sie wirkte verstört, schien mit den Tränen zu kämpfen.
Mein Gott, was ist mit dir los?
Ich kann … ich … ach, es ist nichts, sagte sie, drehte sich um, ging eilig zum Treppenhaus, ließ mich ratlos zurück.

Etwas stimmte nicht.
War es ihr letzter Besuch?
Erst gegen Mittag kochte ich den Kaffee auf, den ich ihr hätte zubereiten wollen. Den Nachmittag verbrachte ich auf der Liege, sinnierend, dösend, konfus.
Mein Rücken schmerzte, ich setzte mich auf, stellte die Füße auf den Boden. Es war dunkel.
Wieso war ich noch hier? Wegen des eigenartigen Gemäldes? Ich könnte es in der Saunakabine zurücklassen und abhauen.
Ich stand auf, begann, die Tasche zu packen, hielt inne.
Nein, ich konnte nicht einfach abhauen, ich konnte *sie* nicht enttäuschen.
Im diesigen Dämmerlicht schlich ich zur hinteren Ausgangstüre, checkte mein Nokia. Tatsächlich, kaum hatte ich Empfang, ging eine Meldung ein. Eric schrieb, Sarah und Jonas geht es gut. Hast du das Gemälde untersucht?
Ich hatte diese Frage schon lange erwartet. Was sollte ich zurückschreiben? Etwas hinderte mich, meinen Fund preiszugeben. Ich schrieb lediglich,
komm vorbei.
Ich musste nicht lange auf die Antwort warten.
Kann unmöglich, habe den Verdacht, dass ich beschattet werde.
Beschattet werde … Sarah und Jonas hatten Polizeischutz und er getraute sich nicht vorbeizukommen, weil er sich beobachtet wähnte.
Ich hau ab, schrieb ich zurück.
Postwendend ertönte ein Brummen.
Bleib, wo du bist! Es ist eine kriminelle Organisation hinter dem Paket her, vermutlich geht es um Rauschgift.
Als ich nicht darauf reagierte, schrieb er, es ist gefährlich! Ich schick jemanden vorbei, der das Zeug holt.
Ich überlegte lange. Schließlich schrieb ich, nein, schaltete das Gerät aus.
Sie hatte mich beauftragt, das Paket zu hüten, ja sie hatte mich inbrünstig darum gebeten. Ich würde sie nicht enttäuschen,

vielleicht hing ihr Leben davon ab. Jetzt war ich froh, dass ich niemandem von meinem Fund erzählt hatte.
Ich ging zurück in mein Verlies, setzte mich an den Tisch.
Ludmillas Skizzenbuch!
Könnte es etwas mit dem Gemälde zu tun haben, mir helfen, das Rätsel zu lösen? Ich holte es an den Tisch, begann, darin zu blättern. Es war kein Tagebuch, es war ein Arbeitsbuch. Das wurde mir schnell klar, obwohl ich die Schrift nicht entziffern konnte, es waren ausnahmslos kyrillische Schriftzeichen. Die Fotos und Skizzen ... Verdammt! Schwarze Quadrate noch und noch, Ausschnitte daraus, Details!
Ich schob das Heft von mir, als stände es in Flammen.
Ging es um das Gemälde, das nebenan in der Saunakabine lag? Ich zog das Arbeitsbuch wieder zu mir, begann, mich intensiver mit den einzelnen Abbildungen zu befassen. Die erste war vermutlich ein Ausschnitt aus einem Katalog. Die Reproduktion sah aus wie das Gemälde, das mir Ludmilla anvertraut hatte. In den nachfolgenden Skizzen waren die Masse des Kunstwerks und der schwarzen Figur festgehalten, sogar die Haarrisse innerhalb der schwarzen Fläche waren skizziert und vermaßt. Dann folgten Fotos: Details, die Pinselführung und Beschaffenheit der Leinwand zeigten. Je weiter ich blätterte, desto eindeutiger wurde, dass es sich nicht nur um ein Gemälde handeln konnte.
Ich brauchte zusätzliche Informationen, hoffte, dass Helen etwas zum Thema auftreiben konnte.
Das Schwarz des Gemäldes hatte eine unerklärliche Tiefe, ich ging näher, spürte den Sog. Als ich die Hand an die Oberfläche hielt, war es, als würde ich sie in kaltes Wasser tauchen, sie verschwand im Bild, mein Arm wurde ...
Jemand polterte an der Türe. Helen!
Ich schnellte auf, öffnete hastig – es war nicht Helen.
Tschuldigung, wenn ich Sie geweckt habe.
Es war ein Mann, er grinste. Sie scheinen etwas enttäuscht. Meine Frau kann leider nicht mehr kommen. Walter Brander, stellte er sich vor.

Sie hat mir nichts gesagt, darum ... darum war ich etwas überrumpelt.
Tia, sie wusste es gestern noch nicht. Neuer Auftrag, und zack – Sie wissen, wie das ist. Neuer Auftrag, andere Prioritäten. Sie werden sehen, der Service bleibt der gleiche. Ab Morgen kann ich leider erst nach der Arbeit gegen Abend vorbeischauen, aber keine Angst, Sie werden nicht verhungern.
Ich musterte mein Gegenüber. Trainierter Vierziger, Bürstenschnitt, glatt rasiert, nicht unsympathisch, aber er hatte einen stechenden Blick, der mir unangenehm war.
Er streckte mir den Korb entgegen, den Helen zurückgenommen hatte. Es war dieselbe Geste, aber ...
Es sind noch die Bücher dabei, die Sie bestellt haben, sagte er. Studieren Sie Kunstgeschichte?
Nein, Philosophie, schreibe an meiner Masterarbeit. Ich brauche die Bücher für einen Vergleich.
Philosophie? Nicht mein Ding. Dann viel Vergnügen.
Er griff sich zum Abschiedsgruß mit den Fingerspitzen der flachen Hand an den Kopf. Ein Polizist! Bestimmt ein Kollege von Tobi. Jetzt war mir klar, wieso ich in diesem Scheißhotel gelandet war.
Ich stellte den Korb auf den Tisch, packte hastig aus, zog zwei mit Zellophan geschützte Bücher heraus: «Kunst des 20. Jahrhunderts» von Karl Richter und «Geschichte der Malerei im 20. Jahrhundert» von Horst Ruhrberg. Ich klemmte die beiden Kunstbände unter den Arm, stieg hoch in den Speisesaal, begann, in der «Geschichte der Malerei» zu blättern. Bereits nach den ersten 30 Seiten stieß ich auf das Gemälde, das Buch fiel mir beinahe aus den Händen. Erschrocken las ich,
DAS SCHWARZE QUADRAT, Kasimir Malewitsch, 1915
Unter dem Titel SUPREMATISMUS las ich:
«Der Maler Malewitsch hatte mit dem Gemälde einen neuen Stil propagiert, als Gegenpol zur gängigen Kunstrichtung in Russland – von der Gegenständlichkeit zur reinen Form. Das Bild mit dem einfachen Titel ‹Viereck› löste eine kulturhistorische Revolution aus.»

Meine Ahnung, die mich an De Stijl und Bauhaus denken ließ, war nicht aus der Luft gegriffen, aber die Verhältnisse waren radikal anders, als ich vermutet hatte. Das Gemälde war nicht ein Resultat dieser Stilrichtungen, sondern hatte sie direkt und nachhaltig beeinflusst. Aus den Erläuterungen wurde klar, dass Malewitsch 1927 Gelegenheit hatte, nach Deutschland zu reisen. In der Reihe der Bauhaus-Bücher konnte er seine suprematistischen Ideen und Werke publizieren.
Anscheinend hatte Malewitsch vier Fassungen des Schwarzen Quadrats gemalt, alle waren im Besitz russischer Museen.
War das Gemälde, das ich in Verwahrung hatte, aus einem russischen Museum entwendet worden? Mir stockte kurz der Atem. Hastig verließ ich den Speisesaal, nahm die Treppe ins Untergeschoss, riss die Türe der Saunakabine auf. Der Schatz lag achtlos in der Ecke. Ich musste ihn an einem sichereren Ort verwahren.
Ich machte mich auf die Suche, begann im Erdgeschoss. In der Halle und im Speisesaal sah ich keine Möglichkeiten, aber im Büro hinter dem Tresen stieß ich auf die Lösung. Hier hatte man die Bilder nicht abgehängt. Eines hatte in etwa die Größe, die ich benötigte, eine Landschaft in Öl in einem blattvergoldeten Rahmen. Ich nahm das Gemälde von der Wand, drehte es, besah mir die Rückseite. Der Spannrahmen war von einem Kartonrücken verdeckt. Er hatte keine Verstrebungen, wie ich tastend feststellte, das Bild könnte passen. Ich nahm es mit in den Ruheraum, stellte es an die Wand.
Als ich das Schwarze Quadrat aus der Saunakabine holte, sah ich es mit anderen Augen, behandelte es wie ein rohes Ei. Behutsam legte ich es auf den leer geräumten Tisch, die Leinwand mit Ludmillas Aktbild daneben, verglich die Maße mit dem Gemälde, das ich abgehängt hatte. Mein Gefühl hatte mich nicht getäuscht, es würde passen.
Vorsichtig legte ich das Schutzvlies auf das Schwarze Quadrat, das Aktbild darüber, strich es behutsam glatt über den Rahmen, drehte das Gemälde mit dem Rücken nach oben, presste es auf den mit dem Leintuch abgedeckten Tisch, begann Klam-

mer um Klammer mit dem Schaft des Armeemessers in die ursprüngliche Position im Rahmen zu drücken. Ich brauchte drei Stunden, bis sich das Gemälde einigermaßen so präsentierte, wie Eric es gesehen hatte, ein virtuos gemalter Männerakt in Öl. Dann holte ich das Landschaftsbild an den Tisch, drehte es um. Mit der Klinge des Militärmessers schnitt ich den rückseitigen Karton entlang des Bilderrahmens auf drei Seiten auf, hob ihn an, schob des Schwarze Quadrat und das Skizzenheft hinein, klappte den Karton zu. Wenn ich die Schnittlinie zuklebte, würde niemand dahinter einen Schatz vermuten. Klebeband würde ich im Dorf besorgen.
Abermals studierte ich die Beschreibungen in den beiden Kunstbüchern. Der Verdacht, dass das Gemälde gestohlen sein könnte, ließ mich nicht los. Nur zwei Versionen des Schwarzen Quadrats waren detailliert beschrieben, eine Fassung aus dem Jahr 1915 mit dem Format 80×80 und ein zweites von 1921, gleich groß. Eines der anderen zwei könnte kleiner sein und dem Exemplar entsprechen, das mir Ludmilla in Obhut gegeben hatte. Dieses schätzte ich auf sechzig mal sechzig Zentimeter. Ich begann, all die Ereignisse rund um das Paket mit anderen Augen zu sehen. Wenn das Gemälde dem russischen Staat gestohlen worden war, könnte der russische Geheimdienst mit der Wiederbeschaffung beauftragt worden sein. Mir blieb die Luft weg. Es gab nur einen Weg: Ich musste herausfinden, ob eines der vier Gemälde fehlte!
Aber wie? Ich war vom Internet abgeschnitten.
Ich schlug mit der Faust auf den Tisch, fluchte.
Verdammt, Walter Brander müsste nächstens auftauchen. Das Bild, das ich im Büro abgehängt hatte, lag noch auf dem Tisch. Ich eilte damit hinauf, hängte es zurück an die Wand. Eben wollte ich durchatmen, als ich das Türschloss klicken hörte. Ich hastete aus dem Büro, rannte zur Treppe, blieb wie angewurzelt stehen.
Geben Sie sich keine Mühe, ich spiele nicht Verstecken!
Ich versuchte ein Lächeln, sagte, musste mich bewegen, habe kurz in den Speisesaal und die Küche reingeschaut.

Er sah mich schief an. Man hat Sie doch informiert, dass Sie strikt im Untergeschoss bleiben müssen.
Mit Nachdruck fügte er an, zu Ihrer Sicherheit! Wenn Sie Bewegung brauchen, haben Sie im Untergeschoss genügend Gelegenheit. Waren Sie schon im Fitnessraum?
Der ist leer.
Ich bring Ihnen einen Satz Hanteln mit.
Danke, Sie müssen sich nicht dermaßen …
Ist okay. Hier die Zeitung und die Esswaren.
Er wartete, bis ich im Keller verschwunden war, bevor er seinen Gebäuderundgang antrat.
Ich sank auf den Stuhl, fuhr mir mit zittrigen Fingern durch Haare und Bart. Hatte er etwas bemerkt? Auf einmal hatte ich Lust auf etwas Hochprozentiges. Unter meinen Vorräten fand ich lediglich Rotwein.

Es war zehn Uhr, als ich aufstand. Der Umstand, dass Helen am Morgen nicht mehr erschien, hatte auch seine Vorteile. Ich setzte Kaffee auf, machte mir gar nicht erst die Mühe, mich anzukleiden, holte ein Stück Käse aus der Kühlbox, schnitt Brot. Irritiert hielt ich inne: Mein Messer war auf einen Widerstand gestoßen. Ich brach das Brot von Hand. Ein Schlüssel kam zum Vorschein. Ich suchte weiter, grübelte mit den Fingern im weichen Brotteig. Tatsächlich. Ein kleines Metallröhrchen, darin eingerollt ein Zettel. Ich schüttelte ihn heraus, las.

Der Schlüssel passt zur hinteren Türe
Ich arbeite neu im Lebensmittelladen im Dorf

Wieso hatte sie mir den Schlüssel zugesteckt? Wollte sie, dass ich sie im Dorfladen aufsuchte? Wollte sie mir etwas mitteilen? Ich nahm den Schlüssel, ging damit zur Ausgangstüre. Er passte. Ich öffnete die Tür, trat hinaus auf den Vorplatz. Es war bedeckt und kühl, aber es regnete nicht. Ich machte ein paar tiefe Atemzüge, kramte eine Zigarette hervor, steckte sie an. Es war ein befreiendes Gefühl, das mich an Spinoza erinnerte:

Freiheit. Das Hochgefühl verflog mit dem Verglühen der Zigarette. Ich durfte jetzt keine Risiken eingehen, ich würde die Nacht abwarten, um die Situation zu rekognoszieren.
Eine innere Stimme riet mir, das Paket in meine Pläne einzubeziehen. Ich füllte die Kartonschachtel mit den Zeitungen, die überall im Raum herumlagen, klebte sie mit einem Rest Klebeband notdürftig zu, legte sie zurück in die Saunakabine, merkte mir die genaue Lage auf der Holzbank. Danach sah ich mir ein paar DVDs an.
Als ich beim Eindämmern die Türe aufschloss, in die kühle Luft hinaustrat, fühlte ich mich wie ein Gefangener auf Hafturlaub. Es nieselte leicht, der Himmel war von einer grauen, tief liegenden Wolkendecke verhangen, ideale Bedingungen. Ich schlich der Fassade entlang, lief die Rampe hoch, schlug einen Haken. Da war ein Kiesweg. Ich ging ein paar Schritte, suchte den Schutz der nächststehenden Bäume, den Ausläufern des nahen Waldes. Hinter mir hörte ich Wasser tropfen. Ich drehte mich um. Es war eine Art Grotte, vermutlich Teil der Gartenanlage des Hotels. Ich spähte hinüber zum Hotelgebäude, das sich langsam im Dunkel auflöste.
Ich wagte nicht zu rauchen, sah immer wieder auf meine Uhr. Nach einer Viertelstunde gab ich Entwarnung. Ich steckte mir eine Zigarette an, machte mich auf den Weg ins Dorf. Die Straße ließ sich nur noch erahnen, dauernd trat ich in eines der vielen Schlaglöchern, kam zunehmend langsamer voran. Die nächsten Lichter waren noch weit entfernt.
Nach der Brücke stieß ich auf die ersten Häuser. Vereinzelte Bogenlampen warfen scharf abgegrenzte Lichtpunkte in die Dunkelheit. Links und rechts alte, gedrungene Holzhäuser, dicht aneinandergereiht, schwarze Wände, kein Fenster beleuchtet. Mittlerweile regnete es, ich zog die Kapuze über den Kopf, verdrückte mich in einen dunklen Winkel. Das Trommeln des Regens blieb das einzige Geräusch, die Gasse war leer. Ich löste mich aus dem Schatten, lief weiter.
Bei der Kirche traf ich auf die alte Hauptstraße. Hier gab es mehr Licht, die Häuser waren heller und größer. Die wenigen

Schaufenster waren dunkel, einzig in einem Gasthaus war noch Betrieb. Ich lief die Straße hinauf, an einer Mineralwasserfabrik vorbei bis zum Ende des Dorfs, das sich in der Dunkelheit verlor, machte kehrt, lief talabwärts zum Dorfeingang. Kein Mensch, kein Auto. Weiter vorne, vermutlich da, wo wir von der Kantonsstraße abgebogen waren, flackerte ein einzelnes Licht. Ich marschierte darauf zu.
Bei den letzten Häusern angekommen, erkannte ich, was mich angelockt hatte: eine Tankstelle. Unschlüssig blieb ich stehen, stapfte schließlich weiter. Hinter der Glasfront brannte Licht – ein kleiner Shop. Anscheinend war noch geöffnet. Ich trat ein, Glockengebimmel begrüßte mich. Ein hagerer bärtiger Kerl mit langen Haaren erschien, sah mich fragend an.
Kann man etwas trinken?
Er deutete auf einen der zwei kleinen Bistrotische, die zwischen Zeitungsständer, DVD-Kassetten und Süßigkeiten standen. Geduldig wartete er, bis ich meine nasse Jacke an die Stuhllehne gehängt und mich gesetzt hatte.
Was darf's sein?
Gibt es alkoholische Getränke?, fragte ich vorsichtig. Er grinste mich an.
Wenn Sie achtzehn sind, ja.
Ich grinste zurück und wurde mir jäh bewusst, dass er meinem Spiegelbild glich. Beim zweiten Blick relativierte ich diesen Eindruck. Die Haarfarbe war dunkler und das Gesicht schärfer geschnitten.
Wodka?
Jep.
Er verschwand im Hinterzimmer, ich hörte ihn hantieren, dann erschien er mit zwei vollen Gläsern.
Ich trinke eins mit, läuft ja nichts mehr bei diesem Scheißwetter.
Wir prosteten uns zu. Er kippte sein Glas in einem Zug. Wie Ludmilla …
Was machen Sie denn hier? Zu Fuß.
Auf diese Frage war ich nicht vorbereitet.
Ich … ich vertrete mir die Beine – gezwungenermaßen.

Haha, verstehe, rausgeschmissen worden. Bist aber nicht von hier.
Nein. Jemand nahm mich mit. Bin zufällig hier gelandet.
Noch einen? Er sah mich fragend an.
Ja, bitte.
Er erschien mit der Flasche, schenkte nach. Ich räusperte mich. Gibt es hier irgendwo Internet? Ein Internetcafé?
Internetcafé, prustete mein Gegenüber, konnte sich kaum auf dem Stuhl halten.
Sie sind gut. Internetcafé in einem Kaff mit zweihundert Einwohnern. Hier gibt es kaum zwei Internetanschlüsse. Er klopfte sich auf die Schenkel. Von wo kommen Sie? Zürich? Ahnte ich's doch. Hier ist so ziemlich das Gegenteil von Zürich.
Er schenkte nach.
Internet? Wieso brauchen Sie Internet?
Ich... naja... so geht es nicht weiter. Ich muss mir etwas im Ausland suchen. Fundiert, nicht einfach drauflos flüchten.
Verstehe. Du gefällst mir. Komm doch morgen vorbei, kannst zwischendurch an meinen Computer, jetzt will ich abschließen. Aber..., er leerte die Kasse, steckte das Geld in einen Umschlag, wandte sich wieder mir zu, es hat mich gefreut, dich zu treffen. Kann dir nachfühlen, ist mir auch passiert, deshalb bin ich hier gelandet. Haha, ist kein Witz. Wie heißt du?
Thomas.
Ich heiße Kamel, kein Witz. Meine Familie stammt aus Tunesien.
Was bin ich dir schuldig?
Vergiss es, hat mich gefreut. Hast meinen Abend gerettet. Du siehst ja, tote Hose.
Ich verabschiedete mich. Die Glöckchen über der Türe entließen mich in die Nacht. Zum Glück hatte Kamel nicht gefragt, wo ich untergekommen war. Mittlerweile war Mitternacht. Es regnete nicht mehr, der Himmel hatte aufgeklart, zwischen den Wolkenresten blitzten Sterne.
Auf dem gesamten Weg durchs Dorf, die Zufahrtsstraße hinauf zum Hotel sah ich niemanden. Ich wollte eben in die Rampe

einbiegen, als es in der Nähe im Unterholz knackte. Wie eingefroren blieb ich stehen, lauschte, wagte kaum zu atmen.
Es blieb still, nichts regte sich.
Vermutlich ein Tier.
Ich huschte der Fassade entlang die Rampe hinab, öffnete die Türe, trat über die Schwelle, schloss ab.
Im Ruheraum setzte ich mich an den Tisch, streckte die Beine, lehnte mich zurück.
Kamel! Der Kontakt eröffnete neue Möglichkeiten und – vielleicht ergab sich eine Gelegenheit, Helen zu treffen.
War es der Wodka oder die drei Stunden in der Freiheit, die mich in Schwingungen versetzten? Mit einem Lächeln fiel ich auf die Liege, schlief augenblicklich ein.

Nach dem Frühstück verließ ich mein Gefängnis, ging hinaus an die frische Luft. Ich stieg die Rampe hoch, nahm den Kiesweg zur Grotte, prüfte von hier aus die Situation. Vögel zwitscherten, ein Flugzeug brummte am Himmel, sonst war es ruhig. Ich passierte die Stirnseite des Gebäudes, stieg die Nebentreppe hoch auf die große Terrasse. Sie war leer. Ein verwilderter Alpengarten, der sich steil hinab auf den Parkplatz erstreckte, rahmte den Platz ein. In der Ferne erkannte ich am Dorfrand Kamels Tankstelle. Am Tag schien es mir ratsam, nicht der Straße zu folgen, querfeldein über die Wiesen würde ich es irgendwie schaffen.
Über Zäune, vorbei an einer Kuhherde, gelangte ich auf einen Wanderweg, der zu einer Brücke am Dorfrand führte. Nachdem ich den Bergbach überquert hatte, folgte ich der Uferböschung, traf mit aufgeweichten Schuhen auf eine befestigte Straße am Dorfende. Bei Tageslicht präsentierte sich die Situation vollkommen anders. Ich passierte ein Einfamilienhausquartier, vermutete dahinter Kamels Tankstelle, aber ich stand unversehens vor einem alten Bahnhofgebäude. Gab es eine Zugverbindung? Ich ging weiter, traf auf antike Eisenbahnwaggons. Die Geleise führten nirgendwohin, der Bahnhof war nicht mehr in Betrieb. Kamels Garage lag hinter den Geleisen.

Unter Glockengebimmel trat ich ein. Kamel kam strahlend auf mich zu.
Gut geschlafen?
Wie ein Stein?
Wo logierst du eigentlich?
Ich ging auf ihn zu, raunte ihm ins Ohr, ist ein schwieriger Fall.
Haha, hast eine Freundin hier. Gestern hast du mir also nur die halbe Wahrheit erzählt.
Ich … ich muss vorsichtig sein.
Verstehe. Mit meiner Diskretion kannst du rechnen.
Ein Kunde betrat den Shop, bezahlte, verschwand.
Kannst du etwas für mich tun?
Tia, kommt drauf an.
Kannst du für mich telefonieren?
Kamel schüttelte den Kopf, sah mich schief an. Hast du kein Handy?
Ist zu heikel.
Geschäfte?
Nein, eine Frau.
Allahu akbar.
Er grinste genüsslich, präsentierte dabei seine Zahnlücke.
Wie heißt sie?
Du schweigst wie ein Grab?
Wie ein Grab, versprochen.
Helen.
Er runzelte die Stirn, setzte sich.
Die Frau des Polizisten?
Wie?
Die Frau von Walter Brander.
Ich setzte mich Kamel gegenüber.
Ja, sagte ich schließlich, kennst du sie?
Thomas, du bist gut. Ich lebe bereits zwölf Jahre hier. Ich kenne alle. Hier kennt jeder jeden. Was soll ich denn mitteilen?
Dass ich sie … dass ich sie treffen will.
Wann, wo?
Hier. Sie soll bestimmen, wann.

Und wenn ihr Mann auftaucht?
Ich deutete auf den Raum, der vermutlich Büro und Lager war.
Verstehe, sagte er grinsend. Chambre séparée. Du hast ein Glück, dass du mich getroffen hast. Treffpunkt Tankstelle, hahaha.
Er ging hinter den Tresen, zückte sein Handy.
Gibst du mir die Nummer?
Ich habe keine Nummer. Sie arbeitet im Lebensmittelgeschäft.
Okay.
Er bearbeitete sein Handy, nahm es ans Ohr, wartete grinsend.
Kamel hier. Kann ich mit Helen sprechen?
Privat, musste er nachschieben. Es dauerte, bis er nach einer knappen Begrüßung sagte, ich habe da einen Herrn, der möchte dich sehen.
Er sagt, du kennst ihn.
Thomas.
Ah, du kennst keinen Thomas?
Andy, raunte ich ihm zu.
Er heißt auch Andy.
Er meint, er könne es einrichten.
Um halb zwölf im Tankstellenshop.
Er warf mir einen Blick zu, ich nickte.
Um halb zwölf, okay.
Er legte das Handy ab, sah mich kritisch an.
Wie heißt du sonst noch?
Ich heiße Andy. Sorry, dass ich dich …
Schon gut, hätt' ich auch gemacht in deiner Situation.
Ich ging zu ihm hinter den Tresen, umarmte ihn. Er erwiderte die Umarmung, sagte, auf mich kannst du dich verlassen.
Ich schaute auf die Uhr. Es war erst zehn. Würde sie überhaupt kommen? Ich setzte mich wieder, Kamel brachte mir einen Kaffee, verschwand im Büro.
Ihr Mann war Polizist, meine Vermutung war richtig. Plötzlich war mir klar, wie die Sache lief. Ein Ding unter Kollegen. Zwei Polizisten, die einen großen Fang witterten. Wusste Eric von dieser Konstellation?
Willst du?

Kamel stand unter der Türe zum Büro.
Was?, fragte ich überrascht.
Du wolltest doch meinen Computer benützen.
Ja klar, danke.
Ich ging zu ihm hinter den Tresen. Er ließ mich eintreten, deutete auf den Schreibtisch, der mit Beigen von Papier zugemüllt war, mitten im Chaos ein Bildschirm und eine Tastatur. Ich dankte ihm, setzte mich auf den ausgeleierten Stuhl. Kamel ließ mich allein.
Pro forma suchte ich ein paar Flüge nach verschiedenen Destinationen, notierte die Flugdaten auf einen Fetzen Papier, den ich im Abfallkorb fand. Dann gab ich «Schwarzes Quadrat» und «Malewitsch» in die Suchmaschine ein. Die Treffer bestätigten, was ich bereits wusste. Einen Hinweis, dass ein Bild gestohlen worden war, fand ich nicht. Ich wollte schon aufgeben, als ich in einem Wikipedia-Beitrag auf diese Bemerkung stieß: *Es ist nicht auszuschließen, dass es weitere Fassungen dieses Motivs gibt. Ebenfalls existieren mehrere Zeichnungen und Lithografien zu dem Motiv.* Auf der eingeblendeten Fotografie der Letzten Futuristischen Ausstellung 0,10 in Petrograd von 1915 sind neben der Urfassung in der Bildmitte noch zwei kleinere Quadrate auf der linken Bildhälfte zu erkennen. Anscheinend sind sie im Ausstellungskatalog *nur als Malerische Massen in der zweiten Dimension* beschrieben.
Die Computermaus glitt mir aus den feuchten Fingern. Ich beugte mich vor, las den Beitrag nochmals – hier lag die Antwort vor mir. Es musste noch weitere Fassungen des Schwarzen Quadrats geben, offensichtlich waren sie kleiner als 80 mal 80 cm. Hastig schloss ich die Internetverbindung, verharrte vor dem leeren Bildschirm, wartete, bis sich meine Atmung beruhigt hatte. Ich ging nach vorne zu Kamel, der sich mit einem Kunden unterhielt. Er unterbrach sein Gespräch, sah mich fragend an, hast du gefunden, was du gesucht hast?
Ja, danke, sagte ich, wedelte mit meinen Notizen.
Ich sah auf die Uhr, noch eine halbe Stunde bis zu unserer Verabredung. Ich blätterte durch die Zeitungen, aber ich fand

keinen Artikel zu «meinem» Fall. Ich bestellte bei Kamel einen Kaffee, setzte mich an ein Tischchen, überflog meine Notizen.
Wohin geht's denn?, fragte er, als er mir den Kaffee servierte.
Bin noch unschlüssig. USA oder Australien.
Möglichst weit weg, kann ich verstehen.
Es war elf Uhr dreißig, aber sie kam nicht. Kamel legte mir die Hand auf die Schulter, sagte, Frauen sind selten pünktlich.
Das Glockenspiel über der Eingangstüre schreckte mich auf: Helen!
Ich erhob mich, unschlüssig, wie ich reagieren sollte, sie in die Arme nehmen, küssen? Ich tat weder das eine noch das andere, ging nur auf sie zu, blieb vor ihr stehen. Es fiel kein Begrüßungswort, Kamel schien ziemlich konsterniert.
Können wir…?
Ich sah zu Kamel, dann wandte ich den Blick Richtung Büro.
Klar doch.
Danke.
Hat eine Türe, bemerkte er trocken.
Ich nahm Helen am Arm, schob sie hinter den Tresen in den engen Raum, schloss die Türe.
Sie sah mich mit einem seltsamen Blick an. Ich las darin Wehmut, Angst.
Du bist fahrlässig, sagte sie. So war das nicht gemeint mit dem Schlüssel.
Ich musste dich sehen, sagte ich. Irgendetwas ist passiert.
Ich wollte dich… ich hätte… ach, es ist so kompliziert. Ich muss gleich wieder gehen, Walter ist… Walter kann sehr eifersüchtig werden.
Deshalb hast du einen neuen Job.
Ich will jetzt nicht darüber reden.
Es entstand eine unangenehme Pause. Endlich sagte sie, ich habe etwas belauscht, das dich betreffen könnte, aber ich kann es nicht einordnen.
Ich hielt den Atem an.
Seit du hier bist, telefoniert Walter jeden Abend zur gleichen Zeit. Das hat mich stutzig gemacht. Meistens geht er hinaus auf

den Balkon. Gestern habe ich trotzdem etwas mitbekommen. Es ist kaum ein offizieller Dienstkontakt, sonst müsste er nicht erst am Abend telefonieren. Gestern ging es um den Aufenthaltsort einer Frau. Den Namen habe ich nicht mitgekriegt, aber er sagte, sie ist also in Südfrankreich. Weißt du Genaueres? Dann hörte er längere Zeit zu, sagte schließlich, in Nizza, toll. Das Hotel ist bestimmt schweineteuer.
Ich hielt mich am Schreibtisch fest. Es würde zu gut passen.
Sie sah mich an. Hat die Frau etwas mit dir zu tun? Weißt du, um was es gehen könnte?
Ich denke, ja, hauchte ich. Wie das Hotel heißt, hat er nicht gesagt?
Nein. Aber … Bevor er auflegte, sagte er noch etwas wie kaiserlich oder königlich. Auf was sich das bezog, weiß ich nicht, vermutlich auf die Hotelkategorie. Hilft dir das weiter?
Ich habe eine Vermutung, sagte ich gepresst.
Helen fixierte mich.
Bist du in etwas hineingeraten?
Ja, sagte ich, sah auf den Boden.
Ich würde dich gerne unterstützen, aber ich kann dir kaum weiterhelfen.
Ich nahm sie in die Arme, lehnte meinen Kopf an ihre Schläfe.
Danke.
Ich muss gehen.
Morgen um die gleiche Zeit?
Ich versuch's, versprechen kann ich es nicht.
Mit einem flüchtigen Wangenkuss lösten wir uns. Ich öffnete die Türe, checkte die Situation, schob Helen hinaus. Sie drehte kurz den Kopf, schenkte Kamel ein Lächeln, eilte mit Glockengebimmel davon.
Freundin?, fragte Kamel.
Nein, Verbündete.
Verstehe, sagte Kamel.
Hast du Klebeband?, fragte ich, um das Thema zu wechseln.
Er kramte in einer Schublade.
Schwarz, grau, rot, transparent?

Transparent bitte.
Ich bestand darauf, zumindest diesen Posten zu bezahlen.
Ich muss gehen. Komme morgen wieder vorbei.
Freut mich, rief er mir nach.
Am liebsten hätte ich eine der herausgeschriebenen Flugverbindungen wahrgenommen, stattdessen machte ich mich über die Wiesen auf den Weg zurück in mein Verlies. Ich kam mir vor wie ein Ausbrecher, sah mich dauernd nach Verfolgern um, wurde dabei fast erdrückt von der Wucht der Berge rundum. Ich begegnete niemandem, das Hotel lag einsam und verlassen am Berghang. Ich blieb stehen, ließ meinen Blick über die Fassade gleiten. Der Verputz war an verschiedenen Stellen abgeblättert, die Balkongeländer angerostet, die Fensterläden angefault. Ein Haus im Dornröschenschlaf. Wer würde auf die Idee kommen, mich hier zu suchen? Diesmal wartete ich nicht, ging auf direktem Weg am Alpengarten vorbei die Rampe hinunter zur Kellertüre in mein Dreisterne-Versteck. Hinter der Türe checkte ich mein Handy: keine Anrufe, keine SMS.
Ich setzte mich an den Tisch, öffnete eine Flasche Wein. Ich hob das Glas. Es war der Tag der Offenbarungen. Ich hatte etwas über Ludmillas Aufenthaltsort erfahren.
Woher hatte Tobi die Informationen, wieso wusste ich nichts?
Mein altes Smartphone! Eric hatte es mir abgenommen, Tobi konnte es für seine Zwecke nutzen. Hatte *sie* mir Meldungen an die alte Nummer geschickt, Meldungen, von denen ich nichts wusste? Ich ging mit dem Nokia zur Ausgangstüre, gab Erics Nummer ein. Nichts, er hatte sein Gerät ausgeschaltet. Ich sandte ihm eine SMS.
Ruf mich um neunzehn Uhr zurück, dringend!!!
Verdammt, konnte ich Eric noch trauen, meinem Kumpel aus der Primarschule? Bisher konnten wir uns über alles austauschen. Ich wusste von seinen vielen vertrackten Beziehungen, er von meinen Problemen mit Familie, Studium und Job.
Und jetzt?
Es war achtzehn Uhr. Ich wollte unbedingt noch das Versteck meines Schatzes besser tarnen, den aufgeschnittenen Rücken

des Bildes zukleben. Als ich den Fuß auf die erste Treppenstufe setzte, hörte ich die Eingangstüre. Walter Brander! Ich hatte ihn vollkommen ausgeblendet.
Ich machte leise kehrt, war schon im Begriff, im Wellness-Bereich zu verschwinden, als ich seine Stimme vernahm.
Andy Heim, kannst du mir helfen?
Ich rief zurück, komme, packte den leeren Korb, nahm die Treppe ins Erdgeschoss. Er stand unter der Türe, deutete mit dem Kopf auf eine Tasche, die noch draußen auf dem Podest stand.
Übungsgeräte, für dich.
Ich ging an ihm vorbei, packte die Tasche, aber sie schien am Boden festgeschraubt. Er sah mich mitleidig an, nahm mir die Tragriemen aus der Hand, hob die Tasche an, ging damit die Treppe hinab. Auf dem Podest stellte er sie ab.
Hanteln, bemerkte er trocken. Du kannst sie ja einzeln als Anfangstraining in den Fitnessraum tragen. Dir fehlt doch Bewegung, hast du gesagt.
Er verabschiedete sich wortlos mit seinem Polizistengruß.
Zehn Minuten, nachdem er gegangen war, ging ich hinauf, nahm das Gemälde von der Wand, klebte mit dem Klebeband die aufgeschnittene Rückseite der Schnittlinie entlang zu. Halbwegs beruhigt hängte ich die Landschaft in Öl wieder an den Nagel.
Ich ging zurück ins Untergeschoss, stolperte über die Tasche mit den Hanteln. Es blieb mir nichts anderes übrig, ich trug die Folterwerkzeuge einzeln in den Fitnessraum, schob die Tasche unter die Bank neben der Türe. Dabei sah ich zufällig auf meine Schuhe.
Shit, ich hatte sie nach meinem Ausflug nicht gewechselt. Sie waren immer noch feucht, Gras und Erde klebte an den Schuhsohlen. Hatte er es gesehen? Er würde daraus seine Schlüsse ziehen, er war Polizist.
Kurz vor neunzehn Uhr war ich an der Ausgangstüre, mein Nokia eingeschaltet in der Hand. Ich setzte mich auf den Stuhl, wartete. Um halb acht schickte ich Eric eine SMS, dann versuchte ich, ihn anzurufen. Nichts, keine Reaktion. Fluchend verließ

ich meine Position. Ich kam mir vor, als sei ich verraten worden, ein Ausgestoßener, der sich allein um sein Schicksal kümmern musste. Jede halbe Stunde machte ich einen erneuten Versuch – erfolglos.
Ich fiel auf meine Liege, versuchte in meinen wirren Träumen andauernd, mit Eric Kontakt aufzunehmen, vergeblich. Helen erlöste mich aus dieser frustrierenden Endlosschlaufe. Ich streifte mit ihr durch das Hotel, von Zimmer zu Zimmer, auf der Suche nach der Landschaft in Öl, hinter der ich das Schwarze Quadrat versteckt hatte. Da hörten wir die Eingangstüre: Walter Brander.
Ich erwachte.

8

Ich habe mein Arbeitspensum reduziert. Zum Glück. Seither schlafe ich wieder etwas besser. Marianne und Doris greifen mir zwar unter die Arme, helfen beim Einkauf, nehmen mir hie und da Jonas am Wochenende ab, aber ich schaff's trotzdem nicht, meinem Job und Jonas gerecht zu werden, fühle mich wie ein Walross.
Von Andy habe ich immer noch nichts gehört. Eric meldet sich hie und da, immer bleibt er vage. Andy sei in Sicherheit irgendwo in den Bergen. Tobi, der immer wieder bei uns auftaucht, sagt nur, Dienstgeheimnis.
So ein Arsch!
Wenn Andy nicht in Gefahr ist, muss es doch eine Möglichkeit geben, dass er endlich ein Lebenszeichen von sich gibt!
Mein anfängliches Mitleid ist einer ohnmächtigen Wut gewichen. Soll er sich zum Teufel scheren! Andy hat uns lange vor seiner Flucht verlassen.
Ich habe Eric gedroht, wenn er nicht fertigbringe, dass sich Andy bei mir melde, könne er ihm gleich mitteilen, dass ich die Scheidung einreichen werde.
Es wäre einfacher, wenn ich wüsste, dass er nicht mehr zurückkommt.
Ich habe immer noch nichts gehört.

An deiner Stelle

An deiner Stelle
Blieb nur diese Lücke
Sie ist nicht groß
So schien es mir
Als du gegangen bist

Doch Tag für Tag
Vergrößert sie sich
Im gleichen Maß
Wie ich dich
Zu vergessen suche

Als ich am Morgen die Außentüre öffnete, blickte ich in schlierigen Nebel. Das erleichterte mein Vorhaben. Ich ersparte mir die Mühe, über den Wiesenhang hinunter ins Tal zu laufen, ging der Straße entlang.

Kamel begrüßte mich verhalten, deutete mit einem Blick hinüber zum Ständer mit den Zeitungen. Dort stand ein Mann, klein, schmächtig, schütteres Haar, eingekleidet in einen teuren dunkelgrauen Anzug. In der Hand hielt er eine Aktentasche. Er drehte uns den Rücken zu. Kamel gab mir mit Zeichen zu verstehen, ich solle ihm ins Büro folgen.

Er ist schon seit einer Stunde da, hat einen Kaffee getrunken, saß lange an einem Tischchen. Seit einer Viertelstunde studiert er die Zeitungen im Ständer. Hat nicht mal getankt.

Hat er etwas gesagt, wartet er auf jemanden?

Außer der Kaffeebestellung hat er keinen Ton von sich gegeben, ich weiß nicht mal, ob er Deutsch spricht. Ich kann ihn nicht rauswerfen, hat sich ja nichts zuschulden kommen lassen. Wie ein Bösewicht sieht er auch nicht aus.

Kamel hatte während unseres kurzen Wortwechsels einen Punkt hinter meinem Kopf fixiert. Ich drehte mich um. Der Monitor der Überwachungskamera. Der Mann im grauen Anzug studierte immer noch die Zeitungsschlagzeilen.

Ist irgendwie unheimlich, murmelte Kamel. Er schüttelte nachdenklich den Kopf, ging zurück. Mittlerweile war es elf Uhr dreißig. Ich folgte Kamel in den Shop, der Mann stand noch am gleichen Ort. Ich wartete vergebens auf das Glockengeläute der Türe. Langsam schlenderte ich zum Ständer mit den DVDs, der neben den Zeitungen stand, drehte ihn, versuchte, dabei einen Blick auf das Gesicht des Fremden zu erhaschen, unmöglich, er hatte sich abgewandt.

Suchen Sie etwas Bestimmtes?
Ich schrak zusammen, der Fremde stand dicht hinter mir, näherte seinen Mund meinem Ohr.
Ich suche die Malerin, flüsterte er. Ich fuhr herum, blickte ihm ins Gesicht: verkniffener Mund, runde Nickelbrille, stechender Blick.
Wer sind Sie?
Er zog aus der Brusttasche seines Anzugs ein kleines Lederetui, entnahm ihm eine Visitenkarte, reichte sie mir.

Guy Leblanc
Kunstvermittler

Ich suche die Malerin Ludmilla Borodin.
Es sprach, als würde er die Worte diktieren. Er machte eine Pause, blickte mir unangenehm direkt in die Augen. In erster Linie suche ich das Gemälde. Ich denke, Sie wissen, wovon ich spreche.
Als ich nicht reagierte, begann er den Zeitungsständer ganz langsam zu drehen, sagte mit müder Stimme, geben Sie sich keine Mühe, den Unwissenden zu mimen. Sie haben für die Malerin gearbeitet. Notabene im Auftrag derselben Firma, die mich beauftragt hat. Ich habe Sie seit Wochen im Visier, zwischendurch kurz verloren, aber dann bin ich hier durch einen gütigen Zufall wieder auf Sie gestossen. Sehen Sie, es gibt da ein sehr spezielles Gemälde, das die Orlow & Frères SA für einen dreistelligen Millionenbetrag an einen solventen Käufer veräußert hat – ich denke, Sie wissen, wovon ich spreche –, und jetzt taucht ein zweites, identisches Gemälde auf. Meine Auftraggeberin kann das nicht hinnehmen. Können Sie mir folgen?
Ich war zu keiner Reaktion fähig, starrte ihn nur an.
Ludmilla Borodin hat versucht, auf eigene Rechnung Geschäfte zu machen, ausgerechnet mit einer Kopie dieses Werks. Diese Kopie darf nicht existieren! Der Kauf dieses Gemäldes war eine lange vorbereitete Transaktion, perfekt geplant und durchgeführt. Der Käufer prüfte die Ware im Zollfreilager, bezahlte,

nahm das Kunstwerk entgegen, und zwei Tage danach erfährt meine Auftraggeberin, dass dasselbe Bild nochmals zum Verkauf steht, diesmal direkt durch Ludmilla Borodin.
Ich musste ihm mit offenem Mund zugehört haben, stammelte, ich weiß nicht, wovon Sie sprechen.
Es wäre von großem Vorteil, wenn Sie kooperieren würden. Sie haben bestimmt vom tragischen Tod des Zürcher Anwalts gehört. Es ist ein gefährliches Geschäft, auf das sich Ludmilla Borodin eingelassen hat.
Das Türgebimmel ließ mich herumschnellen. Es war nur ein Kunde. Ich wandte mich wieder dem Kunstvermittler zu. Dieser öffnete seine Aktentasche, zog eine kleine Papierhülle hervor, reichte sie mir.
Sie suchen DVDs, wie ich sehe. Ich habe da etwas Interessantes, etwas, das Sie interessieren dürfte.
Ich zögerte, wusste nicht, was ich von dieser Zudringlichkeit halten sollte, trotzdem griff ich zu, der Kerl wusste zu viel.
Wenn Sie sich die DVD angesehen haben, werden Sie gerne mit mir zusammenarbeiten. Treffen wir uns doch morgen wieder hier, gleiche Zeit.
Er drehte sich um, nickte Kamel kurz zu, verschwand bimmelnd.
Kamel kam zu mir, fragte besorgt, was wollte der Typ?
Was wollte er?, fragte Kamel etwas lauter.
Sorry … das ist mir noch nie passiert. Diese Aufdringlichkeit, diese Unverfrorenheit.
Was wollte er denn?, fragte Kamel zum dritten Mal.
Irgendein Tauschgeschäft. Ich müsse mir die DVD anschauen, dann würde ich einwilligen.
In was einwilligen?
Er sucht ein Bild. So viel habe ich verstanden.
Hast du etwas damit zu tun?
Nein. Darum … darum bin ich ja so … so platt.
Lass mal sehen.
Ich zeigte ihm die Scheibe, die in einer einfachen Papierhülle steckte. Er nahm sie mir aus der Hand, ging damit nach hinten

ins Büro, gab mir mit einem Wink zu verstehen, ich solle ihm folgen. Er schob sie in das DVD-Fach seines Computers, klickte auf Start.

Bist du das?, fragte Kamel.

Ich konnte nicht antworten, starrte nur auf das Video. Als das Bild stehen blieb, sank ich auf den ausgeleierten Bürostuhl.

Verdammt! Wie ist der Typ an diese Aufzeichnungen gekommen?

Was ist daran so … so schockierend?

Kamel sah mich besorgt an. Mensch, du bist weiß wie ein Leintuch.

Der Wagen, sagte ich matt.

Was ist damit?

Das Fahrzeug wurde sabotiert. Kurz danach ist der Fahrer verunfallt und … umgekommen.

Ya alhi! Was hast du damit zu tun?

Ich kam zufällig dazu, fand die Metallsäge, die unter dem Wagen gelegen hatte. Diese Szene wurde aus dem Zusammenhang gerissen und gezoomt. Die DVD ist ein perfider Zusammenschnitt der Aufzeichnungen einer Überwachungskamera, eine … eine Montage, die suggeriert, ich sei der Täter. Dabei …

Ich schüttelte genervt den Kopf, sah Kamel hilfesuchend an. Der eigentliche Saboteur fehlt! Bilder aus dem Video wurden bereits der Polizei zugespielt, aber die Fotos waren unscharf. Hier bin ich hingegen deutlich zu erkennen.

Kamel nickte.

Der Kerl setzt dich unter Druck.

Er wackelte immer noch mit dem Kopf. Unversehens hielt er inne, fixierte mich. Darum bist du auf der Flucht. Du bist untergetaucht. Die Geschichte mit deiner Frau ist …

Ja.

Was hat denn die Frau des Polizisten damit zu tun?

Sie … sie hat mir Informationen zugespielt.

Verstehe, eine Komplizin. Ziemlich gewagt.

Es ist ein Zufall, sie hat mich mit dem Nötigsten versorgt. Nahrungsmittel und so. Zumindest bis vor drei Tagen.

Wo bist du denn einquartiert?
Ich zögerte.
Komm schon, jetzt weiß ich doch eh alles. Auf mich kannst du dich verlassen.
Oben in der Alpenrose.
In diesem Kasten. Hoffentlich hast du ein anständiges Zimmer.
Ich hause im Untergeschoss.
Kamel ließ Luft durch seine Schneidezähne pfeifen.
Bist nicht zu beneiden. Jetzt kommt sie nicht mehr und du bist am Verhungern. Ich kann dir Nahrungsmittel besorgen, kannst ja kaum im Dorfladen einkaufen gehen.
Danke Kamel. Jemand hat den Job übernommen.
Jemand?
Ja, es ist …
Komm schon!
Es tönt bescheuert. Es ist Helens Mann.
Wie bitte? Der Polizist?
Ja.
Ya alhi!
Kamel setzte sich auf den Hocker, der neben dem kleinen Arbeitstisch stand, glotzte mich an.
Ein Freund von mir hat das Versteck organisiert, ich habe gar nichts in die Wege geleitet. Dass mich der Polizist betreuen würde, war vermutlich nicht einkalkuliert, bis vor zwei Tagen hatte Helen diese Rolle übernommen.
Etwas stimmt hier nicht, das ist dir doch hoffentlich klar.
Es scheint so.
Du musst von hier verschwinden, auf eigene Faust etwas suchen, wo du untertauchen kannst.
Ich starrte auf den Boden, schwieg.
Du hast dir ja Flugverbindungen herausgesucht. Irgendetwas musst du doch vorbereitet haben.
Schon … aber wenn ich fliege, muss ich durch die Passkontrollen und meine Kreditkarte hinterlässt Spuren, unmöglich.
Oh Mann, Kamel fuhr sich mit der Hand durch die Haare, du steckst schön in der Scheiße.

Ich muss meinen Freund kontaktieren. Ohne seine Hilfe werde ich es nicht schaffen.
Dein Freund? Dein Freund arbeitet mit der Polizei zusammen, das ist ja offensichtlich.
Ich konnte Kamel unmöglich die ganze Bandbreite meiner Verstrickungen erläutern, wollte ihn auch nicht weiter mit hineinziehen. Ich versprach, dass ich meine Situation eingehend studieren und ihn über meine Entscheidungen auf dem Laufenden halten würde. Morgen käme ich auf jeden Fall nochmals vorbei.
Kamel runzelte die Stirn.
Wegen dem Typen?
Ja.
Wieso? Lass doch diesen Schleimscheißer auflaufen.
Mit dem Video kann er mich fertigmachen. Pro forma werde ich mitspielen.
Was machst du, wenn er mit Verstärkung auftaucht?
Ich schüttelte den Kopf.
Dann hätte er sich das Video sparen können.
Du hast mir gesagt, er sucht ein Bild.
Ja.
Ist er auf der richtigen Spur?
Ich schwieg, kniff die Lippen zusammen.
Okay, vielleicht ist es besser, wenn du mir nichts verrätst. Ich hoffe, du kommst zu einem guten Entscheid.
Ich umarmte ihn, stand unvermittelt im Nebel. Er lag so dicht, dass ich wieder den Weg über die Straße nahm. Der Dorfladen war geöffnet, aber Helen konnte ich nirgends ausmachen. Ich stapfte die Zufahrtsstraße hinauf, blieb alle paar Schritte kurz stehen.
Das Video … Guy Leblanc … Das Treffen von morgen …
Verdammt!, schnaubte ich, ging unvermittelt schneller.
Kunstvermittler! Natürlich war er einer dieser Privatschnüffler, die sich auf die Kunstbranche spezialisiert hatten. Vermutlich hatte er schon vor dem Unfall des Anwalts den Auftrag, Ludmilla zu observieren. Da kam ihm die Überwachungskamera im Hof gelegen.

Er hat mich aufgestöbert, okay, aber er weiß nicht, wo das Bild und die Malerin sind. Er geht davon aus, dass ich über entscheidende Informationen verfüge.
Plötzlich kam mir mein Versteck lächerlich vor. Ich musste das Gemälde anderswo in Sicherheit bringen.
Es stand kein Fahrzeug vor dem Hotel, ich atmete auf. Hastig ging ich die Rampe hinunter, schloss die Kellertüre auf, stockte. Da war etwas?
Ein fremder Geruch mischte sich mit dem Kellermief. Ich trat ein, schlich schnuppernd den Korridor entlang, öffnete die Türe zum Wellness-Bereich. Auch hier lag diese Note nach billigem Aftershave in der Luft.
Misstrauisch sah ich mich um. Alles war an Ort, nichts schien angerührt.
Die Saunakabine!
Ich riss die Tür auf. Jemand war hier gewesen! Das Paket lag nicht mehr exakt an der gleichen Stelle. Die Klebestreifen hafteten kaum noch, es war geöffnet worden.
Das Gemälde im Büro …
Ich rannte los, hetzte die Treppe hoch, stoppte abrupt meinen Lauf. Wenn die Einbrecher noch im Haus waren, würde ich sie direkt zu meinem Versteck führen.
Ich blieb auf dem Podest stehen, klammerte mich an den Handlauf, überlegte fieberhaft:
Wer?
Guy Leblanc? Nein. Das war unmöglich, obwohl … Er hätte mir folgen können … Aber dann hätte er mich überholen müssen. Ich schüttelte den Kopf.
Walter Brander. Er hatte die Schlüssel, er wusste vermutlich durch Tobi vom Paket und er hatte damit rechnen können, dass ich nochmals einen Ausflug hinunter ins Dorf machen würde. Ich hatte keine andere Wahl, war genötigt, meine Rolle weiterzuspielen, zurück in mein Verlies zu gehen, zu warten, bis der Polizist auftauchte. Diesmal in seiner offiziellen Mission.
Morgen würde ich von hier verschwinden, nach Nizza abhauen. Eric musste mir Informationen liefern.

Vergeblich versuchte ich, ihn zu erreichen.
Shit! Ich hatte Lust, den Stuhl an die Wand zu knallen, hielt es kaum noch aus, lief fluchend durch den Flur, hin und zurück. Schließlich ging ich in den Fitnessraum, versuchte, mich an Remys Übungsanleitungen zu erinnern, packte die Hanteln, begann keuchend, die Gewichte zu stemmen.
Nicht so schnell!
Erschrocken hielt ich inne. Walter Brander stand unter der Türe, die Arme verschränkt, mit tadelndem Blick. Ich legte die Hanteln ab, erhob mich keuchend.
Musste etwas tun.
Schon gut, aber wenn du die Bewegungen zu schnell ausführst, kannst du dir eine Zerrung holen. Ich habe den Korb in deine Wohnung gestellt. Morgen Sonntag komme ich nicht, die Nahrungsmittel sollten reichen, die Kühlbox ist voll.
Er hielt sich wieder die gestreckten zwei Finger an die Schläfe, drehte sich auf dem Absatz, verschwand. Ich hörte, wie seine Schritte im Treppenhaus verhallten.
Suchte er das Gemälde?
Mit hämmerndem Puls stand ich unter der Türe, lauschte, schnupperte. Ja, ein Hauch von Aftershave lag in der Luft, oder.... bildete ich mir das nur ein? Verdächtigte ich ihn zu Unrecht? Hatte der Privatschnüffler jemanden angeheuert?
Ich schlich zur Treppe, vernahm, wie die schwere Eingangstüre ins Schloss fiel, kurz danach hörte ich Motorengeräusch, das sich entfernte.
Auf jeder Stufe blieb ich kurz stehen, lauschte. Ich kriegte kaum Luft, ging mit kurzen Schritten an der Theke vorbei zum Büro. Unter der Türe blieb ich stehen, hob den Blick, sah auf die Wand. Das Bild hing noch da! Ich lehnte mich an den Türrahmen, kippte den Oberkörper nach vorne, wartete, bis ich wieder Luft kriegte.
Ich hängte das Bild ab, drehte es um. Die Klebestelle schien unangetastet. Ich sah mir das Klebeband wie ein Uhrmacher aus der Nähe an, konnte keine Spuren erkennen, die darauf hindeuteten, dass der Halbkartonrücken aufgeklappt und der

Schatz entfernt worden war. Vom Gewicht des Bildes ließ ich mich nicht beruhigen.
Ich nahm das Gemälde mit in den Keller, legte es mit dem Rücken nach oben auf den Tisch, löste vorsichtig das Klebeband, hob den Halbkarton an. Das Skizzenheft und das Aktbild kamen zum Vorschein, ich atmete auf. Ich zog das Gemälde vorsichtig heraus, begann auf einer Seite die Klammern zu lösen. Endlich konnte ich die halbe Bildseite von Ludmillas Ölgemälde und das Schutzvlies leicht anheben – das Schwarze Quadrat war noch da. Ich fixierte das Aktbild mit den Klammern wieder auf dem Rahmen, schob es ins Versteck zurück, klebte die Schnittstelle zu. Mit einem Kugelschreiber brachte ich auf der Klebestelle ein unauffälliges Sigel an. Ich machte kein Licht, schlich im Dunkeln zurück ins Büro, hängte das Bild wieder an die Wand.
Danach stellte ich mich mit dem Handy beim Kellerausgang in Position, wählte Erics Nummer. Ich war überrumpelt, als er sich meldete.
Hallo? Andy?
Endlich, keuchte ich. Es läuft alles aus dem Ruder, ich muss weg hier!
He, he, beruhige dich! Gibt es ein Problem?
Es gibt Probleme, Mehrzahl. Mein Versteck wurde durchstöbert, ich werde erpresst, es gibt Nachrichten von Ludmilla, die mir vorenthalten werden, und mein Betreuer ist ein Polizist.
Es blieb ruhig in der Leitung, ich zog den Stuhl zu mir, setzte mich.
Eric, bist du noch dran?
Andy … man … man wollte dich bestehlen?
Ja, der Einbrecher war nur am Paket interessiert.
Es wurde gestohlen?
Nein, nur darin gestöbert. Ich habe es mit alten Zeitungen gefüllt.
Und das Bild?
Ist in Sicherheit.
Okay … Was war das zweite Problem?

Ich werde erpresst. Ein Privatschnüffler hat mich aufgespürt. Er hat mir eine DVD mit Videosequenzen der Überwachungskamera in die Hand gedrückt, von der die Bilder stammen, die der Polizei zugespielt worden sind. Die erste Szene zeigt den Oldtimer des ermordeten Anwalts, dann ist der Wagen weg, dafür stehe ich mit der Metallsäge in der Hand da.
Ist die Auflösung gleich schlecht wie auf den Fotos?
Auf dem Video bin ich deutlich zu erkennen.
Shit. Was will er?
Das Bild oder die Künstlerin.
Das Bild?
Komm schon, stell dich nicht so an.
Hast du Rauschgift gefunden?
Ich zögerte. Tobi würde es fünf Minuten später erfahren, wenn ich meine Entdeckung preisgab.
Nein, sagte ich schließlich. Aber ich habe das Bild und das Skizzenheft an einem anderen Ort aufbewahrt.
Okay. Wie hast du auf die Erpressung reagiert?
Ich werde den Typen morgen wieder treffen.
Hat er einen Namen?
Er nennt sich Guy Leblanc.
Klingt zu schön, um echt zu sein. Du sagst, er will die Künstlerin oder das Bild. Das tolle Aktbild?
Stellte sich Eric dumm oder wusste er wirklich nicht, was für ein Spiel lief? Tobi und die Polizei wussten bestimmt mehr.
Frag Tobi.
Du traust mir nicht?
Ich trau keinem mehr. Du verheimlichst mir Informationen über Ludmilla.
Wie kommst du darauf?
Wo ist mein Smartphone? Hast du es Tobi gegeben?
...
Komm schon. Ja oder nein?
Ja. Die Polizei braucht es – eine Sicherheitsmaßnahme.
Verstehe. Wenn du mir die letzten eingetroffenen Nachrichten nicht durchgibst, handle ich auf eigene Faust.

Das heißt?
Ich haue ab.
Vergiss es, du kommst nicht weit.
Eric, wenn du mir nicht hilfst, entscheide ich selbst für mich.
Mach keine unüberlegten Alleingänge, ich schau, ob ich etwas herauskriegen kann.
Wegen eingegangener Nachrichten?
Ja.
Gut, bis wann?
Bis morgen um die gleiche Zeit.
So lange kann ich nicht warten.
Tobi kann das nicht allein entscheiden. Dein Smartphone ist ein Beweismittel.
Okay, vierundzwanzig Stunden. Eric, ich meine es ernst. Wenn du mir bis morgen Abend nicht mitgeteilt hast, was auf meinem Smartphone eingegangen ist, handle ich auf eigene Faust.
Ich hatte das Handy schon vom Ohr genommen, wollte das Gespräch beenden, als mir der vierte Punkt einfiel.
Moment, da ist noch etwas. Wieso werde ich von einem Polizisten betreut?
Walter ist ein Freund von Tobi, er hat das Hotel organisiert.
Verstehe. Dann müsste ich mich bei ihm wohl noch bedanken.
Was glaubst du eigent…
Ich klickte das Gespräch weg, blieb auf dem Stuhl sitzen, steckte mir eine Zigarette an. Der Rauch würde durch das Treppenhaus in die oberen Geschosse ziehen. Es war mir egal.
Wie viel wusste Eric? Hatte er von der Polizei Order erhalten, mir Informationen vorzuenthalten, oder hielt Tobi sie zurück und ließ Eric im Ungewissen? Die Polizei hatte offensichtlich Kenntnis von Ludmillas Aufenthaltsort, aber sie wusste nicht, was sich hinter ihrem Gemälde verbarg, sonst hätte Eric anders reagiert. Vermutlich hatte Walter Brander in Tobis Auftrag spioniert. Mittlerweile hatte ich den Privatschnüffler ausgeschlossen.
Mit einem Seufzer erhob ich mich. Ich hatte Hunger.
Nach dem Abendessen wusch ich das Geschirr in der Dusche.

Als ich den Warmwasserhahn zudrehte, schoss es mir wie glühende Lava durch den Kopf: Ich hatte Eric nicht nach Sarah und Jonas gefragt. Hilflos schlug ich mit der Faust auf die Keramikfliesen. Ich hatte keine Ahnung, wie es ihnen ging, wie Sarah zurechtkam, ob sie zurück in der Wohnung waren, aber ich machte den Abwasch in einer Dusche. Ich ließ ein wieherndes Lachen fahren. Was war ich doch für ein mieses, ignorantes Arschloch. Ich sammelte das nasse Geschirr auf, legte alles in der Garderobe auf die Bank.

Aber …

Wollte ich es überhaupt wissen?

Ich stand an den Lichtschacht, öffnete das Fenster, zündete mir eine Zigarette an.

Morgen würde ich alle Vorbereitungen treffen, damit ich abhauen konnte. Wohin, wusste ich noch nicht. Nach Nizza?

Ich nahm einen tiefen Zug, pustete den Rauch in den Lichtschacht.

Zum Treffen mit Guy Leblanc würde ich noch gehen. Ich musste in Erfahrung bringen, wie viel er wusste.

Was sollte ich mit dem Gemälde machen? Hier zurücklassen?

Ich fingerte die letzte Zigarette aus dem Päckchen, hielt inne. Nein, ich durfte das Gemälde nicht hier lassen. Im Direktionsbüro war es nicht sicher.

Ich sah auf die brennende Zigarette. Die letzte …

Aber, wie sollte ich es transportieren? Das Paket konnte ich nicht verwenden, ich brauchte ein unauffälliges Behältnis, am besten einen Koffer. Der musste sechzig Zentimeter hoch sein. Sechzig Zentimeter. Beinahe Tischhöhe. Es müsste ein ziemlich großer Koffer sein. Vielleicht fand sich etwas in den Kellerräumen.

Die ganze Nacht war ich auf der Suche nach vergessenen Koffern, streifte durch das Hotel, landete im Estrich. Hier stapelten sich Taschen und Koffer bis unter die Dachschräge. Ich suchte, wühlte, sortierte, doch keines der Behältnisse war groß genug. Vogelgezwitscher fiel störend in meinen Traum. Ich blendete es aus, durchstreifte abermals erfolglos das Hotel, wollte eben

ins Untergeschoss zurückkehren, als ich auf einen Schlag im Dunkeln stand. Ich tastete mich die Treppe hinab, suchte den Lichtschalter, drückte. Nur ein Klicken. Kein Licht. Ich wartete, lauschte. Nichts. Aber ... da lag ein seltsamer Geruch in der Luft. Sein Aftershave! Ich rief, Walter Brander!, aber ich hatte keine Stimme. Vorsichtig setzte ich einen Schritt vor den anderen, tastete mich der Wand entlang, näherte mich Zentimeter für Zentimeter meinem Rückzugsort. Ich sah nichts, aber ...
Unsicher blieb ich stehen, spürte, da war ...
Ein Tier?
Es kauerte am Boden, ich konnte es atmen hören. Plötzlich schnellte etwas vor, packte mich am Knöchel.
Eine Hand!
Ich erwachte hechelnd wie ein Hund.

In den Kellern fand ich keinen Koffer. Ich ersparte mir die Mühe, im Dachgeschoss zu suchen.
Ich sortierte aus, was ich mitnehmen würde, kontrollierte meine Geldbörse. Darin waren etwas über fünfhundert Franken, weite Sprünge konnte ich damit nicht machen.
Um halb elf machte ich mich auf den Weg. Es hatte aufgeklart, der Nebel hatte sich gelichtet und es war empfindlich kühl geworden. Ich ging zurück, holte meine Fleecejacke.
Obwohl die Wiesen feucht und aufgeweicht waren, nahm ich die Passage über die Felder hinunter zur Tankstelle.
Zwei Autos standen an den Zapfsäulen. Ich wartete, bis die Besitzer im Shop bezahlt hatten.
Kamel begrüßte mich verhalten.
Als ich ihn fragend ansah, schüttelte er den Kopf.
Willst du etwas trinken?
Ich bestellte einen Kaffee, setzte mich an einen Bistrotisch.
Ich suche einen großen Koffer, sagte ich zu Kamel, als er den Espresso brachte.
Er blieb stehen, sah mich irritiert an. Mindestens sechzig Zentimeter hoch.
Willst du eine Leiche transportieren?

Keine Leiche. Es ist besser, wenn ich dir nichts erzähle.
Ya alhi! Bist du mein Freund?
Ich rührte immer noch im Kaffee, hatte noch keinen Schluck getrunken. Kamel grinste.
Ist es ein Bild?
Ich sah ihn erschrocken an. Ach Andy, komm schon. Hast du irgendwo ein Bild geklaut?
Nein, ich habe es in Obhut.
Du bist mir ein Rätsel, ich verstehe immer weniger, aber ich denke, wir haben einen Koffer in der Größe. Ich nehme an, du bist in Eile.
Ich nickte. Er zückte sein Handy, führte ein kurzes Gespräch.
Während du hier wartest, sucht meine Frau nach einem Koffer.
Ich danke dir, sagte ich, leerte die Tasse auf einen Schluck.
Kunden bezahlten im Laden, aber Guy Leblanc zeigte sich nicht.
Ich hatte immer wieder auf die Uhr geschielt, mittlerweile war es halb eins.
Kamel musterte mich kritisch.
Brauchst du einen Schnaps?
Einen kleinen, ja.
Diesmal stellte er zwei kleine Gläser Cognac auf den Tisch, setzte sich mir gegenüber, nahm sein Glas, nickte.
Wir leerten die Gläser beide in einem Zug.
Bist du nicht Moslem?, fragte ich.
Nein, Christ, es hat seine Vorteile, vor allem hier im Dorf.
Das Türgeläute ließ mich zusammenfahren. Nein, es war nicht Guy Leblanc. Ein kleiner Junge zerrte einen großen Koffer über die Schwelle. Kamel nahm ihm den Koffer aus der Hand, klopfte ihm auf die Schulter, deutete zur Auslage mit Kaugummi und Süßigkeiten, tauschte sich kurz mit ihm auf Arabisch aus. Mein Sohn Talut, sagte er stolz, verschwand mit dem Koffer im Büro, während sich Talut den Trägerlohn holte. Nachdem er die Süßigkeiten eingesteckt hatte, verabschiedete er sich laut, rannte unter Glockengebimmel aus dem Lokal.
Kamel winkte mich nach hinten.

Ich dachte mir, du schaust ihn dir besser hier an. Wenn der Kerl auftaucht, muss er ihn ja nicht gleich sehen. Ist der Koffer groß genug?
Das Ding sah riesig aus, aber da die Höhe, nicht die Tiefe des Koffers maßgebend war, versuchte ich zu schätzen.
Hast du einen Doppelmeter, fragte ich schließlich.
Sicher, grinste er.
Der Koffer war exakt sechzig Zentimeter hoch.
Perfekt!
Du musst mir den Koffer nicht zurückbringen, ich brauch ihn nicht mehr.
Wir gingen in den Shop zurück, ich setzte mich wieder. Kamel sah auf seine falsche Rolex.
Dein Geschäftspartner versetzt dich.
Scheint so.
Ich stand langsam auf.
Brauchst du noch etwas?
Zigaretten! Mein Vorrat ist alle.
Kamel führte meine Marke nicht, er empfahl mir eine Alternative. Ich kaufte zwei Stangen, verstaute sie im Koffer. Dann ging ich auf Kamel zu, umarmte ihn.
Warte, rief Kamel, als ich Richtung Ausgang ging.
Nimm die Hintertüre.
Er führte mich am Ladentisch vorbei in ein kleines Lager, deutete auf die Türe.
Mit dem Riesending in der Hand trat ich auf den rückwärtigen Parkplatz, der an die Stumpengeleise angrenzte, sah mich um. Kein Mensch.
Ich nahm wieder den Weg über die Felder, ließ den Blick über die schroffe Bergwand schweifen, die sich vor mir ausbreitete, stutzte. Weit oben im dunklen Fels fiel mir ein heller Punkt auf: das Martinsloch! Dieses Tor im Felsmassiv. Ich hatte davon gehört, wollte es schon einige Male aufsuchen, hatte aber keine Ahnung, dass es sich hier befindet. Lange starrte ich auf das geologische Phänomen, fand darin die Erklärung, wieso es hier in dieser Einöde überhaupt Tourismus gab.

Der steile Hang kurz vor dem Hotel brachte mich außer Atem. Keuchend bahnte ich mir einen Weg durch das Gestrüpp zur Straße hoch. Vor dem Hotel stand ein Auto! Erschrocken duckte ich mich hinter den nächsten Busch. War es Walter Branders Wagen? War er im Haus? Er durfte mich unter keinen Umständen mit dem Koffer sehen. Ich kroch rückwärts den Hang hinab bis zu einer kleinen Scheune. Dort ließ ich den Koffer zurück. Vorsichtig stieg ich wieder das steile Bord hoch. Das Fahrzeug war verschwunden. Ich wartete eine halbe Stunde, dann holte ich den Koffer.

Keuchend drückte ich die Kellertüre hinter mir zu, wartete, bis ich wieder normal atmete. Schnüffelnd ging ich den Korridor entlang. Lag da wieder dieser Geruch nach Aftershave in der Luft?

Nein, da war nichts.

Ich stellte den Koffer neben dem Tisch ab, kontrollierte den Ruheraum. Alles schien unverändert, auch das Paket in der Sauna war an seinem Platz. Ich spurtete hinauf ins Erdgeschoss – das Bild hing noch da. Ich nahm es von der Wand, kontrollierte die Rückseite. Das Klebeband schien unangetastet, meine Markierungen unversehrt. Ich hängte das Bild zurück, nahm die Treppe ins Untergeschoss.

Wieso war der Detektiv nicht erschienen?

Ich versuchte, Eric zu erreichen, um ihm mitzuteilen, dass mein Erpresser nicht aufgetaucht war. Er hatte sein Gerät ausgeschaltet. Alle paar Minuten machte ich einen erneuten Versuch, vergeblich. Endlich, beim zehnten Mal nahm er den Anruf entgegen.

Mensch, wieso musst du dein Handy ausschalten?

Ich arbeite, falls du das vergessen …

Er ist nicht erschienen, fiel ich ihm ins Wort.

Wer? Der Erpresser?

Ja.

Was heißt das?

Mein Gott, wenn ich das wüsste. Hast du Neuigkeiten über Ludmilla, weißt du, wo sie sich aufhält? Sie muss mir Mitteilungen geschickt haben.

Andy, die Polizei hat dein Smartphone, ich …
Das hast du schon gestern erklärt. Wenn du mich nicht informierst, bin ich morgen nicht mehr da. Also?
Tobi ist an der Sache dran, er hat mir verboten …
Hast du immer noch nicht kapiert? Wenn der Dorfpolizist mehr weiß als ich, kann etwas nicht stimmen. Soll ich dir sagen, was ich morgen mache? Ich gehe nach Nizza!
Es blieb ruhig in der Leitung. Ich hörte Kratzgeräusche, Rauschen, dazwischen leises Gemurmel.
Habt ihr euch endlich abgesprochen?, zischte ich wütend.
Eric räusperte sich, die Leitung war wieder offen.
Von Sarah sind einige Anrufe eingegangen.
Das kann ich mir vorstellen. Und von der Malerin?
Eine SMS.
Okay, was steht drin?
Sie … sie braucht das Paket.
Das ist alles?
Ja.
Ich bitte dich. Sie hat doch bestimmt mitgeteilt, wo sie sich aufhält.
Nein.
Verkauf mich nicht für blöd, Tobi sitzt bestimmt neben dir.
Wir wollen nicht, dass du auf eigene Faust losziehst, die Situation ist … ist zu gefährlich.
Verdammt, Eric …
Es kann sein, dass sie unter Druck gesetzt wird, fiel mir Eric ins Wort.
Was soll das heißen?
Ich weiß nichts Genaues.
Was weiß die Polizei?
Es gibt verschiedene Szenarien, ihre Bitte tönte … tönte ziemlich ultimativ.
Wieso erfahre ich das erst jetzt?
Es ist zu deinem Schutz, dass wir dich nicht in alles einweihen. Tobi hat mich davon überzeugt. Mafia, KGB, was weiß ich. Jedenfalls scheint im Paket etwas zu sein, das ziemlich heiß ist.

Jetzt ist noch dieser Erpresser aufge… Entschuldige kurz.
Wieder hörte ich nur Rauschen. Wie heißt er, sagst du?
Der Erpresser?
Ja.
Guy Leblanc.
Warte kurz.
Wahrscheinlich saß Eric in Tobis Büro. Nach einer Minute meldete er sich wieder.
Die Polizei wird sich um ihn kümmern. Du wirst von ihm nicht mehr behelligt werden. Wenn du im Hotel bleibst, kann dir nichts passieren.
Wieso bist du dir da so sicher?
Vertrau mir einfach.
Verdammt, Eric, du verheimlichst mir etwas. Ist er geschnappt worden?
…
Eric, du verarschst mich, ich hau ab hier.
Andy, beruhige dich.
Okay. In welchem Hotel wohnt sie?
Es wurde wieder still in der Leitung.
Tobi sagt, er wisse es nicht.
Es ist ein teures Hotel, er weiß Bescheid, spiel nicht den Naiven.
…
Sie ist… warte…
Verdammt! Eric…
Moment.
…
Sie ist nicht mehr in Nizza, Tobi sagt, er habe sie verlo…
Lügner!
Unfähig, noch einen Ton über die Lippen zu bringen, saß ich auf dem Stuhl neben der Türe, die Hand mit dem Handy lag auf meinem Knie. Ich vernahm Erics Stimme von weit weg, mal lauter, mal leiser, irgendwann wurde es still.
Ich erwachte auf der Liege, hörte die Vögel vor dem Lichtschacht. Gleichzeitig wusste ich, das war meine letzte Nacht in diesem Loch.

9

Tobi kommt unangemeldet, bleibt dann meistens zum Kaffee, zum Essen. Es ist unangenehm. Wenn er wenigstens Neuigkeiten von Andy mitbringen würde. Natürlich weiß er immer, wo ich mich aufhalte, eine beklemmende Vorstellung. Manchmal holt er Jonas von der Krippe ab, spielt mit ihm. Jonas ist stolz darauf und macht gerne mit. Mir fehlt die Energie, diese Pflichten selbst zu übernehmen, Anna laugt mich aus.
Von Tobi erfahre ich lediglich vage Andeutungen. Andy sei unwissentlich in etwas hineingeraten. Mehr dürfe er nicht sagen.
Ich habe Eric zur Rede gestellt. Er rückte damit heraus, dass Andy unter Zeugenschutz stehe. Er sei in einem Versteck in Sicherheit, es fehle ihm an nichts.
Zeugenschutz …
Wie in einem Krimi!
Wie lange diese Situation noch andauern wird, konnte oder wollte Eric nicht sagen.

Ich duschte ausgiebig. Vielleicht würde ich länger nicht mehr dazu kommen. Danach stellte ich mich vor den Spiegel. Dieser Typ, der mich anstarrte, hatte nichts mehr mit dem Andy Heim zu tun, den ich kannte. Wild, ungepflegt, verbissene Gesichtszüge, Augen, die etwas ausstrahlten, das mich in meinen Absichten bestätigte: Willenskraft.
Ich machte Kaffee, setzte mich an den Tisch, überlegte. Eric hatte mir nur einen Bruchteil von Ludmillas SMS mitgeteilt, trotzdem – es war ein Hilferuf.
Es ist zu deinem Schutz, dass wir dich nicht in alles einweihen, hörte ich Eric sagen.
Shit!

Ich stand auf, begann, meine Zelle abzuschreiten.
Behielt Eric diese Information tatsächlich zurück, um mich aus der Schusslinie zu nehmen? Denkbar. Aber wahrscheinlicher war, dass man mich ruhigstellte, damit ich die Ermittlungen der Polizei nicht störte. Anderseits ... Kümmerte sich die Polizei überhaupt um meine Verfolger?
Vor dem Lichtschacht blieb ich stehen, kratzte mich am Kinn. Möglicherweise ...
Langsam setzte ich mich wieder in Bewegung.
Möglicherweise wurde erst nach dem Eingang der SMS erkannt, dass die Sache Potenzial hatte und dass dabei das Paket eine entscheidende Rolle spielte. Eric hatte einen Fehler gemacht, als er es mir überließ, deshalb hatte man versucht, an den Inhalt zu kommen. Dass die Polizei das Paket nicht offiziell einforderte, war suspekt, aber es passte zu meiner Verbannung. Hier war gar nichts offiziell, auch Tobis Kontakte zu Walter Brander nicht. Es hätte mich nicht erstaunt, wenn Tobi auf eigene Faust ermittelte. Witterte er ein großes Ding, mit dem er sich profilieren konnte?
Ich hockte mich wieder an den Tisch, nahm einen Schluck Kaffee. Oder sie warteten tatsächlich nur ab, bis Gras über die Sache gewachsen war.
Nein. Sie wollten mich als Lockvogel benutzen!
Unversehens schien mir diese Variante am plausibelsten.
Aber verdammt, es waren alles Vermutungen! Nur eines war klar: Ludmillas Schicksal war ihnen egal.
Shit, wenn sie gekidnappt worden war, konnte ich nicht zuwarten.
Ich nahm den Koffer, legte ihn offen auf den Tisch. Dann holte ich das Bild aus dem Büro, riss das Klebeband vom Rücken, zog Bild und Skizzenheft hervor, umwickelte beides mit dem Leintuch, legte das Bündel vorsichtig in den Koffer, polsterte es mit der Decke. Die Landschaft in Öl brachte ich ins Büro zurück, das Paket mit den Zeitungen ließ ich in der Saunakabine. Außer der Tasche mit dem Laptop und den wenigen persönlichen Effekten ließ ich alles liegen. Fast alles. Das Armeemesser steck-

te ich ein. Die beiden Bücher aus der Dorfbibliothek arrangierte ich aufgeschlagen auf dem Tisch, die «Geschichte der Malerei im 20. Jahrhundert» beim Künstler Alberto Giacometti. Walter Brander sollte den Eindruck erhalten, ich wäre auf einem kurzen Ausflug.

Es nieselte, Nebelfetzen schlichen den Hängen entlang. Ich schloss ab, legte den Schlüssel auf die Stützmauer.

Ich nahm den Weg über die Wiesen, mit dem Koffer wagte ich mich nicht auf die Straße. Die Bushaltestelle lag hinter Kamels Tankstelle beim alten Bahnhof am Dorfausgang. Unter dem Vordach hing ein Fahrplan. Der nächste Bus fuhr erst in einer Stunde. Hier konnte ich nicht bleiben, der Ort war zu exponiert. Ich ging hinüber zur Tankstelle.

Kamel schoss hinter dem Tresen hervor, als ich unter Gebimmel den Shop betrat, kam auf mich zu.

Gut, dass du nochmals vorbeikommst. Ich muss dir etwas zeigen. Nimmst du einen Kaffee?

Gerne. Hast du etwas vom Detektiv gehört?

Ich denke, ja.

Das heißt?

Ich zeig's dir gleich.

Ich setzte mich rätselnd an ein Tischchen, stellte mein Gepäck daneben.

Während sich Kamel an der Espressomaschine zu schaffen machte, schielte er auf meinen Koffer.

Bringst du ihn zurück?

Nein, nein, ich warte auf den Bus.

Kamel stellte zwei Tassen auf den Tisch, legte die Zeitung vor mich hin, drehte den ersten Bund um, deutete auf die Rubrik «Unfälle und Verbrechen».

Hier.

Toter aus Walensee geborgen.

Beim Linth-Delta in Wesen wurde gestern Mittag die Leiche eines Mannes geborgen. Die Polizei hat Ermittlungen aufgenommen, ein Verbrechen wird nicht ausgeschlossen.

Dein Mann. Deshalb ist er nicht gekommen.
Ich starrte auf die kurze Notiz, lehnte mich zurück, sah Kamel an.
Mein Gott, wie kommst du darauf, dass er es ist?
Kamel schenkte mir einen vieldeutigen Blick, sagte, ist doch offensichtlich.
Du wirst von ihm nicht mehr behelligt werden … Das gestrige Telefongespräch mit Eric! Ich konnte spüren, wie mein Gesicht die Farbe wechselte. Tobi hatte es bereits gewusst.
Ich klammerte mich an das wacklige Tischchen, begann zu zittern, sah den russischen Geheimdienst bereits im Hinterhalt lauern.
Kamel klopfte mir aufmunternd auf die Schulter.
Trink deinen Kaffee, bevor er kalt ist.

Der Schaffner pfiff, die Schiebetüren schlossen sich piepsend, ich warf mich im letzten Moment zwischen die Türflügel, schlüpfte durch, war drin.
Schweißgebadet ließ ich mich im ersten freien Abteil auf einen Sitz fallen, Koffer und Tasche auf meinen Knien fest umklammert, ließ mich in die Polster zurücksinken. Das Schild «Ziegelbrücke» zog an mir vorbei.
Ich setzte die Sonnenbrille auf, sah mich um. Die nächsten Abteile waren besetzt. Es waren vorwiegend Rentner, auf jeden Fall war niemand dabei, der aussah wie ein Geheimdienstagent.
Ich verkroch mich wieder in meinen Sitz. Das Grau, das vor dem Zugfenster vorbeiraste, passte zu meiner Stimmung.
Die erste große Herausforderung erwartete mich bereits in einer knappen Stunde, ich musste im Hauptbahnhof Zürich den Zug wechseln. Es gab keine Alternative, es sei denn, ich würde größere Umwege in Kauf nehmen.
Meine Gedanken kehrten zu Kamel zurück. Er hatte mich fünf Minuten vor dem Abfahrtstermin des Busses aus dem Shop werfen müssen. Mit fürsorglichen Ratschlägen und den besten Wünschen für eine gute Reise schob er mich hinaus in den Regen, schloss hinter mir die Tür.

Im Bus nahm ich auf der letzten Bank Platz, nutzte den Sitz auf der anderen Seite des Gangs, um Koffer und Tasche zu platzieren. Vor mir fuhren nur drei Passagiere mit, Wandertouristen mit kleinen Rucksäcken. Bei der Einmündung in die Kantonsstraße warf ich einen kurzen Blick auf Kamels Tankstelle, hoffte vergeblich, er würde winkend unter dem Vordach stehen. Wir passierten die wenigen Dörfer abseits der Hauptstraße, fuhren an bedrohlich wirkenden alten Fabrikkomplexen vorbei nach Schwanden, wo ich auf die Regionalbahn umstieg. Dauernd sah ich auf die Uhr. Ich musste in Ziegelbrücke den Zug wechseln. Es würde knapp werden.

Toter aus Walensee geborgen … Während die verwaschene Landschaft an mir vorbeizog, sah ich die Zeilen vor mir, ging sie immer wieder durch. Verdammt, Kamel hätte mir die Meldung besser nicht gezeigt. Er wollte mich damit beruhigen, dabei … War ich der Nächste?

Tobi war über den Tod des Privatschnüfflers orientiert, Erics Reaktion ließ keine andere Interpretation zu. Erst als ich Druck aufsetzte, rückte er damit heraus, aber genauere Informationen gab er nicht preis. Ich kannte Tobi nicht, hatte ihn beim Polizeieinsatz an der Uni das erste Mal gesehen, und jetzt bestimmte er über mein Schicksal, dirigierte Eric wie eine Marionette. Er musste annehmen, dass Leblanc nicht zufällig ertrunken war. Trotzdem wollte er, dass ich im Hotel blieb – in der Falle. Walter Brander hätte gegen die Typen kaum etwas ausrichten können, Tobi hätte mich geopfert.

Wieso?

Natürlich wollte er die Information zurückbehalten, weil er befürchtete, dass ich abhauen würde. Plötzlich sah ich den Zusammenhang. Er wollte auf keinen Fall, dass ich mich mit dem Paket unkontrolliert davonmachte!

Langsam setzte sich im Gemenge meiner Gedanken die Gewissheit ab, dass ich die einzig richtige Wahl getroffen hatte – die Flucht nach vorne!

Die steilen Berghänge rückten weiter auseinander, meine Anspannung begann sich zu lösen. Ich musste an Kamel und

Helen denken, die ich im Tal zurückließ, redete mir ein, es sei letztlich ein Wink des Schicksals gewesen, dass Helen nicht mehr vorbeikommen durfte. Wenn sie mich weiter betreut hätte, wäre ich vermutlich immer noch in der Alpenrose.

Wir passierten bereits Thalwil. Unversehens besetzten Sarah und Jonas meine Gedanken. In der Aufregung hatte ich auch beim letzten Gespräch mit Eric vergessen zu fragen, wie es ihnen ging. Hatten sie immer noch Polizeischutz? Vielleicht waren sie auf sich gestellt und Eric hatte die Maßnahme lediglich erwähnt, um mich zu beruhigen. Was konnte ich ihm noch glauben?

Ich sah auf den Koffer, der neben mir auf dem Boden stand. Wegen eines Gemäldes hatte ich meine Familie verlassen. Was für ein Irrsinn!

Wir tauchten aus dem Tunnel an die Oberfläche.

Sollte ich den Koffer einfach stehen lassen, abhauen und zu ihnen zurückkehren?

Ich atmete tief ein, sah aus dem Fenster, fixierte einen Punkt in der Unendlichkeit. Der Zug fuhr ratternd über das Geleisefeld vor dem Hauptbahnhof, rüttelte mich wach.

Nein! Es war unmöglich, ich konnte Ludmilla nicht im Stich lassen, ich durfte nicht. Sarah und Jonas mussten warten. Ich würde ihnen alles erklären.

Ich stand auf, stellte den Koffer in den Gang. Als wir im Bahnhof einfuhren, stand er im Weg, ich schob ihn wieder zurück, ließ den anderen Fahrgästen den Vortritt. Ich stieg als Letzter aus, sah mich um wie ein Dieb. Mein Zug nach Lausanne fuhr am anderen Ende des Bahnhofs auf Gleis 14. Ich mied die Bahnhofhalle, nahm die Unterführung. Meine hektischen Schritte, die Sonnenbrille, der Koffer – ich kam mir vor wie ein Schwerverbrecher, der zur Fahndung ausgeschrieben ist. Aber niemand drehte sich nach mir um, niemand hielt mich auf. Ich hastete die Treppe hoch auf den Bahnsteig, lief gegen eine Wand von Menschen, Gepäck, Postwagen. Zugbremsen quietschten, Lokomotiven zischten, Ansagen dröhnten, es stank nach

Grillbratwurst. Ich suchte die Anzeige. Lausanne. Ich war richtig, flüchtete in den nächsten Wagen, wo ich gleich stecken blieb. Vor mir stauten sich die Fahrgäste, kämpften um einen freien Sitzplatz. Ich zwängte mich mit meinem Gepäck durch die Menge, Wagen für Wagen, fand schließlich direkt hinter der Lokomotive noch einen Sitzplatz inmitten einer Gruppe asiatischer Touristen. Den Koffer konnte ich vor mir im Gepäckabteil platzieren. Ich atmete tief durch, verkroch mich in der Anonymität. Endlich setzte sich der Zug in Bewegung, rollte langsam aus dem Bahnhof, vorbei an den Baustellen der neuen Durchmesserlinie. Es war mir, als würde ich jetzt alles zurücklassen. Mit jedem Kilometer, den der Zug zurücklegte, löste ich mich von meinem alten Leben. Sarah, Jonas, Anna verschwanden in der Ferne, Spinoza blieb ein ungelöstes Mysterium, Eric ließ ich als Kumpel von einst, Helen und Kamel als flüchtige Bekanntschaften zurück. Ja, jetzt überschritt ich die Brücke, kappte damit meine Verbindungen zu meinem bisherigen Leben. Ich war auf dem Weg nach Nizza – ich war auf dem Weg zu Ludmilla!
Nizza …
Ich hatte die Stadt mit Sarah kurz vor unserer Hochzeit besucht, war begeistert vom mondänen Charme, der so gar nicht zu uns passte. Wir hatten uns kein Hotel in der Stadt leisten können, übernachteten in einer kleinen Pension Richtung Antibes.
Ich sah die breiten Straßen mit den Palmen, die hochstehende Sonne, das glitzernde Meer, die Luxuskarossen auf der Promenade des Anglais, die Kulisse der exklusiven Hotelpaläste.
Hotelpaläste …
Noch wusste ich nicht, in welchem sie logierte, aber ich würde es herausfinden. Ich würde Ludmilla finden! Sie war der Mittelpunkt, um den meine Zukunft kreisen würde.
Im Abteil neben mir kreischte eine Frau auf, riss mich aus meinen Träumen. Ich drehte den Kopf, suchte nach dem Grund. Es war nur ein verschütteter Becher Kaffee.
Verdammt, ich war noch nicht in Nizza, ich war auf der Flucht. Auf der Flucht vor meinen Verfolgern und – vor meiner Verant-

wortung. Familie, Studium, Job. Ich hatte versagt, jetzt schlich ich mich davon. Kläglich und gleichzeitig … mutig, denn ich hatte keine Ahnung, was mich erwartete, worauf ich mich einließ. Unwillkürlich kam mir in den Sinn, was der Privatschnüffler gesagt hatte. Ludmilla betreibe dubiose Geschäfte mit Kunstwerken. Bisher hatte ich sie als Opfer gesehen, von ihrem Arbeitgeber, der Orlow & Frères SA, fallen gelassen und verfolgt. Aber was wusste ich schon von Ludmilla, ich kannte sie ja kaum.

Erics Warnung blinkte wie eine Alarmleuchte auf: Wir wollen nicht, dass du auf eigene Faust losziehst, die Situation ist zu gefährlich.

Bern lag bereits hinter uns, ich begann meine nächsten Schritte zu planen. Ich würde erst kurz vor zwanzig Uhr in Vallorbe eintreffen. Ich hatte den Ort als Ausgangspunkt für mein Vorhaben gewählt. Vallorbe ist klein, ein Grenzort abseits der großen Verkehrsströme. Ich kannte die Gegend nicht, war noch nie dort gewesen, wollte deshalb meine Route über die Grenze rekognoszieren. Dafür musste ich mindestens einen Tag einsetzen. Ich würde mir ein Hotel suchen müssen.

In Lausanne hatte ich zwanzig Minuten Aufenthalt. Ich kaufte mir an einem Imbissstand eine Flasche Mineralwasser und ein Sandwich.

Im Regionalzug war es noch enger, alle Sitzplätze waren belegt. Die Fahrt war zermürbend, wir kamen kaum vom Fleck, hielten an jeder Station.

Der Bahnhof von Vallorbe war größer als erwartet. Hatte ich mich getäuscht, war der Ort doch nicht so klein? Der Ausgang lag ein Geschoss tiefer. Ich nahm die Treppe, die wie in einem Palais vornehm an einem riesigen Ölgemälde vorbeiführte, landete auf dem Bahnhofvorplatz. Ich hatte Leuchtreklamen, Passanten, Verkehr erwartet, aber in meinem Blickfeld lag nur blanke Leere. Da war kein weiteres Gebäude, geschweige denn eine Pension oder ein Hotel, lediglich eine Zufahrtsstraße. Der

Bahnhof musste oberhalb des Dorfes liegen. Es regnete. Unentschlossen wartete ich unter dem massiven Vordach, aber der Regen ließ nicht nach. Ich fragte einen Passanten, der mir einheimisch schien, wo ich ein Zimmer finden könnte. Er sah mich verwundert an, überlegte kurz, erwähnte eine Pension in Lignerolle, etwa zehn Kilometer von hier.
Gibt es einen Bus dorthin?
Ja, der Fahrplan hängt dort drüben.
Ich bedankte mich, ging zur Haltestelle, versuchte, im trüben Licht den Fahrplan zu entziffern. Linie 685. Der letzte Bus war vor zwanzig Minuten gefahren.
Verdammte Scheiße, es gab nicht mal einen Taxistand!
Ich sprach Autofahrer an, die im Begriff waren, in ihre abgestellten Fahrzeuge zu steigen, ohne Erfolg.
Als ich mich schließlich auf den Weg Richtung Dorf machte, fuhr ein Taxi vor, lud jemanden aus. Ich spurtete los, winkte. Der Fahrer wartete. Als ich auf gleicher Höhe war, ließ er das Seitenfenster einige Zentimeter nach unten fahren. Ich nannte ihm mein Reiseziel. Das Seitenfenster schloss sich summend. Hatte er mich verstanden? Überraschend stieg er aus, öffnete die Heckklappe, wollte mir den Koffer abnehmen. Ich winkte ab, legte ihn sachte in den Laderaum, die Tasche daneben.
Das Wageninnere stank nach Rauch, der Wunderbaum war überfordert. Wortlos fuhren wir durch den Regen. Das rhythmische Schlagen der Scheibenwischer, die nassen Reifen auf dem Asphalt und ein gelegentlicher Funkspruch begleiteten unser Schweigen.
Die Straße führte leicht bergauf Richtung französische Grenze. Da wollte ich nicht hin. Bereits überlegte ich, den Fahrer darauf anzusprechen, aber dann bogen wir bei einem Kreisel rechts ab. Die Straße blieb jetzt kurvig auf gleicher Höhe. Endlich Häuser, ein Dorf. Aber die Fahrt ging weiter. Ich schielte auf den Taxameter: bereits 24 Franken. Das zweite Dorf. Der Taxifahrer verlangsamte, bog vor der Kirche links ab, fuhr auf einen kleinen Platz, hielt vor einem unscheinbaren Gebäude. Mit einer Kopfbewegung deutete er an, dass dies das Ziel meiner Reise

sei. Ich bezahlte, nahm vorsichtig Koffer und Tasche an mich, sah mich um. Es gab nur ein Haus, das infrage kam. Zweigeschossig mit mächtigem Dach machte es einen verwahrlosten Eindruck, das Schild Auberge du Cerf war kaum noch zu lesen, aber hinter den Erdgeschossfenstern brannte Licht. Das Taxi wendete, fuhr zurück, ich nahm die ausgetretenen Stufen zum Eingang. Das Innere des Gebäudes wirkte überraschend frisch und aufgeräumt. Eine nette Dame begrüßte mich auf Französisch. Ich versuchte ihr zu erklären, dass ich ein günstiges Zimmer suchte.

Die günstigste Variante sei das Dortoir, sagte sie. Vierzig Franken mit Frühstück. Als sie meinen fragenden Blick auffing, lächelte sie und versuchte mir zu erklären, was mit Dortoir gemeint sei. Schließlich zeigte sie mir das Rätsel, es war ein größeres Zimmer mit hölzernen Etagenbetten.

Zurzeit sei sonst niemand hier einquartiert.

Ich nickte, legte Tasche und Koffer auf das erste Bett auf der unteren Ebene, stieg hinter der freundlichen Dame zurück ins Erdgeschoss. Wird sie meine Personalien aufnehmen?, fragte ich mich unvermittelt, hoffte zumindest, dass sie keinen Ausweis verlangen würde. Angestrengt suchte ich nach geeigneten Namen: Andreas, Peter, Roland, Roman … Steiner.

Aber sie stellte keine Fragen, führte mich in den Speisesaal. Erleichtert setzte ich mich an einen Tisch.

Der Fisch war vorzüglich zubereitet, die Preise im Rahmen, ich leistete mir einen halben Liter Rotwein. Ich schenkte mir nach, lehnte mich zurück, wollte …

Der Koffer! Er war oben im Zimmer frei zugänglich!

Ich stürzte aus der Gaststube, eilte die Treppe hoch, riss die Türe auf – mein Gepäck lag auf dem Bett.

Ich kehrte an den Tisch zurück, nahm einen großen Schluck Wein.

Sollte ich fragen, ob ich den Koffer irgendwo einschließen könnte?

Nein. Ich musste auf meiner Reise an die Côte bestimmt noch größere Risiken in Kauf nehmen.

Gegen elf ging ich nach oben, benutzte das Etagenbad, fiel ins Bett, schlief wie ein Stein.
Als ich aufwachte, war es zehn Uhr. Dabei hatte ich mir vorgenommen, früh aufzubrechen. Ich verzichtete auf die Dusche, zog mich hastig an, eilte die Treppe hinunter.
Avez-vous bien dormi?, fragte die nette Dame, als ich die Gaststube betrat. Sie deutete auf den einzigen Tisch, der zum Frühstück aufgedeckt war.
Ohne Landkarte war es sinnlos, hinauf in die Hügel zu marschieren. Ich erkundigte mich, wie ich nach Vallorbe kommen könne. Sie sah auf die Uhr, deutete aus dem Fenster auf den Platz. Der Bus fahre in zwanzig Minuten, die Haltestelle liege gleich vor der Pension. Ich holte die Dusche nach, putzte mir die Zähne, schob den Koffer unter das Bett, stand fünf Minuten zu früh auf dem Platz. Gott sei Dank regnete es nicht mehr.
In Vallorbe wechselte ich in einer kleinen Tankstelle zweihundertfünfzig Franken in Euro, der Weg auf die Bank schien mir zu riskant. In der Hauptgasse fand ich ein Geschäft, das neben Raucherwaren und Souvenirs auch Landkarten führte. Die Karte Orbe war im Drehgestell vorhanden, sogar im Maßstab 1:25 000. Mit der Karte verließ ich den Laden. Direkt gegenüber, auf der anderen Straßenseite, lag ein Restaurant. Le France. Wieso hieß es nicht La France? Ich spähte durch das Fenster, das Lokal war leer. Ich setzte mich an einen Fenstertisch, bestellte Kaffee. Als die Tasse serviert wurde, zeichnete ich auf der Karte bereits mit dem Finger Sträßchen und Wege nach. Irgendwie musste ich auf meiner Route in Frankreich wieder auf einen Bahnhof treffen. Lignerolle war der perfekte Ausgangspunkt, stellte ich fest. Die Landwirtschafts- und Forstwege waren hier fernab von Hauptstraße und Bahnlinie. Ich entschied mich schließlich für die Variante Jougne als Zielort, dort würde bestimmt ein Bus zum nächsten Bahnhof fahren. Zufrieden faltete ich die Karte zusammen, bezahlte.
Es war Mitte Nachmittag, als ich losmarschierte – ohne Koffer und Tasche. Die Karte hatte ich so gefaltet, dass ich den richtigen Ausschnitt vor Augen hatte.

Das Fahrsträßchen führte an neuen Einfamilienhäusern und am Friedhof vorbei zum Waldrand oberhalb der Siedlung. Bei der Wegkreuzung fiel mir ein eigenartiges Gebäude auf. War es ein Stall, ein Forstgebäude? Es entpuppte sich als Bunker, als zweiseitig getarnter Geschützstand. Der Weg, den ich gewählt hatte, schien offensichtlich strategische Bedeutung zu haben. Im Waldgebiet wurde die Straße steiler. Sie blieb asphaltiert, ich kam gut vorwärts. Auf der Anhöhe lichtete sich der Wald, grüne Weiden breiteten sich vor mir aus. Ich stieß auf eine Fahrstraße, die zu einem größeren Anwesen führte, dessen Zweck sich mir nicht erschloss. Vermutlich war es eine Schule oder ein Heim für Kinder, weiter vorne spielten Jungs auf einem kleinen Fußballplatz. Kurz danach stand ich an einer Weggabelung. Es gab drei Wege, die alle nach Frankreich zu führen schienen. Nachdem ich die Karte konsultiert hatte, entschied ich mich für den mittleren: eine Schotterpiste mit einem Fahrverbot. Sie führte steil bergauf, querte mit Steinen durchwirkte Weideflächen mit einzelnen malerischen Fichtengruppen. Nach einer halben Stunde erreichte ich die Grenze, den höchsten Punkt des Hügelrückens. Es gab keinen Zaun, keine Grenzsteine, kein Steinmäuerchen, wie es sonst in der Gegend viele gab – nichts markierte den Grenzverlauf. Lediglich ein Schild auf der Schweizer Seite deutete darauf hin. Ich lief weiter, war in Frankreich. Konnte es tatsächlich so einfach sein, unerkannt die Grenze zu überschreiten? Der Weg war jedenfalls auch mit einem Koffer problemlos zu schaffen. Als ich weiter unten die Häuser von Entre les Fourgs erkennen konnte, machte ich kehrt.
In der Pension war ich immer noch der einzige Gast im Schlafsaal, der Koffer lag an seinem Platz.
Ich nahm eine Dusche, ging hinunter zum Abendessen. Die Gaststube war gut besetzt, ich verdrückte mich an einen Tisch in der Ecke.
Ich schlief unruhig und erwachte früh. Nach dem Frühstück bezahlte ich, holte mein Gepäck, steckte eine Flasche Wasser und zwei Äpfel vom Buffet ein, marschierte los. Der Himmel war wolkenverhangen, die Temperatur angenehm, es regnete

nicht. Ich hatte nur leichtes Gepäck dabei, aber ich kam deutlich langsamer voran als am Vortag. Nachdem ich die Waldpartie hinter mir hatte, musste ich eine erste Pause einlegen. Die Weideflächen auf der Anhöhe waren einfacher zu begehen, aber jegliche Deckung fehlte. Auf einmal kam ich mir vor wie ein Flüchtling.

Hatte ich mit diesem Gedanken etwas ausgelöst?

Ich vernahm Motorenlärm, der sich schnell näherte. In der Nähe gab es weder Bäume noch Sträucher, einzig einen Holzstapel. Ich rannte los, duckte mich dahinter. Das Geräusch wurde lauter, ein Dieselmotor. Jetzt Knirschen großer Räder auf Schotter. Das Fahrzeug fuhr vorbei, hielt weiter vorne. Stimmen. Waren es Grenzwächter? Ich wagte nicht, nachzuschauen, hockte regungslos hinter der Holzbeige. Irgendwann vernahm ich den Lärm von Motorsägen. Waren es lediglich Forstarbeiter? Ich riskierte einen Blick in die Richtung, wo ich das Fahrzeug vermutete. Ein grüner Geländewagen, weiter vorne auf der Wiese. Mein Weg führte daran vorbei. Ich überlegte, einen großen Boden zu schlagen, verwarf die Idee, beschloss, hinter dem Holzstapel zu warten, bis der Wagen weg war. Immer wieder fuhr meine Hand zum Zigarettenpäckchen, immer wieder schüttelte ich den Kopf.

Unversehens Stimmen, ganz nah. Verdammt, ich musste eingedöst sein. Bereits hatte ich den Griff des Koffers gepackt, wollte losrennen, als ich Motorengeräusch vernahm. Das Fahrzeug fuhr an meinem Versteck vorbei talwärts, ich atmete auf. Nach einer Minute spähte ich vorsichtig über den Holzstapel, sie waren weg. Ich erhob mich stöhnend, dehnte meine Glieder, steckte mir eine Zigarette an, rauchte wie ein Junkie.

Als ich zurück zur Schotterpiste stapfte, wurde mir bewusst, dass es im Bereich der Grenze keine Deckung mehr geben würde. Ein Wanderer mit Tasche und Koffer würde auffallen. Ich verkroch mich wieder hinter meine Deckung, paffte ein halbes Päckchen, aß einen Apfel

Bei Anbruch der Dämmerung marschierte ich los. Unter einem dunkel verhangenen Himmel pfiffen Windböen über den

Hügelkamm, wirbelten durch die verstreuten Fichtengruppen, zerrten an meinem Koffer. Gleich würden die ersten Flugzeuge auftauchen, die ersten Bomben fallen. Weit vorne sah ich das Schild, begann zu rennen, der Koffer schlug gegen mein Knie, der Riemen der Tasche drückte auf die Brust. Ich keuchte, japste nach Luft, stolperte, mit einem Mal ging es bergab. Ich war in Frankreich!

Im nächsten Waldstück blieb ich nach Atem ringend stehen, setzte Koffer und Tasche auf die Schotterpiste, ging erschöpft in die Hocke, wartete unter den rauschenden Bäumen, dass sich mein Puls beruhigte. Mittlerweile war es dunkel und kalt geworden.

Ich erhob mich, sah in die Dunkelheit. Nirgendwo ein Licht. Nachdem ich meine Blase entleert hatte, packte ich mein Gepäck, marschierte weiter. Der Pfad war gut sichtbar, der helle Juraschotter hob sich von der Umgebung ab. Weit unten im Tal konnte ich die Lichter eines Dorfes erkennen. Als ich auf den ersten Bauernhof traf, war ich so geschafft, dass ich mich in eine offene Garage wagte. Ich zwängte mich an einer landwirtschaftlichen Maschine vorbei, hockte mich in die Ecke hinter das Gefährt. Im Dunkeln leerte ich meine Wasserflasche, aß den zweiten Apfel, schlief sitzend ein.

Motorenlärm weckte mich, erschrocken riss ich die Augen auf. Das Fahrzeug tuckerte in einer Dieselwolke aus der Garage. Hustend rappelte ich mich auf, nahm mein Gepäck, trat hinaus in den Nieselregen. Vor mir auf dem Wiesenhang schälten sich die Gerippe zweier Schlepplifte aus dem Nebel, weiter unten mehrere Gebäude, darunter auch Ferienhäuser im Chalet-Stil. Die Ansiedlung musste Entre Les Fourgs sein. Bis Jougne waren es noch etwa fünf Kilometer, nahm ich an – meine Karte deckte die Gegend nicht mehr ab.

Bei einer Kapelle traf ich auf eine asphaltierte Straße, die den Hügelzug entlangführte. Der Wegweiser, ein hölzerner Pfeil, auf dem «Jougne» stand, deutete hinab in den Wald. Aber da war kein Weg, einzig ein Trampelpfad, der über ein steiles Wiesenbord führte. War es lediglich eine Abkürzung? Mit kleinen,

vorsichtigen Schritten rutschte ich über den Grashang, erreichte den Wald. Die Spur verlor sich im nassen Unterholz.
Shit! Ich machte kehrt, kletterte wieder den Hang hinauf. Zurück auf der Straße rätselte ich, welche Richtung ich einschlagen musste, es gab keine weiteren Wegweiser und da war niemand, den ich hätte fragen können. An einer Hausfassade erkannte ich schließlich das Schild Rue de Jougne, ich marschierte los. Mittlerweile regnete es in Strömen, ein kalter Wind fegte in Böen von den nebelverhangenen Hängen. Mein Koffer hatte sich dunkel verfärbt, triefte, war deutlich schwerer geworden. Ich musste das Gemälde schützen! Etwas abseits der Straße stand der eingerüstete Rohbau eines Wohnhauses, es schien niemand zu arbeiten. Ich nahm die geschotterte, steile Zufahrt, stieg über das Gerüst durch eine Fensteröffnung ins Innere, landete in einer Wasserlache. Zigarettenkippen schwammen in der Pfütze, Wasser tropfte von der Decke, Wind pfiff durch die dunklen Innenräume. Ich legte den Koffer auf zwei Kanthölzer, stellte die Tasche daneben, klaubte das Zigarettenpäckchen aus der Jackentasche. Es war feucht, aber ich fand eine Zigarette, die trocken genug war, stellte mich in eine windgeschützte Nische, zündete sie an. Im Halbdunkel begann ich mich umzusehen. Irgendwo raschelte es. Auf der Rückseite des Gebäudes wurde ich fündig. Eine Plastikfolie, die sich gelöst hatte, flatterte im Wind. Ich zückte das Armeemesser, schnitt eine Bahn von etwa zwei Metern ab. In einem der Zimmer fand ich einen Lappen, mit dem ich die Folie trockenrieb.
Als ich den Koffer öffnete, bestätigten sich meine Befürchtungen, die Decke war feucht, das Tuch auf einer Seite nass. Ich löste es, legte es auf einen Gerüstbock, wickelte Gemälde und Skizzenheft vorsichtig in die Folie, bettete beides danach wieder in das Leintuch. Erleichtert legte ich meinen Schatz zurück in den Koffer, polsterte mit der Decke.
Ich zog die Kapuze tief ins Gesicht, schlitterte über den Schotterweg hinunter auf die Straße. Nach ein paar Hundert Metern stellte ich fest, dass ich in die falsche Richtung lief, Jougne musste im Westen liegen, aber ich ging nach Osten. Ich verlang-

samte, schaute zurück. Die letzten Häuser des Weilers lagen bereits außer Sichtweite. Ich entschied, noch zehn Minuten weiterzulaufen. Linker Hand fiel der Hang steil ab in ein bewaldetes Tal. Nach fünf Minuten beschrieb die Straße eine enge Linkskurve und erreichte den Talgrund. Ab hier folgte sie einem Bach durch Waldgebiet Richtung Westen, jetzt stimmte die Richtung. Dauernd redete ich mir ein, das Dorf müsse gleich auftauchen, aber da waren nur Bäume. Endlich erreichte ich eine Lichtung, aber von Jougne keine Spur. Die Straße stieg wieder bergan, ich hatte die Schnauze voll. Bereits hielt ich Ausschau nach einem Unterstand, als ich rechter Hand auf der Anhöhe die Kirche erblickte. Dahinter traf ich auf den Dorfplatz, um den sich Kirche, Post und ein antikes Steingebäude locker gruppierten. Ich vernahm Verkehrsgeräusche, ging weiter, stieß auf eine breitere Straße. War es die Hauptstraße, fuhr hier ein Bus? Ich sah mich um, konnte nirgendwo eine Bushaltestelle ausmachen. Ich blieb stehen, kam mir vor wie ein bockiger Esel, mein Vorrat an Wanderlust war aufgebraucht.
Das Restaurant auf der anderen Straßenseite erschien mir wie eine Fata Morgana. Mit unsicheren Schritten ging ich darauf zu, drückte die Klinke, die Türe ließ sich öffnen, ich trat ein. Der Wirt kam hinter dem Tresen hervor, begrüßte mich wie einen alten Bekannten. Beinahe hätte ich ihn umarmt.
Ich hängte meine nasse Jacke in die Garderobe, setzte mich an einen Fenstertisch, bestellte ein Frühstück. Es waren keine anderen Gäste im Lokal. Ich ließ Tasche und Koffer am Tisch zurück, ging auf die Toilette, klatschte mir Wasser ins Gesicht, fuhr mir mit den Händen durch die nassen Haare. Zurück im Restaurant blieb ich wie vom Donner gerührt stehen – Koffer und Tasche waren weg. Der Wirt kam lachend zu mir, deutete auf die Garderobennische, er habe mein Gepäck aus dem Weg geräumt. Ich legte die rechte Hand aufs Herz, atmete aus.
Ici, on vole pas, sagte er bestimmt.
Das Frühstück war reichhaltig, Butter, Käse und Wurst. Ich fragte den Wirt zwischen zwei Bissen, wie ich ohne eigenes Auto zum nächsten Bahnhof kommen könnte. Er konsultierte seine

Uhr, sagte, in einer halben Stunde fährt der Bus nach Frasne. Die Haltestelle ist gleich hier. Direkt vor dem Restaurant, ergänzte er, als er meinen zweifelnden Blick bemerkte.
Ich aß zu schnell, bezahlte überhastet, wollte auf keinen Fall den Bus verpassen. Dann stand ich zehn Minuten im Regen, der Bus hatte Verspätung. Ich stieg ein, löste beim Fahrer das Ticket, ging den Gang entlang nach hinten, setzte mich mit meinem Gepäck auf die hinterste Sitzbank.
Die Gegend war eintönig, sanft gewellte Hügelrücken, Weiden, gefleckte Kühe wie aus Holz geschnitzt. Auch die Dörfer glichen sich. Ehemalige Bauernhöfe säumten die Straße, dazwischen gigantische Kirchen. Erst als die Strecke überraschend durch ein Tal mit reicher Vegetation in eine tiefer gelegene Geländestufe wechselte, wurde es spannender. Linker Hand konnte ich die Schienen der Eisenbahn erkennen. Wir erreichten eine bewaldete Ebene, die dann wieder in Weidefläche mündete, durchsetzt von Tümpeln und Teichen. Wie aus dem Nichts tauchten Häuser auf. Ich war perplex, als der Chauffeur Frasne Station meldete, ich hatte eine Stadt erwartet.
Der Bus hielt vor einem unscheinbaren Gebäude. War das der Bahnhof? Im Vergleich zu Vallorbe war es ein Schuppen. Ich verließ als Letzter den Bus, flüchtete im strömenden Regen mit meinem Gepäck hinüber zum Stationsgebäude unter das Vordach. Unschlüssig sah ich mich um. Ein grauer Golf bog eben hinter dem Bus in eine Parklücke ein. Im ersten Moment fand ich keine Erklärung, wieso ich das Manöver so interessiert verfolgte, aber dann wurde mir klar: Den Wagen hatte ich heute schon einmal gesehen. Es war ein spezielles Grau, deshalb war er mir aufgefallen. Stand er in Jougne vor dem Restaurant? Ein junger Mann stieg aus, groß, hager, Jeansjacke, blickte kurz hinüber zum Bahnhof, wandte sich dann ab, verschwand hinter dem Tabakladen.
Es ließ mir keine Ruhe. Ich ging mit meinem Gepäck hinaus in den Regen, überquerte die Straße. Ein Zürcher Kontrollschild. Hatte man mich aufgespürt? War er von der Polizei? Beschattete er mich? Beschützte er mich? Ich musste Gewissheit haben,

schlug die Richtung ein, in die er verschwunden war, aber ich konnte ihn nirgends ausmachen. Ratlos hastete ich zurück unter das Vordach.
Im Bahnhofgebäude erfragte ich am Schalter die nächsten Verbindungen nach Nizza. Am Abend fuhr noch ein Zug, aber in Dijon hätte ich mitten in der Nacht sechs Stunden Aufenthalt. Ich beschloss, erst morgen zu fahren. Für das Ticket bezahlte ich lediglich einundfünfzig Euro inklusive TGV-Zuschlag. Ich war überrascht, dass hier in der Einöde überhaupt ein TGV hielt. Der Zug fuhr morgen früh kurz nach neun, ich war gezwungen, ein Zimmer zu suchen.
Bereits bei der Anfahrt hatte ich meine Erwartungen revidieren müssen, das Dorf war nicht mehr als eine Ansammlung von Häusern links und rechts einer Schwerverkehrsstraße inmitten von Wiesen und Feldern. Hotels würde ich hier vergeblich suchen. Ich lief die Straße entlang von einem Dorfende zum andern. Viele Häuser machten einen verwahrlosten Eindruck, das einzige Restaurant war eine Bar mit Pizzaservice. Endlich, hinter der Käserei stach mir ein Schild ins Auge, das mich optimistischer stimmte: Chambre d'Hôtes. Ich folgte dem Pfeil in eine Nebenstraße.
Das Gebäude war ein altes Bauernhaus mit renoviertem Dachgeschoss. Eine ältere Dame zeigte mir die beiden Zimmer. Sie lagen nicht im Dachgeschoss, waren überladen mit Möbeln, rochen muffig, aber es gab zumindest eine eigene Toilette mit Dusche. Ich wählte das hellere.
Ich ließ mein Gepäck im Zimmer, ging zurück auf die Hauptstraße. Die Wolkendecke hatte sich gegen Westen aufgelöst, erste Sonnenstrahlen blitzten auf, es regnete nicht mehr.
Ich hatte Hunger, aber keine Lust, in der schummrigen Bar mein frühes Abendessen einzunehmen. Mit einer Pizza und einer Büchse Bier suchte ich mir auf dem Kirchenvorplatz eine Bank, die einigermaßen trocken war, blendete Lärm und Abgase aus.
Ich verzichtete auf einen Abendspaziergang, ging zurück ins Zimmer. Es war noch hell, als ich mich ins Bett legte.

Klopfen weckte mich. Ich wähnte mich für einen Augenblick zurück im Hotel Alpenrose, vernahm eine fremde Stimme.
Il est sept heures trente!
Merci, murmelte ich, stieg aus dem Bett.
Nach einem bescheidenen Frühstück war ich bereits zehn Minuten vor neun am Bahnhof, kaufte im kleinen Tabakladen gegenüber Zigaretten. Der Wagen mit dem Zürcher Kennzeichen war weg. Ich sah mich unauffällig auf dem Bahnsteig um, mein eingebildeter Verfolger war nicht unter den Wartenden.
Der TGV kam von Vallorbe, wurde mir beim Einsteigen bewusst. Plötzlich kamen mir Zweifel, ob der ganze Aufwand nötig gewesen war, ob ich mir den Umweg hätte sparen können.
Der Zug war gut besetzt. Ich zwängte mich durch den Gang, suchte meinen reservierten Sitzplatz. Er lag in der Wagenmitte, den Koffer konnte ich nirgendwo in der Nähe abstellen. Ich setzte mich neben der Toilette auf den Boden, redete mir ein, ich leide unter Verfolgungswahn, der Golf mit Zürcher Kennzeichen sei rein zufällig mit mir in Frasne eingetroffen. Aber … es funktionierte nicht, ich konnte meine Angst nicht so einfach wegdenken.
In Dijon hatte ich zwanzig Minuten Zwischenhalt. Ich stellte mich vor dem Kiosk in die Warteschlange, sah mich um. Ich konnte nicht untätig hier stehen, ging zurück auf den Bahnsteig, ignorierte meinen knurrenden Magen, hielt Ausschau nach dem Typen in der Jeansjacke. Der Zug fuhr ein, ich gab auf.
Ich hatte gehofft, einen älteren Wagentyp mit Abteilen anzutreffen, das hätte die Unterbringung des Koffers vereinfacht, aber es waren offene Wagen. Ich fand ganz vorne einen freien Sitzplatz in der Nähe der Toilette. Koffer und Tasche verstaute ich in der Gepäcknische neben der Türe.
Kaum hatte der Zug den Bahnhof verlassen, realisierte ich, dass ich es keine drei Stunden bis Marseille aushalten würde, meine Blase drückte. Mir gegenüber saß eine Dame mittleren Alters, die in einem Frauenmagazin blätterte. Unruhig hielt ich Ausschau nach dem Schaffner, rechnete mir aus, dass mein Gepäck in dem Moment am sichersten wäre, wenn er auftauchen würde,

aber er kam nicht. Ich verlagerte meine Sitzposition, rutschte hin und her, hielt es schließlich nicht mehr aus. Ich fragte die Dame mit dem Magazin, ob sie kurz ein Auge auf mein Gepäck haben könne. Sie sah auf, runzelte die Stirn, wandte sich wieder der Zeitschrift zu. Ich eilte hinaus, erleichterte mich, wusch mir die Hände, erstarrte. Geschrei, Poltern, Schritte, die sich entfernten. Ich riss die Türe auf, sah in die Richtung meines Sitzplatzes. Die Frau stand im Gang, hob kurz die Schultern. Koffer und Tasche waren weg. Sie deutete in Richtung des nächsten Wagens, setzte sich wieder. Ich spurtete los. Nach dem Durchgang zum nächsten Wagen hielt ich kurz inne, überblickte die Lage. Nichts. Ich rannte weiter. Im vierten Wagen wurde mir bewusst, dass der Dieb hier gar nicht durchgekommen war, er musste sich irgendwo hinter mir in einer Toilette eingeschlossen haben. Ich fragte nach dem Schaffner, man deutete nach hinten. Zwei Wagen weiter stieß ich endlich auf ihn, erklärte ihm in meinem dürftigen Französisch die Situation. Er kam mit mir zurück, sah in jeder Toilette nach, wo sie besetzt war, klopfte er, wartete, bis sie frei wurde. Wir näherten uns bereits dem ersten Waggon, als er die Türe aufstieß und ihm ein Hoppla entfuhr. Er trat einen Schritt beiseite. Zuerst sah ich nur die Tasche auf dem Klodeckel, meine Wäsche und die wenigen Kleider, die ich mitführte, wild verstreut. Kein Koffer! Ich bemerkte ihn erst, als ich die Türe aufstoßen wollte. Er lag halb geöffnet dahinter. Ich zwängte mich in den Raum, versuchte, das Gepäckstück zu öffnen, aber die Toilette war zu eng. Die Umhüllung war aufgerissen, so viel konnte ich sehen. Man hatte darin gewühlt, aber … das Bild war noch da! Ich legte eine Ecke frei, atmete tief durch. Es war Ludmillas Gemälde.

Est-ce qu'il manque quelque chose?

Ich fand keine Stimme, wandte mich stattdessen der Tasche zu. Der Laptop war weg.

Le Laptop, hauchte ich. Er verstand nicht. Ich mimte das Tippen auf der Tastatur, er nickte.

Der Schaffner half mir, meine verstreuten Habseligkeiten einzusammeln, behändigte Koffer und Tasche, gab mir zu verste-

hen, ich solle ihm folgen. Im letzten Wagen hatte er ein kleines Abteil für sich. Er schob mich hinein, deutete mit einer Handbewegung an, ich solle mich setzen, stellte die Gepäckstücke vor meine Füße. Er nahm mir gegenüber Platz, zückte einen Stift, begann, ein Protokoll aufzunehmen.
Ich hätte bloß einen Verdacht, sagte ich. Er sah mich schief an, sagte okay, wie sieht der Verdächtige aus?
Ein großer junger Mann in Jeansjacke.
Mehr fällt Ihnen nicht ein?
Ich schüttelte den Kopf.
Ich habe ihn nur aus Distanz gesehen.
Wir hatten noch zwanzig Minuten bis zum nächsten Halt in Lyon. Der Schaffner schloss Tasche und Koffer ein, schob mich vor sich her, meinte, ich sollte ihm zu verstehen geben, falls ich den Mann erkennen würde. Wir gingen langsam den Gang entlang, ich schaute links und rechts, Sitz um Sitz musterte ich die Passagiere. Einmal blieb ich unsicher stehen, deutete mit wenig Überzeugung auf ein glatt rasiertes Gesicht. Der Schaffner reagierte sofort, bat den Mann höflich, uns sein Gepäck zu zeigen. Er hatte eine Aktentasche dabei, aber ein Laptop war nicht darin.
Wir suchten weiter. Kurz vor Lyon waren wir im vordersten Wagen angelangt. Die Dame sah kurz von ihrem Magazin auf. Wir gingen zurück. Der Schaffner übergab mir Koffer und Tasche, meinte, ich sollte mich in Marseille bei der Bahnpolizei melden und offiziell Anzeige erstatten, er werde seinen Rapport dahin weiterleiten.
Den Rest der Fahrt verharrte ich in einer Art Schockstarre. Die Putzequipe, die durch den Wagen streifte, schreckte mich auf. Der Zug stand, Fahrgäste waren keine mehr da. Ich spähte aus dem Fenster. Menschen, Züge, eine riesige Bahnhofshalle. Marseille! Ich packte Koffer und Tasche, hetzte hinaus, ließ mich auf dem Bahnsteig auf der ersten Bank nieder.
Glück im Unglück, versuchte ich mir einzureden. Mein Arbeitsgerät war weg und die letzten Texte zu Spinozas Lehrsätzen über die Affekte waren verloren, aber – das Gemälde war noch da.

Es war noch da!
Ich vergrub mein Gesicht in die freie Hand, versuchte, gleichmäßig zu atmen. Mein Zug fuhr in fünfzig Minuten, dann musste ich noch zweieinhalb Stunden meinen Schatz verteidigen. Ich dachte nicht daran, mich bei der Bahnpolizei zu melden, dem Schaffner hatte ich vermutlich einen falschen Namen angegeben, sicher war ich allerdings nicht. Ich konnte nicht einmal mit Bestimmtheit sagen, ob er überhaupt nach meinen Personalien gefragt hatte. Im Milieu der Gangster und Ganoven war ich immer noch ein Anfänger.
Der Zug war brechend voll, ich machte mir gar nicht erst die Mühe, einen Sitzplatz zu suchen, die nächsten zweieinhalb Stunden würde ich stehend verbringen. Dabei konnte ich mich kaum noch auf den Beinen halten, der Zwischenfall hatte mich mehr geschafft als meine Wanderung über die Grenze. Ich mied den Blick aus dem Fenster, es regnete, selbst hier an der Côte.
Zuerst würde ich mir eine Unterkunft organisieren müssen. Kein Hotel, ein möbliertes Zimmer. In einem Hotel müsste ich damit rechnen, dass nach Ausweis, Kreditkarte und Personalien gefragt wurde. Ich hatte noch etwas über hundert Euro in der Geldbörse, kein Budget für einen längeren Aufenthalt. Vielleicht ergab sich eine Gelegenheit, irgendwo ein paar Euro zu verdienen. Aber wie? Ich legte die Stirn an die kalte Scheibe. Es war reines Wunschdenken.
Endlich, um achtzehn Uhr dreißig, fuhr der Zug im Gare de Nice ein. Zaghafter Sonnenschein empfing mich. Na also.
Diesmal war ich bei den Ersten, die aus dem Zug stolperten. Der Bahnhof war kleiner als erwartet, vergeblich suchte ich nach Schließfächern. Es gab nur einen Schalter, wo man Gepäck zur Aufbewahrung abgeben konnte. Das war mir zu riskant. Unschlüssig verließ ich den Bahnhof, sah mich um. Das lang gezogene Steingebäude mit dem filigranen gläsernen Vordach öffnete sich auf einen asphaltierten Platz. Die Kulisse gegenüber entsprach nicht meinen blumigen Erinnerungen, unscheinbare Miethäuser starrten mir entgegen. Linker Hand las

ich «Hotel Interlaken», was mich kurz aus dem Gleichgewicht brachte. Ich ging zum Imbissstand auf dem Platz, bestellte ein Bier und ein Panino, setzte mich mit dem Becher auf einen der Stühle, die um kleine Tischchen gruppiert waren. Ich stürzte das Bier in einem Zug runter, hätte vermutlich noch einen zweiten Becher geleert, wenn mich die Müdigkeit nicht gelähmt hätte. Torkelnd, den Koffer in der Hand, holte ich mein Panino an der Theke, wankte zurück an den Tisch, aß langsam, atmete nach jedem Bissen tief und gleichmäßig, versuchte wach zu bleiben. Ich brauchte einen Espresso. Der Kaffee weckte mich tatsächlich – weil er meine Blase aktivierte. Der Umstand, dass ich meinen Koffer nirgendwo in Sicherheit bringen konnte, rüttelte mich vollends wach. Ich suchte die öffentliche Toilette, schleppte mein Gepäck mit ins Pissoir. Die Tasche hatte ich mir umgehängt, den Koffer hielt ich mit der linken Hand, während ich mich an der Rinne erleichterte. Am Waschbecken spritzte ich mir etwas Wasser ins Gesicht, ging zurück auf den Bahnhofplatz. Wo waren die Promenaden, die weißen Paläste? Weiter vorne fiel mir eine Infotafel auf. Ich brauchte eine Minute, bis ich auf dem Stadtplan meinen Standort fand. Wenn ich geradeaus weiterlief, kam ich auf die Avenue, die direkt hinunter zum Meer führte. Ich begann die Hotelliste zu studieren, brach das Vorhaben jedoch schnell ab. Helens Mann hatte von einem exklusiven Hotel gesprochen, das würde am ehesten an der Promenade unten am Meer zu finden sein.
Mein Weg führte an Kaffeehäusern, schummrigen Hotels und Bars vorbei. Linker Hand tauchte eine Hochstraße auf, die wie eine Fiktion über den Hausdächern schwebte. Erst als ich bei der Avenue ankam, zeigte sich das vertraute Bild, das ich von Nizza gespeichert hatte: imposante, reich verzierte Häuser mit Kuppeln, Balkonen, weißen Fassaden, teuren Ladengeschäften, ein breiter Boulevard, von Bäumen gesäumt. Nur der wolkenlos blaue Himmel fehlte. Ich bog rechts ab, schleppte mich meinem Ziel entgegen, aber die Straße wollte nicht enden. In meinem Zustand würde ich es kaum hinunter ans Meer schaffen, ich begann mich nach Zimmern umzuschauen. Es war

aussichtslos, die einzigen Übernachtungsangebote waren Hotels. Ich sprach eine junge Frau an, die mir einheimisch schien, fragte, ob sie mir etwas Günstiges empfehlen könne. Sie musterte mich, deutete die Straße hinab, dritte Straße nach links, da befinde sich die Auberge de Jeunesse. Ich bedankte mich, lief weiter, blieb stehen. Da würde es kaum Möglichkeiten geben, wo ich meinen Koffer einschließen konnte. Außerdem müsste ich vermutlich mein Identitätskarte zeigen oder sogar …
Ich wurde angerempelt, beiseitegeschoben, stand mit meinem Gepäck im Weg. Ich setzte mich wieder in Bewegung, trottete weiter. An die Arkaden konnte ich mich erinnern, hier lag die Galerie Lafayette, die hatte ich mit Sarah besucht. Endlich öffnete sich die Straße, die Passanten verteilten sich, das Gedränge ließ nach. Ich stand auf einem großzügigen Stadtplatz, den ich so nicht in Erinnerung hatte. Rechts konnte ich zwischen den Palmen des Parks das Meer sehen und riechen. Es war verlockend, weiter Richtung Promenade des Anglais zu gehen, aber dort wäre es noch unwahrscheinlicher, ein geeignetes Nachtlager zu finden. Ich bog schließlich nach links ab, Richtung Altstadt, hinein in das Labyrinth der kleinen Gassen. Die verwinkelten, schmalen Straßenzüge, die sich vor dem Schlosshügel drängten, kamen mir vertraut vor, aber wie damals verlor ich schnell die Orientierung. In den Fußgängerzonen wechselten sich Pizzerias, Restaurants und Bars ab, alles sah ähnlich aus. Im Schaufenster einer Galerie erinnerte mich eine gerahmte Bleistiftskizze schmerzlich an Ludmilla. An ihr Skizzenheft …
Verdammt, Ludmillas Skizzenheft!
Ich wankte, keuchte, stützte mich am Fensterrahmen ab. Hatte ich es einfach übersehen, als ich den Koffer in der Zugtoilette durchsuchte? Ich begann, die Situation zu rekonstruieren. War es doch im Koffer, hinter dem Bild?
Ich stolperte aus der Gasse hinaus auf einen Platz, der von Cafés gesäumt war, zwängte mich durch flanierende Menschen, suchte einen Ort, wo ich mich versichern konnte. Rechts war eine Kirche, aber sie war bereits geschlossen. Ich war unfähig,

weiterzugehen, drückte mich in die Nische des Seitenportals, stellte den Koffer ab, öffnete ihn einen Spaltbreit, griff zitternd hinein. Während ich mich vergewisserte, dass mir niemand zusah, tastete ich hinter dem Bild, vor dem Bild, zwischen Tuch und Folie – nichts. Es war zusammen mit meinem Laptop gestohlen worden. Meine letzten Energien verpufften wie freigesetztes Helium.

Ich hörte eine Frauenstimme, die auf jemanden einredete. Eindringlich, immer lauter. Ich sah auf, stellte fest, dass ich auf den Stufen einer Brunnenanlage hockte, den Koffer zwischen den Beinen. Eine alte Dame stand vor mir, schaute mich besorgt an.

Avez-vous des problèmes?

Waren ihre Worte an mich gerichtet? Sie wiederholte die Frage. Ich nickte, rang nach einem französischen Satz. Meine Freundin habe mich im Stich gelassen, sei mit Geld und Kreditkarte abgehauen, stotterte ich.

Venez!, sagte die alte Dame resolut. Ich packte mein Gepäck, stolperte ihr hinterher. Sie hatte einen forschen Schritt, ich vermochte ihr nicht zu folgen. Mehr als einmal musste sie stehen bleiben und warten, bis ich aufgeschlossen hatte. Sie nahm den Weg, der vom Platz hinauf Richtung Schlosshügel führte, bog rechts in eine belebte Gasse ab, kurz danach links in einen steil ansteigenden, schmalen Weg, der eher eine Treppe war, alle zwei Meter eine Stufe. Vor einer schweren hölzernen Eingangstüre blieb sie stehen, kramte in der Tasche, förderte einen schweren Schlüsselbund zutage, öffnete. Sie hielt mir die Türe auf, machte Licht, ging das fensterlose, schmale Treppenhaus voraus in den dritten Stock. Als ich atemlos oben ankam, stand eine der beiden Türen offen. Ich zögerte.

Venez!

Sie stand im Entree, im Hintergrund war eine Küche und ein spartanisch eingerichtetes Wohnzimmer zu sehen. Sie öffnete die Türe des ersten Zimmers gleich neben dem Treppenhaus, sagte, ich könne diese Nacht hier schlafen.

Am liebsten hätte ich sie umarmt, stattdessen stotterte ich nur ein Dankeschön. Ich schloss hinter mir die Türe, legte den

Koffer aufs Bett, machte einen tiefen Atemzug. Angespannt öffnete ich den Deckel, legte Decke und Bündel aufs Bett, wickelte das Gemälde aus Tuch und Plastikfolie. Vergeblich hatte ich gehofft, ich könnte mich getäuscht haben. Das Skizzenheft war nicht da. Ich ließ mich aufs Bett fallen, schloss die Augen, stellte mir Ludmillas Enttäuschung vor. Etwas ganz Persönliches, die Arbeit einer mehrjährigen Recherche war verloren.
Ein Geräusch holte mich aus meinen Gedanken. Ich öffnete die Augen, setzte mich auf. Das Zimmer war tapeziert mit Postern von Grateful Dead, Mothers of Invention, The Doors, Jimi Hendrix. Seit den Sechzigern schien hier nichts angerührt worden zu sein. Ich stand auf, spähte durch die Schlitze der Klappläden. Das Fenster ging auf die kleine Gasse, die ich mich hochgekämpft hatte.
Ich sammelte mich, verließ den Raum, traf die Dame in der Küche, fragte nach dem Bad. Sie zeigte auf die Türe am Ende des kurzen Flurs, bemerkte lächelnd, sie habe mir ein Frotteetuch bereitgelegt. Hatte sie bemerkt, dass ich dringend eine Dusche benötigte? Ich klemmte meine letzte frische Wäsche unter den Arm, verschwand im Bad.
Mit nassen Haaren, meine Bermudas und ein frisches Shirt auf dem Leib, kehrte ich in die Küche zurück, dankte ihr nochmals. Sie war am Kochen, bemerkte über die Schulter, ich hätte bestimmt Hunger. Anstelle einer Antwort versuchte ich ihr mit ein paar Handreichungen zu helfen, stand aber nur im Weg. Sie ließ mich machen, lächelte mir zu. Offensichtlich wohnte sie allein in der Wohnung.
Es gab grünen Salat, ein Steak, das sie mit frischem Baguette servierte, dazu eiskalten Rotwein. Sie schaute amüsiert zu, wie ich mein Essen hinunterschlang, fragte in einem Nebensatz, ob ich ihr meine Kleider zum Waschen geben wolle.
Es war mir nicht recht, ich zögerte, wollte ihr nicht noch mehr Umstände machen, kam mir vor, als würde ich die Gutmütigkeit der netten Dame ausnützen.
Ich wasche sowieso, es macht keine zusätzliche Mühe, sagte sie leichthin.

Gehemmt drückte ich ihr den Kleiderhaufen in die Arme. Sie verließ die Wohnung, kehrte nach fünf Minuten zurück, setzte sich zu mir an den Tisch, schenkte Wein nach, fragte, was ich denn jetzt vorhätte.
Ich werde meine Freundin suchen. Zumindest meine Kreditkarte muss ich zurückhaben.
Sie nickte.
Zur Polizei wollen Sie nicht gehen?
Ich schaute auf den Boden, schwieg.
Verstehe, Sie wollen nicht gegen Ihre Freundin vorgehen. Die Liebe, seufzte sie, schenkte nach.
Um zehn verabschiedete ich mich, dankte ihr nochmals, zog mich in mein Zimmer zurück. Es war heiß, ich öffnete das Fenster, die Luft roch nach Meer. Durch die Lamellen der Klappläden spähte ich hinunter auf die Gasse. Sie war menschenleer. Von weiter unten waren Stimmen, Musik und Gelächter zu hören. Ich widerstand der Versuchung, zu rauchen, legte mich aufs Bett. Meine Gedanken kreisten wie ein Karussell um den Verlust von Ludmillas Skizzenheft. Wieso das Skizzenheft? Nahm der Dieb an, es sei wertvoll? Wenn er an Kunst interessiert war, hätte er doch das Bild nicht zurückgelassen. Oder ging es um die Informationen im Heft? Waren sie der Schlüssel?
Das Bild hatte ich wieder in Folie und Leintuch gewickelt, mit der Decke gepolstert zurück in den Koffer gelegt. Ich überlegte, wie ich morgen vorgehen sollte. Da mir meine Gastgeberin meine Geschichte offensichtlich abgenommen hatte, würde ich sie fragen, ob ich mein Gepäck bei ihr einstellen könne, es schien mir die sicherste Möglichkeit.
Klopfen weckte mich, ich schreckte auf, versuchte mich zu orientieren.
Le petit-déjeuner est prêt.
Die Erinnerung kam zurück. Ich atmete auf, murmelte ein Bonjour, verdrückte mich ins Bad.
In der Küche war reichhaltig aufgedeckt.
Allez-y, sagte sie schmunzelnd. Sie habe nur selten Besuch, deshalb freue sie sich über die Gelegenheit, jemandem zu helfen.

Beim Abräumen fragte ich sie, ob ich mein Gepäck bei ihr einstellen könne.
Sie können weiter hier übernachten, bis Sie Ihre Freundin gefunden haben.
Mit diesem Angebot hatte ich nicht gerechnet. Sie musste meine Überraschung bemerkt haben, fragte spontan, ob ich Geld brauche.
Nein, nein, stotterte ich, ich hätte noch ein paar Euro. Sie stand auf, öffnete eine Küchenschublade, zog aus einer Geldbörse einen Fünfzig-Euro-Schein, steckte ihn mir zu. Ich zierte mich zuerst, nahm ihn schließlich dankend entgegen mit dem Versprechen, ich würde ihr das Geld selbstverständlich zurückerstatten, sobald ich meine Kreditkarte wiederhätte. Sie nickte. Dann sah sie mich mit einem seltsamen Blick an, meinte, jetzt, wo wir zusammen eine Vereinbarung getroffen haben, sollten wir uns vorstellen. Ich heiße Emilie.
Ich stand auf, sagte, Tim.
Wir schüttelten uns kurz die Hände, lächelten uns zu.
Als ich mich zum Gehen anschickte, fragte sie, wohin ich jetzt gehen würde.
Hinunter an die Promenade, da habe ich sie zum letzten Mal gesehen.
Finden Sie den Weg?
Ich werde fragen.
Am einfachsten gehen Sie die nächste Gasse, die Rue Droite, nach links, danach immer geradeaus, dann kommen Sie über die Cours Saleya auf die Promenade.
Sie kam mit an die Wohnungstüre, nahm einen Schlüssel vom Haken, gab ihn mir.
Ich bin nicht immer zu Hause.
Ich dankte ihr, verabschiedete mich. Dass Emilie mir trotz meines verwegenen Aussehens so viel Vertrauen schenkte, rührte mich. Mit einem Mal schien mir meine vertrackte Situation etwas entspannter.
Als ich aus dem kühlen Treppenhaus auf die Gasse trat, empfing mich blendender Sonnenschein und ein warmer Wind.

Über den Dächern segelten Möwen durch den tiefblauen, wolkenlosen Himmel. Der salzige Geruch nach Meer lag in der Luft.
Ich genoss das Gefühl, ohne Gepäck unterwegs zu sein, folgte Emilies Anweisungen, erreichte nach fünf Minuten die Promenade. Als ich auf den breiten Gehsteig trat, vor mir das Meer, war ich überwältigt wie damals. Gleißendes Sonnenlicht, spiegelnde, kleine Wellen, Palmen, die in der leichten Brise fächelten, mondäne Paläste – diese Großzügigkeit war einmalig. Ich schlenderte westwärts, vorbei an den Strandcafés, passierte die weißen Pergolas mit den Sitzbänken, musste Joggern und Hunden ausweichen, achtete noch nicht auf die imposante Gebäudekulisse, die die Promenade säumte. Ich würde mit meiner Suche ganz am anderen Ende beginnen. Erst nach dreißig Minuten Fußmarsch wurde der Gehsteig schmaler und verlor die Grandezza. Jetzt musste ich auf Fahrräder achten, die sich den Platz mit den Fußgängern teilten. Ich blieb stehen, sah mich um, überlegte, hier zu starten.
Nein, ich würde noch fünf Minuten weitermarschieren.
Erst am Ende des langen Strands, bei dem kleinen Hafen mit den Fischerbooten, setzte ich mich auf einen Steinblock, ging meinen Plan durch. Helens Worte in den Ohren, dachte ich nach. Ich würde mich auf meine Intuition verlassen müssen. Das Etablissement, in dem Ludmilla logierte, gehörte zur gehobenen Kategorie, davon gab es bestimmt einige. In den Hotels nach ihr zu fragen, konnte ich mir sparen. Ich ging davon aus, dass sie unter einem anderen Namen eingecheckt hatte, hoffte auf den Zufall, musste ihn herausfordern.
Flugzeuge starteten in der Nähe, flogen in einer Kurve hinaus aufs Meer, sie waren kaum zu hören. Hinter dem kleinen Hafen war ein Park mit Palmen, wo Petanque gespielt wurde, hier begann die Promenade, hier startete ich mein Vorhaben.
Die Gebäude auf der anderen Straßenseite bildeten eine heterogene Kulisse, kleine Häuschen neben Palästen, dazwischen ein kleines Hotel – zu bescheiden. Große Appartementhäuser schlossen sich an, danach eine Lücke mit einer Garage, eine

Pizzeria, dann weitere Appartementhäuser. Das Radisson war das erste größere Hotel, ein moderner Kasten ohne Reiz, hier konnte sie nicht sein.
Danach wichen die Gebäude zurück, gaben den Blick auf eine kleine Kirche frei. Anschließend eine Tankstelle zwischen Palmen, dann rückten die Gebäude wieder an die Straßenkante vor. Ich lief bestimmt fünfzehn Minuten, vorbei an verschiedenen Residenzen, fürchterlichen Gebäuden aus den Achtzigern, bis zunehmend ältere Bauten aus den Anfängen des zwanzigsten Jahrhunderts die Szene beherrschten. Danach tauchte ein erstes Hotel auf, das infrage kam, ein weißer Palast mit rotem Baldachin über dem Restauranteingang. Das Etablissement hatte mich bereits bei meiner ersten Reise nach Nizza beeindruckt – das Negresco. Der Haupteingang lag an der Gebäudeecke, darüber prangte der illustre Schriftzug. Vor dem Hotel war viel Volk, darunter auch einige Paparazzi, vermutlich war Prominenz abgestiegen. Ich meinte zumindest, auch Bodyguards auszumachen, aber der Rummel ließ mich zweifeln, dass Ludmilla hier abgestiegen sein könnte. Ich ging weiter. Jetzt reihten sich die Hotels in dichter Abfolge. Das West End, des Westminster und das Le Royal könnten passen, alle mit großzügigen Vorgärten. Danach folgten die Casinos, das Hard Rock Café und das Meridien, das ich als zu modern einschätzte. Vor mir lag der Park, der die Promenade des Anglais mit der Avenue verbindet, die zum Bahnhof führt. Ich blieb auf der Promenade, passierte die Bronzestatue eines Engels, gelangte weiter östlich wieder auf die charakteristischen Bauten der Promenade, ein Hotel war jedoch nicht auszumachen. Nach dem mächtigen Gebäude der Opéra de Nice lockerte sich die Bebauung, eine lange zweigeschossige Mauer mit einer Balustrade säumte die Straße, dahinter musste die Altstadt liegen. Irgendwie war ich enttäuscht und gleichzeitig erleichtert – die Optionen waren auf zwei, drei Hotels geschrumpft. Ich begann zu zweifeln, ob meine Überlegungen richtig waren. Verunsichert ging ich weiter, hoffte, dass sich am anderen Ende der Bucht noch weitere Möglichkeiten eröffneten. Tatsächlich, am

Fuß des Hügels, auf dem einst das Schloss lag, gab es noch zwei Hotels, aber sie wirkten irgendwie zu wenig vornehm. Danach kam nur noch ockerfarbener Fels, ein Kriegsdenkmal und dahinter der Yachthafen. Ich machte kehrt. Drei Hotels schienen mir passend, im West End würde ich beginnen.

Ich kaufte mir an einem Imbissstand eine Flasche Mineralwasser und eine Crèpe, setzte mich damit unter eine der weißen Pergolas gegenüber der Hotelpaläste.

Das Vorgelände des West End war unübersichtlich. Man hatte irgendwann ein Restaurant vorgebaut und die freien Flächen mit Pflanzen aufgefüllt. Es verblieb nur ein enger Streifen, wo man draußen sitzen konnte. Vor dem Eingangsportal blieb ich stehen. In meiner Aufmachung musste ich meine Observation draußen starten.

Es war elf Uhr, nur wenige Gäste saßen an den kleinen Tischen auf der schmalen Terrasse. Ich bestellte einen Kaffee. Den Haupteingang konnte ich nicht sehen, aber die Vorfahrt war direkt in meinem Blickfeld. Ich vertrieb mir die Zeit mit Rauchen, kam mir vor wie ein Privatdetektiv. Gegen zwei Uhr bestellte ich einen zweiten Kaffee. Während der ganzen Zeit geschah nichts Außergewöhnliches. Ich versuchte mir Ludmilla vorzustellen, wie sie aus einem Wagen steigt, das Hotel betritt, sich in ein Zimmer zurückzieht. Die Vorstellung gelang mir nicht überzeugend.

Um vier bezahlte ich, verließ meinen Posten, ging weiter zum Westminster. Das Gebäude sah ähnlich aus wie das West End, etwa gleich groß, aber das Vorgelände war nicht verbaut. Zwischen zwei Palmen standen ein paar Tische, nur einer war besetzt. Ich setzte mich in der Nähe des Haupteingangs. Als niemand auftauchte, um nach meinen Wünschen zu fragen, stand ich wieder auf, ging weiter. Ludmilla konnte nicht hier abgestiegen sein, der Service war inadäquat.

Das Le Royal war ein Unding, eine Mischung aus Art déco, Klassizismus und Jugendstil. Ich setzte mich unter die große gestreifte Sonnenstore ins Gartencafé. Aus dem Inneren drangen dezente Pianoklänge, ein weiß livrierter Kellner brachte mir die Getränkekarte. Ich ließ mich von der Stimmung einlullen, sah Ludmilla auf dem roten Teppich zum Haupteingang schreiten. Der Blick in die Karte holte mich aus meinen Träumen zurück, die Preise… Ich setzte ein Lächeln auf, bestellte einen Pastis, fragte nach einer Zeitung.

Gedankenlos fingerte ich eine Zigarette aus dem Päckchen, bemerkte, dass keine Aschenbecher auf den Tischen standen, sah mich um, niemand rauchte. Ich steckte die Zigarette zurück in die Packung.

Nach einer Stunde hatte ich die Zeitung viermal überflogen, das Eis im Glas war längst geschmolzen, der letzte Schluck Pastis warm, der Kellner fragte diskret, ob ich noch etwas trinken wolle. Ich bezahlte, überwand mich, ein großzügiges Trinkgeld dazuzulegen, stand auf. Die ganze Zeit hatte ich mir vorgestellt, wie Ludmilla mit gesetzten Schritten hinauf zum Haupteingang schreitet, aber plötzlich war ich unsicher, ob ich sie überhaupt erkennen würde. Bestimmt hatte sie ihr Aussehen wieder verändert.

Jetzt, wo ich keinen Laptop mehr hatte, mit dem ich den arbeitenden Journalisten mimen konnte, musste ich mir für meine weiteren Einsätze einen Ersatz zulegen, der mich legitimieren würde, stundenlang am gleichen Platz zu sitzen und nichts zu konsumieren. Ich würde mir irgendwo ein Tagebuch und einen Stift kaufen, dann konnte ich den schreibenden Dichter mimen.

Ich ging über die Straße auf die Fußgängerpromenade, setzte mich unter die weiße Pergola auf eine Bank, versuchte aus dieser Position meine Observation weiterzuführen. Hier konnte ich wenigstens rauchen, aber der Standort war definitiv nicht ideal. Autos, Mopeds rasten vorbei, Busse verstellten den Blick zum Hoteleingang.

Ich zog verstohlen meine Geldbörse aus der Hosentasche, überschlug mein Kapital. Zusammen mit Emilies Fünfziger waren es gerade mal einhundertvierzig Euro, ich musste mir etwas einfallen lassen. Spielen oder betteln. Ich musste grinsen. Vor einem halben Jahr wäre ich zu einer solchen Reaktion nicht fähig gewesen.

Ich stand auf, schlenderte über den Park zur Place Masséna, bog dann ab in die Altstadt, machte mich auf die Suche nach einem Tagebuch. Es war schwieriger als erwartet, aber in einem Shop für Andenken wurde ich fündig. Für sieben Euro sah es recht edel aus. Schwarzer Einband, weißes, unliniertes Papier. Der Stift kostete einen Euro. In einem Geschäft für Fischereiartikel erstand ich ein günstiges Gilet mit großen Taschen, wo ich Buch und Stift verstauen konnte.

Ich rechnete mir aus, dass mich Emilie zum Abendessen erwartete, kaufte einen Strauß Rosen auf dem Blumenmarkt.

Ich hatte mich nicht getäuscht, Emilie war in der Küche mit einem großen Fisch beschäftigt. Sie schenkte mir ein Lächeln, hantierte weiter. Als ich ihr den Strauß entgegenstreckte, schaute sie mich überrascht an, wischte sich die Hände an der Schürze ab, nahm die Blumen mit einer Bemerkung entgegen, die ich nicht verstand, aber als Dankeschön auffasste. Sarah hatte ich nie Blumen geschenkt, wurde mir bewusst, ihre Dienstleistungen waren für mich immer zu selbstverständlich gewesen.

Emilie hatte eine passende Vase gefunden, stellte die Blumen auf den Tisch. Sie wandte sich wieder dem Fisch zu, meinte, j'espère que vous aimez manger du poisson.

Ich bejahte, was sie mit einem Lächeln der Erleichterung quittierte.

Haben Sie Ihre Freundin gefunden?

Nein, antwortete ich wahrheitsgemäß, aber ich bin auf eine Fährte gestoßen.

Bien, sagte sie, öffnete einen Rosé, den sie im Kühlschrank kaltgestellt hatte, schenkte zwei Gläser ein. Wir setzten uns an den Küchentisch, prosteten uns zu, während der Fisch im Ofen garte. Emilie blieb sitzen, als ich den Tisch zu decken begann, schaute amüsiert zu. Hie und da gab sie mir einen Hinweis, wenn ich etwas nicht fand. Sie schien die Situation zu genießen. Ich fühlte mich nicht wohl in meiner Haut, kam mir vor wie ein Hochstapler. Vergeblich suchte ich das Versprechen auszublenden, das ich ihr gegeben hatte. Meine finanzielle

Situation sah kläglich aus, ich sah keine Möglichkeit, wie ich ihr das Geld, das sie mir so großzügig zugesteckt hatte, je zurückzahlen könnte.

Während des Abendessens war ich versucht, ihr von meiner eigentlichen Mission zu berichten. Vielleicht lag es am Wein. Jedenfalls schien mir Emilie verlässlich genug, dass sie ein Geheimnis für sich behalten würde. Ich war bereits im Begriff, mir auf Französisch die richtigen Begriffe zusammenzusuchen, mit denen ich mein Dilemma erklären konnte, als es an die Wohnungstüre klopfte.

Un moment, sagte Emilie, stand auf, ging ins Entree. Sie winkte mir, zeigte auf den Türspion. Ich hielt mein rechtes Auge an die Linse. Ein Mann stand vor der Türe.

Ich kenne ihn nicht, flüsterte ich. Es war nicht mein Verfolger, der Typ hatte eine andere Visage. Emilie legte die Sicherheitskette vor, öffnete die Türe. Der Mann war verschwunden.

Wir kehrten an den Tisch zurück. Der Fisch war kalt. Emilie meinte, die Haustüre sei immer geschlossen, es sei außergewöhnlich, wenn jemand an der Wohnungstüre klopfe. Nachbarn ja, aber keine Fremden. Sie sei froh, dass ich hier sei.

Die entspannt gemütliche Atmosphäre, die unser Abendessen begleitet hatte, war nach der Störung dahin.

Als wir uns Gutenacht sagten, fragte mich Emilie mit besorgtem Blick, ob es mir gut gehe. Ich nickte. Dabei fragte ich mich andauernd, ob ich aufgespürt worden war.

Ich hatte mir das Gesicht eingeprägt, ich würde den Kerl wiedererkennen. Ja, ich erkannte ihn wieder, an jeder Ecke, überall lauerte er mir auf. Als ich Ludmilla endlich entdeckte, auf sie zustürmte, stellte er sich dazwischen, packte mich. Ich riss mich los, rannte davon.

Ich erwachte mit trockener Kehle und rasendem Puls, schaute mich verwirrt im Zimmer um, schüttelte die Traumbilder ab. Mir war heiß, ich stand auf, ging zum Fenster. Durch die Schlitze der Holzläden sah ich hinab auf die Gasse. Sie war menschenleer. Ich setzte mich auf die Bettkante, versuchte, gleichmäßig zu atmen. Das Gemälde war hier nicht sicher, ich musste

ein anderes Versteck suchen. Aber wo? Ich sah keine Lösung. Ohnmächtig legte ich mich wieder ins Bett, hoffte vergeblich auf Schlaf.
Beim Frühstück sah mich Emilie kritisch an, fragte, ob es mir wirklich gut gehe. Ich habe schlecht geschlafen, sagte ich. Ich weiß nicht mehr weiter.
Brauchst du Geld?
Nein, nein, sagte ich zu schnell.
Bevor ich die Wohnung verließ, kontrollierte ich den Inhalt des Koffers. Das Bild war wie ein verpuppter Schmetterling in Tuch und Folie eingewickelt, bestimmt keine idealen Bedingungen für ein altes Gemälde. Ich befreite es aus der Hülle, schlug nur das Leintuch darum. Dann legte ich es zurück in den Koffer, schloss den Deckel, schob das Behältnis auf den mächtigen Kleiderschrank, wo er nicht auf den ersten Blick zu sehen war. Lächerlich. Jeder, der suchte, würde ihn finden. Mit einem unguten Gefühl verabschiedete ich mich von Emilie, die mir offerierte, das Abendessen mit ihr zusammen einzunehmen. Ich müsse ihr nichts mehr mitbringen, meinte sie lächelnd. Die Blumen standen jetzt im Wohnzimmer auf dem kleinen Salontischchen vor dem Fernseher.
Im Treppenhaus sah ich mich wie ein Einbrecher auf der Flucht um. Als unten die Eingangstüre geöffnet wurde, war ich versucht, zurück in die Wohnung zu fliehen. Ich lehnte mich vorsichtig über das Treppengeländer, schielte hinunter. Es war eine alte Dame mit Einkaufstaschen, die ächzend auf mich zukam, einen Gruß murmelnd. Ich fragte, ob ich ihr helfen könne, die Taschen hochzutragen. Sie sah mich erstaunt an, streckte mir mit einem Lächeln einen der Säcke entgegen, bedankte sich überschwänglich für mein Angebot. Als ich ihr in die vierte Etage folgte, kam mir meine Ängstlichkeit lächerlich vor. Ich stellte die Tasche vor die Wohnungstüre, wehrte ein Angebot für einen Kaffee ab, verabschiedete mich.
Auf der Hauptgasse war reger Betrieb, ich mischte mich unter die Touristengruppen, nahm denselben Weg wie am Vortag hinunter ans Meer.

Im Garten des Le Royal setzte ich mich ganz selbstverständlich wieder an denselben Tisch mit Blick auf den Haupteingang und den Gehsteig, wurde vom selben Kellner bedient. Ich versuchte auf dem kleinen Messingschild, das er an der Brust trug, seinen Namen zu lesen: Pascal oder Patrice.

Wieso saß ich wieder hier, klapperte keine weiteren Hotels ab? War es Bequemlichkeit? Wieso vermutete ich Ludmilla ausgerechnet in diesem Hotel?

Es war seltsam, aber da war etwas, eine vage Ahnung, die sich irgendwo in meinem Gehirn eingenistet hatte. Ich versuchte, mir Helens Wiedergabe des Telefongesprächs zwischen ihrem Mann und Tobi nochmals Wort für Wort in Erinnerung zu rufen. Natürlich, Helen hatte noch etwas gesagt!

Ich hatte der Bemerkung bisher wenig Beachtung geschenkt, aber es war ein Attribut wie herrschaftlich oder … nein, wie kaiserlich. Kaiserlich? Nein, königlich! Sie hatte königlich gesagt. Das Le Royal, natürlich, deshalb war ich mir so sicher. Mein Unterbewusstsein hatte mich hierhergeführt.

Ich öffnete mein Tagebuch, zückte den Stift, zögerte. Was sollte ich schreiben? Nur gedankenlos den Stift über das Papier führen, dabei nach ihr Ausschau halten? Meine Hand weigerte sich, nur so zu tun, als ob. Ich begann stichwortartig das Chaos in meinen Gedanken zu ordnen, blätterte zurück zur ersten Begegnung mit Ludmilla, die mein Schicksal in andere Bahnen gelenkt hatte. Erst im Rückblick wurde mir bewusst, wie sehr ich mich von Andy Heim, dem Studenten und Familienvater, entfernt hatte. Sarah und Jonas hatte ich in den letzten Tagen komplett ausgeblendet. Jetzt tauchten sie vor mir auf und erinnerten mich unangenehm daran, dass bald unsere Tochter geboren werden sollte. Ich schüttelte den Kopf, es war ein Ereignis, mit dem ich mich jetzt nicht befassen wollte.

Während ich schrieb, schielte ich immer wieder hinüber zum Haupteingang, zum Vorplatz, zum Gehsteig, senkte den Blick wieder auf mein Buch, schrieb weiter. Spinoza schob sich zwischen meine Überlegungen. Die Lehrsätze über die Affekte. Die Anmerkung zum neunten Lehrsatz, die mich damals wachrüttelte, war auf einmal präsent, als hätte ich sie eben entdeckt.

Die Begierde ist ein Verlangen mit dem Bewusstsein desselben. – Aus dem geht hervor, dass wir nichts erstreben, wollen, verlangen oder begehren, weil wir es für gut halten, sondern dass wir umgekehrt darum etwas für gut halten, weil wir es erstreben, wollen, verlangen oder begehren.

Beschämt musste ich mir eingestehen, dass es mir nicht um Ludmillas Rettung ging, sondern um die Befriedigung meiner Begierde. Deswegen hatte ich die Reise unternommen, deswegen saß ich jetzt hier vor einer leeren Tasse Kaffee an diesem seltsamen Ort in der Fremde, deswegen hatte ich meine Familie verlassen. Ludmilla war das Objekt. Die gute Tat, mit der ich sie retten würde, war nur Mittel zum Zweck. Verlogen, billig!

Aber – hatte ich überhaupt eine Wahl gehabt?

Es geschieht in der Natur nichts, was ihr als Fehler angerechnet werden könnte. Denn die Natur ist immer dieselbe, und ihre Kraft und ihr Vermögen zu wirken ist überall gleich.

Ich hatte meine Familie verlassen, das ließ sich mit Spinozas Lehrsätzen nicht entschuldigen!

Der Kellner ließ mich schreiben, fragte nicht nach weiteren Wünschen. Gegen Mittag konnte ich seine Blicke nicht mehr ignorieren. Als die Tische zum Mittagessen aufgedeckt wurden, bezahlte ich, legte wie gestern ein Trinkgeld dazu, verließ das Restaurant. Pascal schenkte mir ein Lächeln.

Ich kaufte mir eine Flasche Wasser und ein Sandwich, setzte mich gegenüber dem Royal auf einen der Bänke unter die weiße Pergola, fixierte den Haupteingang.

Den Nachmittag verbrachte ich wieder im Café. Ludmilla tauchte nicht auf.

Emilie begrüßte mich freudig, sah mich fragend an.

Ich habe jemanden getroffen, der sie gesehen hat, log ich mit einer überraschenden Selbstverständlichkeit.
Ça me fait plaisir, sagte sie erfreut. Zum Glück fragte sie nicht, was das für die weitere Inanspruchnahme ihres Gastrechts bedeutete. Ich kam mir schäbig vor.
Im Ofen schmorte ein Gemüseauflauf, es duftete herrlich. Emilie stellte eine Flasche Rotwein auf den Tisch, drückte mir einen Korkenzieher in die Hand. Die Selbstverständlichkeit ihrer Geste gemahnte mich an die eingeschliffenen Rituale eines alten Ehepaars.
Wir aßen stumm. Warteten wir beide, dass es wieder klopfen würde? Erst nach dem zweiten Glas Wein begann Emilie zu erzählen.
Ihr Mann sei in Algerien gefallen. Claude, ihr Sohn, sei damals erst zwei Jahre alt gewesen. Sie habe eine schwierige Zeit durchgemacht. Trotzdem habe sie versucht, ihn anständig zu erziehen. Seit über fünfundzwanzig Jahren lebe sie allein in der Wohnung. Sie komme gut zurecht, die Nachbarn seien hilfsbereit.
Ich verschwieg, dass ich verheiratet war und einen Sohn hatte. Ich sei Philosophiestudent und arbeite am Master. Die Reise nach Nizza sei die Idee meiner Freundin gewesen.
Sie werden sie bestimmt finden, sagte sie, begann, den Tisch abzuräumen. Ich werde noch fernsehen, bevor ich zu Bett gehe.
Ich verabschiedete mich.
Diese Nacht schlief ich wie ein Murmeltier. Geweckt wurde ich von Geräuschen, die durch das offene Fenster zu mir ins Zimmer drangen.
Ich nahm eine Dusche, ging in die Küche. Emilie begrüßte mich, goss mir Kaffee ein. Nach dem Frühstück kam sie auf mich zu, sah mir in die Augen, sagte, sie hoffe, dass ich heute Glück haben werde.
Ich wollte eben mein Zimmer verlassen, um meinen Posten im Le Royal zu beziehen, als ich innehielt. Ich nahm den Koffer vom Schrank, öffnete ihn, wickelte das Bild aus der Decke, sah mich um. Im Zimmer gab es den Schrank, das Bett und eine Nachttischkommode. Ich versuchte, den Schrank von der Wand

wegzuziehen, aber er war zu schwer. Ich wollte unter keinen Umständen, dass Emilie auf meine Aktion aufmerksam würde. Ratlos lief ich mit dem in das Leintuch eingeschlagenen Gemälde durch das Zimmer. Schließlich schob ich es hinter den Vorhang ganz in die Ecke, den Koffer mit der Decke und der Plastikfolie legte ich wieder auf den Schrank.
Danach verließ ich die Wohnung. Wirklich beruhigt war ich nicht, aber das Kunstwerk schien mir zumindest etwas sicherer aufgehoben als im Koffer.
Ich war einer der ersten Gäste. Pascal brachte mir wie einem Stammgast den Kaffee. Als er mir die Tasse auf dem Silbertablett auf den weiß gedeckten Tisch stellte, sich dabei vorbeugte, las ich auf dem Namensschild «Patrick». Ich fragte ihn, ob er mir einen kleinen Gefallen tun könnte. Ich würde gerne wissen, ob eine Ludmilla Borodin im Hotel eingecheckt habe. Mit einem diskreten Nicken entfernte er sich, kam nach kurzer Zeit zurück. Er schüttelte den Kopf, leider nein.
Gegen Mittag wurde ich unruhig. Bei meinen Notizen war ich mittlerweile in meiner Verbannung im Hotel Alpenrose angelangt, bald würde mir der Stoff ausgehen, dabei hatte ich immer noch keinen Hinweis, dass Ludmilla tatsächlich hier war. Meine Überzeugung, sie hier im Le Royale zu finden, schwand zusehends. Hatte ich mich da in etwas verrannt?
Ich wagte einen Versuch, begann, ihr Gesicht aus der Erinnerung zu skizzieren. Der erste Versuch geriet kläglich, ich war total aus der Übung. Ich nahm einen zweiten Anlauf. Diesmal war eine gewisse Ähnlichkeit nicht auszuschließen. Eine dritte Variante mit Sonnenbrille könnte irgendjemand sein. Patrick stand in der Nähe des Tischs, verfolgte interessiert meine Bemühungen. Ich gab resigniert auf. Er kam diskret auf mich zu, deutete auf die Darstellung mit der Sonnenbrille, meinte, la dame séjourne à l'hôtel.
Elle est là?
Ich blickte ihn unsicher an. Vielleicht wollte er mich aufmuntern. Je länger ich auf meine Skizze starrte, desto beliebiger schien mir die Darstellung.

Je suis sûr, elle est la, bestätigte Patrick lächelnd.
Er war zweifelsfrei ein netter Kerl, ich war froh um seine Anteilnahme. Aber… konnte er auf meiner Skizze tatsächlich Ludmilla erkannt haben?
Am Nachmittag bediente mich Patricks Kollege. Er nickte mir komplizenhaft zu, Patrick musste ihn informiert haben. Ich bestellte einen Pastis, hoffte, damit meine Nerven zu beruhigen. Vergeblich. Ich konnte nicht schreiben, beobachtete ununterbrochen die Umgebung um den Hoteleingang. Es gab keinerlei Anzeichen, dass Patrick recht hatte.
War Ludmilla doch nicht in Nizza? Hatte Eric die Wahrheit erzählt?
Ich kam mir plötzlich lächerlich vor, bezahlte, machte mich auf den Weg zu Emilies Wohnung.
Kurz vor sechs stand ich vor der Haustüre, zückte den Hausschlüssel, öffnete, stieg die Treppe in die dritte Etage hoch. Irritiert blieb ich vor der Wohnungstüre stehen, sie stand einen Spaltbreit offen. Wieso hatte Emilie die Türe nicht geschlossen? Erwartete sie mich? Vorsichtig spähte ich durch den Spalt, sah einen Ausschnitt der Küche, aber keine Anzeichen, dass Emilie da war. Ich schob die Türe langsam auf, trat über die Schwelle, lauschte. Ein leises Geräusch. Da war jemand.
Hallo, rief ich mit zugeschnürter Kehle. Die Türe meines Zimmers flog auf, wir starrten uns an – es war der Typ, der mich vorgestern durch den Türspion angeglotzt hatte. Unvermittelt rannte er los, hielt meinen Koffer wie einen Schild vor der Brust. Ich machte einen Satz zur Seite, schob reflexartig das rechte Bein vor, er blieb mit dem Fuß hängen, knallte gegen das Treppengeländer. Ich machte einen Satz vorwärts, versuchte, ihm den Koffer zu entwenden. Er hielt den Griff mit der rechten Hand umklammert, grabschte mit der linken Hand nach einem Geländerholm, wuchtete sich hoch, zerrte den Koffer und mich die Treppe hinab. Ich stolperte, musste den Griff loslassen, er verlor das Gleichgewicht, schlitterte kopfvoran die Stufen hinunter, der Koffer flog hinterher. Bereits war ich bei ihm, griff zu, kriegte sein Hemd zu fassen. Er kam auf die Beine, riss

sich los, hetzte mit dem Koffer weiter. Ich nahm zwei Stufen auf einmal, kam ihm nicht näher, aber an der Haustüre würde ich ihn einholen. Tatsächlich stand er da, drehte sich um, den Koffer wieder vor der Brust. Ich stürzte mich auf ihn, blieb wie bei einem Filmriss in der Luft hängen, klappte wie ein Messer zusammen, knallte auf den Boden. Er schob mich mit dem Fuß beiseite, öffnete die Türe, verschwand mit dem Koffer im Treiben der Gassen.
Ich wand mich, japste nach Luft. Stimmen. Ich sah auf, versuchte, mich in eine sitzende Position aufzurichten. Zwei Frauen und ein Mann standen vor mir, diskutierten, redeten auf mich ein. Man wollte mich hochziehen, ich winkte ab, es war unmöglich, ich rang pfeifend nach Luft.
Die Haustüre schwang auf. Ich zuckte zusammen. Kam der Typ zurück? Nein. Im Gegenlicht erkannte ich Emilie, die durch die Türe ins dunkle Treppenhaus trat. Ich hätte ihr alles erklären wollen, aber ich brachte keinen Ton über die Lippen. Sie sah erstaunt auf ihre Nachbarn, die ihr zu erläutern versuchten, was eben passiert war. Erst jetzt erkannte sie mich, schlug sich die Hand vor den Mund, murmelte fassungslos in einem fort Ausdrücke, die ich nicht verstand. Jemand holte ein Glas Wasser, ich nahm einen vorsichtigen Schluck, verzog den Mund, es ging nicht. Nach einigen erfolglosen Versuchen gelang es meinen Helfern, mich hochzuziehen und langsam, Stufe um Stufe, die Treppe hinauf zu hieven. Man legte mich im Zimmer aufs Bett, wo ich mich wie ein Embryo einrollte. Es wurde still, Emilie hatte die Nachbarn verabschiedet. Ich spürte eine Hand auf der Schulter. Emilie fragte, ob sie einen Arzt rufen solle. Ich schüttelte den Kopf, konnte noch nicht antworten.
Das Gemälde!
Stöhnend wälzte ich mich auf die andere Seite, sah in Emilies Augen, die mich besorgt musterten. Sie hatte einen Stuhl an mein Bett gerückt. Mit gepresster Stimme begann ich zu berichten, was geschehen war. Emilie stand auf, sah sich im Zimmer um, unangenehm lang, ging dann von Raum zu Raum, kam zurück, meinte, es fehle sonst nichts.

Bizarre, murmelte sie. Sie fragte mich, ob sie Anzeige erstatten solle.
Nein, es sei nichts Wertvolles im Koffer gewesen.
Sie schüttelte den Kopf, sagte, na ja, es geht ja nicht nur um den Koffer, es war ein Einbruch, ein Überfall. Man hat dich niedergeschlagen!
Die haben doch keine Chance, den Typen zu finden.
Sie atmete laut aus, stand auf. Unversehens war ich allein im Zimmer. Meine Eingeweide fühlten sich immer noch an, als wären sie in einen Schraubstock gespannt, nur zeitweise lockerte sich der Krampf. Das Arschloch hatte mich mit einem Karatekick voll in den Bauch getreten. Zwischen den Schmerzattacken sah ich immer wieder den Typen vor mir. Das war kein Einbrecher, der mit dem erstbesten Gegenstand abgehauen war. Emilie hatte gesagt, es fehle sonst nichts im Haus, demnach konnte er den Koffer nicht als Behältnis für Diebesgut benutzt haben. Außerdem war er aus meinem Zimmer gekommen. Er war hinter dem Gemälde her, musste davon Kenntnis haben, dass ich das Bild im Koffer aufbewahrt hatte. Aber wie konnte er wissen, dass ich in Emilies Wohnung untergekommen war? Hatte man mich beschattet? Ich malte mir aus, was passieren könnte, wenn die Auftraggeber feststellten, dass der Koffer leer war. Ich musste hier weg, sonst würde ich Emilie auch noch in Gefahr bringen. Ich hatte noch etwa fünfzig Euro …
Ein Krampf schoss durch meine Eingeweide, ließ mich kurz aufstöhnen. Emilie erschien, fragte, ob sie nicht doch einen Arzt holen solle.
Nein, nein, wehrte ich ab, es würde mir schon viel besser gehen.
Sie setzte sich zu mir ans Bett, fragte in die Stille, ob ich ihr nicht besser die Wahrheit erzählen wolle. Ich schaute sie unsicher an. Sie deutete auf den Vorhang.
Hat es etwas mit dem Gemälde zu tun?
Es ist ziemlich kompliziert, stöhnte ich. Sie holte mir ein Glas Wasser, half mir, mich aufzusetzen. Ich leerte das Glas in kleinen Schlucken, dann legte ich mich wieder hin.
Ich heiße nicht Tim, begann ich.

Nach einer Stunde deutete sie an, ich solle eine Pause machen. Sie ging in die Küche, kehrte mit Käsebroten und zwei Gläsern Wein zurück. Ich war erstaunt, dass ich mehr als einen Bissen hinunterkriegte.
Mitternacht war längst vorbei, als ich mit meiner Geschichte am Punkt anlangte, wo mich Emilie aufgegabelt hatte.
C'est beaucoup plus compliqué, que j'ai pensée, seufzte Emilie. Sie stand auf, bedeutete mir, im Zimmer zu bleiben, verließ die Wohnung. Ich lauschte angespannt auf ihre Schritte, die sich treppab entfernten.
Ich musste weg hier!
Ich versuchte aufzustehen, taumelte, verlor das Gleichgewicht, sackte wieder auf das Bett zurück. Ein heftiger Krampf ließ mich zusammenzucken.
Schritte im Treppenhaus.
Emilie war nicht allein. Hinter ihr füllte eine dunkle, massige Gestalt die Türöffnung. Erschrocken fuhr ich hoch, drückte eine Hand auf den brennenden Bauch.
Emilie versuchte mich zu beruhigen, es sei ein Freund.
Ich starrte auf den Körper, der nur aus Muskeln zu bestehen schien.
Das ist Jean, mein Nachbar, sagte Emilie. Jean streckte mir seine Pranke entgegen. Ich zögerte. Emilie lachte, meinte zu mir gewandt, er ist ganz sanft, nur wenn es nötig ist, packt er zu, dabei warf sie Jean einen vieldeutigen Blick zu. Jean nickte. Ich schlug ein, meine Hand verschwand zwischen seinen Fingern. Er drückte sie ganz sachte, blickte mir grinsend in die Augen, ließ sie wieder los. Meine Anspannung löste sich.
Ich habe Jean erzählt, dass du Schutz brauchst. Er ist Bodyguard, zurzeit ohne feste Anstellung, er wird dich beschützen. Er macht es in meinem Auftrag, wir sind nicht nur Nachbarn, wir sind Freunde. Stimmt doch, Jean.
Mais bien sûr, sagte Jean.
Er wird im Wohnzimmer auf der Couch schlafen und dich morgen begleiten. Für das Gemälde musst du ein anderes Versteck finden.

Ich nickte.
Versuch jetzt zu schlafen, morgen sehen wir weiter.
Emilie und Jean verließen das Zimmer, schlossen die Türe. Ich hörte sie noch tuscheln, dann wurde es still. Mein Magen hatte sich wieder beruhigt, ich fiel in einen unruhigen Schlaf.

Ich schloss die Türe, tappte im Dunkeln die Treppe hinunter, versuchte mich auf mein Gehör zu verlassen, blieb immer wieder stehen, lauschte. Irgendwo summte ein Trafo. Unsicher stieg ich weiter bis zur nächsten Etage, tastete nach dem Lichtschalter, drückte. Nichts. Ich ging vorsichtig weiter, hielt auf jeder Stufe inne. Durch die Eingangstüre konnte ich Geräusche aus der Gasse vernehmen. Ich war im Erdgeschoss angelangt, ging mit unsicheren Schritten Richtung Türe. Mein Fuß stieß an ein Hindernis. Ich bückte mich zögerlich, suchte mit den Händen nach dem Gegenstand. Es war etwas Großes, Sperriges. Meine Finger fuhren einer Kante entlang. Das Ding kam mir bekannt vor. Es war der … Ich erhielt einen Schlag in den Rücken, fiel vornüber, landete in einem engen Behältnis. Erschrocken rappelte ich mich auf, stieß den Kopf an einem Widerstand, über mir schloss sich ein Deckel. Verkrümmt lag ich wie in einem zu engen Sarg, konnte mich nicht mehr bewegen, rang nach Atem, schrie.
Licht! Verwirrt schaute ich auf. Jean stand unter der Türe.
Ich habe geträumt, sagte ich.

Es war dunkel, als ich aufwachte. Leise schlich ich mich hinaus ins Bad. Jean hob kurz den Kopf, schielte in meine Richtung. Wie ein guter Wachhund, ging es mir durch den Kopf.
Wieder im Bett besetzte der unheimliche Traum meine Gedanken, die dreiste Attacke des Diebs. Mein Magen reagierte mit einem Krampf. Ich versuchte, mich abzulenken. Das Schwarze Quadrat konnte nicht hierbleiben, ich musste dafür einen Standort außerhalb von Emilies Wohnung finden. Der Ort musste trocken, nicht zu heiß und nicht zu kalt sein, das Gemälde hatte schon zu sehr gelitten. Meine Gedanken begannen im Leer-

lauf zu drehen. Ohne fremde Hilfe würde ich es nicht schaffen, ich kannte mich in Nizza nicht aus. Mit dieser frustrierenden Erkenntnis schlief ich wieder ein.
Als ich mit nassen Haaren in der Küche erschien, saßen Emilie und Jean in eine muntere Konversation vertieft am Tisch. Emilie sah mich fragend an.
Es geht mir wieder besser, sagte ich beschwichtigend.
Sie erhob sich, begrüßte mich mit zwei Wangenküssen, schenkte mir Kaffee ein. Ich setzte mich Jean gegenüber. Die schiere Masse seines Körpers war einschüchternd. Ich schätzte ihn auf etwa fünfundzwanzig, sauber frisiert, am Hals über dem Muscle-Shirt eine Tätowierung. Remy und seine Hanteln kamen mir in den Sinn. Remy wäre neben Jean kaum aufgefallen.
Emilie lächelte Jean zu, eröffnete das Gespräch. Ich nahm an, dass es um eine Art Vorstellung ging, die Jean nicht selbst übernehmen wollte. Er machte einen zurückhaltenden Eindruck, wirkte irgendwie sanft, trotz seiner einschüchternden Präsenz.
Jean hat lange im Malibu als Türsteher gearbeitet, bis der Club im Frühjahr dichtmachte. Es läuft generell nicht mehr so blendend in der Branche, vielleicht eine Auswirkung der Finanzkrise, was weiß ich. Jedenfalls sucht er seither eine Stelle, hat sich auch bei privaten Security-Firmen beworben, aber die wollen Zeugnisse sehen. Jean hielt nie viel von Schule und Abschlüssen.
Exact, schmunzelte Jean. Ich war überrascht, als er das Wort ergriff.
Ich bin sozusagen arbeitslos, muss mich nur beim Arbeitsamt melden, Bewerbungen verschicken und die restliche Zeit, das ist recht viel, trainiere ich. Emilie meint, ich solle dich in den nächsten Tagen sicherheitshalber im Auge behalten.
Dabei blinzelte er mir zu.
Als Bodyguard?, fragte ich unsicher.
Bien sûr, sagte Emilie enthusiastisch. Dann bist du sicher. Ich habe Jean das Wichtigste über deine Abenteuer erzählt, er weiß Bescheid und – sie legte ihre Hand auf seinen Unterarm – er ist verlässlich.

Ich kaute schon lange am selben Bissen, schluckte endlich, lächelte.
Ein persönlicher Bodyguard. Verrückt.
Avec plaisir, schmunzelte Jean, lehnte sich genüsslich zurück.
Ich nehme an, du wirst deine Observation wieder aufnehmen, sagte Emilie.
Ich nickte.
Was machen wir mit dem Kunstwerk?, fuhr sie fort. Es scheint mir offensichtlich, dass es beim Einbruch und der Attacke um das Bild ging. Der Kerl wurde überrascht. Darum hat er den Koffer an sich genommen, ohne zu kontrollieren, ob das Gemälde darin war. Jedenfalls wusste er, dass du es bisher im Koffer aufbewahrt hast.
Hast du einen Verdacht, wer hinter der Aktion stecken könnte?, fragte Jean. Der Typ war ja nicht zufällig hier, der gehört zu einer Bande.
Guy Leblanc kam mir in den Sinn, seine Erklärungen, sein brutales Ende.
Es könnten die rechtmäßigen Besitzer des Bildes sein, sagte ich. Oder der russische Geheimdienst.
Jean legte den Kopf schief, hob die rechte Augenbraue.
Der russische Geheimdienst? Das kannst du vergessen, die wären nicht so stümperhaft vorgegangen.
Emilie meinte, ich werde auf jeden Fall ein zusätzliches Schloss montieren lassen. Trotzdem – hier ist das Gemälde nicht sicher.
Ich könnte es im Studio einschließen, sagte Jean.
Ist es da sicher?
Sicherer als hier. Wir gehen nachher mal dahin. Wie groß ist das Bild?
Sechzig mal sechzig.
Gut, das passt in meine Trainingstasche. Ich hole sie.
Jean stand auf. Unter dem Türrahmen zog er den Kopf ein.
Emilie schaute ihm nach.
Er ist ein herzensguter Typ, habe ihn oft gehütet, als er noch ein kleiner Junge war. Er ist kein Einstein, aber er ist loyal. Als ich ihm von seiner neuen Aufgabe erzählte, war er begeistert.

Emilie, wissen Sie, dass Sie sich als meine Verbündete strafbar machen können?

Pah, sagte sie verächtlich. Was kann mir schon passieren. Ich bin froh, dass ich dir helfen kann.

Jean kam mit seiner Sporttasche zurück, ich holte das Bild. Er schaffte Platz, hielt die Tasche auf, ich steckte das Gemälde hinein. Die Tasche war nicht hoch genug, der Reißverschluss ließ sich nicht schließen. Die Ratlosigkeit war nur kurz – Jean drapierte sein Frotteetuch darüber, sagte, so geht's doch.

Ich huschte ins Bad, machte mich zum Ausgehen bereit.

Emilie kam auf mich zu, küsste mich auf die Wange, sagte, Jean will dir heute Abend noch das Nachtleben von Nice zeigen, ich komme heute später nach Hause. Du kannst selbstverständlich wieder hier übernachten, Jean wird ein Auge auf dich haben.

Wir gingen zusammen die Treppe hinunter, vor der Ausgangstüre hielt mich Jean zurück. Wie hat der Typ ausgesehen? Ich überlegte kurz, sagte, zwischen dreißig und vierzig, dunkle kurze Haare, mittelgroß, athletisch. Nach einem Blick auf Jean schüttelte ich schmunzelnd den Kopf, sagte, sportlich, nicht athletisch.

Okay, wir gehen zusammen ins Studio, aber wir müssen sicher sein, dass uns niemand folgt. Du gehst allein raus, auf der Hauptgasse hältst du dich nach rechts, ich folge dir in einer halben Minute. Nach etwa dreißig Metern gibt es eine Galerie, da bleibst du stehen, studierst die Gemälde im Schaufenster. Ich werde dazukommen, mich neben dich stellen. Wenn du ihn gesehen hast – die Wahrscheinlichkeit, dass er irgendwo auf dich wartet, ist groß – gib mir einen Hinweis. Wenn er nicht aufkreuzt, gehe ich weiter Richtung Studio und du folgst mir mit zehn Metern Abstand.

Er gab mir einen aufmunternden Schlag auf die Brust, ich stieß die Türe auf, Licht und Wärme fluteten herein. Ich trat über die Schwelle hinaus in die Sonne. Bevor ich in die Hauptgasse einbog, blickte ich mich kurz um. Ich konnte den Typen nirgends sehen, marschierte los. Als ich vor der Galerie stand, zuckte ich zusammen. Er war etwa zehn Meter hinter mir, ich hatte sein

Spiegelbild in der Scheibe erkannt. Ich atmete auf, als Jean wie zufällig neben mir auftauchte, ein Zigarettenpäckchen aus den Jeans kramte, eine Zigarette herausfingerte und anzündete.
Er steht hinter mir.
Jean hustete, hielt sich die Hand vor den Mund, flüsterte, geh weiter, zweite Gasse nach links.
Ich setzte mich wieder in Bewegung, musste mich dazu anhalten, meine Schritte zu bremsen. Die Gasse, die Jean erwähnt hatte, war ein dunkles Loch ohne Ladenlokale, ohne Restaurants, menschenleer. Ich zögerte, aber wieso sollte ich Jean misstrauen? Die Gasse wurde immer enger, Schritte hinter mir, ich drehte mich um, der Kerl war noch fünf Meter entfernt. Verdammt, wo blieb Jean?
Qu'est-ce que tu veux?, rief ich panisch.
Tu le sais bien. Où est-il?
Er hatte mich an den Schultern gepackt, drückte mich an die Hauswand.
Tu vas parler, je te jure …
Weiter kam er nicht, er knickte wie ein gefällter Baum um, Jean hatte ihn von hinten in die Kniekehlen getreten. Der Kerl rollte blitzschnell einen Meter zur Seite, versuchte, aufzustehen, Jean war schneller, kickte ihn gegen das Schienbein, der Kerl fiel mit dem Gesicht voran aufs Pflaster. Jean kniete sich auf ihn, riss ihm den rechten Arm auf den Rücken, hebelte ihn hoch. Blut tropfte auf die Pflästerung, der Typ stöhnte, vermutlich hatte er sich beim Sturz die Stirne aufgeschlagen.
Für wen arbeitest du, fragte Jean.
Der Mann schwieg.
Jean fragte nochmals, erhöhte den Druck auf den Arm.
Die Antwort war ein Heulen.
Lâche-le, vernahmen wir aus dem Nichts. Jean schaute auf, sagte, merde, löste seinen Griff, stand langsam auf, ohne den Mann mit der Pistole aus den Augen zu lassen.
Der andere versuchte, auf die Beine zu kommen, der Kerl mit der Pistole half ihm. Als er stand, lehnte er sich an die gegenüberliegende Fassade, wischte sich über die Stirn, kramte ein

Taschentuch hervor, drückte es auf die Wunde.
Ihr bleibt schön hier stehen, bis wir verschwunden sind. Der Mann mit der Pistole stützte seinen Kumpan, ging langsam rückwärts, die Waffe auf uns gerichtet.
Es ist besser für euch, wenn ihr uns nicht folgt.
Als sie im Strom der Hauptgasse verschwanden, sagte Jean, ich hätte ahnen müssen, dass sie zu zweit sind, sorry, mein Fehler.
Du hast mich ja gerettet.
Nicht wirklich, brummte er. Aber zumindest habe ich ihm einen Denkzettel verpasst. Jean bückte sich, hob seine Sporttasche auf, die er in eine Mauernische gestellt hatte.
Wenn sie gewusst hätten, sagte er grinsend, deutete auf das Ding, das aus der Tasche guckte.
Komm, lass uns abhauen.
Keine Panik, wir wollen ihnen keinen Anlass geben, uns zu folgen.
Was waren das für Typen?
Ich werde nicht schlau aus dem Ganzen. Sie wären anders aufgetreten, wenn sie im Auftrag der Besitzer des Kunstwerks handeln würden, Geheimdienst kannst du auch vergessen. Es gibt noch jemand anderen, der das Bild will.
Mein Hals schnürte sich zusammen. Jean gab mir einen Klaps auf die Schulter.
Komm schon. Was hat er zu dir gesagt?
Er … er fragte, wo ist es?
Das Gemälde, nehme ich an.
Bestimmt.
Lass dich nicht verrückt machen. Wenn du die Malerin gefunden hast, wird sich das Ganze klären.
Er nahm mich am Arm, schob mich aus dem Dunkel hinauf in die belebte Gasse, schaute sich kurz um, ging voraus, deutete mir an, ihm zu folgen. Wir gelangten auf einen Platz, Jean bog nach rechts ab, querte einen Torbogen, stieg eine treppenartige schmale Gasse hoch. Die Gegend war menschenleer. Jean blieb stehen, sah sich um.
Ich glaube, wir werden nicht verfolgt.

Er wartete, bis ich auf gleicher Höhe war, deutete nach rechts auf eine schmale Gasse, die den Ausläufer des Schlosshügels hochkletterte, sagte, es ist die kürzeste Strecke zum Hafen. Mein Studio liegt im Hafenquartier.
Am höchsten Punkt, auf dem Hügelrücken, öffneten sich die schmalen Gassen der Altstadt, gaben den Blick frei auf größere Neubauten. Wir standen unversehens in der prallen Sonne, folgten einer Straße, die hangabwärts gegen Osten führte. Jean deutete auf einen Gebäudekomplex.
Wenn du mal nicht mehr weiterweißt, kannst du dich hier melden.
«LEGION ETRANGERE, Recrutement». Beim Tor stand eine Wache mit Maschinengewehr, im Hof wurde in der prallen Sonne exerziert. Jean zog mich weiter.
Wir sind gleich da.
Weiter unten nahmen wir die Straße, die zum Hafen führte. Nach ein paar Schritten lenkte mich Jean nach links in eine kleine Gasse.
Voilà, sagte er, deutete auf einen heruntergekommenen zweigeschossigen Gebäudekomplex mit verrosteten Rolltoren. Über den Toren kaum noch leserliche Großbuchstaben, mehrfach übermalt.
Hier ist es, komm mit.
Er ging zu einem Nebeneingang auf der Rückseite, gab einen Code ein, stieß die Türe auf. Im Halbdunkel sah ich zuerst nichts. Es roch nach Maschinenöl und Schweiß. Metallene Lampenschirme hingen von der Decke und verbreiteten ein Licht wie in einem Billardlokal, Scheppern von Metall und gelegentliches Stöhnen waren zu vernehmen. Der Raum war riesig, Stahlträger verliefen an der Decke, alle zehn Meter runde Eisenstützen, dazwischen Hantelbänke und Kraftmaschinen. Jean sagte, ist nicht gerade chic, aber es hat alles, was man braucht. Wir gingen weiter zu einem Hinterzimmer, das mit Garderobeschränken gefüllt war, von irgendwoher hörte ich das Rauschen der Duschen. Wir waren allein. Jean schloss einen der Schränke auf, zog das Bild aus der Tasche, schob es hinein. Die

Tür ließ sich nicht schließen. Er fluchte, versuchte es nochmals. Halt, sagte ich besorgt, schob ihn zur Seite, legte das Gemälde diagonal in den Schrank, wie ich damals das Paket im Schließfach der Universität platziert hatte. Die Türe ging zu. Jean klopfte mir auf die Schulter, was bei mir einen spontanen Schluckauf auslöste, der ihn ungemein amüsierte.
Ich folgte ihm, vorbei an einer improvisierten Bartheke und einem riesigen alten Kühlschrank, zum Ausgang.
Als wir auf der Straße standen, fragte er, hast du eine Fotografie von ihr?
Von der Malerin?
Bien sûr.
Ich habe nur diese Skizze.
Ich zeigte Jean das Porträt.
Das hast du gemacht?
Ja.
Ist echt gut. Für einen Steckbrief reicht es jedoch nicht. Kannst du eins ohne Sonnenbrille machen?
Ich sah ihn verdutzt an. Dann könnte ich dich bei der Suche unterstützen.
Ich nickte. Wie heißt sie eigentlich?
Ludmilla.
Ludmilla, wiederholte er, betonte jede Silbe, als würde er sie auf der Zunge zergehen lassen. Dann sah er mich an, fragte, findest du den Weg zurück?
Kaum, sagte ich.
Okay. Wenn du nach links gehst, kommst du zum Hafen. Dann folgst du der Küste bis zur Promenade des Anglais. Der Weg ist etwas länger, aber du kannst dich nicht verlaufen. Er hob kurz die Hand, sah mir nach. Ich schaute zwischendurch zurück, versuchte, festzustellen, ob er mir folgte, aber ich konnte ihn nirgends sehen.
Es war bereits elf Uhr, als ich bei Patrick meinen Kaffee bestellte. Auf meinen fragenden Blick schüttelte er den Kopf. Ich wandte mich meinem Tagebuch zu. Mein Blick verlor sich auf dem weißen Papier, meine Atmung beschleunigte sich, ich

fand mich in der dunkeln Gasse wieder, wurde an die Wand gedrückt, von Jean befreit, von einer Pistole bedroht.
Verdammt! Wer waren die Angreifer?
Gegen Mittag verabschiedete ich mich wie gewohnt, Patrick nickte mir zu. Ich überquerte die Straße, setzte mich unter die weiße Pergola auf die Bank.
Hallo, hörte ich hinter mir. Eine riesige Hand erschien, streckte mir ein Sandwich zu.
Jean? Ich hab dich nicht gesehen.
Bin nach dir gekommen. Halte deine Hand hin.
Er drückte mir eine Flasche Wasser in die Finger.
Danke, sagte ich überrascht.
Ich hab die Gegend gecheckt, die Luft ist rein. Hast du Hinweise von Ludmilla?
Nein.
Wir blieben Rücken an Rücken sitzen. Vermutlich war es besser, wenn wir auf Distanz blieben.
Um halb drei besetzte ich wieder meinen Posten im Café. Ich legte das Tagebuch auf den Tisch, begann zu skizzieren. Erst nach dem vierten Versuch war ich einigermaßen zufrieden. Patrick hatte mich beobachtet. Er schielte über meinen Rücken, sagte, sie ist es, ich bin sicher. Sie wohnt hier im Hotel.
Kurz nach sieben bezahlte ich, ging hinüber zur Pergola. Jean war nicht da. Ich steckte mir eine Zigarette an, vertrat mir die Beine. Gegenüber dem Negresco setzte ich mich auf eine Bank, sah hinaus aufs Meer. Boote flitzten weit draußen über die glitzernde Wasseroberfläche.
Wie gerne würde ich Patrick glauben.
So wie du dreinschaust, ist sie nicht aufgetaucht, begrüßte mich Jean. Er stand vor mir.
Ich werde dich auf andere Gedanken bringen, viens. Emilie hat dich gewarnt, heute zeige ich dir noch die andere Seite von Nice. Wir sind noch etwas früh fürs Nachtleben, essen wir zuerst eine Kleinigkeit.
Ich hatte erwartet, dass er den Weg hinauf zur Altstadt einschlagen würde, aber er schlenderte dem Strand entlang, deutete

auf eines der Strandrestaurants, sagte, hier kenn ich die Mannschaft.

Jean wurde begrüßt wie ein Verwandter. Man führte uns an einen Tisch in der vordersten Reihe, entfernte diskret das Reserviert-Schildchen, platzierte es auf einem Tisch in der zweiten Reihe. Als einer der Kellner mit den Speisekarten erschien, winkte Jean ab, wandte sich an mich.

Magst du Austern?

Ich nickte etwas zu schnell. Und Hummer?

Ich bejahte, obwohl ich je weder Austern noch Hummer gegessen hatte, neigte mich zu Jean, flüsterte, aber das ist doch bestimmt schweineteuer hier.

Jean lächelte mich an, sagte mit einem Augenzwinkern, beruht alles auf Gegenleistung, wandte sich an den Kellner, den er duzte wie alle Angestellten, bestellte eine Flasche Sancerre, je sechs Austern und den Hummer.

Ich protestierte, der Form halber, Jean legte mir seine Pranke auf den Unterarm, sagte bestimmt, heute Abend bist du mein Gast.

Wir waren immer noch allein auf der Terrasse, hoben die Gläser, die im Licht der letzten Sonnenstrahlen funkelten, lehnten uns zurück, nippten am kühlen Weißwein, schauten schweigend hinaus aufs Meer, wo eine leichte Brise die goldfarbene Oberfläche kräuselte.

Für einen Augenblick vergaß ich meine missliche Lage.

Jean musste mir zeigen, wie man die Austern isst. Ich war nicht auf den salzig-sauren Geschmack gefasst, kämpfte mit der schlabbrigen Konsistenz. Erst bei der dritten Auster schaffte ich es einigermaßen souverän und konnte der Delikatesse etwas abgewinnen.

Der Hummer wurde serviert, fast gleichzeitig gingen die Lichtgirlanden an. Die Terrasse füllte sich, Gelächter, ausgelassene Unterhaltung, Zurufe vermischten sich mit dem Lärm des Verkehrs und dem an- und abschwellenden Rauschen der Wellen. Jean blickte auf, sagte mit vollem Mund, das Nachtleben beginnt.

Er begann von sich zu erzählen, vom schwierigen Leben an einem Ort, an dem viel Prominenz und Geld zusammenkommen und nur wenige davon profitieren. Ich hörte stumm zu, hoffte, dass er keine Fragen zu meinem Privatleben stellen würde, aber natürlich erkundigte er sich nach der Malerin. Ich versuchte eine knappe Zusammenfassung unserer eigenartigen Beziehung.
Du wolltest wissen, wie sie aussieht. Ich habe noch einen Versuch gemacht.
Ich zog das Tagebuch hervor, zeigte ihm die Skizze. Er hielt das Porträt ins Licht, sah lange darauf, nickte.
Eine Schönheit.
Willst du die Skizze?
Nicht nötig.
Er tippte sich an die Schläfe. Ist gespeichert.
Nach dem Kaffee verließ Jean den Tisch. Ich sah den Wellen zu, verfolgte die Schaumkronen, die wie Leuchtgirlanden über die dunkle Wasseroberfläche tanzten.
Jean kam zurück, nickte mir zu, sagte, allons-y.
Wir gingen über den Boulevard zurück bis zur lang gestreckten Schaufassade, hinter der die Altstadt liegt. Jean deutete nach links, ging mit Riesenschritten über die Straße, verschwand durch eines der Tore. Ich hatte Mühe, zu folgen, musste Zwischenspurts einlegen, kam ins Schwitzen. Er blickte zurück, stoppte.
Sorry, ich bin zu schnell, eine Unart von mir.
Er legte den Arm um meine Schultern, sagte, solange es noch nicht dunkel ist, genießen wir den Abend im Freien.
Er lenkte seine Schritte in eines der Straßencafés der Cours Saleya, in der vordersten Reihe war noch ein Tischchen frei.
Kaffee oder ein Digestiv?
Kaffee, sagte ich.
Jean bestellte. Natürlich kannte man ihn auch hier. Er deutete auf den leeren Platz, sagte, hier stand mal eine große Markthalle. Wurde einer Tiefgarage geopfert. Na ja, toll war die Halle nicht.

Ich deutete auf die zweigeschossigen Gebäude, die den Marktplatz von der Promenade trennen und die mir schon bei unserem ersten Besuch in Nizza irgendwie rätselhaft erschienen. Was hat es mit dieser Gebäudereihe auf sich? Sie gehört nicht so recht zur Altstadt und passt nicht zur Promenade.
Hier verlief im Mittelalter die Stadtbefestigung. Man hat sie irgendwann ersetzt mit Flanierterrassen für die High Society.
Kann man da hinauf?
Nein. Die Treppen sind verbarrikadiert.
Eigentlich schade, sagte ich.
Jean nickte, rief die Bedienung, bezahlte.
Wie hast du's mit Casinos?
Dafür habe ich zu wenig Kapital.
Bien, dann machen wir die klassische Tour.
Klassisch?
Er zog mich hinein in die Altstadt, beugte sich zu mir, sagte, es gibt Privatclubs mit Mädchen. Die Etablissements sind zwar schweineteuer. Stehst du auf Mädchen, die sich …
Nein, nein, sagte ich, zu teuer.
Bon. Ich kenne gute Bars mit und ohne Musik. Magst du Musik?
Ja, sagte ich, ohne zu überlegen.
Was hörst du denn?
Wieder war ich in die Falle getappt.
Ich höre fast alles außer Schlagern und Volksmusik.
Rock?
Ja, ist okay.
Ich hätte es wissen müssen. Es war bombastisch laut, eine Unterhaltung war nicht möglich, meinte ich zumindest. Jean unterhielt sich blendend mit jedermann. Irgendwann bezahlte er, schlug das nächste Lokal vor, ich sagte, d'accord. Dort lotste er mich an die Bar, drückte mir abermals ein Glas mit Hochprozentigem, meistens Whisky, in die Hand. Die Szene wiederholte sich, bis ich ihm nicht mehr folgen konnte. Alles drehte sich, ich musste mich irgendwo abstützen.
Oh là là, sagte Jean, ich hätte besser auf dich achtgeben sollen, Emilie wird mir eine Standpauke halten. Viens.

Jean zog mich in eine Bar ohne Musik. Ich war zu weggetreten, um mich dagegen zu wehren, machte mich auf noch mehr Alkohol gefasst, aber er drückte mir einen Halbliterkrug Wasser in die Hand, sagte, austrinken.
Für sich hatte er einen Kaffee bestellt.
Nachdem ich den Krug geleert hatte, fühlte ich mich etwas besser. Auf dem Nachhauseweg mussten wir wie ein Liebespaar ausgesehen haben. Jean hatte mich um die Schulter gefasst, schob mich durch die fast menschenleeren Gassen – allein hätte ich Emilies Wohnung nicht gefunden.
Als Jean die Wohnungstüre öffnen wollte, schien sie zu klemmen. Er überlegte kurz, sagte, Emilie hat vermutlich ein zusätzliches Schloss montieren lassen, wir sind ausgesperrt. Er wandte sich mir zu, sagte, du kannst bei mir schlafen.
Da vernahmen wir das metallische Geräusch des Türriegels. Emilie öffnete, stand im Morgenrock vor uns, schaute mich kritisch an, bedachte Jean mit einem tadelnden Blick. Dieser flüsterte ihr etwas ins Ohr, sagte dann, gute Nacht, bis morgen. Ich torkelte ins Bad, schlich hinüber in mein Zimmer, Emilie war wieder in ihrem Schlafzimmer verschwunden, ich atmete auf.

Es war halb zehn, als ich aufwachte.
Ich streckte den Kopf aus der Türe. Emilie und Jean waren in der Küche, winkten mir zu. Ich verzog mich ins Bad, stand lange unter der Dusche.
Mit kurzen Schritten trat ich in die Küche, nahm am Tisch Platz. Die beiden stellten ihre Konversation rücksichtsvoll ein. Emilie hatte mir einen Krug Schwarztee gebraut. Still trank ich Tasse um Tasse, essen mochte ich nichts.
Als ich mich zum Gehen anschickte, folgte mir Jean hinaus ins Entree.
Ich bleibe in deiner Nähe, sei vorsichtig. Er bückte sich, flüsterte mir ins Ohr, Emilie hat mir eine Rüge erteilt, heute Abend gehen wir früher nach Hause.

10

Ich weiß nicht, wie ich mich verhalten soll. Tobi hilft, aber gleichzeitig drängt er sich auf, macht mir Avancen, als wäre ich nicht verheiratet, erzählt dauernd von sich und seiner rosigen Zukunft bei der Polizei. Ich weiß bereits alles über ihn, aber über Andy erfahre ich nichts. Man halte ihn aus der Schusslinie, es brauche Geduld. Leere Floskeln. Andys Schicksal ist ihm egal. Ich mag Tobi nicht leiden, aber er macht sich nützlich, ich kann ihn jetzt nicht wegschicken.
Ich werde immer unbeweglicher, raste andauernd aus, komme mir vor wie ein Elefant.
Ein hilfloser Versuch, aus meinem Körper zu fahren:

Das Walross

Ich
Schleppe
Mich
Schwer
Und
Unförmig
Durch
Den Fluss
Ans
Sichere
Ufer

Ich trat hinaus in einen wolkenlosen Tag. Es war noch heißer als gestern, mein Gilet, in dem ich das Tagebuch mitführte, trug ich auf dem Arm.

Ich hatte noch etwas über zwanzig Euro, kam mir vor wie ein Spieler, der seine letzte Karte spielte.
Kurz vor Mittag wurde es hektisch vor dem Hoteleingang. Eine silbergraue Luxuskarosse fuhr vor, dahinter hielten zwei weitere Fahrzeuge, die ich nur andeutungsweise sehen konnte. Autotüren wurden zugeschlagen, Männer liefen über den Vorplatz, ich zuckte zusammen, als hätte ich einen Stromstoß erhalten.
Ludmilla!
Die Frau mit der Sonnenbrille! Das war Ludmilla. Sie stieg aus der exklusiven Limousine, drehte sich kurz um, winkte, ging dann mit elastischen Schritten über den roten Teppich hinauf zum Hoteleingang. Ich schoss auf, stürzte auf sie zu.
Ludmilla!
Ich kam nicht weit, vier Hände hielten mich zurück. Sie wandte den Blick von mir ab, verschwand ohne ein Wort durch die Drehtür in der Lobby. Der Druck der klammernden Hände löste sich, ich blieb wie vom Donner gerührt stehen. Als ich mich wieder gefasst hatte, waren die Autos und die Männer weg.
Wieso hatte sie mich wie einen Aussätzigen behandelt? Hatte sie mich nicht erkannt mit Bart und langen Haaren?
Jean war nicht auf der Promenade. Ich paffte eine Zigarette, wartete, dann raffte ich mich auf, ging ostwärts Richtung Altstadt. Am Marché aux Fleurs kaufte ich eine Flasche Wasser. Vor dem Laden kam Jean auf mich zu.
Es schien mir nicht ratsam, wieder am gleichen Ort auf dich zu warten, sagte er knapp. Komm.
Ich versuchte, neben ihm zu bleiben, aber ich musste mich immer wieder durch Touristengruppen kämpfen, konnte nicht mit ihm Schritt halten. Zum Glück überragte er die Menge. Jean nahm die Rue Droite, bog dann an der Place St. François wieder rechts ab. Der Weg zum Trainingsstudio.
Ich war vollkommen verschwitzt, als wir aus der Sonne in den dunklen Innenraum traten.
Hier sind wir ungestört, sagte Jean. Ich folgte ihm zwischen den Hantelbänken hindurch an die improvisierte Bar. Er begann zwei Drinks zu mixen.

Wird dich wieder aufbauen nach der gestrigen Nacht. Es war Ludmilla, stimmt's?
Offenbar hatte er die Aktion verfolgt.
Ja, obwohl …
Jedenfalls war da eine Menge los. Hast du die Typen mit den kugelsicheren Westen gesehen?
Ich starrte ihn verständnislos an.
Sie stiegen aus den zwei Wagen, die dem Bentley gefolgt sind.
Du meinst die Luxuskarosse.
Ja. Ihre Reaktion war etwas … etwas überraschend, sagen wir es mal so. Zuerst dachte ich, sie gehören zum Bentley, aber sie verhielten sich nicht adäquat.
Adäquat?
Wie man üblicherweise vorgeht. Als die Autos wegfuhren, blieben zwei Männer zurück, versuchten, sich unauffällig zu geben, aber es war offensichtlich, das sind Bewacher.
Bewacher?
Ich denke, es hat mit ihr zu tun.
Wurde Ludmilla gefangen gehalten? Irgendwie passte der exklusive Wagen nicht dazu. Und sie war allein ausgestiegen, wurde von niemandem begleitet.
Jean motivierte mich, den Nachmittag wieder im Café zu verbringen, vielleicht sei es gerade jetzt wichtig.
Ich blieb vage, bis er fragte, hast du kein Geld mehr, ist es das?
Ja, gestand ich. Er lachte, zog einen Fünfzig-Euro-Schein aus der Hosentasche, steckte ihn mir zu.
Kannst du mir später zurückzahlen, wenn du reich bist, sagte er vergnügt.
Ich würgte den letzten Schluck meines Drinks hinunter, der dickflüssig und süß war, ging auf die Toilette.
Als ich an die Bar zurückkam, war Jean mit einem Trainingskollegen im Gespräch.
Gehst du?, fragte er.
Ja.
Viel Glück, sagte er, gab mir einen angedeuteten Faustschlag auf die Brust, wandte sich wieder seinem Gesprächspartner zu.

Patrick sah mich vieldeutig an, als ich einen Tee bestellte. Er erschien mit einem Silbertablett, platzierte es auf dem Tisch, deutete diskret auf den weißen Umschlag neben dem Teekännchen.
Was ist das?, fragte ich überrascht.
Eine Nachricht, nehme ich an.
Mit zitternden Fingern öffnete ich das zugeklebte Kuvert. Darin war ein beschriebener Briefpapierbogen mit dem Emblem des Hotels und drei Hundert-Euro-Noten.
Meine Umgebung verschwamm, ich starrte auf den Papierbogen, versuchte, die Zeichen zu entziffern. Die Schrift erinnerte mich an die Eintragungen in ihrem Skizzenheft.

Cher André
Wir dürfen nicht zusammen gesehen werden, entschuldige mein Verhalten. Natürlich habe ich dich erkannt. Ich habe für dich das Zimmer 312 gebucht. Du heißt Nick Meier, ich denke nicht, dass sie einen Ausweis verlangen.
Du wirst vorher dein Outfit anpassen müssen, so kommst du unmöglich rein. Kauf dir etwas Nettes, es muss ja kein Anzug sein, und geh zum Friseur.
Ich erwarte dich, mon chéri.
Ludmilla

Ich las die Zeilen nochmals und nochmals, blieb wie versteinert sitzen. Mon chéri … Ich ließ mir die beiden Worte wie Zucker auf der Zunge zergehen. Ich hatte sie gefunden! Mein Puls raste, Schweißperlen standen mir auf der Stirn. Patrick kam auf mich zu, fragte, ist Ihnen nicht gut, kann ich etwas für Sie tun.
Danke, Patrick, die Rechnung bitte.
Ich drückte ihm den Fünfzig-Euro-Schein in die Hand, stolperte davon. Wildes Hupen schreckte mich auf. Ich stand mitten auf der Straße, spürte eine Hand, die mich am Oberarm packte, vorbei an hupenden Autos auf die Promenade zerrte.
Mensch, bist du vollkommen weggetreten? Willst du überfahren werden, um jeden Preis auffallen?

Jean stand vor mir, sah mich streng an, schob mich weiter.
Ich zeigte ihm den Briefumschlag.
Sie hat mir eine Mitteilung zukommen lassen.
Was steht darin?
Ich übersetzte.
Zimmer 312, sagte er grinsend, sieh an, du Glücklicher. Dann musterte er mich kritisch.
Sie hat natürlich recht, so kommst du nicht rein. Wie sieht deine finanzielle Situation aus?
Sie hat mir dreihundert Euro zugesteckt.
Jean überlegte kurz, nickte.
Komm mit.
Er zog mich Richtung Altstadt. An der Cours Saleya bog er links in die erste Gasse ein, deutete auf einen kleinen Coiffeursalon.
Hier beginnen wir.
Ein Hüne mit kahl rasiertem Schädel, Nacken und Arme tätowiert, kam aus dem Hinterzimmer. Jean deutete auf mich, zwinkerte mir zu, erklärte in unverständlichem Französisch seine Vorstellungen. Der andere nickte, ließ mich auf einem Stuhl Platz nehmen, wusch mir die Haare. Danach begann er mit der Schere meine Mähne zu bearbeiten, stutzte meinen Bart, besah mich kritisch, blickte zu Jean hinüber, der im Hintergrund Platz genommen hatte. Jean erhob sich, begutachtete das Resultat aus verschiedenen Blickwinkeln.
Fast wie David Beckham, schmunzelte er, gab mit erhobenem Daumen zu verstehen, dass die Auffrischung gelungen sei.
Ich runzelte die Stirn, sah skeptisch in den Spiegel. An diesen Typen musste ich mich erst noch gewöhnen.
Ich bezahlte an der kleinen Theke mit der alten, chromglänzenden Registrierkasse.
So, jetzt zu den Kleidern, meinte Jean. Ich denke, der Laden in der Nähe der Place Garibaldi könnte passen.
Das Geschäft sah bescheiden aus, Jean schmunzelte.
Lass dich überraschen, der erste Eindruck täuscht.
Tatsächlich war der Laden viel größer als erwartet, erstreckte sich über drei Etagen. Er führte vor allem Lederwaren, Cowboy-

stiefel, Jeans und Hemden. Jean ging zum Gestell mit den Hemden, zog eines heraus, hielt es mir hin.
Probier mal.
Während ich mein Shirt abstreifte und das Hemd anzog, wechselte Jean mit dem Inhaber ein paar Worte, worauf dieser mit einer Auswahl Jeans aufkreuzte.
Nicht schlecht, meinte Jean zu mir gewandt. Nimm mal diese zwei Jeans mit. Die Umkleidekabinen sind da drüben.
Ich zog mich um, stellte mich vor den Spiegel.
Das Hemd war locker geschnitten, grobe Baumwolle, fast weiß, die Jeans dafür eng mit tiefem Bund, total ungewohnt.
Zeig dich, vernahm ich Jean.
Ich schob den Vorhang beiseite. Der Verkäufer stand neben ihm. Beide hatten die Hände in die Seiten gestemmt, musterten mich.
Moment, sagte der Verkäufer, vielleicht …
Er kehrte mit einem Paar schwarzer Jeans zurück, die leicht verwaschen waren, streckte sie mir hin. Mir schienen sie noch enger.
Als ich mich den beiden zeigte, hoben sie spontan die Daumen.
Gehen wir zu den Schuhen.
Ich fühlte mich ungemütlich. Noch nie hatte ich so viele Einkäufe in so kurzer Zeit getätigt, dann noch ausschließlich Kleider.
Natürlich führten sie mich zu den Lederstiefeln. Ich winkte ab, sie schienen mir nicht adäquat zur momentanen Temperatur.
Ich probierte ein Paar leichte Mokassins. Sie waren bequemer als meine Trekkingschuhe, was mir den Entscheid erleichterte.
Perfekt! Jetzt brauchst du noch einen Ledergurt.
Ich begann zu rechnen, flüsterte Jean ins Ohr, ich habe nur noch zweihundertsiebzig Euro.
Jean beugte sich zu mir, sagte, lass mich machen.
Er wählte den Gurt für mich aus: schwarz mit großer Metallschnalle.
Gute Wahl, nickte der Verkäufer, stopfte meine getragenen Kleider und Schuhe in eine Plastiktüte, tippte die Artikel in die Kasse, während Jean auf ihn einredete.

D'accord, brummte er schließlich, zwanzig Prozent, weil du's bist.
Der Verkäufer betätigte einen seitlichen Griff, die Schublade der Kasse sprang auf und im Sichtfenster wurde der Betrag angezeigt: zweihundertsiebzig Euro. Ich runzelte die Stirn, legte mein Geld auf den Ladentisch.
Du hast den Kredit gut angelegt. Das wird ihr auch gefallen, sagte Jean gönnerhaft, klopfte mir auf die Schulter.
Wir verließen das Geschäft.
Es war drückend heiß in der Gasse.
Ich denke, du brauchst mich im Moment nicht mehr. Die Tüte kannst du mir mitgeben, ich bring sie zu Emilie und sag ihr, dass du im Hotel übernachten wirst. Dabei zwinkerte er mir zu. Wenn du das Bild brauchst oder Hilfe benötigst, findest du mich am ehesten im Club. Lass mich wissen, wie's läuft, die Story ist ja noch nicht zu Ende. Am besten nimmst du jetzt die Promenade du Paillon zum Meer hinunter.
Als er meinen fragenden Blick auffing, ergänzte er, einfach hier dem Park entlang.
Er hob die Hand, hielt unvermittelt inne.
Moment, hast du eigentlich ein Handy?
Ich zeigte auf die Plastiktüte, die er sich unter den Arm geklemmt hatte. Er streckte sie mir hin, ich wühlte kurz darin, holte meine Sonnenbrille, die Zigaretten und das Nokia heraus.
Er schmunzelte, als er das Ding sah.
Ich gebe dir meine Nummer für den Notfall.
Das Gerät wird vermutlich überwacht, erwiderte ich.
Für den Notfall, sagte er nachdrücklich, tippte die Nummer ein.
Ich steckte das Handy in die Gesäßtasche meiner Jeans.
Alors, bonne chance, sagte Jean, sah mir in die Augen.
Ich überlegte, ob ich ihn zum Abschied umarmen sollte, aber die Geste schien mir lächerlich, ich wäre mir wie ein Kind vorgekommen. Stattdessen hob ich die flache Hand, er schlug ein, wünschte mir viel Glück.
Danke für alles, rief ich hinter ihm her, setzte die Sonnenbrille auf, steckte mir eine Zigarette an, bog in die Promenade ein.

Auf dem Kiesweg beschleunigte ich meine Schritte, aber als ich auf die Promenade des Anglais traf, mich dem Eingang des Royal näherte, hatte ich plötzlich Mühe, einen Schritt vor den anderen zu setzen. Nicht auffallen, redete ich mir zu. Ich straffte den Rücken, ging über den roten Teppich, schlüpfte durch die antike Drehtür in die kühle Lobby. Ich nickte dem Portier zu, trat an die Rezeption.
Nick Meier, sagte ich zur Dame im dunkelblauen Kostüm, die hinter einem Bildschirm saß. Man hat ein Zimmer für mich reserviert. Sie lächelte mir zu, konsultierte ihre Daten, beschriftete einen Umschlag mit der Nummer 312, steckte eine Karte hinein, legte beides vor mich auf die Theke.
Brauchen Sie jemanden für das Gepäck?
Nicht nötig, lächelte ich zurück. Ich drückte den Lift, stieg ein, wählte die Drei. Mit einem leisen Zischen öffnete sich die Tür, vor mir lag ein langer Flur mit bunt gestreiftem Teppich.
Ich steckte die Karte in den Schlitz des Schlosses, stieß die Türe auf. Das Zimmer war hell, großzügig, mit einem atemberaubenden Blick auf die Promenade und das Meer. Benommen setzte ich mich aufs Bett, mein Kopf rauschte.
Ich war hier, verdammt!
Bei Ludmilla!
Ich sah sie vor mir. Der dünne Seidenstoff ihres Kimonos floss wie Wasser über ihren Körper, zeichnete ihre Brüste, ihre Hüften nach. Sie kam auf mich zu, entblößte langsam ihre rechte Schulter, der Drache auf ihrem Rücken löste seine Schwingen, flog flatternd davon, der Kimono glitt zu Boden.
Ich fuhr mir mit der Hand über die Augen, ging ans Fenster, spähte durch die luftigen Vorhänge nach draußen, beobachtete das Vorgelände des Hotels, konnte nichts Außergewöhnliches ausmachen. Vielleicht würde Jean Details erkennen, die verdächtig waren, aber mir entgingen. Das Zimmer hatte einen kleinen Balkon, ich wagte mich jedoch nicht hinaus. Gedankenverloren setzte ich mich ans Salontischchen, blätterte in einem der Magazine, horchte auf jedes Geräusch, konsultierte meine Uhr. Ich war bereits eine Stunde im Zimmer. Unschlüssig

erhob ich mich, ging mit nervösen Schritten zwischen Tür und Fenster hin und her, ließ mich schließlich aufs Bett fallen.
Ich schreckte aus einem Traum. Ein Blick auf die Uhr beruhigte mich, ich war nur kurz eingenickt. Ich widerstand der Versuchung, den Fernseher einzuschalten, um mich abzulenken, ich könnte etwas überhören.
Tatsächlich, kurze Zeit später vernahm ich Kratzgeräusche. Ich versuchte, sie zu orten, stellte überrascht fest, dass das Zimmer eine Verbindungstüre zum Nachbarzimmer hatte. Ich ging näher. Die Geräusche kamen durch die Türe, so schien es mir jedenfalls. Auf meiner Seite steckte ein Schlüssel. Ich drehte ihn langsam, drückte die Türklinke, öffnete. Gleichzeitig ging die zweite Tür dahinter auf.
Sie war es – im Kimono!
Ludm …
Sie schüttelte den Kopf, legte den rechten Zeigfinger auf ihre Lippen, hielt mich mit der linken Hand auf Distanz. Etwas stimmte nicht.
Sie winkte mich in ihr Zimmer, den Finger auf den Lippen, ging voraus ins Bad. Ich folgte ihr konsterniert. Sie drehte den Wasserhahn auf, hielt die rechte Hand ins Waschbecken, zog mich mit der linken Hand an sich, küsste mich.
Wir müssen flüstern, sagte sie leise. Ich bin verwanzt. Sie deutete auf ihr rechtes Handgelenk. Ich starrte auf den breiten Armreif, der vom Wasserstrahl getroffen wurde.
Wanze und GPS-Sender. Eine Art Handfessel. Sie wissen immer, wo ich bin, was ich spreche und mit wem ich spreche. Es war ein Agreement, dem ich schließlich zugestimmt habe. Davor hielten sie mich gefangen.
Mein Gott, flüsterte ich.
Mir geht es den Umständen entsprechend gut, beruhigte sie mich. Sie sah mir direkt in die Augen, fragte, hast du es?
Ich nickte. Sie fiel mir um den Hals, küsste mich, drückte mich, dass ich kaum Luft kriegte, löste sich abrupt, hielt das rechte Handgelenk wieder unter den Wasserstrahl.
Wo ist es?

Das Skizzenheft …
Was ist damit?
Es wurde gestohlen.
Sie sagte nichts, verzog nur leicht den Mund.
Jetzt brauch ich's ja nicht mehr, seufzte sie. Wo ist das Bild?
Hier, in Nizza. In Sicherheit.
Gut, hast du Zugriff darauf?
Indirekt.
Indirekt?
Ein Freund verwahrt es.
Sie sah mich erschrocken an.
Ist er … ist er verlässlich?
Ja.
Sie nickte.
In den nächsten Tagen musst du es beschaffen können. Mein Leben hängt davon ab.
Ich schwieg. Jean hatte recht gehabt, als er bemerkte, die Story sei noch nicht zu Ende. Sollte ich ihr erzählen, dass ich verfolgt worden war, dass man mir den leeren Koffer gestohlen hatte? Nein, ich wollte sie nicht zusätzlich beunruhigen.
Sie schob mich eine Armlänge von sich, musterte mich, sagte, gut siehst du aus, André, irgendwie erwachsen, unglaublich.
Ich strahlte sie an, küsste sie.
Kann ich mich im Hotel frei bewegen?, fragte ich.
Ich denke schon, du bist ja jetzt Nick Meier. Leider kann ich dich in deinem Zimmer nicht besuchen, das würde bemerkt.
Das Zimmer … es … es ist bestimmt teuer.
Ach, André, das Zimmer habe ich gebucht, ich werde bezahlen. Hast du kein Geld mehr?
Ich nickte.
Ich kann dir aushelfen.
Woher hast …
Sie hatte den Zeigefinger ihrer linken Hand auf meinen Mund gelegt, sagte, nicht jetzt.
Ich löste mich von ihr, sah mich um.
Hast du Tape, flüsterte ich.

Nein.
Eine Schnur?
Höchstens Schnürsenkel.
Könnte gehen.
Sie deutete auf einen Schrank. Ich öffnete die Schranktüre. Die untere Hälfte nahmen drei Tablare mit Schuhen ein, darüber hingen ausgefallene Blusen, Jupes, Kostüme, Abendkleider.
Du lieber Himmel, hauchte ich, starrte auf die Schuhe. Nur wenige hatten Schnürsenkel. Ich nahm einen Schuh aus der Ablage, zeigte ihn ihr, sie nickte. Ich zog den Schnürsenkel aus den Ösen, ging zurück ins Bad, nahm das dünne Handtuch von der Stange, legte es in der Breite dreimal zusammen, deutete auf ihr rechtes Handgelenk. Sie drehte den Hahn zu, hielt mir den Arm entgegen. Der Reif war eng, vielleicht vier Zentimeter breit, sah edel aus wie ein Schmuckstück. Titan, vermutete ich. Darin eingegossen war ein Knopf, das Mikrofon oder der Sender. Ich wickelte das Tuch eng darum, band es mit dem Schnürsenkel am Handgelenk fest.
Sie sah belustigt auf den Verband.
Du bist ja richtig praktisch, André, lachte sie vergnügt. Komm, lass uns ins Bett wechseln, du hast mir gefehlt.
Sie stellte sich auffordernd vor mich hin, warf den Kopf nach hinten, sagte, zieh mich aus.
Es war, als hätte ich den Drachen befreit. Sie riss mir die Kleider vom Leib, packte mich, umschlang mich mit ihren langen Beinen, schob mir die Zunge in den Rachen, zerkratzte mir den Rücken. Ich japste nach Luft. Sie zog mich aufs Bett, kniete sich auf mich, würgte mich, biss mich. Ich wehrte mich nicht, es wäre ein schöner Tod gewesen.
Irgendwann lagen wir beide erschöpft nebeneinander. Sie hob den Arm, kontrollierte die Bandage, sagte, André, ich brauche etwas zu trinken.
Ich setzte mich auf, sah sie fragend an.
Im Schrank hinter den Schuhen.
Ich löste mich von ihr, ging hinüber zum Schrank, schob die Schuhe auseinander. Wodkaflaschen, mindestens zehn. Ich

holte eine aus dem Versteck, stellte sie auf den Salontisch, schenkte zwei Gläser ein. Sie setzte sich auf, nahm das Glas entgegen.

Twajó staróẃje.

Ich fühlte mich wie damals in ihrem Atelier, legte mich neben sie aufs Bett, nippte zaghaft an meinem Glas, während sie ihres in einem Zug leerte.

André, ich muss mit dir einiges bereinigen. Ich habe dir eine SMS geschickt, wieso hast du nicht geantwortet?

Es war nicht möglich.

Sie sah mich schief an.

Die Polizei hat mein altes Handy konfisziert.

Die Polizei? Sie setzte sich erschrocken auf.

Ich wurde verfolgt, meine Wohnung auf den Kopf gestellt, musste fliehen, brauchte Polizeischutz …

Okay, dann weiß die Polizei, wo ich bin. Sie legte sich wieder hin.

Die Zürcher Polizei, präzisierte ich.

Wenn sie eine fette Beute riechen, weiß es auch die französische Polizei. Aber die Polizei ist im Moment nicht mein Hauptproblem. Ich werde gefangen gehalten, an der langen Leine zwar, aber sie haben mich in ihrer Gewalt und warten auf das Gemälde. Weißt du eigentlich … hast du … hast du es entdeckt?

Ja. Es ist gut getarnt.

Der Rahmen, die Keile … Da hast du hoffentlich nichts daran verändert.

Nein, sagte ich ziemlich perplex.

Wenn die Rahmenspannung abrupt abnimmt, kann das Gemälde Schaden nehmen, verstehst du.

Ich nickte.

Hast du das Aktbild wieder aufgezogen? Das Schutzvlies?

Ja, ist alles wie ursprünglich.

Gut. Es ist wichtig.

Wieso hast du dieses Aktbild verwendet?

Sie lachte.

Es hat keine Bedeutung, es hätte irgendein Bild sein können.

Die anderen Aktbilder von mir …

Ja?
... hast du sie auch nur gemalt, um damit Kunstwerke zu kaschieren?
Oh, bist du enttäuscht. Nein, nicht nur. Aber der eigentliche Zweck meiner Arbeit ist die Tarnung, das stimmt.
Die Leinwände in der Abstellkammer, murmelte ich. Die unterschiedlichen Größen, die Zahlenangaben ...
Du hast meine Arbeitsgrundlagen also gesehen. Es war etwas unbedacht von mir, dich in der Kammer zu verstecken.
Es gab eine Liste an der Wand, ich konnte mir keinen Reim darauf machen. Waren das Bestellungen?
André, du bist neugierig.
Sie blickte mich strafend an, streckte mir das leere Glas entgegen. Ich holte die Flasche, füllte es. Sie nahm einen großen Schluck, lächelte mich an, sagte mit einer Stimme, die wie das Schnurren einer Katze klang, na ja, jetzt sind wir ja Komplizen, da kann ich es dir verraten. Das waren die Vorgaben für meine Bilder. Fast alle Leinwände, die ich für meine Werke benutzt habe, entsprachen den Maßen von Kunstwerken, die auf den Import in die Schweiz warteten. Ich habe im Auftrag der Orlow & Frères SA gearbeitet.
Dann hast du nur für diese Firma gemalt?
Sie kramte in ihrer Handtasche, fingerte ein Zigarettenpäckchen heraus, steckte sich eine Zigarette an. Mit zusammengepressten Lippen blies sie den Rauch gegen die Decke, sah mich an.
Ja. Sie garantierte mir eine verlässliche Einnahmequelle, organisierte Ausstellungen, bezahlte das Atelier und sorgte für die Sicherheit.
Sie stand auf, holte den Aschenbecher vom Salontischchen, legte ihn aufs Bett. Sie klopfte die Asche ab, nahm einen tiefen Zug. Zu Beginn unserer Zusammenarbeit habe ich auch Fälschungen produziert, aber wenn die Herkunft der Werke nicht eindeutig nachgewiesen werden kann, ist es schwierig, die Objekte zu platzieren. Deshalb haben wir uns auf Originale konzentriert, die während der Stalin-Herrschaft verschwunden sind.

Dann kommen die Gemälde aus Russland.
Sie nickte.
Bei der Einfuhr in die Schweiz werden sie mit meinen Bildern maskiert. So gelangen die Kunstwerke als «Borodin» unerkannt in die Schweiz.
Damit umgeht die Firma die Mehrwertsteuer.
Ach, André, das ist vielleicht ein Nebeneffekt, aber nicht der Grund dafür. Durch die Tarnung werden allfällige Erben der Künstler nicht auf den Plan gerufen und, was noch viel wichtiger ist, der russische Staat wird nicht zum Handeln gezwungen. Die meisten Kunstschätze stammen aus staatlichen russischen Sammlungen.
Sie werden verkauft?
Ja.
Nicht aus den Museen geklaut?
Nein, lachte sie und schüttelte den Kopf. Die Orlow & Frères SA kauft die Kunstwerke. Viele Museen in der Provinz können nur überleben, indem sie Gemälde aus ihren Sammlungen veräußern. Es ist eine Win-win-Situation. Der Kauf ermöglicht den Erhalt eines Echtheitszertifikats, die meisten Sammlungen sind katalogisiert. Die Kunden kaufen heute nichts mehr ohne Zertifikat. Wenn die Gemälde in Zürich angekommen sind, mache ich Fotos und organisiere die Expertisen.
Das tönt alles so einfach.
Mit den richtigen Beziehungen ist es einfach. Aber es braucht Erfahrung. Wir haben Experten in Frankreich, Deutschland und den USA. Sie stellen uns aufgrund des Katalogeintrags und der Fotos die entsprechenden Zertifikate aus. Danach werden die Kunstwerke wieder getarnt und kommen nach Genf ins Zollfreilager. Dort können die Kunden die Ware prüfen. Ein weiterer Vorteil der Maskerade ist, dass sie offiziell zum Wert deklariert werden, der meinen Gemälden entspricht, also zu einem Bruchteil dessen, was effektiv dafür bezahlt wird.
Aber du machst doch nicht nur Verpackungen, wandte ich vehement ein, du hast eigene Ausstellungen in angesagten Galerien, man kann deine Bilder kaufen, man …

Ach, unterbrach sie mich, die sporadischen Ausstellungen meiner Werke dienen lediglich dazu, einen anerkannten Marktwert dafür zu definieren. Der ist ziemlich bescheiden, wie du vermutlich festgestellt hast. Das ist ein entscheidender Vorteil. Wenn das getarnte Kunstwerk herausgelöst wird, fallen kaum Steuern und Zölle an. Der eigentliche Kaufpreis wird bar bezahlt oder auf eine Bank überwiesen, die nicht einer Finanzkontrolle untersteht. Es gibt genügend davon.
Bar, stammelte ich ungläubig, während ich aufstand, die Wodkaflasche holte, nachschenkte. Dann hast du im großen Stil teure Gemälde getarnt und ermöglicht, dass sie unerkannt über die Landesgrenzen kamen.
Ja.
Diese Transaktionen sind kaum legal.
Natürlich nicht, die Kunstwerke gehören ja offiziell dem russischen Staat.
Deshalb lebst du gefährlich.
Nein.
Aber … aber, wieso bist du dann in Schwierigkeiten?, stotterte ich.
Sokrovishche, weil ich mich nicht länger mit den Brosamen abfinden wollte!
Sie hatte den Oberkörper halb aufgerichtet, atmete schnaubend aus, dann ließ sie sich zurück aufs Kissen fallen, streckte mir das leere Glas entgegen.
Ich habe versucht, auf eigene Rechnung zu arbeiten, es war zu verlockend. Ein Geschäft nur …, aber die Rechnung ist nicht aufgegangen.
Das Schwarze Quadrat …
Natürlich, sagte sie. Alle sind scharf darauf. Es ist bekannt, dass Malewitsch weitere Versionen gemalt hat, sie sind nie mehr aufgetaucht, gelten als verschollen, als zerstört. Aber Tote kann man auferwecken.
Sie leerte das halbe Glas, blickte zu mir.
Ich wollte eine perfekte fünfte Version des Schwarzen Quadrats kreieren. Es wäre mein Befreiungsschlag gewesen, der mich

unabhängig gemacht hätte. Mein Auftraggeber wusste nichts von meinen Plänen.
Sie trank das Glas aus, drehte es zwischen den Fingern. Ich habe mich jahrelang darauf vorbereitet.
Dein Arbeitsheft, entfuhr es mir.
Ja. Darin habe ich die formalen und technischen Aspekte der vier existierenden Gemälde zusammengetragen, Malewitsch hatte sie jeweils leicht variiert. Es ist eines der leichter zu fälschenden Sujets der Moderne, fuhr sie fort. Vermeintlich. Denn im Detail liegt die Herausforderung. Du musst Keilrahmen, Leinwand und Farben aus der Zeit haben. Die Grundierung muss perfekt sein, eine aufwendige Mischung aus Kreide und Bleiweiß, Zinkweiß und Bariumsulfat, dann müssen der Farbauftrag, die Pinselführung und der Deckungsgrad der Leinwand stimmen. Ich habe mich bei meinen Studien nur auf die zwei Komponenten Weiß und Schwarz konzentriert, habe kleine Muster hergestellt, mit verschiedenen Temperaturen experimentiert, mit unterschiedlichen Trocknungszeiten des Untergrunds, um die Haarrisse, das charakteristische Craquelé, und den richtigen Glanzgrad zu erreichen – den Trocknungsofen hast du ja vermutlich gesehen. Nie habe ich die Farbversuche gleichzeitig oder auf einer Leinwand nebeneinander gemacht, das wäre mir zu riskant gewesen.
Sie holte Luft, stützte sich auf die Ellbogen, sah mich an.
Mit einem Schlag wurden meine Pläne zerstört! Die fünfte Version des Schwarzen Quadrats existiert tatsächlich!
Sie stieß ein wieherndes Lachen aus, kramte eine Zigarette aus dem Päckchen, steckte sie an, nahm einen langen Zug.
Es war dein letzter Auftrag.
Mein letzter Auftrag?
Du hast es nach Zürich ins Atelier geliefert.
Was?
Ich starrte sie mit aufgerissenen Augen an.
Bei deiner letzten Tour – das war München – hast du das Schwarze Quadrat über die Grenze geschmuggelt.
Mein Gott! Das Gemälde, das am Zoll kontrolliert worden ist?

Mit einem Mal war mir klar, wieso mich das Bild, als ich es aus dem Paket zog, an irgendetwas erinnert hatte.
Genau, sagte sie gedehnt mit einem spöttischen Lächeln. Offensichtlich bereitete es ihr Spaß, mir meine Komplizenschaft unter die Nase zu reiben.
Wieso wusste ich nichts von dieser ... von dieser heiklen Fracht?
Es war besser so, glaub mir. Wenn du alles gewusst hättest, was du jetzt weißt, hättest du kaum mitgespielt.
Ich langte nach der Zigarettenpackung, die auf dem Bett lag, schüttelte eine Zigarette heraus, zündete sie mir mit einer fahrigen Geste an. Ich sah mir zu, wie ich mit dem Lieferwagen auf den Platz vor das Atelier fuhr, wie ich plötzlich von dunklen Gestalten umringt war. Ich sah die russische Security-Mannschaft, die Hektik der darauffolgenden Tage, die Dauerbeleuchtung im Atelier, die Taxifahrten, die permanente Präsenz der Bodyguards, die Kiste, die überfallartig abgeholt worden war ...
Darum war so viel Betrieb im Atelier, murmelte ich.
Ja. Wir waren ziemlich gefordert. Unser Kunde wollte mehr als die üblichen Expertisen, verlangte Laboranalysen. Es war ziemlich nervig. Wir mussten den Experten aus Köln mit seinem transportablen Labor nach Zürich bestellen, eine ziemlich aufwendige Aktion. Er hat aufgrund der verwendeten Materialien die Echtheit und das Alter des Kunstwerks bestätigt. Die Röntgenfluoreszenz-Analyse, die chemische Analyse – eindeutig.
Sie stand auf, zündete sich eine nächste Zigarette an, schritt das Zimmer ab.
Der Experte war der Ansicht, dass es sich um die erste oder zweite Version Malewitschs handelt. Jedenfalls ist das Gemälde älter als 1920, das haben die Analysen bestätigt. Malewitsch könnte es ebenfalls an der Ausstellung «0.10» in Sankt Petersburg gezeigt haben, ohne Angabe eines spezifischen Titels. Offiziell tauchte das Gemälde nie in der Öffentlichkeit auf, blieb vermutlich wie viele andere Kunstwerke der Russischen Avantgarde in einer vergessenen Sammlung von der stalinistischen Verfolgung verschont.
Sie nahm ein paar fahrige Züge, blies den Rauch gegen die Decke.

Zuerst sah ich mein eigenes Vorhaben, auf das ich all meine Hoffnungen fokussiert, für das ich unzählige Stunden investiert hatte, jäh zunichte gemacht. Aber dann begriff ich, dass es eine einmalige Chance war. Ich musste diesen verrückten Umstand nutzen!
Sie griff nach der Flasche, schenkte sich nach, blickte durch die Gardinen hinunter auf die Promenade.
Du hast eine Kopie erstellt, sagte ich. Sie nahm einen großen Schluck, wandte sich wieder mir zu.
Ja, ich war vorbereitet. Die Farbversuche waren abgeschlossen, die Pigmente für die Ölfarben hatte ich komponiert, Leinwände aus der Zeit in der passenden Größe waren vorhanden. Nicht umsonst hatte ich über Jahre eine Sammlung alter Bilder angelegt, und – ich hatte Gelegenheit, das Original zu fotografieren, das erleichterte die Arbeit. Aber einen Umstand hatte ich nicht eingeplant. Ich konnte nicht im Atelier arbeiten, da der Experte dort seine Analysen durchführte. Ich musste in meine Wohnung ausweichen. Das war an sich kein Problem, aber – der Trockenschrank! Ich musste ihn aus der Werkstatt beschaffen, sonst hätte ich meinen Plan nie umsetzen können – ein Ölbild braucht Monate, bis es trocken ist. Ohne fremde Hilfe hätte ich es nicht hingekriegt. So schaffte ich es, bevor das Gemälde ins Zollfreilager geliefert wurde. Ich denke, die Kopie wird auch von einem Spezialisten nicht vom Original zu unterscheiden sein, sie ist perfekt. In der Pinselführung, in den Farbnuancen, in der Dicke des Farbauftrags, im Durchschimmern des Untergrunds. Nur im Verlauf der Haarrisse gibt es Unterschiede, aber die Käufer haben das Original vorher nie gesehen. Und, wir hatten ja die Laboranalyse. Nie wären Zweifel an der Echtheit des Gemäldes aufgekommen … wenn ich keinen Fehler gemacht hätte.
Das heißt … das heißt, du hast die Kopie nach Genf geliefert?
Kopie, Original. Es ist müßig, diese Unterscheidung zu machen, die Bilder sind ebenbürtig, perfekt. Ich habe sie im Schwarzlicht überprüft und keine Unterschiede erkennen können.
Schwarzlicht?

Ultraviolettlicht. Man kann damit die Farbschichtung eines Gemäldes analysieren.
Gut, sie sind gleich. Trotzdem – das Original dürfte doch einen erheblich höheren Wert haben.
Der Markt definiert den Wert, der Kunstmarkt bildet da keine Ausnahme. Das hat schon Malewitsch erkannt. Wenn eine Sache begehrt ist, wird sie für den Markt interessant. Wenn sie gleichzeitig noch limitiert ist, wird sie noch interessanter. Die Einmaligkeit macht sie zum Kunstwerk.
Sie schenkte nach, nahm einen Schluck, stellte das Glas ab.
Deshalb hätte nie publik werden dürfen, dass ein Duplikat des fünften Schwarzen Quadrats existiert, da liegt das Problem. Verstehst du? Irgendwo war ein Leck. Ich hätte den Deal seriöser vorbereiten, hätte mehr Informationen über meinen Kaufinteressenten, den Zürcher Anwalt, beschaffen müssen. Aber nach dem Bankencrash zogen sich viele Sammler zurück und ich war froh, dass ich trotz Krise einen Käufer für das Werk fand, der bereit war, dafür eine enorme Summe zu bezahlen. Der Anwalt war Kunde bei Orlow & Frères, hatte schon einige Gemälde erworben, deshalb wurden seine Besuche geduldet, und – deshalb kannten wir uns.
Aber ich hatte die Schranken zu weit geöffnet, weil … weil ich ihn brauchte. Er half mir, den Trockenschrank aus dem Atelier in die Wohnung zu schaffen. Vermutlich war die Aktion aufgefallen, Orlow & Frères musste ihn schon länger überwacht haben.
Guy Leblanc, murmelte ich.
Was?
Entschuldige. Ich weiß, wer dich und den Anwalt beschattet hat. Ein Privatschnüffler. Er hat mich aufgespürt, wollte mich erpressen.
Und?
Er kam nicht dazu. Hat als Wasserleiche geendet.
Umgebracht?
Ich nehme es an.
Wie der Anwalt …

Sie leerte das Glas, sah mir in die Augen.
Diejenigen, die das Gemälde haben wollen, schrecken vor nichts zurück!
Ludmilla kräuselte nachdenklich die Stirn.
Den Privatschnüffler haben sie auf den Anwalt angesetzt, nicht auf mich. Der spielte eine Doppelrolle, das wurde mir zu spät bewusst. Er war nicht nur Kunde, er arbeitete auch für Orlow & Frères, eine gefährliche Kombination. Er war verantwortlich für die heiklen Geldtransaktionen nach Russland, hatte Beziehungen zu Banken in Lettland. Es war nicht das einzige zwielichtige Mandat, vermutlich war er bei einigen Deals nur Zwischenhändler und hat sich daran bereichert. Entscheidend dürfte aber ein anderer Umstand gewesen sein. Er war zu wenig diskret, konnte den Deal nicht für sich behalten, hat sich damit gebrüstet. Möglicherweise hat er dadurch die russische Kunstmafia auf den Plan gerufen. Das Attentat auf den Anwalt trägt ihre Handschrift.
Man schaffte ihn aus dem Weg und du wurdest zur Zielscheibe, warf ich ein. Dann hast du das Gemälde in das Paket gesteckt, mir in Obhut gegeben und bist abgehauen.
Ja.
Aber verdammt, ich stellte mich ihr in den Weg, sah ihr in die Augen, ist es die Kopie oder das Original?
Sie wich mir aus, legte sich wieder aufs Bett. Den Oberkörper auf die Ellbogen gestützt, sah sie mich herausfordernd an.
Spielt es eine Rolle?
Das Original ist doch Millionen wert!
Der Wert ist virtuell und hängt davon ab, dass nur *eine* fünfte Version des Schwarzen Quadrats existiert. Es ist letzten Endes eine Glaubensfrage. Wenn niemand vom Gemälde wüsste, das du für mich aufbewahrst, wäre die Jagd nie losgetreten worden, niemand wäre umgekommen. Ich war zu nachlässig.
Ich konnte nicht begreifen, nur irgendwie erahnen, was ihre Aussage bedeutete.
André, sagte sie unvermittelt, stellte das leere Glas auf den Nachttisch. Du darfst nicht hier in meinem Bett einschlafen.

Die Nacht musst du in deinem Zimmer verbringen.
Wann sehen wir uns wieder?
Morgen gegen elf. Okay?
Sie drehte sich zu mir, legte sich auf mich, küsste mich.
Bevor du gehst, löse mir bitte den Verband und, warte.
Sie kramte einen Hundert-Euro-Schein aus der Tasche, die neben dem Bett lag, befeuchtete ihn mit Speichel, klebte ihn mir auf den Bauch.
Schmunzelnd löste ich den Schnürsenkel an ihrem Handgelenk, sammelte meine Kleider zusammen, klemmte sie unter den Arm, winkte kurz, wankte hinüber in mein Zimmer. Ich drückte die Türen hinter mir ins Schloss, warf die Kleider auf den Sessel, den Geldschein auf das Tischchen.
Die Gardinen bewegten sich irritierend vor dem offenen Fenster, ich stand nackt mitten im Raum, schwankte. Lichtreflexe von Straßenlampen und Autoscheinwerfern jagten über die Zimmerdecke, die Wände begannen sich um meine Achse zu drehen wie ein Karussell, wirbelten mich hinauf ins Paradies, zogen mich hinab in die Hölle.
Ich kippte aus meinen Träumen, knallte gegen den Sessel, kam zu mir.
Verdammt, nichts hatte sich geändert. Ich war bei ihr und war es doch nicht. Sie lag keine zehn Meter von mir entfernt im Bett und ich durfte die Nacht nicht mit ihr verbringen.
Ich ließ mich aufs Bett fallen, lauschte den auf- und abschwellenden Geräuschen des Verkehrs auf der Promenade.
In einem meiner wirren Träume beobachtete mich Emilie vorwurfsvoll, meinte, sie habe sich meine Freundin anders vorgestellt. Seriöser, ehrbarer.
Ungläubig öffnete ich ein Auge, blinzelte ins Tageslicht. Es war erst acht Uhr. Ich stand auf, hielt mein Ohr an die Verbindungstüre. Geschirrklappern? War Ludmilla bereits beim Frühstück? Mein Magen knurrte, erinnerte mich daran, dass ich schon lange nichts mehr gegessen hatte. Ich duschte, zog mich an, setzte die Sonnenbrille auf, nahm den Lift, verließ das Hotel durch die antike Drehtür. Über den roten Teppich schritt ich

hinaus auf den Gehsteig in einen strahlenden Sommertag, wandte mich nach links Richtung Altstadt. Wind strich mir über die gestutzten Haare. Er war angenehm frisch, roch nach Meer.

Ich setzte mich in eines der Cafés hinter der Oper, bestellte einen Cappuccino und zwei Croissants. Ich lehnte mich zurück, streckte das Gesicht in die Sonne.

Ich hatte es geschafft! Ich hatte Ludmilla gefunden! Meine ganze Odyssee war nicht vergebens gewesen. Die nächtliche Frustration drängte sich unversehens in mein Bewusstsein, ich schob sie weg. Das erste Mal, seit sie mir das Paket in die Hand gedrückt hatte, spürte ich eine irrationale Zuversicht und eine gewisse Selbstzufriedenheit.

Selbstzufriedenheit kann aus der Vernunft entspringen, und nur diese aus der Vernunft entspringende Zufriedenheit ist die höchste, welche es geben kann.

Wieso musste ich wieder Spinoza bemühen? Meine Odyssee hatte nichts mit Vernunft zu tun. Aber verdammt, ich hatte mein Ziel erreicht, ich hatte sie gefunden! Bisher hatte ich in meinem Leben kaum einen Vorsatz eingehalten, diesmal war ich drangeblieben, hatte nicht aufgegeben. Das erste Mal empfand ich Stolz, spürte geradezu, wie mich die Hormone zuschütteten. Ich suhlte mich in diesem Zustand, kostete ihn aus, obwohl er nichts mit Vernunft und Spinoza zu tun hatte. Es war mir egal.

Der Kellner fragte laut nach weiteren Wünschen. Ich zuckte zusammen, zog die Geldbörse aus der Tasche.

Halb elf, stellte ich erschrocken fest. Ich legte genügend Kleingeld auf den Tisch, eilte zurück zum Royal. Das wohlige Gefühl hatte sich verflüchtigt.

Vor dem Hoteleingang sah ich mich um, konnte aber niemanden erkennen, der als Bewacher oder Security auffiel.

Kurz vor elf war ich zurück im Zimmer. Ich trat an die Verbindungstüre, lauschte, hielt den Atem an. Kein Geräusch auf der

anderen Seite. War sie überhaupt da? Leise drehte ich den Schlüssel. Öffnete die Türe, pochte ganz leise und unregelmäßig an die Doppeltüre zu ihrem Zimmer. Es blieb ruhig. Ich drückte die Klinke, stieß leicht dagegen, schob die Türe vorsichtig auf. Die Vorhänge vor der Balkontüre wehten sanft im Wind, Ludmilla saß am kleinen Tischchen auf dem Balkon.
Ich blieb von der Fensterfront entfernt in der Nähe des Bettes stehen, überlegte, wie ich mich bemerkbar machen könnte. Kissen, Laken und Decken lagen wild verstreut auf dem Bett. Auf dem kleinen Tisch in der Nähe des Fensters stand noch das Frühstücksgeschirr.
Es klopfte an die Zimmertüre, ich zuckte zusammen, hastete rückwärts zur Verbindungstüre, schlüpfte hinüber in mein Zimmer, zog die Türe zu.
Gedämpft vernahm ich ein zweites Klopfen und dann ihre Stimme vom Balkon. Der Zimmerservice. Das Frühstück wurde abgeräumt.
Endlich war es wieder ruhig, ich öffnete vorsichtig die Türe. Ludmilla war im Begriff, wieder hinaus auf den Balkon zu gehen. Als sie mich erblickte, wandte sie sich erstaunt zu mir, deutete in Gebärdensprache an, was, schon elf?
Sie kam auf mich zu, zog mich mit der linken Hand an sich, küsste mich. Dann hielt sie mir den rechten Arm mit dem Titanreif hin. Das Tuch und der Schnürsenkel, die ich gestern verwendet hatte, lagen noch auf dem Bett. Die Bandage gelang mir auf Anhieb.
Routiniert, sagte Ludmilla anerkennend. Hast du gut geschlafen?
Ich bejahte, fasste sie um die Taille, schob sie zum Bett, schüttelte meine Mokassins ab.
Was hast du vor, protestierte sie lachend. Ich streifte ihr den Kimono von den Schultern, begann sie zu küssen, zeichnete mit der Zunge den Drachen nach, schob sie in die Mitte des riesigen Bettes. Sie begann mein Hemd aufzuknöpfen, öffnete den Gürtel, schob ihre linke Hand in meine Jeans.
Warte, sagte ich, zog die Jeans aus.

Zwei Stunden später standen wir zu zweit in ihrem Badezimmer unter der Dusche. Ich hatte den Verband gelöst. Wir mussten uns mit Gebärdensprache austauschen, kicherten andauernd, drehten den Wasserhahn bis zum Anschlag auf.
Danach hüllten wir uns in die Bademäntel, rubbelten uns ab. Ich wickelte ihr das Tuch wieder um die Handfessel, zog sie an mich.
Wieso, sagte ich, sah ihr in die Augen, wieso geben wir deinen Kidnappern nicht einfach das Bild? Dann bist du frei.
Sie lachte ihr kehliges Lachen.
André, du bist so süß. Es sind zwei Parteien hinter dem Bild her. Einerseits der Käufer, ein Trust in Panama, hinter dem sich der private Kunstsammler versteckt. Die Orlow & Frères SA wird ihn in Kenntnis gesetzt haben, dass ein weiteres Schwarzes Quadrat existiert. Der Käufer hat Profis engagiert.
Dann haben sie dir die Handfessel verpasst.
Ja.
Sie löste sich von mir, holte ihre Zigaretten, zündete sich eine an. Die Typen haben mich vor drei Wochen aufgespürt und gekidnappt. Ich komme erst frei, wenn ich das Gemälde beschafft und übergeben habe. Sie werden die beiden Versionen prüfen lassen und die Kopie – mein Werk – vernichten. Kannst du mir folgen?
Sie sah mich prüfend an, ich nickte.
Dann sind da noch die anderen, Kunstmafia oder Geheimdienst, vermute ich. Sie haben sich nicht zu erkennen gegeben, schicken ihre Handlanger vor.
Könnten Malewitschs Erben dahinterstecken?
Nein, das kann ich mir nicht vorstellen, sie würden kaum mit kriminellen Methoden vorgehen. Aber dem russischen Staat ist es zuzumuten. Er könnte verhindern wollen, dass sein Monopol ausgehebelt wird. Die anderen vier Versionen des Schwarzen Quadrats befinden sich alle in russischen Museen.
Sie ging ans Fenster, sah hinunter auf das Vorgelände, wandte sich wieder mir zu.
André, es geht hier um einen Jahrhundertdeal, verstehst du?

Deshalb die Hektik, deshalb der Kampf ohne Bandagen. Beide Lager werden aufs Ganze gehen. Die Polizei wird uns kaum helfen, selbst wenn sie am Übergabeort auftauchen wird.
Ich sank aufs Bett, sah sie verzweifelt an.
Verdammt, es muss doch einen Weg geben, das Gemälde denjenigen zu übergeben, die dir die Handfessel angelegt haben.
Natürlich, aber wie du siehst, muss es gut geplant und vorbereitet werden. Beide Parteien sind immer gleichzeitig dort, wo ich bin, ich kann mich noch so überraschend verschieben.
Ich sah sie hilflos an.
Sie drückte die Zigarette aus, griff nach meinem Arm, schaute auf meine Uhr, sagte, in einer halben Stunde muss ich weg. Sehen wir uns wieder heute Abend, gegen zehn?
Du gehst weg?, sagte ich verdutzt. Stehst du nicht mehr unter Arrest?
Doch, natürlich, aber sie lassen zu, dass ich mich zumindest in Nizza bewegen kann. Sie kontrollieren mich, jeder Schritt von mir wird aufgezeichnet, ich bin nie allein, ein Bewacher ist immer in der Nähe. Schau mal hinaus. Sie winkte mich zu sich. Siehst du den Kerl dort drüben auf der anderen Straßenseite? Er ist einer von vielen. Wenn ich abgeholt werde, fahren mir zwei Autos nach.
Wenn du abgeholt wirst?
Ja, hin und wieder werde ich abgeholt.
Sie musste meine Enttäuschung bemerkt haben, zog mich an sich, küsste mich auf den Mund.
André, du bist so süß, wenn du eifersüchtig bist.
Ein Verehrer?
Könnte man sagen.
Hat er einen Bentley?
Ja.
Was will er von dir?
André, ist das ein Verhör? Er will nicht etwas von mir, ich will etwas von ihm. Seinetwegen bin ich in Nizza. Was meinst du, wer das hier alles bezahlt? Ich brauche ihn, er muss mir helfen, von hier wegzukommen. Verstehst du?

Ich sagte nichts. Vermutlich bezahlte ihr Verehrer auch mein Zimmer. Mein Zimmer!
Wohnte er im Zimmer nebenan?
Ludmilla sah mich ungehalten an, sagte mit spitzer Stimme, meinst du, das Zimmer wäre einfach so frei gewesen? Zufällig? Meine Kidnapper haben ihm ein Hotelverbot auferlegt. Das Zimmer hat er vorsorglich freigehalten.
Sie löste sich mit der linken Hand den Verband, verschwand im Bad. Nach zehn Minuten erschien sie geschminkt, begann sich anzukleiden, deutete mir mit Gesten an, ich müsse mich in mein Zimmer zurückziehen. Sie gab mir einen angedeuteten Kuss, schloss die Türe hinter mir.
Die Euphorie, die ich heute Morgen verspürt hatte, verpuffte wie warme Luft. Ich stellte mich hinter den Vorhang ans Fenster, spähte hinunter auf die Straße. Der Bentley stand bereits da, den Fahrer, ihren Verehrer, konnte ich nicht sehen. Ich sah, wie sie einstieg, sah, wie sich der Typ, den sie mir vorher gezeigt hatte, über die Straße bewegte, ins Auto stieg, das direkt hinter dem Bentley wartete.
Die Fahrzeuge fuhren gleichzeitig los.
Ich setzte mich aufs Bett, wusste nicht weiter. Was trieb sie für ein Spiel? Ich stellte mir vor, wie ihr Verehrer genauso wie ich die Verbindungstüre geöffnet hatte, sie aufgesucht, sie …
Vermutlich war sie eine dieser Frauen, die reiche Männer wie Trophäen sammelte. Nur so konnte sie sich dieses Leben in einem Luxushotel erlauben. Deshalb war sie in Nizza.
Ich verließ das Zimmer, machte mich auf den Weg zu Emilies Wohnung. In einem Café am Marché aux Fleurs aß ich eine Kleinigkeit. Diesmal kaufte ich einen größeren Blumenstrauß.
Emilie war nicht zu Hause. Ich suchte in der Küche eine Vase, stellte die Blumen auf den Tisch. Meine Kleider lagen gewaschen und fein säuberlich gefaltet neben meiner Tasche auf dem Bett, daneben die Plastiktüte, die ich Jean mitgegeben hatte. Ich legte alles in die Tasche, hängte sie mir um, verließ die Wohnung. Nachdem ich die Haustüre abgeschlossen hatte, schob ich den Schlüssel in den Briefkastenschlitz, zögerte.

Nein, ich wollte ihn Emilie persönlich zurückgeben.
Auf der Gasse sah ich mich um, schielte in spiegelnde Schaufenster, blieb abrupt stehen, blickte immer wieder zurück. Litt ich unter Verfolgungswahn? Ich musste das Bild endlich loswerden. Dabei hatte ich keine Ahnung, wie die Übergabe stattfinden sollte, Ludmilla hatte kein Wort darüber verloren. Ich musste es wissen, musste sie darauf ansprechen.
In der klimatisierten Hotellobby löste sich meine Anspannung. Die Dame an der Rezeption schenkte mir ein Lächeln.
Im Zimmer legte ich die Tasche aufs Bett, sortierte den Inhalt der Plastiktüte, machte eine Auslegeordnung, zog mein Notizheft hervor. Den Rest ließ ich in der Tasche, ich hatte nicht vor, mich auf einen längeren Aufenthalt einzurichten.
Ich setzte mich an den Salontisch, blätterte in meinen Notizen, las die letzten Einträge, war erstaunt, wie viel ich geschrieben hatte. Es waren zwar eher Stichworte denn korrekte Sätze, aber sie reichten, all die Erlebnisse vor meinem inneren Auge vorbeiziehen zu lassen. Eben war ich im Zug beklaut worden, rannte in Panik dem Dieb nach, sah meine Habseligkeiten in der Toilette verstreut, tastete geschockt im Koffer nach dem Gemälde. Ich nahm den Stift in die Hand, beschrieb, wie ich Emilie und dann Jean getroffen hatte, wie ich jeden Tag bei Patrick nach Ludmilla Ausschau gehalten, wie ich sie schließlich gefunden hatte. Erst jetzt erkannte ich, dass all die Ereignisse, die mich aus meinem beschaulichen Alltag herausgerissen hatten, einen gemeinsamen Ursprung hatten: Es drehte sich alles um das Schwarze Quadrat.
Ich versuchte, all die Begebenheiten rund um das mysteriöse Gemälde, all die Erläuterungen, die mir Ludmilla gegeben hatte, zu Papier zu bringen, und blieb bei der Frage hängen, welches die Kopie, welches das Original war.
Verdammt! War … war das Gemälde, das ich im Koffer nach Nizza geschmuggelt hatte, das originale fünfte Schwarze Quadrat? Ich hörte Guy Leblancs Stimme, ein dreistelliger Millionenbetrag – lediglich in einem Garderobenschrank aufbewahrt! Das Gemälde entwickelte einen Sog …

... dass wir darum etwas für gut halten, weil wir es erstreben, wollen, verlangen oder begehren.

Unversehens Geräusche durch die Verbindungstüre zum Nachbarzimmer, ein leichtes Kratzen: Ludmilla!
Ich klappte das Buch zu, schoss auf, drehte den Schlüssel. Sie fiel mir um den Hals, drückte mich an sich, zog mich mit zum Bett, ließ sich fallen. Ich lag plötzlich auf ihr, küsste sie, öffnete die Knöpfe ihrer Bluse. Sie schüttelte den Kopf, deutete auf ihr Handgelenk. Ich löste mich von ihr, ging ins Bad, kam mit dem Handtuch zurück, den Schnürsenkel hatte ich nirgends finden können. Ludmilla deutete auf den Schrank, in dem sie die Schuhe aufbewahrte. Er lag auf dem Schuh, der Zimmerservice musste ihn weggeräumt haben.
Ich legte ihr den Verband an, während sie mich auszog. Als ich damit fertig war, ließ sie den Kopf nach hinten fallen, schüttelte ihre Haare, sagte, jetzt kannst du weitermachen.

Ich hatte jegliches Zeitgefühl verloren, vermutlich war es bereits Mitternacht, als sie fragte, hast du Hunger?
Ja, sagte ich unsicher.
Sie nahm den Telefonhörer, wählte die Rezeption, bestellte eine Flasche Champagner, dazu Lachs mit Toast.
Warte in deinem Zimmer, bis der Zimmerservice wieder gegangen ist.
Ich schnappte mir einen Bademantel, stahl mich hinüber.
Endlich hörte ich das Knallen des Champagnerkorkens, eilte in ihr Zimmer zurück. Sie kniete auf dem Bett, war im Begriff, die Gläser zu füllen, die auf dem Tablett am Fußende standen. Ich hockte mich neben sie, nahm das Glas, das sie mir hinschob, stieß mit ihr an, schaute ihr in die Augen.
Wieso hast du mich damals, als ich überraschend in deinem Atelier stand, nicht deinen Bodyguards ausgeliefert?
André, was soll diese Frage?
Sie beschäftigt mich immer wieder. Wieso hast du mich in der Abstellkammer versteckt?

Ich denke, ich habe es dir erklärt. Dimitrij und Sergej hatten sich eben warmgeprügelt. Da wollte ich nicht, dass sie dich im Atelier erwischen. Ich machte mir Sorgen um meine Bilder, nicht um dich.
Ich schluckte leer, fragte, hattest du die beiden Bodyguards angestellt?
Ludmilla lachte heiser. Nein, auch das habe ich dir bereits dargelegt. Wir hatten denselben Auftraggeber. Sie waren dazu abgestellt, die Bilder zu bewachen, die ich präparieren musste. Zudem haben sie dafür gesorgt, dass ich ungestört arbeiten konnte.
Ich nickte. Vermutlich waren gleichzeitig sie und ihre Arbeit überwacht worden. Ich nahm einen Schluck, murmelte, ich dachte mir, weil die Sicherheitsleute auch Russen sind …
Ich bin nicht Russin, entgegnete Ludmilla lachend.
Was? In deinem Wikipedia-Eintrag steht, du seist in Sankt …
Ich stamme aus der Ukraine. Aber in diesem Land hatte ich keine Zukunft. In der Kunstszene ist der russische Pass von Vorteil.
Ich belegte eine Toastscheibe mit Lachs, starrte darauf, als wäre es ein Mysterium. Nicht nur ihre Arbeit war Täuschung, sogar ihre Identität beruhte auf Täuschung!
André, was ist mit dir?
Ich schaute auf, fragte unvermittelt, wie soll die Übergabe ablaufen?
Sie sah mich erstaunt an, sagte, ich habe mich noch nicht entschieden. Der Ablauf muss perfekt geplant werden, es darf nichts schiefgehen. Wir müssen unsere Haut retten können, bevor sie sich gegenseitig die Köpfe wegpusten.
Ich verschluckte mich, begann zu husten. Sie legte die linke Hand auf meinen Oberschenkel, lächelte mich an.
Es wird gefährlich werden, mon chéri.
Sie nippte an ihrem Glas, stellte es aufs Tablett.
Deshalb muss es gut überlegt sein. Ich kenne mich in Nizza zu wenig aus, das ist das Problem.
Dein Verehrer?

Er ist nicht von hier.
Wer definiert denn überhaupt die Spielregeln?
Du.
Was?
Ich habe es zur Bedingung gemacht, zu deiner Bedingung. Du würdest nur mitspielen, wenn du die Spielregeln festlegen könnest.
Aber …
Wir werden sie zusammen festlegen, vertrau mir. Ich vermute, sie wissen nicht, dass du schon hier bist, das gibt uns einen Vorsprung. Lange können wir allerdings nicht mehr zuwarten, das meint auch mein Berater.
Dein Berater?
Oder Verehrer. Ohne seine Hilfe werden wir nicht fliehen können, verstehst du.
Mir klappte der Mund zu. Naiv hatte ich angenommen, dass mit der Übergabe des Gemäldes der ganze Spuk vorüber sein würde.
Wieso fliehen?, fragte ich.
Wenn ich nicht mehr über das Gemälde verfüge, bin ich Freiwild, verstehst du. Vermutlich bist auch du in Gefahr, sobald du ihnen das Pfand übergeben hast. Bisher haben sich meine Kidnapper und die russischen Gegenspieler gegenseitig neutralisiert, niemand will das Risiko eingehen, frühzeitig geschwächt zu werden. Im Moment bin ich also noch sicher.
Sie stand ans Fenster, schaute hinab auf den Boulevard. Energisch drehte sie sich um.
Die Übergabe …, fuhr sie fort, griff nach dem Glas, es war leer.
Ich holte die Flasche, schenkte ihr nach.
Für die Übergabe dürfen wir nichts dem Zufall überlassen. Wir werden das Gemälde im Austausch gegen meine Freiheit dem Käufer übergeben, aber die Gegenpartei ist über alle Schritte immer im Bild. Ich gehe davon aus, dass sie ebenfalls Zugriff auf den Sender hat und auch am Übergabeort auftauchen wird. Deshalb muss er mit Bedacht gewählt werden.
Sie nahm einen Schluck Champagner, fragte unvermittelt, wie heißt dein Freund, der das Bild in Verwahrung hat?

Jean, sagte ich verdutzt.
Hast du seine Telefonnummer?
Ja, wieso?
Er kennt sich in Nizza aus, ich will mit ihm sprechen.
Ich zögerte, mein Handy zu holen, wo die Nummer gespeichert war.
André, es geht um mein Leben, ich bitte dich.
Sie sah mich ernst an.
Ich stellte mein Glas ab, stieg aus dem Bett, ging hinüber in mein Zimmer, kam mit dem Nokia zurück, drückte auf «Namen». Jeans Telefonnummer war neben Erics Nummer die einzige im Verzeichnis.
Hier, ich hielt ihr das Gerät hin.
Du solltest es aufladen, sagte sie mit einem kritischen Blick zu mir.
Sie tippte die Nummer in ihr Smartphone.
Deine neue Nummer habe ich mir auch notiert – für den Notfall, sagte sie bestimmt, zog mich zu sich aufs Bett. Ich schob das Tablett zur Seite, legte mich auf sie.
Sie packte meine Pobacken, presste mich an sich.
Du traust mir nicht. Hab ich recht?
Ich blieb stumm.
Schäm dich, sagte sie, biss mich ins Ohr.
Es dämmerte bereits, als ich mich in mein Zimmer zurückzog.
Ich schloss die Nachtvorhänge, fiel ins Bett.

Leises Klopfen weckte mich. Ludmilla, schoss es mir durch den Kopf. Es war dunkel im Zimmer. Ich setzte mich auf, sah auf die Uhr. Halb elf. Es klopfte abermals. Es musste der Zimmerservice sein, ich hatte das Schild nicht an die Türe gehängt. Ich stand auf, öffnete die schweren Vorhänge. Geblendet hielt ich mir die Hand vor die Augen, schlurfte ins Bad.
Um elf stand ich mit knurrendem Magen vor der Verbindungstüre zu ihrem Zimmer, horchte. Ich konnte keine Geräusche vernehmen, nahm an, dass sie wieder auf dem Balkon war, begann, leise unregelmäßig zu klopfen. Nichts. Ich öffnete die

Türe auf meiner Zimmerseite, drückte die Klinke, die Türe war abgeschlossen. Ratlos ging ich ans Fenster, stellte mich hinter den Vorhang, versuchte, einen Blick auf ihren Balkon zu erhaschen, unmöglich, dazu hätte ich mich aus dem Fenster lehnen müssen. Ich überflog den Vorplatz, den Gehsteig, die Straße, konnte sie nirgends sehen.

Vermutlich fuhr sie mit ihrem Verehrer durch die Gegend.

Ich knallte die Verbindungstüre zu, setzte mich aufs Bett, ballte die Fäuste. Nach einer halben Stunde raffte ich mich auf, zog das Nokia vom Ladekabel, verließ das Zimmer, ging hinaus in die flimmernde Hitze.

Auf der Place Masséna setzte ich mich in eines der vielen Straßencafés, bestellte eine Pizza und ein großes Bier. Es war mir egal, ob ich damit ein französisches Credo verletzte.

Danach ging ich über die Promenade du Paillon hinauf zur Place Garibaldi. Ein dumpfes Gefühl aus Misstrauen und Eifersucht trieb mich zu Jeans Trainingsclub. Ich musste sicher sein.

Ich betätigte die Klingel neben dem Eingabeterminal für den Code. Eine Stimme meldete sich in der Gegensprechanlage. Ich fragte nach Jean.

Moment. Nach fünf Minuten sagte dieselbe Stimme, Jean ist nicht da.

Ich zottelte davon, kickte eine leere Bierdose über die Straße, fluchte.

Wieso war ich plötzlich so misstrauisch? Jean war ein verlässlicher Typ, er würde mich nicht verraten. Ich kam mir kleinlich vor, versuchte angestrengt, auf andere Gedanken zu kommen.

Seit sie mir das Paket in die Hand gedrückt hatte, war das Gemälde ein Pfand, der Schlüssel zu Ludmilla, das Tor zum Paradies. Ich hatte das Gemälde bis hierhergebracht, hatte es verteidigt, hatte dafür gelitten, jetzt hatte ich den Zugriff darauf verloren.

Ich setzte mich ins Café des Le Royal, bestellte ein Bier. Patrick war nicht da. Ich hätte mich gerne mit ihm ausgetauscht, vielleicht wusste er etwas über den Besitzer des Bentley. Eben hatte ich den Schaum vom Bier geschlürft, als der Wagen geräuschlos anrollte, vor dem roten Teppich stoppte. Zwei dunkle Limousinen fuhren knapp dahinter an den Gehsteig. Ludmilla stieg aus, drehte sich um, warf eine Kusshand ins Wageninnere, ging mit gesetzten Schritten winkend über den Vorplatz. Ich stürzte den Rest des Glases hinunter, legte zehn Euro auf den Tisch, erhob mich. Erst jetzt sah ich die Bodyguards. Ich sank auf den Stuhl zurück, wartete fünf Minuten, dann eilte ich ins Hotel, ging in mein Zimmer.

Es dauerte, bis Ludmilla die Verbindungstüre öffnete. Sie trug den Bademantel, die Haare hatte sie in ein Frotteetuch gewickelt, das sie wie einen Turban trug, in der Hand hielt sie ein volles Glas. Wodka, vermutete ich. Sie reagierte auf meinen vorwurfsvollen Blick mit einem langen Kuss. Dann hielt sie mir das Handgelenk mit dem Sender hin. Ich holte das Handtuch, legte ihr den Verband an.
Könntest du mich jeweils vorher informieren, was du vorhast, ich …
André, ich habe mit Jean gesprochen.
Ich verstummte, starrte sie an.
Seine Idee ist großartig.
Hast du ihn mit deinem Smartphone angerufen?
Nein, natürlich nicht.
Sie nahm meine Hand, zog mich hinüber aufs Bett.
Komm setz dich. Also …
Sie drapierte die Kissen im Rücken, sah mich an.
Wir machen die Übergabe in einer Markthalle. Am Tag.
In einer Markthalle?
Ja, an einem Ort mit viel Betrieb. Einerseits fällt man nicht auf in der Menge und kann untertauchen, anderseits verhindern die vielen Leute einen offenen Schlagabtausch unter den Rivalen. Wir machen es morgen um sechzehn Uhr.
Ich rang nach Luft.
Jean schlägt die Markthalle bei der Place Charles de Gaulle vor.
Sie stand auf, ging zum Salontischchen, wühlte im Papierstapel, kam mit einem Stadtplan zurück.

Das ist hier, nördlich des Bahnhofs. Es gibt einen Hinterausgang und man ist schnell auf der A8.
Morgen … um sechzehn Uhr …
Ich werde Ort und Zeit kurzfristig bekannt geben – über ein anonymes Telefon. Ich gehe davon aus, dass ich zu ihnen ins Auto steigen muss, vielleicht verbunden mit einem Ablenkungsmanöver. Vermutlich werden sie Umwege fahren, damit die andere Seite nicht mitkriegt, wo die Übergabe stattfindet. Du begibst dich bereits vorher mit dem Gemälde an den Übergabeort – Jean wird es unauffällig verpacken –, wartest in der Markthalle und erscheinst um vier am Haupteingang. Jean wird dir erläutern, wie das Ganze im Detail abläuft. Ihr werdet die Situation heute noch vor Ort checken.
Ich war nach hinten gekippt, starrte an die Zimmerdecke.
Was mach ich, wenn es … wenn es Probleme gibt? Wenn sie mich zurückhalten, wenn sie das Gemälde an sich nehmen, ohne dich freizulassen?
Dann schreist du. Jean hat an alles gedacht. Erstens hat es immer viel Volk dort und zweitens befindet sich eine Polizeistation auf der anderen Seite des Platzes.
Ludmilla lachte, als sie meine bekümmerte Miene bemerkte.
André, was ist los mit dir? Du bist doch mein Held, sagte sie gurrend. Sie umarmte, drückte mich, ließ mich abrupt los.
Geh jetzt! Jean wartet im Studio auf dich. Komm heute Abend gegen zehn bei mir vorbei.
Ich fühlte mich, als wäre ich unter einen Zug geraten. Wer legte die Spielregeln fest? Jedenfalls nicht ich.
Jean erwartete mich. Er musste bemerkt haben, dass ich seine leeren Hände fixierte, winkte mich hinein, ging zu den Garderoben, schloss den Schrank auf. Grinsend streckte er mir das Gemälde entgegen. Es war in Zeitungspapier verpackt.
Habe es bereits vorbereitet. Wir holen es morgen erst kurz vor der Übergabe, ist am sichersten.
Er nahm es mir aus der Hand, schloss es wieder ein.
Jetzt sehen wir uns den Ort an, den ich ausgesucht habe. Wir nehmen die neue Straßenbahn.

Mit federnden Schritten ging er voraus, sah hin und wieder prüfend, ob ich ihm noch folgte. Ich hatte Mühe, auf gleicher Höhe zu bleiben, trotzdem sprach er dauernd mit mir. Hinterausgang, Citroën, schnell, Autobahn … ich schnappte nur einzelne Worte auf.
An der Place Garibaldi stiegen wir in die Straßenbahn, fuhren bis zur Haltestelle Libération.
Es ist gleich da vorne, sagte Jean. Wie erwartet war es ein belebter Ort an einem großen, verkehrsreichen Platz. Jean deutete nach rechts. An einem orangeroten Betongerippe, einer Art Kulisse mit Giebel, prangte der Schriftzug CITE MARCHANDE. Das Gebäude hätte in Mexiko stehen können. Auf dem Vorgelände wurden unter Sonnensegeln Gemüse und Früchte verkauft. Jean zog mich zwischen den vielen Menschen hindurch ins Innere. Lichter, Farben, Lärm, bunt und schrill. Mir schwindelte, es stank. Fleisch- und Fischauslagen präsentierten sich im Neonlicht, reihten sich dicht links und rechts entlang eines Umgangs, durch den sich die Kunden in beide Richtungen zwängten. Jean schob mich bis zur Bar ganz zuhinterst. Direkt gegenüber gab es einen schmalen Ausgang mit einem Exit-Zeichen.
Voilà!
Er ging voraus, zeigte auf die einspurige Quartierstraße, die von Mauern gesäumt wurde.
Kein Verkehr. Ruhig. Hier wartet ein Auto auf dich und Ludmilla.
Er schob mich wieder hinein in die Halle.
Der Tausch findet vorne statt.
Wir kämpften uns zurück zum Eingang. Er raunte mir zu, ich besorg dir eine große Einkaufstasche. Darin kannst du das Gemälde problemlos verstauen. Du gehst damit eine Viertelstunde früher hierher, wartest im Innern. Kurz nach vier Uhr kommst du hier zum Eingang, stellst dich da hin. Jean deutete auf den Punkt, wo er stand.
Der Kontaktmann wird eine Blume am Revers tragen. Ludmilla wird bei ihm oder zumindest in der Nähe sein. Falls sie nicht dabei ist, verlangst du, dass du sie sehen kannst. Sie wird dir

zeigen, dass man ihr die Handfessel abgenommen hat, das ist Teil der Abmachung. Erst wenn diese Bedingungen erfüllt sind, holst du das Gemälde aus der Tasche.
Jean wies unauffällig auf den linken Bereich des Vorplatzes hin, wo ein paar Tische standen.
Sie werden die Ware prüfen wollen. Schick sie dahin, hier ist etwas weniger Betrieb. Lass dich nicht überreden, mit ihnen in ein Auto zu steigen, bleib hartnäckig, lass dich nicht einwickeln oder bedrohen. Ich werde in der Nähe sein. Wenn du merkst, dass getürkt wird, hebst du den Arm. Zwei Sekunden später bin ich bei dir. Alles klar?
Er sah mich prüfend an. Ich versuchte ein Nicken.
Wenn der Tausch vollzogen ist, geht ihr in die Markthalle und nehmt den Hinterausgang. Dort wartet ein Kollege von mir mit einem blauen C1.
Du meinst, das geht einfach so reibungslos über die Bühne?
Ja.
Was mach ich, wenn sie ohne Ludmilla auftauchen?
Du musst darauf bestehen, dass du das Gemälde nur herausrückst, wenn sie da ist und zu dir kommen kann. Ohne Handfessel, schob er nach.
Meine Verhandlungspartner gehören zur Mafia! Wie soll ich da auf etwas bestehen können.
Es ist nicht die Mafia! Es sind nicht die Russen! Kapiert? Es sind die Agenten des Käufers. Die werden mitspielen. Falls etwas nicht so abläuft wie abgemacht, hebst du den Arm, haust mit dem Gemälde durch die Markthalle ab, nimmst den Hinterausgang. Der blaue C1 wird dastehen. Ich halte dir den Rücken frei.
Unter meinem rechten Auge begann ein Nerv zu zucken, mein Magen verkrampfte sich, mein linker Arm zitterte unkontrolliert. Die Rolle, die ich spielen sollte, war zu groß für mich. Jean schüttelte mich.
Verdammt! Spiel nicht verrückt so kurz vor dem Finale. Du hast es bis hierher geschafft, Ludmillas Freiheit hängt von deinem Einsatz ab.
Jean schaute mir eindringlich in die Augen.

Tiens! Wir werden einen Vorsprung haben. Ludmilla wird den Ort erst eine Stunde vor der Übergabe bekannt geben. Sei kein Schlappschwanz!
Ich deutete Richtung Platz, sagte, ich brauch einen Drink.
Jean zeigte auf eine Bar in der Nähe. Als ich mich an einen Außentisch setzen wollte, nahm er mich am Arm, schob mich sanft, aber bestimmt hinein ins Lokal. Im Innern empfingen uns billiges Jugendstildekor, die Kälte einer Klimaanlage und französische Chansons. Wir setzten uns abseits in einer Ecke an einen Tisch. Jean bestellte für sich ein Bier, ich einen doppelten Wodka mit Eis.
Bis die Getränke serviert wurden, fiel kein Wort. Ich fingerte das Zigarettenpäckchen aus der Brusttasche meines Hemds. Jean deutete mit dem Zeigefinger auf das Schild über der Bar. Ich steckte das Päckchen wieder ein.
Soll ich den ganzen Ablauf zur Sicherheit wiederholen, fragte Jean, während ich den Wodka hinunterkippte.
Ja bitte, antwortete ich, um irgendetwas zu sagen. Ich fühlte mich wie ein Eisblock.
Jean neigte sich zu mir, wiederholte geduldig die einzelnen Schritte.
Morgen um drei kommst du zu mir ins Studio, dann gehen wir gemächlich hierhin. Ich bleibe immer in deiner Nähe.
Er boxte mich aufmunternd in die Seite, sagte laut, du schaffst das!
Jean bezahlte. Als ich mich erheben wollte, kippte ich zurück auf den Stuhl. Jean stützte mich, schleppte mich zum Ausgang.
Du hast nichts gegessen!
Er bestand darauf, mich zum Abendessen einzuladen. Wir stiegen wieder in die Straßenbahn, fuhren bis zur Place Masséna. Er wählte ein Restaurant an der Cours Saleya, das mit einer Tafel für seine Fischspezialitäten warb, wurde vom Wirt wie ein Stammgast begrüßt und an einen weiß gedeckten Tisch geführt.
Auf der Fahrt war ich wieder halbwegs nüchtern geworden. Ich schloss mich Jeans Vorschlag an, bestellte ebenfalls grillierte

Dorades. Dazu wählte er einen Rotwein aus der Region, der eisgekühlt serviert wurde.
Das Essen war bestimmt vorzüglich, aber ich war zu abgelenkt, um es zu genießen. Ich aß, um den Teller zu leeren. Jean übersah meine Nervosität, spielte den Unterhalter, schenkte nach, erzählte aus seiner Zeit als Türsteher. Nach dem Kaffee bezahlte er die Zeche. Vor dem Lokal verabschiedete er sich mit einem aufmunternden Schulterklopfen, sagte, à demain, zwinkerte mir zu, entließ mich in den schwülwarmen Abend.
Auf der Promenade stürzten Hektik, Hitze, blitzende Lichter, Verkehrslärm wie eine Welle über mir zusammen. Ich flüchtete ins Le Royal.
Im Zimmer war es bedrückend warm. Ich checkte die Lüftung, sie schien zu funktionieren, aber nicht zu kühlen. Ich war versucht, die Rezeption anzurufen, stattdessen öffnete ich die Verbindungstüre, klopfte leise. Nichts passierte. Ich hielt das Ohr an die Türe, kein Geräusch. Ich klopfte ein zweites Mal. Jetzt vernahm ich ein leises Klirren, gleich darauf den Schlüssel im Schloss. Ludmilla riss die Tür auf, als hätte sie den ganzen Abend auf diesen Einsatz gewartet, küsste mich, streckte mir den Arm mit dem Reif entgegen. Dabei entblößte sie ihre rechte Schulter, der Kimono öffnete sich. Mir schien, als hätte sie die Geste eingeübt. Ich schob meine Arme unter den Stoff, zog sie an mich, schnupperte an ihr.
Wodka.
Nachdem ich ihr den Verband angelegt hatte, setzten wir uns aufs Bett.
Hat dir Jean alles gezeigt?, fragte sie, während sie mich auszog.
Ja.
Was ist los? Hast du Schiss.
Ja.
Sie drückte meinen Penis, sagte, sei kein Schlappschwanz.
Es scheint mir alles irgendwie zu einfach.
Mach es nicht kompliziert. Der Plan ist gut, Jean hat an alles gedacht. Morgen um diese Zeit bin ich frei.
Bleibst du hier?

Hier in Nizza?
Sie lachte. Bestimmt nicht.
Ich rückte erschrocken von ihr ab. Sie sah mich lachend an. André, denkst du, ich logiere weiterhin hier im Royal? Ich habe bereits alle Rechnungen beglichen. Morgen schlagen wir ein neues Kapitel auf. Hier hält mich nichts mehr.
Ich ließ mich rücklings aufs Bett fallen, fixierte die Zimmerdecke.
Was …
Ja?
Bin ich in deinen Zukunftsplänen auch enthalten?
Aber natürlich, André.
Gehen wir zusammen irgendwo hin?
Du kannst mitkommen, du kannst hierbleiben, du kannst zurück zu deiner Familie, du kannst machen, was du willst.
Ich brachte keinen Ton mehr über die Lippen. Das Gebilde, das ich mir errichtet hatte, meine Beziehung zu Ludmilla, ihre Hingabe, ihre Leidenschaft, alles brach zusammen, ich keuchte unter den Trümmern. Ludmilla legte sich auf mich, streichelte meine Wange, redete leise auf mich ein. Ich konnte kaum atmen. Sie holte ein Glas Wasser, half mir, mich aufzusetzen, hielt mir das Glas an die Lippen.
Ich denke, es ist besser, wenn wir uns jetzt trennen. Morgen sehen wir uns erst nach der Übergabe. Ich steige mit dir in das Fluchtfahrzeug. Dann fahren wir zusammen in die Freiheit.
Sie setzte das Glas ab, küsste mich, zog mich vom Bett hoch, sammelte meine Kleider zusammen, steckte sie mir unter den Arm, schob mich hinüber in mein Zimmer. Ich hörte, wie sie hinter mir die Türe abschloss.
Wie gelähmt blieb ich inmitten des von Straßenlampen und Autoscheinwerfern beleuchteten Raums stehen, ließ die Kleider fallen, begann zu schluchzen.
Mein Schwerpunkt kippte unvermittelt aus der Achse, ich riss die Arme hoch, kriegte die Rückenlehne des Polstersessels zu fassen, konnte den Fall abwenden. Verwirrt sah ich mich um. Das Hotelzimmer. Ich sammelte meine Kleider zusammen, warf sie auf den Sessel, torkelte ins Bad. Dann legte ich mich

aufs Bett, verfolgte die Lichtgarben, die über die Zimmerdecke huschten.
Du kannst machen, was du willst …
Ludmilla war eine Prüfung, der ich nicht gewachsen war.
Ich sah Bilder aus meinem alten Leben an mir vorbeiziehen, sah Sarah, Jonas, die Agentur, dann wurden sie von einer Flutwelle aus Eindrücken weggefegt, die alle mit meiner Odyssee, mit dem verfluchten Gemälde und Ludmilla zusammenhingen.
Konnte ich jetzt noch zurück?
Wer war ich denn?
Ein Nichts!
Immer hatte ich durch die anderen gelebt, hatte versucht, ihre Erwartungen zu erfüllen. Jetzt hatte mich meine Obsession für Ludmilla vernichtet.
Ich würde die Kraft für den letzten Schritt nicht aufbringen können. Um ihr bedingungslos zu folgen, hätte es einer anderen Persönlichkeit bedurft.
Ich würde mitspielen, um sie zu retten – sie zu verlieren.

11

Ich schlafe kaum noch. Wie sollte ich schlafen können!
In einem Monat habe ich den Geburtstermin und Andy hat sich immer noch nicht gemeldet!
Die Ärztin sagte gestern, alles sei gut.
Nichts ist gut!
Kein Lebenszeichen von Andy, nichts.
Er ist der Vater!
Seit zwei Tagen nimmt auch Eric meine Anrufe nicht mehr entgegen. Wie soll ich das deuten? Haben sich alle gegen mich verschworen? Muss ich eine Vermisstenanzeige machen? Ich habe Tobi damit gedroht. Er meinte, der Fall stehe kurz vor der Aufklärung, ich dürfe der Polizei jetzt nicht in den Rücken fallen. Sie wisse, wo Andy sich aufhalte. Der Ort müsse zu seinem Schutz weiterhin geheim bleiben.
Wenigstens wahrt Tobi jetzt etwas mehr Distanz, nachdem ich ihm klargemacht habe, dass ich sonst jemand anderen für unseren Schutz anfordern würde.

Ich blinzelte, hob kurz den Kopf. Die Morgendämmerung tauchte die Gegenstände im Zimmer in ein mattes Licht. Ich lag immer noch in der gleichen Stellung auf dem Rücken, schloss die Augen wieder.
Der Zimmerservice weckte mich. Natürlich hing kein Hinweisschild an der Türe.
Shit! Ich musste das Zimmer räumen.
Ich flüchtete aus dem Bett, stellte mich unter die Dusche.
Eben hatte ich die wenigen Habseligkeiten in die Tasche gestopft, wollte gehen, da vernahm ich Schreie. Sie kamen von der Promenade. Ich ließ die Tasche fallen, eilte ans Fenster,

wäre beinahe durch die Scheibe gekippt. Direkt unter meinem Zimmer wurde Ludmilla von zwei Männern aus dem Bentley gezerrt, der zwischen zwei Fahrzeugen eingeklemmt war. Sie hatten sie unter den Armen gepackt, schleppten sie zu einem Fahrzeug, das weiter vorne stand, stießen sie in den Wagen. Türen wurden zugeschlagen, Motoren heulten auf, Reifen quietschten. Nach fünf Sekunden war der Spuk vorbei, die Fahrzeuge im Verkehr verschwunden.
Meine Hand hatte sich in den Stoff gekrallt, ich wankte hin und her. Als der Vorhang riss, kam ich zu mir, begriff augenblicklich, dass der heutige Tag nicht nach Plan verlaufen würde. Ich checkte mein Nokia. Die Batterie war noch halb geladen. Ich nahm meine Tasche, verließ das Hotel.
Es gab nur eine Möglichkeit. Ich schlug den Weg zu Jeans Studio ein, hoffte, ihn dort zu treffen. Noch immer hielt ich mich daran, mein Handy nicht zu benutzen, aber jetzt schien es mir ratsam, das Gerät einzuschalten. Ich musste damit rechnen, dass mich Ludmilla oder ihre Kidnapper kontaktieren würden.
Jean war nicht da. Ich suchte eine öffentliche Telefonzelle, musste bis zur Place Garibaldi laufen, wählte seine Nummer. Keine Reaktion. Nach einer Stunde, in der ich wie ein Tier im Käfig den Platz umrundet hatte, versuchte ich es erneut. Diesmal nahm er den Anruf entgegen.
Als ich ihm den Vorfall schildern wollte, sagte er, nicht am Telefon. Ich komme ins Studio. In einer halben Stunde.
Ich war zu früh dort. Ungeduldig wartete ich vor der Türe, den Blick auf mein Handy fixiert, hoffte auf ein Zeichen von Ludmilla.
Salut, viens!
Beinahe hätte ich das Gerät fallen lassen. Jean stand neben mir, gab den Code ein, hielt mir die Türe auf. Er schob mich durch den Raum zur Bar, setzte sich dicht neben mich.
Schieß los!
Ich erzählte ihm, was ich vor zwei Stunden von meinem Zimmer aus verfolgt hatte. Jean hing an meinen Lippen. Kaum hatte ich geendet, schlug er mit der Faust auf die Bartheke, kniff die Lippen zusammen.

Das waren die Russen, stieß er hervor. Seine Stimme klang, als hätte er eben vernommen, Ludmilla sei ermordet worden. Er blickte auf, sah mir in die Augen.
Sie haben sie in ihre Gewalt gebracht! Jetzt gelten andere Gesetze, andere Bedingungen. Merde! Hat sie deine Nummer?
Ja.
Gut. Vermutlich wirst du kontaktiert. Sie werden die Bedingungen für die Übergabe neu definieren.
Wir saßen immer noch an der Bar, den Blick auf unsere Handys fixiert. Irgendwann fragte Jean, willst du einen Drink?
Etwas Starkes.
Hier gibt's nur alkoholfrei.
Dann Wasser.
Jean mixte sich einen Proteindrink. Hinter uns wurde trainiert, gestöhnt, gelacht.
Gegen Abend hielten wir es nicht mehr aus. Jean schloss meine Tasche in einen Garderobenschrank, wir verließen den Club, irrten planlos durch die Gassen der Altstadt. An einer Imbissbude auf der Cours Saleya aßen wir eine Crèpe, tranken ein Bier, pafften stumm, in Gedanken versunken. Der Platz vor uns lag bereits im Schatten. Wir hatten beide keine Lust, in ein Café oder eine Bar zu wechseln. Jean schlug die Promenade vor. In der Nähe des Le Royal setzten wir uns auf eine Bank, den Blick hinaus aufs Meer gerichtet. Die leichte Brise wehte den Geruch nach Salz und Fisch heran, kräuselte die Wasseroberfläche, auf der sich das orange Licht der untergehenden Sonne spiegelte. Immer wieder konsultierten wir unsere Handys. Ich war nah dran, das Ding über den Strand hinaus ins Wasser zu werfen. Ich steckte meine letzte Zigarette an, zerknüllte das Päckchen, versuchte, damit den Abfallbehälter zu treffen, verfehlte. Fluchend erhob ich mich, las es auf, steckte es in den Korb.
Die Lichter gingen an, hinter uns rauschte der Feierabendverkehr, Pärchen flanierten über den breiten Gehsteig, begleitet von Hunden, verfolgt von Joggern. Die Normalität unserer Umgebung war geradezu provozierend. Jean meinte, er müsse sich bewegen.

Unsere Handys in den Händen schlenderten wir gegen Westen in die Richtung, in der ich am zweiten Tag meine Suche nach Ludmilla aufgenommen hatte. Wenn ich damals geahnt hätte, wie sich die Geschichte entwickeln würde…

Mein Handy klingelte. Ich blieb wie vom Donner gerührt stehen, nahm einen tiefen Atemzug, drückte auf Empfang, presste es an mein Ohr. Jean bückte sich, um etwas mitzubekommen, atmete gegen meinen Hals.

André?

Ja.

Sie haben mich in ihrer Gewalt, sie quälen mich, sie…

Ich hörte einen Schrei, dann ein Knacken, danach die Stimme eines Mannes. Er sprach gebrochen Französisch. Geschockt streckte ich Jean das Gerät entgegen. Er drückte es an sein Ohr, sah sich nach einer Sitzgelegenheit um, ging auf die nächstgelegene Bank zu, ließ sich langsam darauf nieder. Ich blieb vor ihm stehen, versuchte, an seinem Gesichtsausdruck abzulesen, was mitgeteilt wurde. Jean sagte immer wieder, oui, dann schien er einzelne Angaben zu wiederholen, ich verstand nichts.

Das Gespräch war vermutlich längst beendet, als Jean mein Nokia vom Ohr nahm und mir mit einer fahrigen Geste zurückgab.

Heute um dreiundzwanzig Uhr. La Vallière. In den ehemaligen Steinbrüchen.

Ich stand immer noch vor ihm, fixierte ihn, wartete auf mehr.

Sag endlich, was wollen sie?

Er starrte hinaus aufs Meer, schüttelte andauernd den Kopf.

Sag schon!

Jean sah zu mir auf, lehnte sich zurück, hieb mit der Faust auf die Sitzfläche der Bank.

Merde, knurrte er, c'est une catastrophe!

Ich setzte mich neben ihn.

Du gehst allein mit dem Gemälde. Ich musste dem Kerl klarmachen, dass du kein Fahrzeug hast. Taxi ist okay. Der Ort ist ein Industriegebiet in den Hügeln außerhalb der Stadt, nachts

menschenleer, keine Wohnungen weit und breit. Ludmilla wird in einem der Fahrzeuge sein und freigelassen, wenn sie das Bild übernommen und geprüft haben. Dann lassen sie euch mit dem Taxi wegfahren.
Ohne Garantien?
Ja, jetzt diktieren *sie*, wo's langgeht. Es sind nicht die Käufer, die bisher das Sagen hatten. Jetzt sind es die Russen. Hast du noch genügend Geld für das Taxi?
Neunzig Euro.
Gut. Nach der Übergabe fahrt ihr zurück und nehmt die A8 Richtung Osten. In einer halben Stunde seid ihr in Ventimiglia. Lasst euch dort ausladen und kontaktiert mich über ein neutrales Telefon.
Jean hatte bisher Zuversicht ausgestrahlt, hatte mich beruhigt. Jetzt war er wie ausgewechselt, fluchte andauernd, haderte damit, dass sein Plan sabotiert worden war. Ich fühlte mich wie narkotisiert. Plötzlich war mir gleichgültig, wo und wann die Übergabe stattfinden sollte, ich wollte es nur hinter mich bringen, meine Haut retten, die Nacht lebend überstehen.
Es war halb zehn. Ich schlug vor, zur Beruhigung in einer Bar etwas Hochprozentiges zu kippen. Jean nickte. Diesmal schlug ich das Lokal vor. Kurz vor zehn holten wir im Studio die Tasche mit dem Bild – meine eigene Tasche ließ ich im Schrank zurück –, fuhren mit der Stadtbahn zum Bahnhof, wo Jean beim Taxistand mit den Fahrern sprach. Ich kaufte mir Zigaretten. Nach fünf Minuten winkte er mir.
Das ist Murat, ein Kollege, er weiß, was er wissen muss. Bis nach Ventimiglia, das ist der nächste Ort nach der Grenze, will er sechzig Euro. Ohne Zeitbegrenzung. Murat nickte bestätigend, Jean ergänzte, er will das Geld jetzt. Ich klemmte mir die Tasche mit dem Bild unter den Arm, kramte meine Geldbörse hervor, zählte die letzten Scheine, steckte Murat sechzig Euro zu.
Jean legte mir die Hand auf die Schulter, ich schreckte zusammen, ließ beinahe das Gemälde fallen. Er wartete, bis ich eingestiegen war, schloss die Tür des Toyota, winkte uns nach. Es war kurz nach halb elf.

Im Radio lief Johnny Hallyday, Murat fuhr stumm durch regen Verkehr in die Außenquartiere im Osten, wo es schlagartig ruhig wurde. Nachdem wir die Autobahn unterquert hatten, bog er in ein Tal ab, das hinauf in die Berge führt. Es wurde zunehmend dunkler, die Bebauung nahm ab, dichte Vegetation und Felshänge beidseits der leeren Straße. Bei einem Kreisel nahm Murat eine steile Auffahrt, passierte zwei Haarnadelkurven, fuhr auf einer holprigen Straße vorbei an einem Betonwerk, dunklen Autowerkstätten, Reifenhäusern, verlangsamte. Nirgends eine Leuchtreklame. Ich sah ihn an, er nickte. Die Straße endete abrupt, er stoppte den Wagen. Jetzt verstand ich, wieso Jean dermaßen geschockt gewesen war: An diesem Ort war ein Leben nicht viel wert.

Qu'est-ce qu'on fait?, fragte Murat, blickte zu mir.

Ich gab ihm zu verstehen, er solle wenden, damit wir gleich wieder losfahren könnten.

Eine einzige Lampe beleuchtete die Kulisse andeutungsweise. Am Straßenrand waren Autos abgestellt, soweit ich erkennen konnte, alle leer. Hinter den dunklen Werkhallen ragte der helle Fels des ehemaligen Steinbruchs auf.

Die Uhr auf dem Armaturenbrett zeigte eine Minute vor elf. Murat stellte Motor und Licht ab. Cat Stevens sang Morning Has Broken, bis die Stimme des Radiomoderators einfiel und vom Jingle «Radio Nostalgie» abgelöst wurde. Ich hatte die Hand am Türgriff, wollte rauchen, aber ich blieb sitzen, hielt die Tasche umklammert. Ich bat Murat, das Radio auszuschalten. Er drückte kommentarlos auf den Knopf. Die Stille ließ alles gefrieren. Da sah ich die Scheinwerfer. Drei Wagen kamen auf uns zu, nahmen uns in die Zange.

Merde, sagte Murat, legte die Hand auf den Türgriff, blieb sitzen, schaltete die Autoscheinwerfer ein.

Ein Wagen hielt direkt vor uns im Lichtkegel. Ein Riese stieg aus, zerrte Ludmilla aus dem Fahrzeug. Ihr Gesicht war blutverschmiert. Etwas blitzte auf.

Ein Messer!

Er hielt Ludmilla ein Messer an die Kehle!

Nein!
Ich öffnete die Tür, stürzte hinaus, hob die Tasche mit dem Gemälde in die Höhe, zeigte mein Pfand. Jetzt stieg ein Zweiter aus dem Fahrzeug, kam auf mich zu, die rechte Hand ausgestreckt. Ich deutete auf Ludmilla. Er schüttelte den Kopf, kam näher. Hilfe konnte ich keine erwarten, Murat hatte sich im Fußraum verkrochen. Ich streckte die Arme, hielt die Tasche vor mich, um den Typen auf Distanz zu halten. Er riss sie mir aus der Hand, zog das in Zeitungpapier eingewickelte Gemälde heraus, zerrte die Verpackung auf, legte Ludmillas Bild frei. Er drehte es, schaute auf den Rahmen, schüttelte den Kopf. Etwas stimmte nicht. Er winkte einen Dritten herbei. Mit einem Messer löste er die Klammern auf der Rückseite, zerrte die Leinwand vom Rahmen, stieß einen Fluch aus. Er holte aus, schleuderte mir den leeren Rahmen entgegen, brüllte mich an. Ich duckte mich, wich dem Wurf aus. Als ich mich wieder aufrichtete, blickte ich in den Lauf einer Pistole. Vermutlich hinderte ihn meine Reaktion, sofort abzudrücken, ich war genauso perplex wie er. Er packte mich am Arm, hielt mir die Waffe an die Schläfe, sagte, u ile, u ile.
Je ne sais pas, krächzte ich. Er drückte mich gegen den Wagen, legte sich beinahe auf mich, Wodka und Knoblauch stachen mir in die Nase.
U ile!
Dann schlug er zu. Ein greller Blitz fuhr durch meinen Sehnerv in die Eingeweide, ließ mich zusammenklappen wie ein Taschenmesser. Ich vernahm Schreie, hektische Stimmen, Befehle, wie durch Watte, dann ein Schuss.
Als ich zu mir kam, spürte ich kalten Stahl an meinen Handgelenken. Ich lag unbequem auf einer Sitzbank, blinzelte ins Licht. Funkstimmen, Rufe, Flüche. Ich setzte mich benommen auf, blickte aus dem Fenster. Polizeifahrzeuge, Blaulichter kreisten, uniformierte Beamte in hektischer Bewegung, die Szene ausgeleuchtet von grellem Scheinwerferlicht.
Ich versuchte, die Situation zu begreifen, aber ich kam nicht dazu.

Il s'est réveillé!
Erst jetzt erkannte ich die Polizisten über mir, neben mir, vor mir. Ich hockte im Fonds des Kommandofahrzeugs. Man begann mich mit Fragen zu bombardieren: Name, Nationalität, Grund für meinen Frankreich-Aufenthalt, wieso um diese Zeit an diesem Ort. Nach anfänglichem Zögern gab ich so viel preis, dass sie mich nicht schlugen, aber der Ton der Befrager wurde zunehmend gehässiger. Ich sah mich hilfesuchend um, zuckte zusammen. Links vor mir saß der Kerl, der bei Emilie eingebrochen war, den Koffer geklaut und mir den Fußtritt versetzt hatte, derselbe Typ, den Jean in der Gasse zu Boden geworfen hatte. Als er meinen erschrockenen Blick auffing, grinste er.
Was war ich für ein naives Arschloch! Die Polizei hatte mich die ganze Zeit observiert.
Ou est le tableau? Wo ist das Bild, immer wieder. Meine Beteuerungen, ich wisse nicht, was gemeint sei, überhörten sie.
Auf der Straße war alles in Bewegung, ich vernahm Zurufe, Befehle, Motorenlärm. Männer wurden in verschiedene Autos geladen, Ludmilla konnte ich nirgends ausmachen. Türen schlugen zu, Sirenen heulten auf, die Fahrzeuge fuhren weg.
Meine Befrager schienen das Interesse an mir verloren zu haben, rückten von mir ab. Ich erwartete, dass sie mich laufen ließen, stand auf, streckte den Beamten meine Arme mit den Handschellen entgegen, aber sie drückten mich wieder in den Sitz. Der Typ, der mich angegrinst hatte, packte mich am Arm, führte mich aus dem Einsatzbus zu einem der wartenden Polizeifahrzeuge, öffnete die hintere Tür, gab mir einen Stoß. Er setzte sich neben mich auf den Rücksitz, machte ein Zeichen, worauf der Fahrer Motor und Sirene startete und losfuhr.
Was soll das! Ich gehöre nicht dazu!
Der Kerl neben mir reagierte nicht, schwieg. Wir fuhren in die Stadt zurück. Vor einem großen Gebäude hielt der Wagen. Ich wurde aus dem Wagen gezerrt, durch eine hohe Tür in einen Wartebereich eskortiert. Weiter hinten lärmte eine Gruppe junger Männer. Die Polizisten unterhielten sich kurz mit einem Beamten, dann führte man mich eine Treppe hinab in den

Keller. Die Stahltüren entlang des Korridors ließen auf Zellen schließen, Poltern, Fluchen, Schreie waren zu hören. Mein Bewacher öffnete eine der Türen, schob mich in ein kleines, fensterloses Verlies, nahm mir die Handschellen ab. Ich musste die Uhr ausziehen, meine Taschen leeren und den Gurt lösen. Er steckte alles ein, baute sich vor mir auf, schlug vollkommen unerwartet zu. Mitten ins Gesicht. Der Hieb ließ mich zu Boden gehen. Mit einem hämischen Grinsen verließ er den Raum, warf die Türe ins Schloss. Ich griff mir an die Nase. Blut. Benommen rappelte ich mich auf, setzte mich aufs Bett – neben der Toilettenschüssel das einzige Möbel. Ich drückte mein Taschentuch an die Nase, lehnte den Kopf zurück, hoffte, den Blutfluss zu stoppen. Der Schmerz packte mich erst nach ein paar Minuten. Das Licht in der Zelle wurde gelöscht. Schlagartig tauchten die bedrückenden Bilder dieser Nacht vor mir auf: grelles Licht, dunkle, bedrohliche Gestalten, Ludmillas entstelltes Gesicht, die Pistole an meiner Schläfe, der Lichtblitz.

Ludmilla!

Wo war Ludmilla?

Ich versuchte, mich zu erinnern, wann ich sie das letzte Mal gesehen hatte. Als das Gemälde vom Rahmen gezerrt wurde, stand sie noch da. Dann wurde ich gegen den Wagen gedrückt, sah in die Mündung einer Pistole, erhielt einen Schlag in die Nieren. Gleichzeitig musste etwas passiert sein. Der Blitz, den ich gesehen hatte, war nicht nur die Reaktion auf den Schlag. Eine Blendgranate! Die Polizei hatte das Überraschungsmoment ausgenützt. Ich konnte mich an einen Schuss erinnern, sonst war nur blanke Leere bis zum Moment, wo ich im Polizeifahrzeug zu mir kam.

Das Messer! Der Kerl, der Ludmilla festhielt, hatte ein Messer in der Hand und Ludmillas Gesicht war von Schlägen gezeichnet. Lebte sie überhaupt noch?

Ich kippte zurück, schlug mit dem Hinterkopf gegen die Wand. Ich spürte den Aufprall, aber keinen Schmerz.

Als ich aufwachte, war es dunkel. Ich lag zusammengekrümmt auf einer Matratze, ein feuchtes Taschentuch in der Hand. Mein

Kopf fühlte sich an, als wäre er in einen Schraubstock gespannt. Ich tastete mit der freien Hand danach, aber da war nichts. Meine Nase hämmerte, mein Hinterkopf pochte.
Wo war ich?
Ich versuchte, die Schmerzen auszublenden, setzte mich auf, aber jetzt wurde das Hämmern noch lauter. Meine Hände suchten nach etwas Bekanntem, Vertrautem. Ich war nicht im Hotelzimmer. Die Unterlage, auf der ich hockte, war an der Wand befestigt, kaum gepolstert. Ich stand auf, machte ein paar vorsichtige Schritte, die Hände ausgestreckt, um nicht gegen eine Wand zu laufen. Mein Schienbein traf auf einen harten Gegenstand.
Merde!
Ich tastete danach, kam zu mir: die Toilettenschüssel, die Zelle. Stöhnend humpelte ich zurück zur Pritsche, setzte mich, rieb mir abwechselnd Hinterkopf und Schienbein, drückte das feuchte Taschentuch auf meine Nase, die wieder zu bluten begonnen hatte.
Wieso war ich hier?
Das Gemälde!
Das Gemälde musste der Grund sein.
Wo war es?
Wann war es entfernt worden?
Wann hatte ich es zuletzt gesehen?
Ich fokussierte meine Gedanken auf diesen Punkt, zermarterte mir das Gehirn, spulte zurück an den Ausgangspunkt meiner Reise.
Mit Sicherheit war es am Ort meiner Verbannung noch dagewesen. In diesem leer stehenden, unheimlichen Hotelkasten in den Bergen hatte ich es zwei Tage vor meiner Abreise nochmals überprüft. Aber hatte ich danach je kontrolliert, ob es noch hinter Ludmillas Aktbild versteckt war? Als ich es bei Emilie aus dem Koffer geholt hatte?
Nein.
Wo hätte man es entwenden können?
Doch im Hotel Alpenrose?

Ich versuchte, die Stunden kurz vor meiner Flucht zu rekonstruieren. Nach der unheimlichen Begegnung mit dem schmierigen Privatdetektiv in Kamels Shop hatte ich mich vergewissert, dass das Gemälde noch da war. Aber einen Tag später steckte ich Ludmillas Aktbild ungeprüft in Kamels Koffer. Das Klebeband am Bildrücken, hinter dem ich Gemälde und Skizzenheft versteckt hatte, war unversehrt gewesen. Trotzdem, Walter Brander hätte in der Zeit, in der ich bei Kamel auf den Koffer wartete, das Schwarze Quadrat entfernen können. Verdammt, wenn es so wäre, hätte ich die ganze Odyssee vergebens gemacht.
Ich schüttelte trotzig den Kopf. Nein, das war zu unwahrscheinlich. Wenn jemand daran manipuliert hätte, wäre mir das aufgefallen.
Im Schlafsaal der Auberge in der Nähe von Vallorbe?
Nichts deutete darauf hin, dass der Koffer während meiner Abwesenheit angetastet worden war, aber die Gelegenheit wäre da gewesen.
Im Restaurant in Jougne?
Nein, das hätte nur ein Magier geschafft.
Im Zug nach Marseille?
Ich konnte es nicht ausschließen. Ich war bestimmt fünf oder zehn Minuten meinem Koffer hinterhergerannt. Das hätte gereicht, das Aktbild wieder auf den leeren Rahmen zu heften. Nein, nicht in der engen Toilette. Ich atmete tief durch.
Jean?
Hatte mich Jean betrogen? Hatte ich mich dermaßen in ihm getäuscht? Er wusste, dass er mich auslieferte, wenn ich bei der Übergabe ohne das Gemälde den Russen gegenüberstand, und er wusste, dass er damit auch Ludmilla opferte.
Etwas in mir, etwas, das trotz Ohnmacht und Schmerzen rebellierte, weigerte sich, diese Version zu akzeptieren. Ich versuchte, meine Gedanken davon zu lösen, aber die Indizien …
Nein!
Obwohl.
Jean hätte genügend Zeit gehabt, er hatte den Übergabeort vorgeschlagen, der ein gewisses Maß an Sicherheit für mich und

Ludmilla bot, und er war total von der Rolle, als die Spielregeln geändert wurden.
Merde.
Es hatte keinen Sinn. Es konnte nicht Jean gewesen sein.
Eine Zigarette!
Ich klopfte meine Brusttaschen ab, meine Hosentaschen. Die Zigaretten, meine Geldbörse, mein Nokia, die Uhr, alles hatte mir der Typ abgenommen. Das Einzige, was ich zutage förderte, war ein zerknüllter Papierfetzen.
Ich brauchte eine Zigarette, dringend.
Im Dunkeln versuchte ich mich zu orientieren, versuchte, mir vorzustellen, wo die Zellentüre lag. Langsam tappte ich los, mied die Richtung, wo die Toilettenschüssel lauerte, fand die Tür. Ich schlug mit der flachen Hand dagegen, hämmerte mit der Faust. Niemand reagierte. Vermutlich war es Teil der Folter, um mich weichzuklopfen. Morgen würden sie mich verhören. Was hatte ich ihnen bisher außer meinem Namen und der Nationalität verraten? Ich konnte mich nicht erinnern. Bestimmt hatte ich nach Ludmilla gefragt.
Ich würde darauf bestehen, einen Anwalt dabei zu haben, ich wollte mit der Schweizer Botschaft oder dem Konsulat Kontakt aufnehmen können, ich wollte …
Der Riegel wurde zurückgeschoben, die Türe öffnete sich, grelles Licht flutete die Zelle. Zwei Beamte kamen herein, blieben stehen. Beide starrten gleichermaßen irritiert wie ich auf die Blutspur im Raum, auf meine blutgetränkten Kleider, die Matratze.
Für einen Moment wirkten sie ratlos, dann sagte der Größere, attendez.
Sie verließen den Raum wieder, verriegelten die Türe.
Mein Blick fiel auf den Zettel, den ich in der Nacht aus meiner Hose geklaubt hatte – es war Ludmillas Mitteilung.
Cher André …
Ich zerknüllte das Papier, warf es in die Toilettenschüssel.
Nach einer Stunde wurde die Türe wieder geöffnet. Vielleicht waren es auch zwei Stunden, ich hatte das Zeitgefühl verloren.

Die zwei Polizisten traten in die Zelle, der kleinere streckte mir einen Plastikbeutel mit dem Logo von Super U entgegen. Ich nahm ihn verblüfft entgegen, es waren Kleider darin, Unterwäsche, ein Shirt, Jeans. Der Größere machte ein Zeichen, das ich so deutete, dass ich meine Kleider gegen das Warenhausangebot wechseln sollte.
Als ich umgezogen war, kramte der Kleinere ein Taschentuch hervor, benetzte es am Wasserhahn, wusch mir das Gesicht. Als er meine Nase berührte, stöhnte ich auf. Der andere schaute zu, wurde ungeduldig.
Bien, knurrte er barsch, fasste mich am Arm, schob mich aus der Zelle, während mein Samariter meine blutverschmierten Kleider in den Plastikbeutel stopfte. Als wir beim Treppenhaus anlangten, hatte er zu uns aufgeschlossen. Zu dritt stiegen wir die Treppe hoch, bestimmt vier Geschosse, bogen dann in einen langen Korridor ab, Türen links und rechts mit Schildern beschriftet, einige mit elektronischer Besetztanzeige. Das Milchglasfenster am Ende des Flurs erinnerte mich an mein Verlies im Hotel Alpenrose. Vor einer der Türen blieben wir stehen, der Größere schloss sie auf, schob mich hinein, schaltete die Deckenlampe ein – flackerndes Neonlicht –, deutete auf den einzigen Stuhl. Hinter mir wurde die Türe verriegelt, ich war allein im Raum. Das vergitterte Fenster ging nicht auf einen Innenhof, wie ich erwartet hatte, sondern auf einen Park. Auf einen Parkplatz, wie ich beim zweiten Blick realisierte. Unter den Bäumen war jeder Quadratmeter mit Autos vollgeparkt.
Ich hatte mich auf ein Verhör eingestellt, aber das Zimmer passte nicht dazu, es war zu klein und es gab keinen Tisch. An der Trennwand zum nächsten Raum war eine Art Ablage montiert, darüber befand sich eine Öffnung mit einem rostigen Drahtgeflecht, davor stand ein Stuhl. Ich setzte mich. Nichts passierte, ich hatte Zeit, mein neues Outfit zu begutachten. Die Größe war nicht schlecht gewählt, die Hosen passten. Das Shirt war zu groß, vermutlich ein XXL, es war weiß und trug die Aufschrift: Nice, je t'aime.

Von wegen! Shit...
Jetzt hörte ich Geräusche aus dem Nebenraum. Ich spähte durch das Gitter, jemand stand davor, das Gesicht konnte ich nicht erkennen. Erst als sich die Person setzte.
Ich starrte mit offenem Mund durch die Öffnung, unfähig, einen Laut über die Lippen zu bringen.
Andy, was ist mit dir passiert?
Ich blieb stumm, den Mund immer noch offen.
Hat es dir die Sprache verschlagen? Komm schon, sei nicht nachtragend. Ich wollte früher einschreiten, aber die Polizei hielt mich zurück.
Ich konnte nur den Kopf schütteln, ganz langsam, aber dafür andauernd.
Andy, ich bring dich hier raus. Glaub mir. Sie behalten dich höchstens noch einen Tag, dann...
Ich ließ meinen Oberkörper auf die Stuhllehne knallen, sagte immer noch kein Wort. Es war zu absurd, zu unfassbar, zu gemein. Er hatte gewusst, was lief, aber er hatte mich in die Falle tappen lassen.
Schließlich stellte ich die Frage. Die einzige Frage, die mich interessierte.
Wo ist Ludmilla?
Wir wissen es nicht.
Was heißt wir?
Die Polizei.
Dann arbeitest du also mit ihnen zusammen.
Nein. Nun... ähm. Nicht direkt. Ich bin mit Tobis Vorgesetztem nach Nizza gefahren, um dich... äh, um dich zu beschützen.
Sag mal, spinnst du, fantasierst du? Zu beschützen. Du weißt Bescheid, dass sie mich als Lockvogel benutzt haben, und lässt mich ins Messer laufen! Was soll ich dir glauben? Was kann ich dir noch glauben?
Andy, beruhige dich. Die Polizei hatte alles im Griff. Als es heikel wurde, hat sie zugeschlagen.
Genau, hierhin. Ich zeigte auf meine Nase.
Ein Polizist?

Ja, verdammt. Hol mich raus. Jetzt! Nicht morgen.
Es ist … es ist nicht so einfach. Du hattest die Ware.
Die Ware?
Das Gemälde.
Eben nicht, ich hatte es nicht mehr. Aber ihr wisst bestimmt, was damit passiert ist, die Polizei war mir ja andauernd auf der Pelle.
Das ist ja das … das Unerklärliche. Das Gemälde ist verschwunden.
Das heißt, die Polizei weiß tatsächlich nicht, wo das Bild ist?
Ja.
Deshalb muss ich in Untersuchungshaft bleiben.
Sozusagen. Sie verdächtigen dich, dass du es abgezweigt hast.
Spinnt ihr alle vollkommen!
Ich schoss auf, warf den Stuhl um, schrie, meinst du, ich wäre jemals so blöd gewesen, ohne das Bild den Russen gegenüberzutreten. Ihr spinnt alle! Arschlöcher!
Die Türe wurde geöffnet, die zwei Beamten nahmen mich in die Mitte, führten mich durch den Korridor die Treppe hinab zurück in mein Verlies.
Der Plastikbeutel mit meinen vergammelten Kleidern lag auf der Matratze, sie war gewechselt worden, die Blutspuren auf dem Boden aufgewischt. Nur noch meine geschwollene Nase zeugte von der hinterhältigen Attacke.
Ich ließ mich auf die Pritsche fallen, konnte es nicht fassen. Eric war mir nachgereist, hatte mich der Mafia zum Fraß vorgeworfen, nur damit die Polizei ein paar Gangster einbuchten und Tobi und die Zürcher Polizei einen Teil der Lorbeeren einheimsen konnten.
Aber die Sache war nicht wie geplant gelaufen.
Die großen Schlagzeilen würden ausbleiben – das Schwarze Quadrat fehlte!
Es wäre ein Riesending gewesen, wenn die Polizei in einer heroischen Aktion das wertvolle Gemälde sichergestellt und gleichzeitig die Gangster der Kunstmafia geschnappt hätte.
Ein Schlag ins Wasser! Ha!

Jetzt versuchten sie, aus dem Wenigen, das sie hatten, das Maximum herauszuholen. Deshalb brauchten sie einen Sündenbock, deshalb saß ich in diesem Loch.
Man schickte mir Brot und etwas Käse durch die Schleuse neben der Toilettenschüssel. Ich hatte Lust, alles gleich da hineinzukippen, aber der Hunger war stärker. Ich kaute das zähe Baguette, mampfte den Käse, trank ab der Leitung. Nachdem ich ein paar Runden in der Zelle gedreht hatte, wurde ich abgeholt. Diesmal würde es ein Verhör sein, war ich überzeugt. Der Raum sah aus, wie man ihn von Kriminalfilmen kennt: kahl, Neonlicht, mit einem Tisch, vier Stühlen und einer verspiegelten Wand. Der Befrager war knapp älter als ich, vermutlich der Picador, der das Feld vorbereiten musste. Ich verlangte nach einem Dolmetscher und einem Anwalt. Das Greenhorn ging nicht darauf ein, stellte ungerührt seine Fragen, als lese er aus einem Protokoll. Ich lächelte ihm zu, verweigerte die Antwort, blieb stumm.
Nach einer halben Stunde verließ er den Raum.
Ich wartete.
Vom Flur vernahm ich Stimmen, Schritte auf dem Steinboden, zwischendurch ein Ruf.
War ich eingedöst? Die Türe schwang krachend auf, drei Personen betraten das Zimmer. Ein etwa Fünfzigjähriger in Zivil mit kurz gestutzten Haaren, wahrscheinlich der Kommissar, ein unscheinbarer Vierzigjähriger im Anzug, der sich als Anwalt vorstellte, mir eine Visitenkarte in die Hand drückte, und ein Jüngerer, wohl Student und Übersetzer. Der Kommissar begann seine Fragen zu stellen, der Student übersetzte. Die Zeit, die er dafür brauchte, reichte mir, die Frage selber zu übersetzen.
Wie sind Sie in den Besitz des Gemäldes gekommen?
Ich wartete, bis der Dolmetscher die Frage formuliert hatte, wusste die Antwort lange vorher, stellte die Gegenfrage.
Welches Bild?
Es war wie Pingpong spielen. Ich war schneller.
Ihnen wurde das Gemälde, das Schwarze Quadrat von Kasimir Malewitsch, in Obhut gegeben. Wo ist es?

Sie scheinen mehr zu wissen als ich. Kasimir Male…? Wie auch immer. Noch nie gehört.
Sie haben das Gemälde gestern Abend übergeben wollen, im Austausch gegen eine russische Staatsbürgerin.
Es ging um eines ihrer Bilder, nicht um Kasimir irgendwas.
Wie?
Das Bild, das Sie erwähnen, kenne ich nicht.
Schweigen. Was mich zur Frage an den Anwalt veranlasste, wann ich mit meiner Freilassung rechnen könne.
Er antwortete nicht.
Der Anwalt und der Kommissar steckten kurz die Köpfe zusammen, standen auf, verließen zusammen mit dem Dolmetscher den Raum. Die beiden Beamten erschienen, führten mich in mein Verlies zurück. Als sie mich durch den dunklen Korridor in meine Zelle schoben, schien es mir, als wäre ich an den Beginn meiner Flucht zurückgeworfen worden – in den Wellness-Bereich des Hotels Alpenrose.
Es war offensichtlich, dass sie nichts in der Hand hatten, dass sie nicht einmal sicher waren, ob das Bild überhaupt existierte, nichts. Gab es überhaupt einen Beweis, dass Ludmilla existierte? War sie ein Phantom, ein Geist, dem ich erlegen war? Vor einem halben Jahr hatte mich der Zufall mit ihr zusammengeführt. Ein halbes Jahr. Es schien mir wie eine Woche, wie ein Jahrzehnt. Alles, was ich seither erlebt hatte, kam mir wie die Geschichte eines anderen vor. Surreal, unglaubwürdig, wirr.
Wer war dieser andere, der gleich hieß wie ich? Hatte er überhaupt existiert?
Namen tauchten auf, vage Vorstellungen der Personen, zu denen sie gehörten. Bei Spinoza blieb ich hängen, ausgerechnet. Irgendwie hatte er die Brücke gebildet, über die ich abgehauen war. Die Brücke gab es nicht mehr, der Weg zurück war verschüttet. Was blieb übrig?
Tiefes, ohnmächtiges Dunkel. Schwarz.
Durch die Klappe in der Wand wurde ein Plastiktablett geschoben. Mittagessen, Abendessen? Ein trockenes Baguette, eine

kleine Plastikschüssel mit einer undefinierbaren Flüssigkeit, vermutlich Suppe, drei Portionen Streichkäse, ein Becher Tee. Ich setzte mich auf die Matratze, legte das Tablett auf die Knie, nippte an der Schüssel. Der salzig-ölige Sud war lauwarm und wässrig. Ich kippte ihn hinunter, Stückchen von Trockengemüse blieben wie Kaffeesatz zurück. Zwei Bissen Brot, ein Bissen Käse, ein Schluck Tee. Nach einer Pause wieder zwei Bissen Brot, ein Bissen Käse, ein Schluck Tee. Ein Ritual, mit dem ich mindestens eine Stunde gedankenlos verstreichen lassen konnte.

Gegen Abend wurde ich wieder abgeholt. Es waren zwei andere Beamte, vermutlich hatte die Schicht gewechselt. Ich bettelte sie um Zigaretten an, ergebnislos. Wir stiegen wieder vier Geschosse hoch. Im Korridor bogen sie links ab. Es ging zum Verhör, das Besuchszimmer lag rechter Hand.

Es war derselbe Raum, er war leer. Die Beamten drückten mich auf den Stuhl, auf dem ich schon heute Morgen gesessen hatte. Man ließ mich warten, die übliche Masche. Das Zimmer hatte kein Fenster. Ich lenkte den Blick auf die riesige Glasscheibe, die eine Längswand des Raums einnahm. Ich zuckte zusammen, dahinter war jemand, der mich anstarrte. Kein Polizist. Der Typ sah mitgenommen aus, vermutlich ein Opfer wie ich. Das Gesicht eine Fratze, die Nase geschwollen, leicht schief, eine Gesichtshälfte blau. Konnte er mich sehen? Ich hob eine Hand. Der Kerl im Spiegel hob eine Hand. Shit!

Ich wendete mich ab, konzentrierte mich auf die Türe. Jetzt. Sie erschienen wieder zu dritt, aber einer war ausgetauscht worden. Anstelle des Dolmetschers begrüßte mich ein forscher Ziviler mit kurzen, grau melierten Haaren in breitem Zürichdeutsch – Tobis Vorgesetzter, war mir sofort klar. Er stellte sich als Kriminalkommissar Zanelli vor, begann mit etwas Small Talk, um sich aufzuwärmen, während das Aufnahmegerät eingerichtet wurde. Zwischendurch sprach er mit dem französischen Beamten und dem Anwalt Französisch, fließend, eloquent. Die drei hatten mir gegenüber Platz genommen, Zanelli eröffnete.

Die französische Polizei hat mich gebeten, bei der Befragung mitzuwirken. Sie ist heute Morgen nicht zu einem positiven Resultat gekommen.
Positiv?
Sie haben sich geweigert, mitzuwirken. Sehen Sie, es hat keinen Zweck, uns die Wahrheit vorzuenthalten, wir wissen mehr, als Sie sich vorstellen können.
Er zog ein Notizheft aus der Tasche seines Jacketts, blätterte darin, las mir genüsslich vor, was ich in der letzten Woche alles unternommen hatte, wann ich jeweils das Hotel verlassen und wieder zurückgekommen war, dass mein Zimmer direkt neben Ludmillas Zimmer lag, wann und wo ich Jean getroffen hatte. Wie sie mich am Tag der Übergabe observiert hatten.
Gut, sagte ich, dann wisst ihr ja alles.
Zanelli seufzte, verzog den Mund.
Wo ist das Gemälde, das Schwarze Quadrat?
Ich räusperte mich.
Diese Frage wurde mir bereits heute Morgen gestellt, ich weiß es nicht.
Aber Sie können sich daran erinnern, dass Sie das Gemälde besessen haben.
Besessen ist der falsche Ausdruck, ich hatte es in Obhut.
Gut. Kommissar Zanelli übersetzte auf Französisch, was er eben erreicht hatte. Mit einem entspannten Lächeln wandte er sich wieder mir zu.
Wann wurde es ausgetauscht?
Ich schaute ihn fragend an, schwieg.
Ach, kommen Sie. Machen Sie nicht auf stumm. Ich bin hier, um Ihnen zu helfen. Gestern Nacht ist bei der Aktion ein wertloses Gemälde übergeben worden.
Er schob eine großformatige Fotografie zu mir über den Tisch: die lose Leinwand mit Ludmillas Aktbild und daneben die Bruchstücke eines zerbrochenen, behelfsmäßig gefertigten Holzrahmens, unter dem Arrangement ein Metermaß.
Ich nehme an, Sie kennen das Gemälde.
Ich nickte.

Den Holzrahmen?
… Nein.
Gut. Und wo ist das Schwarze Quadrat?
Ich weiß es nicht.
Zanelli verschränkte die Arme, atmete laut aus.
Die Kollegen können morgen mit der Befragung weiterfahren, wenn Ihnen das lieber ist. Aber morgen bin ich nicht mehr dabei.
Scheiße, ich musste ihm etwas vorsetzen, sagte schließlich, das Bild ohne Wert stammt von Ludmilla Borodin.
Das wissen wir.
Sie tarnt mit ihren Gemälden Kunstwerke.
Okay. Und weiter?
Er hob die Augenbrauen, sah mich an. Kommen Sie schon, müssen wir Ihnen die Worte einzeln entlocken? Ich reiße mir den Arsch auf, schaue, dass ich Sie hier rausboxen kann, und Sie bocken wie ein Esel.
Ich muss wissen, wo die Künstlerin ist, ob sie überhaupt noch lebt.
Das wollen wir auch.
Ich sage mehr, wenn ihr mit offenen Karten spielt.
Zanelli schlug mit der flachen Hand auf den Tisch, sagte in scharfem Ton, wenn Sie meinen, Sie könnten hier die Spielregeln diktieren, schicken wir Sie augenblicklich zurück in die Zelle. Meinen Sie, wir lassen uns auf Gegengeschäfte ein?
Der Kommissar und der Anwalt sahen Zanelli anerkennend an. Zanellis Ausbruch war pure Show, das war offenkundig, er hatte angebissen.
Nach einer theatralischen Pause legte er die Hände auf die Armlehnen, lehnte sich zurück, wandte sich an die anderen zwei. Sie steckten die Köpfe zusammen, flüsterten, dann drehte er sich wieder zu mir, legte einen Gegenstand auf den Tisch: der Armreif, Ludmillas Handfessel.
Den haben die französischen Kollegen in einem geklauten Fahrzeug auf einem Autobahnrastplatz bei Roquebrune gefunden – offensichtlich ein Ablenkungsmanöver. Bisher konnten

wir sie damit genauso verfolgen wie ihre Erpresser.
Er verstummte, sah mir in die Augen.
Und jetzt?, fragte ich, spielte meine Rolle.
Wir haben Ludmilla Borodin verloren.
Ich schwieg, versuchte abzuwägen, ob ich der Antwort Glauben schenken konnte. Sie hatten das Armband, aber das sagte nichts aus.
Wann wurde sie zuletzt gesehen?
Zanelli gab die Frage an den französischen Beamten weiter, übersetzte die Antwort.
Beim Zugriff war sie noch da, aber sie war nicht unter den sichergestellten Personen. Kennen Sie diesen Mann?
Er streckte mir ein Porträt entgegen, das Gesicht sah ziemlich mitgenommen aus.
Nein.
Schauen Sie sich den Typen genau an. Er war bei der Übergabe dabei.
Verdammt, natürlich. Es war der Kerl, der Ludmilla mit dem Messer bedroht hatte.
Sie haben ihn also gesehen.
Ja.
Ich schilderte Zanelli die Umstände.
Dann ist sie kaum allein geflohen, meinte er nüchtern.
Ich schluckte leer. Es kam nur einer infrage. Ich grübelte, ob ich das als gutes oder schlechtes Omen deuten sollte.
Zanelli unterbrach meine Überlegungen.
Sagen Sie uns, was Sie von ihr wissen, dann können wir sie schneller finden.
Wenn ich etwas über Ludmilla in Erfahrung bringen wollte, musste ich ihnen etwas zum Fraß vorwerfen. Ich gab ihnen preis, was ich von ihr über den illegalen Kunsthandel erfahren hatte.
Zanelli übersetzte häppchenweise. Die anderen nickten beeindruckt. Als mir der Stoff ausging, begann er, gezielte Fragen zu meiner Flucht zu stellen. Offenbar war die Polizei über meine Fluchtroute bestens informiert. Er wusste auch, dass man mir

den Laptop und Ludmillas Arbeitsheft geklaut hatte. Das hatte er nicht aus dem Rapport des Zugbegleiters, damals hatte ich noch gar nicht gewusst, dass das Skizzenheft weg war.
Zanelli blätterte in seinem Notizheft.
Wer hatte die Möglichkeit, das Schwarze Quadrat unbemerkt an sich zu nehmen? – außer Ihnen.
Ich lehnte mich zurück, begann, meine Spekulationen auszubreiten, die Frage hatte ich mir ja auch gestellt. Als ich bei Jean anlangte, wurde mir jäh bewusst, dass er der Hauptverdächtige war. Die Erkenntnis schnürte mir die Kehle zu. Er hatte alle Zeit der Welt gehabt, Ludmillas Aktbild auf einen anderen Rahmen aufzuziehen und das Schwarze Quadrat an sich zu nehmen.
Sollte ich preisgeben, was ich über Jean wusste? Zanelli nahm mir die Entscheidung ab.
Wir haben alles über ihn. Die Fahndung läuft bereits.
Er erhob sich, die anderen zwei machten es ihm nach. Wir sind in zehn Minuten zurück. Wollen Sie einen Kaffee?
Ja, sagte ich verblüfft.
Tatsächlich, nach etwa drei Minuten brachte ein Beamter eine dampfende Tasse mit Löffel und Würfelzucker auf dem Unterteller. Es war richtiger, dunkler Kaffee.
Ich schlürfte ihn wie eine Droge. Jetzt noch eine Zigarette und ich wäre high. Ich kam mir vor, als hätte ich ein Geständnis abgelegt, gebeichtet, die Absolution erfahren, fühlte mich befreit, versank im Moment, in diesem dumpfen, grauenhaften Zimmer, war – glücklich.
Der angenehme Gemütszustand verflüchtigte sich wie heiße Luft, als die drei zurückkamen, ihre Plätze wieder einnahmen. Zanelli legte das Protokoll vor mir auf den Tisch, eine deutsche und eine französische Fassung. Gönnerhaft wandte er sich mir zu, sagte, danke, Herr Heim, Sie haben uns einen Schritt weitergebracht. Ich denke, Ihrer vorläufigen Freilassung steht nichts mehr im Weg. Er übersetzte auf Französisch, die anderen nickten.
Bitte unterschreiben Sie hier. Er streckte mir einen Kugelschreiber entgegen.

Danach standen alle auf, reichten mir die Hand, eine unerwartete Geste. Zanelli sagte, Ihr Freund wird Sie abholen. Lassen Sie Ihre Nase noch von einem Arzt untersuchen.
Er öffnete die Tür, deutete auf die Stühle, die im Korridor der Wand entlang aufgereiht war.
Warten Sie hier, man wird Ihnen dort am Schalter Ihre persönlichen Gegenstände aushändigen. Danke für Ihre Mithilfe, rief er über die Schulter, verschwand im Treppenhaus.
Ich setzte mich benommen. Schräg gegenüber hing eine Uhr an der Wand. Es war erst sechzehn Uhr.
Ein Beamter rief mich auf, viel zu laut, wie mir schien. Hatte ich den ersten Aufruf überhört? Auf der Theke lag eine Kartonschachtel, darin meine Uhr, die Geldbörse, das Nokia, der Gürtel, ein Schlüssel – Emilies Hausschlüssel, stellte ich betroffen fest – ein Bic-Feuerzeug, der Super-U-Beutel mit meinen blutverschmierten Kleidern. Man legte mir eine Liste vor, ich unterschrieb, nahm die Gegenstände entgegen, stand dann ratlos im Gang. Ich setzte mich wieder, stopfte alles bis auf das Nokia in den Beutel, schaltete es ein. Der Batterieladestand war knapp bei null, aber es reichte, um festzustellen, dass alles gelöscht worden war: SMS, Namen, Telefonnummern. Meine Verbindung zu Ludmilla ... war gekappt!
Ich versank im Nichts, löste mich auf, wurde unsichtbar. Auf dem Stuhl lag nur noch der Plastiksack.
Jemand rüttelte mich ins Bewusstsein zurück. Eric stand vor mir.
Sorry, ich hatte nicht damit gerechnet, dass es so schnell gehen würde.
Ich blinzelte ihn an, stammelte, wa... was?
Deine Freilassung.
Ich hatte Lust, ihm eine reinzuknallen, ihn aus dem Weg zu schieben, einfach abzuhauen. Stattdessen hörte ich mich sagen, ich habe ihnen alles erzählt.
Eric fasste mich unter dem Arm, zog mich hoch, nahm den Plastikbeutel mit der anderen Hand, schob mich zum Treppenhaus.

Das Auto steht gleich um die Ecke.
Ich ließ mich willenlos mitschleppen. In einer Nebenstraße blieb Eric vor einem Fahrzeug stehen, sagte, wir sind da.
Er öffnete die Türe auf der Beifahrerseite, schob mich auf den Sitz, warf den Beutel hinter mir auf die Rückbank. Türen wurden zugeschlagen, der Wagen fuhr los, verlangsamte, bremste, fuhr ein paar Meter, stoppte. Autos Bremslichter, Lichtsignale, ich schloss die Augen.
Habe mir Zanellis Dienstwagen geliehen, hörte ich ihn sagen. Es tönte wie eine Entschuldigung. Mir war es egal, ich war in der Stimmung, wo ich einen Mord hätte begehen können.
Du hast es gewusst, murmelte ich in einem fort, du hast es gewusst.
Plötzlich Musik. Eric hatte das Radio aufgedreht.
Du hast es gewusst.
Der Wagen hielt.
Du musst deine Nase kontrollieren lassen, ist bestimmt keine große Sache.
Ich öffnete die Augen. Wir standen auf einem riesigen Parkplatz.
Du hast es gewusst, murmelte ich. Du hast es gewusst.
Eric zog mich aus dem Wagen, schleppte mich zwischen parkierten Autos hindurch, vorbei an hektischen Passanten, Hinweistafeln, Leuchtschriften. Eine automatische Schiebetüre zischte, im Hintergrund heulte eine Sirene, Eric besprach sich mit jemandem, führte mich weiter.
Hier ist es.
Ich musste mich setzen. Der Raum war voll und laut. Irgendwann zupfte mich Eric am Ärmel, sagte, du bist dran. Ich stand auf, folgte der winkenden Frau in der weißen Tracht. Eine Krankenschwester? Sie führte mich in ein Zimmer, deutete auf einen Stuhl. Eine andere Dame erschien, stellte sich kurz vor, tastete meine Nase ab. Eine Ärztin? Sie sprach andauernd, während sie mit einer Spritze hantierte. Vermutlich erklärte sie, was sie vorhatte. Ich hätte es ahnen sollen, aber ich zuckte zusammen, als sie mir mit der Nadel in die Nasenwurzel stach. Sie

sagte etwas, das wie eine Entschuldigung klang. Dann rollte sie ihren Stuhl näher heran, setzte sich vor mich. Brille, blaue Augen, braune Haare. Dann sah ich nur noch Finger, die an meiner Nase herumdrückten, zupackten, in eine Richtung zwängten, bis es knackte. Die Ärztin ließ von mir ab, stand auf. Ich wollte gehen, aber sie war noch nicht fertig, fixierte die Nase mit einem Verband, gab mir Hinweise. Das meiste verstand ich nicht. Dann drückte sie mir eine Packung Tabletten und einen Schein in die Hand, verabschiedete mich.

Eric kam mir entgegen, nahm mir den Schein ab. Vor dem Ausgang stellte er sich an der Theke in die Warteschlange, löste ihn ein.

Wir fuhren durch dichten Verkehr. An der Place Garibaldi nahm er die Straße Richtung Meer, stellte den Wagen am Hafen ab.

Unser Hotel liegt gleich in der Nähe, sagte er beim Aussteigen. Wir fahren morgen zurück, Zanelli bleibt hier, hat noch ein paar Dinge zu erledigen.

Als ich zu mir kam, lag ich in einem kleinen, grell bemalten Zimmer auf dem Bett. Verkehrslärm brandete durch das offene Fenster, die Gardinen bewegten sich sanft im Wind, erzeugten wogende Lichtreflexe an den gelben Wänden. Ich tappte blind in meiner Erinnerung, suchte nach letzten greifbaren Eindrücken, fand nur schwarze Leere.

Die Balkontüre öffnete sich, Eric streckte den Kopf ins Zimmer, sagte, bist du wach?

Er kam herein, schloss die Fenstertüre hinter sich, setzte sich zu mir ans Bett.

Wir müssen das Zimmer teilen. Es ist sonst alles ausgebucht. Ich denke, für eine Nacht kommen wir zurecht. Für dich ist es ja immer noch ein Upgrade, sagte er grinsend.

Dann begann er zu erzählen, eine Art Rechtfertigung, nahm ich an.

Wärst du in der Alpenrose geblieben, wäre die Sache nicht aus dem Ruder gelaufen. Wir nahmen an, es gehe um Rauschgift, entschieden uns, die Ware zu holen, aber du hattest sie irgendwo im Hotel versteckt. Walter Brander hat alles abgesucht, aber

nur das leere Paket gefunden. Dann ist dieser verdammte Privatschnüffler aufgetaucht und Branders Frau hat ausgeplaudert. Du drehtest durch, bist abgehauen, hast uns einen … einen dicken Strich durch die Rechnung gemacht.
Er stand auf, lief im Zimmer auf und ab.
Dass du auf eigene Faust gehandelt hast, machte die Sache ziemlich kompliziert. Wir mussten improvisieren.
Ich wollte weghören, wollte nicht reagieren, aber ich fragte, wir?
Tobi und ich.
Und die Polizei, das ist ja offensichtlich!
Allein hätte ich dich nie aufgespürt. Zanelli kam dazu, als du abgehauen bist.
Das heißt, bis dahin war es euer Ding. Tobi wollte sich die Lorbeeren holen.
Andy, beruhige dich. Im Hotel in Elm warst du in Sicherheit, erst als du …
Ab wann habt ihr mich observiert?
Wir nahmen an, dass du über Vallorbe reisen würdest. Unser Mann hat dich dann in Frasne aufgespürt.
Euer Mann? Das war … das war der Dieb?
Er hat nichts gestohlen, nur sichergestellt, und er hat deinen Koffer verwanzt.
Wieso hat er das Gemälde im Koffer zurückgelassen? Wieso nur …
Wir dachten immer noch an Rauschgift, nahmen an, dass du uns zu den heißen Adressen führen würdest, und hofften, Angaben über das Verteilnetz und die Hintermänner zu erhalten. Wir hatten mittlerweile begriffen, dass wir dich nicht mehr stoppen konnten. Mit deinem Laptop wollten wir deine letzten E-Mails checken, um herauszufinden, mit wem du dich ausgetauscht hast, was du beabsichtigst. Im Heft vermuteten wir Einträge über die Deals. Die Polizei ließ es überprüfen und stellte schnell fest, dass wir auf dem Holzweg waren. Die Hypothese lautete neu: illegaler Kunsthandel, wahrscheinlich auch Kunstfälschung. Der Männerakt! Das war nur Tarnung, darunter war das eigentliche Corpus Delicti versteckt. Hab ich recht?

Ich blieb stumm. Wenn wir früher gewusst hätten, dass es um dieses Schwarze Quadrat geht...
Er setzte sich wieder. Die französische Polizei hat dann übernommen, die Zürcher Kollegen waren nur noch am Rande beteiligt. Zanelli, Tobis Vorgesetzter, war für den Datenabgleich verantwortlich. Die Franzosen waren der Ansicht, dass die Sache für dich eine Nummer zu groß sei. Sie wollten nichts anbrennen lassen, wollten das Bild behändigen, aber du warst einmal mehr einen Schritt voraus und hattest schlagkräftige Verstärkung. Nach deinem Bodyguard wird gefahndet, aber das hat dir Zanelli vermutlich bereits mitgeteilt.
Eric machte eine Pause, legte mir die Hand auf die Schulter, sagte, wie du dich durchgeschlagen hast, ohne Ortskenntnisse, ohne Bekannte, ohne Geld – Chapeau. Jedenfalls – bis du die Russin getroffen hast.
Er nahm die Hand von meiner Schulter.
Die ominöse Malerin ist auch zur Fahndung ausgeschrieben. Verdacht auf Kunstfälschung.
Dann stimmt es also?
Dass es sich um eine Fälschung handelt?
Nein. Dass sie verschwunden ist!
Ja, und es gibt noch einen weiteren Beteiligten, der sich in Luft aufgelöst hat, der ebenfalls gesucht wird. Der Typ mit dem Bentley. Der Wagen wurde auf einem Parkplatz des Flughafens Nizza-Côte d'Azur sichergestellt, leer.
Ludmilla hatte alles geplant. Mir gegenüber war sie vage geblieben, dabei... In ihren Zukunftsplänen hatte ich nie eine Rolle gespielt. Jean musste sie in der Nacht der Übergabe befreit haben. Danach ist sie mit dem Schwarzen Quadrat und ihrem Verehrer abgehauen! Plötzlich war mir klar, es ist nicht die Kopie – es ist das Original!
Eric zog überraschend sein Handy aus der Tasche, rutschte auf die Bettkante, starrte auf das Display.
News von Tobi. Das musst du dir anhören. Man hat sie gesehen, oder zumindest die Überwachungskameras am Flughafen in Nizza. Auf den Videos hat man die Russin und den Bodyguard

identifiziert, zusammen mit einer dritten Person. Sie haben heute Morgen den ersten Flug nach London genommen.
Ich fühlte, wie ich schrumpfte, bestand nur noch aus Nase, aus einer pochenden Nase.
Aus der Ferne hörte ich Eric sagen, he, was ist mit dir?
Ich spürte einen feuchten Lappen auf meiner Stirn, vernahm Erics Stimme wie durch ein Megafon.
Komm schon, sieh mich an!
Dann versank ich in ein blendendes Schwarz.

12

Es war ein Schock. Wieso hat mich Eric nicht darauf vorbereitet? Heute Morgen stand er mit Andy vor der Türe!
Ich war so perplex, dass ich die beiden anstarrte, als wären es Außerirdische. Dabei hätte ich mich doch freuen sollen. Andy ist endlich zurück!
Aber.
Ich spürte gleich, dass etwas nicht stimmte. Es ist nicht Andy, es ist ein anderer Mensch, den Eric schuldbewusst ins Wohnzimmer führte.
Andy spricht nicht, zeigt keine Freude. Als wäre er das erste Mal hier bei uns. Schlimmer noch, als wäre er ... als wäre er geistig behindert!
Sind es die Folgen einer Verletzung? Hat man ihn gefoltert, geschlagen? Eric konnte mir nicht sagen, was vorgefallen ist. Wegen seiner gebrochenen Nase muss Andy Schmerzmittel nehmen. Aber es sind nicht die Medikamente, die für seinen Zustand verantwortlich sind. Etwas ist mit seiner Psyche passiert. Eric war mit ihm beim Arzt. Andys Zustand sei nervlich bedingt.

Ich kann mich nicht um ein behindertes Kind kümmern!

Eric hat mir erzählt, unter welchen Umständen er Andy gefunden hat. Im Gefängnis in Nizza! Die Gründe dafür blieb er mir schuldig. Andy sei aus dem Versteck, das ihm die Polizei organisiert hat, abgehauen und nach Nizza geflüchtet.
Ich bin mir sicher, dass er mehr weiß, aber mich in meinem Zustand schonen will. Scheinbar ging es nicht um Drogen, wie ich annahm, sondern um ein Gemälde. Er zeigte mir eine Abbildung. Ich kann mir schlecht vorstellen, dass man deswegen seine Identität verliert.

Wieso ist er nach Nizza gegangen?
War eine Frau im Spiel?
Natürlich war eine Frau im Spiel. Eric gab es erst zu, als ich ihn in die Enge trieb. Die Kunstmalerin. Die Russin! Mein Gott! Er hat sie nie aufgegeben, ist ihr nach Nizza nachgereist.
Wieso hat ihn Eric zurückgebracht?
Ich will nicht mehr, ich kann nicht mehr.

Eric hat Andy verteidigt, hat mich zu beruhigen versucht, aber im Moment fehlen mir die Reserven. Ich bin am Anschlag, kann kaum noch schlafen. In zwei Wochen ist der Geburtstermin, ich schleppe mich nur noch von einer Sitzgelegenheit zur nächsten.
Andy nimmt meinen Zustand nicht wahr oder will ihn nicht wahrhaben. Er hat nur genickt, als ich ihm zu erklären versuchte, es sei sein Kind, er werde wieder Vater.
Es ist keine Erleichterung, ihn zurück zu haben. Im Gegenteil.
Eric hat ihn heute zur Erholung in ein Heim im Toggenburg gebracht. Wenigstens eine Last weniger.

Ich bin froh, dass Eric den Platz von Tobi eingenommen hat und uns hilft. Obwohl … Ich habe ihn nicht darum gebeten. Sein Einsatz hat einen schalen Beigeschmack. Macht er es nur, um sein schlechtes Gewissen zu beruhigen? Ich habe den Verdacht, dass er mir einiges verschweigt.

Die größte Unterstützung kommt wie immer von Mama. Sie kauft ein, kocht zwischendurch und übernimmt Jonas tageweise.
Die Nächte sind schlaflos, endlos.

Mama, meine Freundinnen, alle reden mir Mut zu. Ich bin froh um ihre Anteilnahme. Es gelingt mir sogar, sie zu beruhigen. Ja, ich werde es schaffen. Es gibt Tage, da nervt mich all das Mitgefühl, ich bin nicht mehr zwanzig.

Ich stelle mich darauf ein, dass ich bei der Geburt allein sein werde. Ich weiß, was mich erwartet, ich werde es schaffen.

Aber dann gibt es Momente, wo ich in tiefe Löcher falle, zweifle, ob ich mir nicht zu viel zumute. Ja, ich habe Angst. Aber ich werde es schaffen.

Ich zähle die Tage.
Ich zähle die Stunden.
Die Wehen haben eingesetzt.

Meine Welt hat sich verändert, Anna ist da. Sie ist gesund – das Wichtigste! Wir sind zu Hause. Mama schläft bei Jonas im Zimmer und hilft, wo sie kann. An die Geburt will ich mich nicht erinnern, nur an den Moment, wo Anna in meinen Armen lag.

Anna.

Alles dreht sich um Anna. Sie ist ein Goldschatz. Jonas ist viel bei mir und dem Baby. Andy blende ich aus.

Anna nimmt an Gewicht zu und weckt mich nachts nur noch einmal. Ich schlafe wieder besser. Mir fällt auf, dass ich die letzten Wochen kaum Tagebucheinträge gemacht habe. Jetzt hoffe ich, dass ich wieder öfter dazu komme.

Nächste Woche kommt Andy nach Hause. Ich fürchte mich davor, weiß nicht, wen ich antreffen werde. Eric hat ihn im Toggenburg einmal besucht. Ich habe es nie geschafft, war mit Anna beschäftigt, mit der neuen Situation … nein, ich wollte nicht.

Eric kam mit Andy und einer Tüte voller Medikamente zurück. Er nimmt sie brav, doch bewirkt haben sie bisher nicht viel.
Vielleicht bin ich zu ungeduldig.
Er spricht kein Wort, aber er versteht, was man ihm sagt, und er ist fähig, einen Teil des Haushalts zu übernehmen. Einkaufen geht nicht. Er will nicht unter die Leute. Ich habe es zuerst gar nicht registriert, war zu abgelenkt: Andy raucht nicht mehr.

Seine Albträume martern uns. Die Medikamente scheinen dagegen wirkungslos. Er weckt alle. Immer wieder Schreie, Heulen.

Es wird zunehmend schlimmer. Dass wir eine Tochter haben, nimmt er nicht wirklich wahr. Untertags zeigt er nie eine Regung, weder ein Lächeln noch Wut. Ich habe mit dem Arzt gesprochen. Wenn Andy einverstanden sei, könne er die Einweisung in eine psychiatrische Klinik veranlassen. Eric, der uns zwei-, dreimal in der Woche besucht, wird mit Andy sprechen. Auf ihn hört er eher.

Andy hat eingewilligt. Vorläufig geht es um Abklärungen, Therapien, die richtigen Medikamente. Ich bin erleichtert.

Die Plastiktüte. Eric hat sie abgegeben, als er Andy nach Hause brachte. Ich habe sie erst letzthin ausgepackt und bin erschrocken, als ich darin blutbefleckte Kleider fand. Bestimmt hat es mit Andys Zustand zu tun. Ich muss Eric fragen.

Andys Tasche kam eine Woche später bei uns an, zusammen mit seinem Laptop. Tobi brachte sie unangekündigt vorbei. In der Tasche war ein Heft, eine Art Tagebuch. Eigenartig, Andy hat nie Tagebuch geführt. Es sind stichwortartige Notizen, Reflexionen. Ich musste mich zuerst darin zurechtfinden, die Aufzeichnungen sind nicht konsequent chronologisch eingetragen.

Ludmilla, Ludmilla, immer wieder Ludmilla!

Mein Gott, es war viel schlimmer, als ich mir das nach Erics Äußerungen vorgestellt hatte.

Erst als ich die Notizen das zweite Mal überflog, stieß ich darauf. Das Schwarze Quadrat! Das Gemälde spielte die entscheidende Rolle. Das Gemälde und die Russin! Offenbar war es eine fatale Kombination, der Grund, der ihn zu dieser Odyssee trieb.

Die knappe Schilderung seiner abenteuerlichen Reise, die Zeit in Nizza, diese letzten Wochen vor seinem Blackout lasen sich wie ein Abenteuerroman, hinterließen Eindrücke, die mich tief berührten. Andy hat sich geradezu in seine Mission verbissen, hat sich vollkommen verrannt.

Auf dem Laptop fand ich weitere Aufzeichnungen. Spinoza und Ludmilla sind die Hauptakteure. Langsam beginne ich sein Dilemma zu verstehen, kann seine Irrfahrt nachzeichnen. Andy sah sich auf einer Mission.

Eric hat sich gemeldet, er müsse mir etwas mitteilen. Er kam am frühen Nachmittag, wie immer mit einem lockeren Spruch, aber er konnte nicht verbergen, dass er nervös war. Andy schlief. Ich machte Kaffee, setzte mich zu Eric an den Tisch, wartete. Er nahm die Tasse, lächelte mich unsicher an.
Es ist eine gute Nachricht.
Er nahm einen Schluck, stellte die Tasse ab. Ich sah ihn angespannt an.
Sag schon.
Es ist etwas erklärungsbedürftig.
Dann erkläre es mir.
Das Verfahren gegen Andy ist eingestellt worden.
Verfahren?
Wegen Mithilfe zum Kunstdiebstahl.
Mir blieb die Sprache weg. Dann stimmten meine Ahnungen, die mich verfolgten, seit ich seine Notizen gelesen hatte.
Die Polizei hat eingesehen, dass er ahnungslos in die Falle getappt ist, Andy war zu naiv, zu gutmütig. Er hatte keine Ahnung, was er da die ganze Zeit mit sich herumgeschleppt hat. Es war … es war der Gral der modernen Malerei! Wahnsinn! Zudem hat er der Polizei einige relevante Hinweise geben können, sie müssen ihm eigentlich dankbar sein. Nach Ludmilla Borodin wird weiterhin gefahndet. Es wird vermutet, dass sie mit dem Gemälde nach Südamerika abgehauen ist, aber bisher haben sie noch keine Spur.
Wusstest du, dass Andy Tagebuch geführt hat?, fragte ich.
Nein, sagte er erschrocken. Es muss ihm unvermittelt klar geworden sein, dass seine dürftigen Halbwahrheiten über Andys Odyssee aufgeflogen waren. Tobi hatte ihn offenbar nicht informiert. Der wusste bestimmt vom Tagebuch, die Polizei hatte es kaum übersehen. Wenn ich mir vorstelle, dass sie seine persönlichen, intimen Aufzeichnungen gelesen haben …

Heute Morgen habe ich mit Andy zusammen die Tasche gepackt. Das heißt, er hat genickt, wenn ich ihm ein Kleidungsstück zeigte, dann habe ich es in die Tasche gelegt. Um zehn ist Eric mit ihm in die Klinik gefahren. Jonas war bei Mama. Es tut mir leid für ihn. Er war viel in Andys Nähe, hat sich nicht daran gestört, dass sein Vater nicht sprach, nicht auf ihn einging.

Eric war bereit, mich zu Andy zu begleiten. Allein hätte ich den Fuß nicht über die Schwelle der Klinik setzen können, die Atmosphäre ist dermaßen beklemmend. Die Kinder habe ich bei Mama gelassen, es war besser so.
Er hat uns wahrgenommen, aber kein Wort gesprochen. Der leitende Arzt meinte, es brauche Geduld, die Therapien und Medikamente würden nicht sofort ansprechen. Das Einzige, was Andy Spaß mache, sei Zeichnen.
Zeichnen? Dabei hat er die letzten Jahre kaum noch gezeichnet. Obwohl … In seinem Tagebuch fand ich ein paar Skizzen. Eher Porträtstudien. Ludmilla?

Ich brachte ihm Stifte mit. Tatsächlich, das erste Mal, seit er zurück ist, sah ich ein Lächeln über sein Gesicht huschen. Ich legte ihm Papier hin. Er begann zu zeichnen, warf Skizzen auf das Papier, als hätte er immer gezeichnet. Ich stellte mich hinter ihn, sah ihm über die Schulter, erkannte eine breite Straße, Palmen, die Innenansicht eines Zimmers, eine nackte Frau auf dem Bett. Er versah die Darstellungen unten an der Seite mit Stichworten: Anglais, Royal, Ludmilla.

Heute hat er weder skizziert noch gemalt. Er war in ein Buch vertieft – in Spinozas Ethik. Es war mir entgangen, dass er das Werk mitgenommen hat. Es muss ihm einiges bedeuten. Er suchte die angestrichenen Passagen, verweilte bei den Textstellen. Soweit ich feststellen konnte, ging es um Begierde, Lust und Schuld.

Anna wird heute drei Monate alt. Sie ist gesund und fröhlich. Sie lässt mich sechs Stunden schlafen.

Ich habe versucht, Jonas frühzeitig in den Kindergarten zu schicken, aber das Gesuch wurde abgelehnt. Mama schaut jetzt zu ihm, die Krippe ist zu teuer.

Andy ist immer noch in der Klinik. Sein Zustand ist unverändert, er redet nicht. Ich habe die Hoffnung trotzdem noch nicht aufgegeben. Heute hat er wieder skizziert. Er hat Porträts gezeichnet, hat sie in großen Buchstaben beschriftet: Ludmilla, Helen, Kamel, Jean, Emilie, Namen, die auch in seinen Aufzeichnungen vorkommen.

Heute hat mir die Therapeutin verraten, dass er auch malt. Offenbar haben sie Malutensilien, die die Patienten verwenden können. Sie zeigte mir seine Bilder. Es sind eher Schriftübungen als Bilder. Einzelne Buchstaben in verschiedenen Größen, wild auf dem Papierbogen verteilt. Er verwendet dafür nur Schwarz. Die Buchstaben sind minutiös genau ausgearbeitet. Er brauche Stunden für ein einziges Zeichen, sagte die Therapeutin.

Ich habe ihm eine große Tube Schwarz mitgebracht. Er nahm sie ohne Regung entgegen.

Als ich ihn heute besucht habe, erschrak ich. Er hat sich selbst angemalt. Gesicht, Arme, Hände. Schwarz.

Neuerdings malt er auf Karton, ausnahmslos mit schwarzer Farbe. Im Zimmer hat er sich an einem kleinen Tischchen eingerichtet, arbeitet selbstversunken und mit Hingabe. Ich habe ihm lange zugesehen. Er malt nicht mehr nur einzelne Buchstaben, sondern ganze Sätze. Es sind Textpassagen aus Spinozas Ethik, in einem verwirrenden Muster auf die Kartonoberfläche gebracht. Sobald ein Satz fertig ist, stellt er den Karton an die Wand, nimmt einen der bereits beschriebenen, bei dem die aufgetragene Farbe schon trocken ist, beginnt einen weiteren Satz, eine neue Schicht, aufzutragen, legt danach den Karton wieder zum Trocknen weg, nimmt einen bereits bearbeiteten, macht weiter. Während der Zeit, in der ich bei ihm war, hat er keinen Ton von sich gegeben. Er sei bewundernswert konzentriert und fokussiert, sagte mir die Therapeutin beim Abschied. Ein Bild sei erst vollendet, wenn der Karton vollflächig mit Schriftzeichen abgedeckt ist.

Für ein Wochenende war er zu Hause. Eric hat ihn geholt und am Sonntagabend wieder zurück in die Klinik gebracht. Ich hatte es der Kinder wegen organisiert. Es war ein Fehler.

Ich habe alle Überstunden und Ferientage aufgezehrt, muss wieder voll arbeiten. Mama übernimmt drei Tage die Kinder, zwei Tage muss ich sie in die Krippe geben.

Ich habe mich entschlossen, Andys Geschichte aufzuzeichnen. Ich will ihm meine Stimme leihen, will ihn über das Leben berichten lassen, das er nicht mit mir teilte. Es hilft mir, zu verarbeiten, dass ich ihn verloren habe. Zu Beginn sah ich mich als Chronistin, schrieb als Außenstehende. Als ich die ersten Passagen las, an denen ich lange gefeilt hatte, erschrak ich. Sie kamen mir vor wie ein Nachruf.
Ich musste etwas ändern, ich musste aus Andys Optik schreiben. Es war schwerer, als ich mir vorgestellt hatte. Männer denken anders, handeln anders, empfinden anders. Mithilfe seiner Aufzeichnungen versuchte ich, in seine Haut zu schlüpfen, nahm die Männerrolle ein. Mein Gott – es war hart. Andy hatte es mir nicht leicht gemacht, in seiner Verblendung existierte ich kaum noch, war unsichtbar geworden. Jetzt versuchte ich, einen Weg zu ihm zurückzufinden.
Erst nach mehreren Anläufen war ich mit den ersten Abschnitten zufrieden.

Ich schreibe, wenn die Kinder im Bett sind. Die Arbeit ist wie die Rekonstruktion eines antiken Kunstwerks, bei dem nur Fragmente vorhanden sind. Eric hilft mir, ergänzt, korrigiert. Vieles, das nicht im Tagebuch erwähnt ist, habe ich dank ihm herleiten können, ihre Begegnungen, Gespräche, das gemeinsam Erlebte. Vermutlich hilft ihm die Mitarbeit, sein schlechtes Gewissen etwas zu entlasten. Die verbliebenen Lücken ergänze ich mit meiner Fantasie. Über Andys letzte drei Tage in Nizza gibt es keine Einträge. Von der Übergabeaktion und dem Polizeieinsatz machte mir Eric schließlich ein paar knappe Angaben, Hinweise, die ihm Andy selbst gab oder die ihm Tobi geliefert hatte.

Ich denke nicht, dass ich die Aufzeichnungen für meine Kinder mache, es würde mich zu sehr hemmen. Mit dem Schreiben versuche ich, mich auszutarieren.

Zu Weihnachten waren wir bei meinen Eltern. Sie gaben sich Mühe, aber so richtig weihnachtlich war niemandem zumute. Wir sind früh nach Hause gegangen.

An manchen Tagen komme ich mir vor wie Andy – eine leere Hülle. Am Abend kann ich mich schreibend ablenken, aber in der Nacht, wenn ich allein bin, denke ich an Flucht. Dabei träume ich oft, ich sei in einem Kokon gefangen, könne mich kaum bewegen. Werde ich je als Schmetterling davonfliegen?
Untertags balanciere ich zwischen Hoffnungslosigkeit und Alltagstrott. Zum Glück habe ich die Kinder. Sie holen mich regelmäßig aus meinen negativen Gedanken. Ohne sie wäre es noch schwieriger, zu funktionieren, sie geben meinen alltäglichen Verrichtungen einen Sinn. Wegen ihnen habe ich mich entschlossen, den Job zu behalten, auch wenn es anstrengend ist, Arbeit und Kinderbetreuung auf die Reihe zu kriegen.
Ich nehme mir Zeit, mit Jonas und Anna an die frische Luft zu gehen, obwohl es trüb und kalt ist. Gestern war ich mit ihnen im Schnee. Es hatte nur wenig geschneit, aber Jonas war nicht zu halten, kletterte den Hang hoch, rutschte hinunter, kletterte wieder hoch, rutschte hinunter, unermüdlich. Ich mochte mit Anna nicht zu lange in der Kälte stehen, wollte nach einer Stunde zurück an die Wärme. Jonas überhörte meine Aufforderung, machte einfach weiter. Genervt holte ich ihn aus dem Schnee, er stemmte sich dagegen. Mit Papa habe er länger schlitteln können, quengelte er

ununterbrochen auf dem Heimweg. Es sind diese Momente, wo mir schmerzlich bewusst wird, wie allein ich bin.

Es ist zwar wärmer geworden, aber der Frühling lässt auf sich warten. Gestern schneite es erneut. Jonas war begeistert, ich habe genug vom Winter.

Ich habe mich darauf eingestellt, dass Andy nicht in unsere Welt zurückfinden wird. Aber gestern eröffnete mir der Klinikdirektor, dass Andy sich sehr positiv entwickle. Er habe gute Chancen, in einigen Wochen entlassen zu werden. Er sei kooperativ, medikamentös gut eingestellt und stabil.
Soll ich mich freuen? Die Vorstellung bedrückt mich eher.

Ich habe Eric eine erste Fassung des Manuskripts zum Lesen gegeben. Bereits nach einer Woche meldete er sich. Er sei beeindruckt. Als ich mehr wissen wollte, sagte er, auf jeden Fall lesenswert. Na ja, was immer das heißt. Natürlich machte er mir auch einige Ergänzungs- und Korrekturvorschläge, die ich dankbar entgegennahm und die meisten berücksichtigte.
Ich hatte dem Ganzen den Titel «Schwarz» gegeben. Eric fand ihn zu düster, zu negativ. Er schlug mir «Im Schwarzlicht» vor, erklärte wie ein Fachmann, Schwarzlicht ist ein Begriff, der für die Analyse von Kunstwerken eine Bedeutung hat, du hast ihn ja im Text auch verwendet, und Licht verweist auf etwas Positives, etwas, das Andy den Weg weist.
Ich war gerührt. Ja, Eric hat recht. «Im Schwarzlicht» ist besser.

Die letzte Woche nutzte ich jede freie Minute, überarbeitete den Text nochmals und nochmals, feilte am Satzaufbau, hinterfragte jedes Wort, nahm letzte Korrekturen vor. Heute wollte ich das Manuskript abschließen, aber es kam anders.

13

Ich habe Andy in der Klinik besucht, wollte ihm neue Kartonplatten und Farbe vorbeibringen. Im Zimmer war er nicht. Beunruhigt suchte ich den Pfleger. Der lächelte mich an, sagte geheimnisvoll, Herr Heim hat neuerdings ein Atelier, und Malutensilien hat er von einer gemeinnützigen Gesellschaft bereits erhalten. Dabei schenkte er den Kartonplatten, die ich unter dem Arm trug, ein mitleidiges Lächeln. Er führte mich ins Untergeschoss. Es war ein weiß gestrichener Kellerraum mit einem kleinen hochliegenden Fenster, von Leuchtstoffröhren erhellt, ein intensiver Geruch lag zäh in der Luft. Ich blieb wie angewurzelt stehen, konnte das Bild, das sich mir bot, nicht auf die Reihe bringen: Andy stand vor einer Staffelei und malte. Wie ein Künstler! Es war eine professionelle Staffelei, wie sie Kunstmaler verwenden, ein Riesending voller Farbflecken. Entlang der Wände standen auf Holzrahmen aufgespannte leere Leinwände in verschiedenen Formaten, mit Stockflecken, vermutlich aus einer Lagerräumung. Einige der Leinwände waren einst bemalt gewesen, man sah noch Spuren alter Farbe.

Andy trug eine Schürze, die einmal weiß gewesen war, bearbeitete mit Hingabe die Leinwand auf der Staffelei, meine Anwesenheit hatte er nicht bemerkt. Konzentriert trug er schwarze Farbe auf, verglich sein Werk immer wieder mit einer Vorlage, die neben der Staffelei auf einem Tisch lag. Er arbeitete, als hätte er sein ganzes Leben mit Malen verbracht, als gäbe es nichts anderes. Ich war sprachlos. Wie kam er dazu, sich plötzlich so passioniert und akribisch in eine Kreativität einzubringen, die er vorher nie wirklich kultiviert hatte? Was war mit Andy passiert?

Ich zog mich zurück, suchte den Pfleger. Der war penetrant zurückhaltend, gab mir auf meine Fragen nur unzulängliche Antworten. Als ich ihn genervt ansah und den Kopf schüttelte, meinte er, es sei vermutlich besser, wenn ich mich direkt an die Direktion wenden würde. An die Direktion! Ich verstand die Welt nicht mehr. Der Pfleger führte mich zum Lift. Wir fuhren ins fünfte Obergeschoss. Vor einer Türe räusperte er sich und meinte, hier. Er drückte den Anmeldeknopf neben der Türe. Wir warteten. Als das Lämpchen grün aufleuchtete, öffnete er die Türe, machte einen Schritt zur Seite, streckte den Arm aus, wies mir den Weg in den Raum.

Der Direktor saß an einem mit Papieren überfüllten Schreibtisch, schaute ungehalten auf. Der Pfleger stellte mich vor, erklärte den Zusammenhang mit dem Patienten Andy Heim. Jetzt huschte ein Lächeln über das Gesicht des Direktors. Er stand auf, sah kurz zum Pfleger, deutete mit einem diskreten Blick Richtung Türe.

Der Direktor kam auf mich zu, gab mir die Hand. Er zeigte mit einer galanten Bewegung auf die Polstergruppe vor dem Eckfenster. Wir setzten uns.

Kaffee, Tee?, fragte er routiniert. Ich winkte ab.

Was ist mit Andy passiert?

So wie es scheint, hat er das Interesse einer Organisation geweckt, die Künstler fördert.

Ich sah ihn konsterniert an. Er genoss meine Verwirrung, lächelte vergnügt.

Wir sind nicht weltfremd. Es gibt immer wieder Talente in unserem Haus. Wir haben Kontakte zu Artist-Scouts.

Ich verstand ihn nicht, wartete auf eine Erklärung.

Experten, die Kunsttalente aufspüren. Unter unseren Patienten verstecken sich Künstler, man muss sie nur finden. Wir haben ein Auge darauf. Andy Heim gehört dazu.

Künstler, hauchte ich.

Jedenfalls war eine der Organisationen, mit denen wir zusammenarbeiten, ziemlich angetan von seinem Talent. Sie hat ihm Ölfarbe und Leinwände besorgt.

Der Pfleger hat mir gegenüber erwähnt, die Materialien kämen von einer gemeinnützigen Institution.
Der Direktor lächelte.
Sehen Sie, die Organisation, die Herr Heim unterstützt, will anonym bleiben. Der Begriff gemeinnützige Institution ist eine einfache Sprachregelung. Verstehen Sie es nicht falsch, es gibt Kunstmäzene, die nicht an die Öffentlichkeit treten wollen.
Und der Raum, in dem Andy neuerdings arbeitet, ist das auch eine Art Sponsoring?
Ja, aber von unserer Seite. Wir helfen unseren Talenten, so gut wir können.

Ich nahm den Lift, fuhr nochmals ins Untergeschoss, ging zurück in Andys neues Reich. Er nahm mich auch diesmal nicht wahr, malte versunken, konzentriert, wie in Trance, bearbeitete die Leinwand nach einem bestimmten System. Ich stellte mich neben ihn, betrachtete die Arbeit genauer. Es waren Schriftzeichen, mit schwarzer Farbe und spitzem Pinsel aufgetragen, ähnlich wie ich sie von seinen Arbeiten auf Karton kannte, aber es waren Buchstaben, die mir fremd waren. Kyrillische Schriftzeichen? Ich ging hinüber zum Tisch, sah mir die Vorlage an. Es war ein Buch, das aufgeschlagen auf dem Tisch lag. Es sah alt aus. Eine Textstelle war mit Bleistift markiert, offensichtlich die Passage, die Andy kopierte. Ich nahm das Buch vom Tisch, sah mir den Umschlag an. Den Titel konnte ich nicht entziffern, aber die Abbildung zeigte ein abstraktes Gemälde – es musste mit Kunst zu tun haben. Andy hatte aufgehört zu malen, sah mich verwirrt an. Sein Blick blieb am Buch haften. Er wurde unruhig, legte den Pinsel ab. Ich platzierte das Buch wieder an der gleichen Stelle aufgeschlagen auf dem Tisch, zog mich zurück. Lächelte er? Jedenfalls nahm er den Pinsel wieder in die Hand, fuhr damit über die Palette, tupfte vorsichtig Farbe auf die Leinwand.
Die mit viel Sorgfalt gemalten Zeichen waren anfänglich noch erkennbar, wurden dann in den nächstfolgenden Arbeitsgängen überlagert mit weiteren Zeichen, aber zwischen den

Prozessen dauerte es jetzt viel länger, da er neu mit Ölfarbe malte. Jetzt konnte ich den durchdringenden Geruch zuordnen.
Sobald eine Lage Farbe aufgetragen war, stellte er die Leinwand zum Trocknen an die Wand, schritt die Reihe der Bilder ab, prüfte vorsichtig, wo die Farbe bereits trocken war. Zwischendurch blieb er stehen, schien zu überlegen. Schließlich las er eines aus, stellte es auf die Staffelei, bearbeitete es weiter. Immer wieder trat er ein paar Schritte zurück, besah das Werk, legte den Kopf schief. Dann vertiefte er sich in die Vorlage auf dem Tisch, tunkte den Pinsel in die auf der Palette aufgetragene Farbe, arbeitete akribisch weiter, ein Prozess, der nie abgeschlossen zu sein schien. Er kam mir vor wie ein Roboter, wie ferngesteuert, völlig außerhalb der Zeit. Irgendwann erschien der Pfleger, nickte mir kurz zu, nahm ihn sanft am Arm, geleitete ihn hinauf in sein Zimmer. Ich sah mich im Raum um. Die Kamera war neben dem Rauchmelder platziert.

Artist-Scout. Ich konnte es nicht fassen. Wollte mich der Direktor für dumm verkaufen? Ich erzählte Eric davon, er schüttelte bloß den Kopf. Es ließ mir keine Ruhe, ich besuchte Andy am darauffolgenden Tag nochmals.
Der Pfleger war sehr freundlich, begleitete mich ins Untergeschoss, sagte, Andy blüht auf. Sie werden sehen, bald kann er ohne uns auskommen.
Danke, sagte ich matt, ohne Überzeugung.
Andy nahm keine Notiz von mir, bearbeitete andächtig die Leinwand auf der Staffelei. Er reagierte auch nicht, als ich mir die leeren Leinwände genauer ansah. Wie ich vermutet hatte: alte Restposten, die entsorgt werden sollten. Genauso wie die bleifarbenen Tuben auf dem Tisch. Sie hatten nicht mal eine Etikette.

Ich überlegte, ob ich die Kinder auf einen Besuch mitnehmen sollte. Vielleicht gelang es ihnen, ihren Vater aus seiner abgeschotteten Welt herauszuholen. Doch dann schien mir die Atmosphäre der Klinik und der Kellerraum, in dem er arbeitete, zu bedrückend für Anna. Ich nahm nur Jonas mit, als ich Andy an meinem nächsten freien Tag besuchte, Mama hütete die Kleine. Als Jonas auf ihn zustürmte, unterbrach er seine Arbeit, sah ihn erstaunt an, wie ein Haustier, das unerwartet auftaucht. Jonas ging damit locker um, wollte auch malen. Ich war nicht darauf vorbereitet, fragte nach Papier und Farbstiften. Als er am Tisch saß, sah er immer wieder zu Andy, dann auf das Blatt Papier, das vor ihm lag. Erst nach geraumer Zeit begann er zu zeichnen. Ich schlenderte zum Tisch, sah ihm zu. Buchstaben. Kyrillische Schriftzeichen? Ich verstand die Welt nicht mehr. Wie kam er dazu …? Ich sah zu Andy, sah zu Jonas. Da begriff ich, dass beide dieselbe Vorlage benutzten.

Ich fand keine Erklärung, wieso das russische Buch über Kunst bei Andy gelandet war, fragte den Pfleger. Der erklärte, das sei zusammen mit den Leinwänden und der Farbe abgegeben worden. Mehr könne er dazu nicht sagen. Ich gab mich damit nicht zufrieden, blieb hartnäckig. Schließlich gab er preis, dass eine Frau ihm die Unterlagen gebracht hatte.
Eine Russin?, fragte ich.
Wie soll ich das wissen, keine Ahnung.
Aber die Besucher werden bestimmt registriert, ich werde es herausfinden.
Er lächelte mich an, sagte, wir sind kein Gefängnis, Besucher werden bei uns nicht registriert.

Ich kann nicht sagen, ob die mysteriöse Besucherin ihn dazu animiert hat, Passagen aus dem Buch zu malen. Aber was ich spürte: Das Buch löste eine Faszination aus, die nicht zu erklären war. Jonas zeichnete selbst anderntags kyrillische Schriftzeichen anstelle von Indianern.

Beim nächsten Besuch winkte mir die Dame an der Information. Der Direktor erwarte mich in seinem Büro. Ich erstarrte. Nein, nein, sagte sie, es ist nichts passiert.

Der Direktor führte mich wieder zur Polstergruppe, bat mich, Platz zu nehmen. Er setzte sich mir gegenüber, sagte, Frau Heim, Ihr Mann ist so weit selbstständig und hat eine Aufgabe, eine Art Sendung. Ich denke, Sie können sich damit befassen, dass er nach Hause kommen kann.

Ich war nicht darauf vorbereitet, sah ihn erschrocken an.

Psychisch hat sich Ihr Mann stabilisiert. Lediglich seine Wahrnehmung und seine Emotionen sind eingeschränkt und er spricht nicht. Aber er versteht, was man ihm sagt, kann schreibend darauf reagieren. Seine Persönlichkeit hat autistische Züge angenommen, das ist für Sie, die ihn anders kannten, natürlich besonders schwierig, sich darauf einzustellen. Was ich Ihnen jedoch versichern kann, Ihr Mann wird sich in der vertrauten Umgebung seiner Familie besser entwickeln als hier in der Klinik.

Aber, aber …

Andy zu Hause. Das überstieg meine Vorstellung. Ich atmete tief ein, sagte, entschuldigen Sie meine Reaktion. Ich habe mich noch nicht mit dem Gedanken befasst, dass Andy nach Hause kommen kann, deshalb bin ich etwas … etwas überrascht.

Das verstehe ich.

Hat er wirklich eine Chance, zurück in ein normales Leben zu finden?

Es braucht Geduld, die Erfolge werden sich langsam einstellen.

Ich nickte verhalten. Sehen Sie, es ist unsere Aufgabe, die Patienten zurück in die Gesellschaft zu führen, wenn das möglich ist. Bei Herrn Heim gibt es dazu eine Bedingung. Haben Sie die Möglichkeit, für ihn einen Raum bereitzustellen, wo er malen kann? Möglichst in der Nähe der Wohnung, das wäre ideal. Es muss nichts Großartiges sein. Sie sehen ja, bei uns malt er im Untergeschoss.

Ich versuchte, die Mitteilung zu verarbeiten, sah Andy als drittes Kind, das ich unmöglich allein lassen konnte. Ich arbeitete, ich konnte nicht …

Ich weiß, was Sie jetzt denken. Die Betreuung rund um die Uhr.

Die hat er doch gar nicht mehr nötig, er ist selbstständig, braucht keine Hilfe. Innerhalb der täglichen Routine ist er nicht auf Unterstützung angewiesen. Vielleicht fällt es Ihnen leichter, wenn ich Ihnen sagen kann, dass sich eine angesagte Zürcher Galerie für seine Werke interessiert.
Ich musste ihn angesehen haben wie einen Geist. Jedenfalls lachte er.
Ich scherze nicht. Eines der Bilder haben sie in Kommission genommen. Hier sind der Beleg und ein Vorschuss. Andy hat uns an Sie verwiesen. Geld interessiert ihn im Moment nicht. Er hat sein Einverständnis gegeben, dass Sie in seinem Namen alle rechtlichen und finanziellen Dinge bezüglich seiner Tätigkeit als Kunstmaler regeln.
Ich schüttelte den Kopf, kapierte nicht, was er mir da erzählte. Er kramte in einer Mappe, die neben ihm auf dem Sessel lag, zog Papiere und ein Bündel Geldscheine hervor, schob sie mir zu.
Hier ist die Vollmacht, von Ihrem Mann unterschrieben, und hier der Vorschuss. Zehntausend. Zählen Sie es bitte nach. Hier müssten Sie dann noch gegenzeichnen.
Ich war wie paralysiert, wusste nicht, wie mir geschah.
Zehntausend, stammelte ich.
Er nickte.
So wie es scheint, verspricht man sich einiges von seinem Talent.

Zehntausend Schweizer Franken. In meiner Verwirrung vergaß ich, wieso ich hierhergekommen war. Erst zu Hause fiel es mir ein. Ich wollte Andy besuchen.
Andy, ein Künstler?
Bisher sah ich ihn nur als Patienten, als Autisten, aber ich darf ihn deswegen nicht abweisen. Ich musste dem Klinikdirektor recht geben.
Andy, der Künstler.
Ich konnte es noch nicht begreifen. Natürlich, er arbeitete mit Leidenschaft, mit vollkommener Hingabe an seinen Gemälden,

aber dass die ausnahmslos schwarzen Oberflächen jemanden ansprechen könnten, geschweige denn als Kunst durchgehen würden, das ging mir nicht in den Kopf. Ich musste mit der Galerie Kontakt aufnehmen, die das Bild in Kommission genommen hatte und bereit gewesen war, zehn Riesen dafür hinzublättern. Ich holte den Beleg, erschrak. Es war eine bekannte Zürcher Galerie. Der Name sagte sogar mir etwas. Die Geschichte kam mir noch unglaublicher vor.

Am anderen Tag ging ich hin. An der Türe stand ein Sicherheitsmann, nickte mir zu, als ich eintrat. Comicartige, riesige Objekte standen im Raum, dazwischen ein paar Besucher. Ich wendete mich an den freundlich lächelnden Mann.
Ich habe eine Frage. Ist jemand da, an den ich mich wenden kann?
Er deutete in die hintere Raumzone. An einem eleganten Glastisch saß eine junge Frau vor einem Bildschirm, schaute auf, als ich auf sie zuging. Ich streckte ihr den Beleg entgegen.
Können Sie mir sagen, wie das passieren konnte?
Die Dame sah mich erschrocken an.
Ist etwas nicht in Ordnung? Liegt eine Verwechslung vor?
Nein, nein, sagte ich und kam mir auf einmal lächerlich vor. Die Galerie hat ein Werk meines Mannes in Kommission genommen und einen beträchtlichen Vorschuss bezahlt. Wie ist so etwas möglich?
Jetzt breitete sich ein Lächeln auf dem Gesicht der jungen Frau aus.
Eine Neuentdeckung. Ich verstehe. Ich bin hier zwar die Geschäftsleiterin, aber mit der Auswahl neuer Talente habe ich nichts zu tun. Der Künstler – sie schielte auf das Blatt –, Andy Heim, hat die Aufmerksamkeit unserer Chefin geweckt. Sie ist dauernd auf der Suche nach Neuentdeckungen. Leider ist sie zurzeit nicht im Land.
Kann ich sie kontaktieren?
Das dürfte schwierig sein, sie ist sehr beschäftigt. Alle Kontakte laufen über mich.

Ich nickte. Dann können Sie ihr gerne ausrichten, dass ich sie sprechen möchte, wenn sie das nächste Mal in Zürich ist. Ich schreibe Ihnen meine Kontaktdaten auf. Wo ist das Bild eigentlich jetzt? Haben Sie es hier in der Galerie?
Die Dame lächelte. Ich glaube nicht. Ich nehme an, es ist auf Reisen.
Ich schaute sie verständnislos an.
Wir haben unsere Experten, weltweit. Neue, interessante Objekte werden eingehend geprüft. Wir lassen uns nicht auf Experimente ein.
Verstehe. Was würde denn passieren, wenn das … das Objekt den Prüfungen standhält.
Dann wird es spannend. Glauben Sie mir, dann wird es spannend. Nicht wenige Künstler haben ihre Karriere dieser Galerie zu verdanken.

Mir war schwindlig, als ich das Lokal verließ. Wie eine Schlafwandlerin stieg ich in die Straßenbahn, fuhr hinauf in die Klinik, vorbei an blühenden Kirschbäumen. Andy war am Arbeiten. Ich versuchte herauszufinden, welche Werke bereits fertig bearbeitet waren. Es gab einige, die vollflächig schwarz waren, trotzdem war ich unsicher. Der Pfleger konnte mir nicht weiterhelfen. Ich suchte eines aus, das trocken war und, soweit ich das beurteilen konnte, nicht mehr weiterbearbeitet werden musste, die schwarze Farbe hatte die Leinwand lückenlos überdeckt. Ich stellte das Gemälde an die einzige freie Wand, besah es aus der Nähe, aus Distanz und – sah nur Schwarz. Ich holte ein zweites, stellte es daneben. Der einzige Unterschied lag im Format. Ratlos stand ich da, die Hände in die Seiten gestemmt, schüttelte den Kopf. Der Pfleger tauchte auf. Ich nahm an, er käme wegen Andy, aber er wandte sich an mich.
Der Direktor erwartet Sie.
Ich sah ihn verblüfft an. Er deutete auf meine Auswahl.
Nehmen Sie bitte eines der fertigen Bilder mit.
Er fuhr mit mir und einem der zwei Bilder, die ich eben studiert hatte, in den fünften Stock.

Der Direktor empfing mich beim Lift, führte mich in sein Büro. Sie haben Zweifel, das kann ich verstehen. Das ging mir zuerst auch so.
Er nahm mir das Bild aus den Händen, entfernte ein Gemälde von der Wand, die dem Eckfenster gegenüber lag, hängte Andys Werk an den Nagel.
Sie dürfen die Gemälde nicht im Untergeschoss beurteilen, das wird ihnen nicht gerecht. Sehen Sie, wie die Oberfläche hier im Licht zu leben beginnt, wie Schriftzeichen gleichsam aus dem Nichts auftauchen. Je nach Blickwinkel. Farbe braucht Licht!
Tatsächlich. Ich war sprachlos.
Tja, sagte er, subtil, subtil. Das ist nicht schreiend, das ist subtile Kunst, die aus der Bescheidenheit spricht, sich erst beim zweiten Blick eröffnet. Trotzdem radikal. Großartig. Wir haben begonnen, die Werke Ihres Mannes zu katalogisieren. Da die Leinwände ausnahmslos unterschiedliche Formate aufweisen, haben wir die Bilder nach der Größe und dem Datum aufgelistet. Er hat schon ein beachtliches Werk zusammen, malt ja pro Monat ein Bild. Wenn das einschlägt, kennen Sie keine finanziellen Sorgen mehr. Lassen Sie sich überraschen.
Ich versuchte, Atmung und Puls in den Griff zu bekommen, sagte schließlich, kennen Sie die Besitzerin der Galerie?
Kennen ist übertrieben. Ich habe sie einmal gesehen, als sie hier war.
Sie war hier, bei Andy?
Ich weiß nicht, ob sie ihn getroffen hat. Sie war ja lediglich wegen seiner Werke hier.
Wie … wie kam sie denn auf Andys Werke?
Kommen Sie, sagte der Direktor, führte mich hinter den Schreibtisch, setzte sich auf den Bürostuhl. Er rief eine Internetseite auf, deutete auf den Bildschirm.
Wir geben uns Mühe: keine Werbung, keine Pop-ups, nur Werke unserer talentierten Patienten. Wie Sie sehen, sind noch andere interessante Beispiele dabei. Mehr können wir nicht tun, aber manchmal reicht's. Er drehte sich zu mir, lächelte mich an.

Es ging mir alles zu schnell, überstieg meine Vorstellungen. Ich vergaß, einzukaufen, vergaß, Jonas abzuholen, vergaß, dass Anna noch bei den Eltern war. Es war zu viel. *Wenn das einschlägt, kennen Sie keine finanziellen Sorgen mehr.* Wieso war der Direktor so zuversichtlich?
Als ich mich wieder gefasst hatte, versetzte ich mich zurück ins Direktionsbüro, betrachtete Andys Werk im Licht. Ja, ich musste dem Direktor recht geben, Andys Bilder waren subtil und erschlossen sich nicht auf den ersten Blick, aber – zehntausend Franken!
Ich begann, mich nach einem Raum umzuschauen, den Andy als Atelier nutzen konnte, fragte den Vermieter, der im Erdgeschoss eine kleine Elektrobude führte.
Der Laden wird frei, sagte er mit Tränen in den Augen. Ich höre auf.
Der Laden ist bestimmt zu teuer, wir können höchstens zweihundert Franken im Monat bezahlen.
Er sah mich lange an, sagte dann, vielleicht wäre einer der Lagerräume im Untergeschoss geeignet. Heutige Läden leisten sich ja keine Lager mehr, die Lager fahren auf der Straße. Kommen Sie, ich zeige sie Ihnen.
Der eine Raum hatte lediglich ein schmales Oberlichtfenster, der kam nicht infrage, aber der zweite, kleinere, hatte Fenster auf den Lagerplatz der Schlosserei.
Was würde der kosten?, fragte ich vorsichtig.
Für Sie zweihundert, sagte er. Ich drückte seine Hand.

Andy wird die Klinik in einer Woche verlassen können. Ich habe Farbe besorgt, streiche den Kellerraum weiß. Der Vermieter installiert eine bessere Beleuchtung, Eric wird einen Tisch und vier Stühle organisieren.

Eric konnte sich den Kombi eines Kollegen ausleihen, holte mich ab.
Andy wartete bereits am Empfang. Er habe seine Tasche selbst gepackt, sagte der Pfleger in einem Ton, der mir Mut machen

sollte. Er verabschiedete sich von uns. Andy gab ihm die Hand, als sähe er ihn zum ersten Mal. Eric war bereits dabei, die Staffelei ins Auto zu laden. Ich wies Andy den Platz auf der Rückbank zu, half Eric mit den Leinwänden. Ein Teil des Materials mussten wir auf dem Beifahrersitz verstauen, ich setzte mich zu Andy. Er opponierte nicht, war nicht mal erstaunt, dass er nach langer Zeit wieder einmal ausgeführt wurde. Als wir ausstiegen, zeigte er keine Regung, auch nicht, als ich die Haustüre öffnete und mit ihm über die Treppe hinauf in die Wohnung stieg. Mama wartete mit Anna und Jonas. Jonas brauchte unerklärlich lange, bis er sich vorwagte, um die Beine seines Vaters zu umklammern. Andy sah erschrocken auf seinen Sohn, sah dann hilfesuchend zu mir. Ich bückte mich zu Jonas, sagte, dein Vater ist müde.
Jonas konnte nicht begreifen, dass sein Vater das alte Spiel nicht mitmachte. Er fing an zu betteln, hing weiter an seinem Vater, hüpfte und lärmte. Andy lächelte, blieb stumm und ließ Jonas' Ausgelassenheit über sich ergehen.
Mama hatte ein Abendessen vorbereitet. Eric stieß dazu, er hatte in der Zwischenzeit Staffelei und Malutensilien in Andys neues Atelier geschafft.
Ich zündete Kerzen an, dabei war es noch hell, holte die weißen Stoffservietten hervor, versuchte, eine festliche Atmosphäre herbeizuzaubern. Andy war es einerlei, aber er aß mit Appetit. Danach gingen wir mit ihm in den Keller, wollten ihm sein neues Atelier zeigen. Wir blieben unter der Türe stehen, ließen ihn allein eintreten. Er machte zwei, drei zögerliche Schritte, sah sich unsicher im Raum um. Sein Blick streifte über die an der Längswand aufgereihten Werke, die Staffelei und den Tisch, die mitten im Raum standen, die leeren Leinwände. Ein flüchtiges Lächeln huschte über sein Gesicht. Er ging auf die Gemälde zu, bewegte sich in kurzen Schritten der Wand entlang, wählte eines aus, stellte es auf die Staffelei.

Ich habe mein Arbeitspensum reduziert, damit ich den Morgen frei habe, Andy braucht Betreuung. Ich konnte ihn unmöglich den ganzen Tag allein lassen, er schien mir unselbstständiger als Jonas. Das meinte ich zumindest, aber ich tue ihm unrecht. Ich musste einsehen, dass er tatsächlich allein zurechtkommen kann, er würde nicht verhungern. Letzthin ist er überraschend in der Wohnung aufgetaucht und hat sich aus dem Kühlschrank bedient. Danach verzog er sich wieder in sein Atelier.

Die neue Situation fordert mich, nicht Anna und Jonas stehen im Mittelpunkt meiner Aufmerksamkeit, sondern mein drittes Kind – Andy. Ich beginne mich von Tag zu Tag besser darauf einzustellen, deute seine Gesten schneller, reagiere auf seine fragenden Blicke, wenn er etwas will.

Der Direktor hatte recht, Andy ist pflegeleicht. Er gehorcht wie ein gut erzogenes Kind, isst mit uns am Tisch, hat wenig Ansprüche, bewegt sich dabei fast unsichtbar wie ein Geist durch die Wohnung.
Im Schlafzimmer habe ich die Betten auseinandergeschoben. Sie stehen jetzt einander gegenüber an den Wänden. Ich tue mich schwer damit, ihn zwar um mich zu haben, aber meilenweit von ihm entfernt zu sein.

Die Kinder sind mehr im Keller als in der Wohnung, Anna spielt neuerdings im Atelier mit ihren Puppen und Jonas hat seine Bücher und Malutensilien auf der freien Hälfte des Tisches ausgebreitet. Nie habe ich auch nur zu träumen gewagt, dass sie so viel Zeit mit Andy verbringen würden. Sie scheinen sich nicht daran zu stören, dass er sie indifferent, emotionslos wahrnimmt, nie mit ihnen spricht. Sie reden mit ihm, geniessen seine Anwesenheit. Jonas kommentiert, was er gerade macht, und Anna plappert ihm nach. Sie läuft bereits. Jonas passt auf sie auf. Ich arbeite wieder ganztägig im Hospiz.

Die Geschäftsleiterin der Galerie meldete sich überraschend telefonisch. Ich hatte damals die Anzahlung eingesteckt, aber

die Zusammenhänge beharrlich ausgeblendet. Jetzt reagierte ich irritiert, abweisend, beendete das Gespräch, bevor sie ihr Anliegen formulieren konnte. Es war ein Reflex. Ich hatte Angst, dass Andy von der Kunstszene vereinnahmt würde, dass ein möglicher Rummel um seine Person sich negativ auf sein sensibles Gleichgewicht auswirken würde. Aber die Galerie blieb hartnäckig, versuchte mich immer wieder zu erreichen. Es musste etwas Wichtiges sein.
Nach einer Woche gab ich nach, nahm das Gespräch an. Die Geschäftsleiterin war sehr freundlich, orientierte mich, dass Andys Gemälde auf Interesse gestoßen sei, die Galerie wolle einen exklusiven Vertrag über den Ankauf weiterer Bilder abschließen. Was sollte ich tun? Einerseits war ich neugierig, und andererseits – unsere finanzielle Situation ließ mir keinen Spielraum, ich sagte für ein Treffen zu.

Wir trafen uns nicht in der Galerie, sondern ganz ungezwungen in der Confiserie Schober im Niederdorf.
Es ist unheimlich.
Die Geschäftsleiterin erklärte mir, sie hätten Andys Bild, das sie in Kommission genommen hatten, für einhundertfünfzigtausend verkauft. Einhundertfünfzigtausend Schweizer Franken! Nach Abzug aller Kommissionen verblieben uns fast hunderttausend, abzüglich der Anzahlung. Ich war unfähig, ein Wort über die Lippen zu bringen, überwältigt, geschockt. Ja, es war tatsächlich ein Schock. Ich hatte Andy unrecht getan, hatte seine Malerei als Ventil und Therapie für seine psychische Störung gesehen – nie als Kunst.
Es wäre schön, wenn wir weiter zusammenarbeiten könnten, sagte die Dame, holte mich in die Gegenwart zurück. Sie legte mir eine Mappe vor, erklärte, es handle sich um einen Vertrag. Sie erläuterte mir den Inhalt.
Für das Recht an den weiteren Werken von Andy war die Galerie bereit, fünfhunderttausend Schweizer Franken zu zahlen. Die nette Dame betonte, nur für das Recht. Ich war gar nicht fähig, zu begreifen, was das hieß. Allerdings seien dazu zwei

Bedingungen vorausgesetzt und müssten eingehalten werden. Zum einen die Wahrung der Anonymität des Urhebers, zum anderen die zwingende Verwendung der von der Galerie zur Verfügung gestellten Malutensilien wie Leinwände und Farbe. Die fertigen Werke würden immer per Ende Monat gegen Quittung von einem Kurierdienst abgeholt werden.
Falls die Gemälde einen Käufer finden würden, stehe Andy die Hälfte des erzielten Preises zu.
Die Hunderttausender flogen mir um die Ohren, ich war wie erschlagen, brauchte lange, bis ich die Frage formulieren konnte.
Die Wahrung der Anonymität? Was bedeutet das?
Wir behalten uns vor, die Werke unter einem anderen Namen zu veräußern.
Ich sah sie verständnislos an.
Wieso unter einem anderen Namen?
Stellen Sie sich vor, die Fettsteine im Kunsthaus wären nicht von Josef Beuys, sondern von einem Nobody. Die Artefakte würden morgen nicht mehr im Kunsthaus zu sehen sein. Andy hat keinen Namen. Wir geben ihm eine Geschichte, eine Persönlichkeit. Das ist unabdingbar in der Szene, wenn man erfolgreich sein will.
Das konnte ich irgendwie nachvollziehen. Trotzdem, es ging mir zu schnell. Ich handelte einen Monat Bedenkzeit aus. Die Vertreterin der Galerie schob mir die Papiere zu, sagte, es eilt nicht.

Am Abend versuchte ich, Andy die Tatsache zu schildern, dass eines seiner Werke einen exorbitanten Preis erzielt hat – er lächelte mich an, als hätte ich ihm erzählt, draußen scheine die Sonne.
Den Vertrag, der uns mit einem Schlag aller finanzieller Sorgen entledigen würde, verschwieg ich. Er hätte es nicht verstanden.

Ich konnte kaum einen klaren Gedanken fassen, vergaß Termine, erschien zur falschen Arbeitsschicht. Fünfhunderttausend! Ich musste mit jemandem die Situation besprechen. Meine Eltern wollte ich nicht damit konfrontieren, sie hätten es kaum

begriffen. Eine meiner Freundinnen? Lange überlegte ich, wer mich unterstützen könnte, wer genügend Verständnis und Fachwissen dafür hatte.
Mir fiel niemand ein.
Schließlich lud ich Eric zu uns ein. Er war Andys einziger Freund und war mir eine Stütze während der Zeit, in der Andy in der Klinik war. Ich zwang mich, darüber hinwegzusehen, dass Eric mit der Polizei gemeinsame Sache gemacht und Andy als Lockvogel geopfert hatte. Er war mitschuldig an Andys Persönlichkeitsveränderung, aber was nützte es Andy, wenn ich ihn deswegen verurteilte und mied. Ich brauchte ihn – Andy brauchte ihn.
Andy begrüßte Eric freundlich distanziert wie einen Fremden. Während des Abendessens, das wir im Wohnzimmer am großen Tisch einnahmen, blieb er unbeteiligt. Zum Glück unterhielten sich Eric und Jonas miteinander, überspielten damit die bedrückende Stimmung unserer Tischrunde. Nach dem Essen brachte ich die Kinder ins Bett. Als ich zurückkam, saß Eric allein am Tisch, Andy sei schlafen gegangen. Ich setzte mich Eric gegenüber, gab ihm den Vertrag. Er las ihn bestimmt dreimal, drehte und wendete ihn, brauchte lange, bis er die erste Frage formulierte.
Hast du ihn studiert?
Ich nickte.
Er ist ziemlich … ziemlich hart. Da gibt es Punkte, die Andy als Künstler ausschalten! Hier: Der Künstler tritt anonym auf. Die Vermarktung seiner Werke liegt exklusiv bei der Galerie, sie behält sich vor, die Werke unter einem anderen Künstlernamen publik zu machen.
Ja, hab ich gelesen, sagte ich, aber die Tragweite ist mir noch nicht bewusst.
Sie werden ein Phantom kreieren, das zu den Bildern passt. Andy ist nicht marktkonform, verstehst du. Mit ihm als Persönlichkeit kannst du nicht diese Preise erzielen. Sie werden sich etwas ausgedacht haben, sonst würden sie für die Rechte nicht diese astronomische Summe bieten.

Was soll ich machen?
Eric lehnte sich zurück, sah zuerst zur Decke, sah dann zu mir. Andy hat eine persönliche Mission, er malt aus Leidenschaft. Aber es ist mehr, verstehst du, er malt nicht nur für sich, er schafft etwas, das fasziniert und begeistert. Offenbar werden dafür enorme Summen bezahlt. Es ist ein Zeichen von Anerkennung, auch wenn sein Name nicht mit seinen Werken in Verbindung gebracht wird. Ich würde darauf eingehen. Ihr braucht das Geld.

Ich unterschrieb als Andys Agentin. Eine Woche später wurden fünfhunderttausend Franken überwiesen. Am gleichen Tag holten sie Andys Bilder. Neun Gemälde.

Andy malte weiter. Am Morgen verließ er jeweils die Wohnung, als ginge er zur Arbeit. Er blieb den ganzen Tag im Atelier, machte lediglich eine Mittagspause, kam um Punkt sechs zurück in die Wohnung. Er half in der Küche, brachte die Kinder ins Bett, hatte sogar begonnen, auf sie aufzupassen. Sie spielten immer noch am liebsten bei ihm im Atelier, so konnte ich ohne Bedenken einkaufen oder mich mit einer Freundin treffen. Wenn ich zu Hause war, machten wir hie und da eine Teepause im Atelier. Er verstand, was ich ihm mitteilte, reagierte mit Gesten oder schrieb eine Antwort. Ich hatte ihm dafür einen kleinen Schreibblock gekauft. Er nutzte ihn ganz selbstverständlich für seine Mitteilungen. Den Kindern gegenüber verwendete er eine eigene knappe Gebärdensprache.
An den Wochenenden holte ich ihn aus der Routine. Wir besuchten zusammen die Orte, die wir früher zu dritt aufgesucht hatten.
Ich bin froh, ist Andy zu Hause, auch um der Kinder willen. Seit er aus der Klinik entlassen wurde, habe ich ihn nie schlecht gelaunt erlebt.

Die Galerie meldete sich Ende Jahr. Im Dezember, kurz vor Weihnachten, wurde ich zu einem Gespräch eingeladen. Nicht die Geschäftsleiterin, mit der ich bisher zu tun gehabt hatte, empfing mich, sondern eine ältere Dame. Sie ging voraus in ein Büro mit einem kleinen Besprechungstisch, deutete auf einen der drei Sessel. Sie führe neu die Geschäfte, klärte sie mich auf. Sie versuchte, mir in komplizierten Sätzen etwas zu erklären, setzte immer wieder neu an. Jedenfalls verstand ich nichts. Es war nicht ihrer Sprache wegen, obwohl sie wie ihre Vorgängerin einen leichten Akzent hatte, es war wegen des Inhalts, den sie mir vermitteln wollte. Erst nachdem sie zum dritten Mal angesetzt hatte, erahnte ich, was sie mir sagen wollte. Andys Bilder seien sehr gut. Damit sie noch besser würden, seien jedoch Maßnahmen notwendig, die ebenso wie Andys Identität absolut geheim bleiben müssten. Die im Vertrag in Aussicht gestellten Verkaufserlöse könnten nur erzielt werden, wenn absolute Verschwiegenheit von meiner Seite gewährleistet sei. Bezüglich was?, fragte ich verunsichert. Bezüglich der Herkunft der Bilder. Falls ich mich nicht daran halte, verfalle das Recht auf weitere Verkaufserlöse an den Gemälden. Sie legte mir ein Schreiben vor, das ich als Ergänzung des Vertrags unterzeichnen sollte.

Ich muss die Situation zuerst mit jemandem besprechen, sagte ich verdattert.

Die neue Geschäftsleiterin lächelte mich an, sagte, Sie haben mich nicht verstanden, ab jetzt sprechen Sie mit niemandem mehr über die Bilder Ihres Mannes und über die Vereinbarungen mit uns. Mit niemandem. Sonst könnten Sie sehr viel Geld verlieren. Sie drückte mir einen Stift in die Hand, schob mir die Vereinbarung zu. Ich nickte und unterschrieb.

Es war ein trüber Tag Anfang Februar. Eben hatte ich Anna bei der Krippe abgeholt, hatte den Kinderwagen durch die Menschenmenge in die Straßenbahn gezirkelt, nahm dankend den Sitzplatz an, den mir ein älterer Herr anbot. Ich war geschafft, es war ein anstrengender Tag gewesen. Anna schlief, stellte ich fest, beruhigt lehnte ich mich zurück, entspannte mich. Das Rattern der Bahn, Durchsagen, Stimmengemurmel – die vertraute Geräuschkulisse verwandelte sich in Meeresrauschen. Ich spürte den Wind in den Haaren, die Sonne im Gesicht… Erschrocken öffnete ich die Augen, blinzelte mich zurück in die Gegenwart. Mein Kopf war auf meine Brust gekippt, ich musste eingeschlafen sein. Das Erste, das ich wahrnahm, war eine zerfledderte Gratiszeitung, die direkt vor mir auf dem Boden lag. Mein Blick blieb auf der Titelseite hängen:

Gemäldeschatz in Russland entdeckt!

Die Abbildung zeigte ein schwarzes Gemälde. Ich erstarrte, konnte den Blick nicht von der Darstellung lösen, verpasste meine Haltestelle.

Am nächsten Kiosk kaufte ich eine Tageszeitung, setzte mich in der Nähe auf eine Bank, begann zu blättern. Nichts. Hatte ich eben geträumt?

Ich wollte nicht auf die Straßenbahn warten, nahm mit dem Kinderwagen die Abkürzung zwischen den Mehrfamilienhäusern.

Ein Blick durch das Kellerfenster beruhigte mich, Andy war am Arbeiten, Jonas war bei ihm. Ich stellte den Kinderwagen neben die Treppe, hob Anna hoch, rannte mit ihr hinauf in die Wohnung, legte sie ab, warf meinen Parka über den Haken, knipste den Fernseher an.

Endlich, in den Achtzehnuhrnachrichten wurde davon berichtet, ich hatte nicht geträumt.

Ausführlicher wurden die Informationen erst anderntags. Alle großen Tageszeitungen erwähnten den Gemäldefund.

Die Bilder seien in Sankt Petersburg bei der Räumung eines Dachgeschosses zufällig entdeckt worden. Kunstexperten seien der Meinung, die Gemälde stammten aus der Schule Malewitsch. Die Werke seien unsigniert, undatiert, mit Sicherheit das Werk eines einzigen Künstlers. Die «Neue Zürcher Zeitung» äußerte die Vermutung, es könnte sich um den Malewitsch-Schüler Nikolai Suetin handeln, er habe am konsequentesten die Ideale seines Lehrers weiterentwickelt. Seine Bilder konnte er nach 1926 nicht mehr öffentlich zeigen, weil er sonst seinen Brotjob als künstlerischer Leiter der Staatlichen Porzellanmanufaktur

verloren hätte. Das würde erklären, wieso die vielen Bilder zusammengeblieben waren. Eine genaue Zahl wurde nicht genannt. Erste Analysen würden die Gemälde auf 1930 datieren. Anscheinend seien sie in schlechtem Zustand und müssten restauriert werden.
In ihren Urteilen überschlugen sich die Experten: Auflösung des Formalen mittels absoluter Verweigerung. Schwarz als Symbol des Nichts, der Verneinung. Die konsequente Abstraktion bis zur vollkommenen Auflösung von Form und Farbe sei auch das zentrale Postulat des frühen Malewitsch gewesen. Die Haltung könne auch als starke Stellungnahme gegen Gewalt und Repression interpretiert werden. Die russische Sprache bilde die Grundlage der Gemälde, kyrillische Schriftzeichen, hundertfach überschrieben mit subtiler Pinselführung, bis sich Wort und Inhalt auflösen – eine radikale Weiterführung von Malewitschs Grundidee.
Malewitschs Werk lebt weiter!

Noch nie habe ich so konsequent Zeitung gelesen. Jeden Morgen durchforstete ich vor Arbeitsbeginn zuerst die Schlagzeilen auf der Jagd nach Neuigkeiten über die mysteriösen Kunstwerke. In einem Interview kam die Tochter des Künstlers zu Wort, man hatte sie in Moskau ausfindig gemacht. Danach schien das Thema einzuschlafen. Ich war wie erlöst.
Wie hatte ich nur mit dem Gedanken spielen können, es handle sich um Andys Werke!
Eric meldete sich überraschend, fragte, ob ich auch davon gehört hätte. Er habe den ganzen Rummel irgendwie verpasst, Tobi habe ihn vor zwei Tagen auf den Gemäldefund aufmerksam gemacht. Er habe die Meldung nur beachtet, weil ihn die schwarzen Bilder an das ominöse Gemälde erinnert hatten, dem sie vergeblich hinterhergejagt waren.
Eric hatte Tobi gegenüber nicht weiter auf die Neuigkeit reagiert, aber er habe sich natürlich Gedanken gemacht. Doch solange man nicht mehr Informationen habe, seien es reine Spekulationen.

Im Moment kann ich nur mitspekulieren, sagte ich, ich weiß auch zu wenig.

In den lokalen Medien war es eine gut vorbereitete Aktion: Eines der Gemälde aus dem Sensationsfund wird im Mai auch in Zürich in der Galerie präsentiert. Es werde dort nicht verkauft, aber Ende Jahr an einer Auktion angeboten werden, wie ich der Webseite der Galerie entnehmen konnte.
Ich erhielt eine Einladung für die Vernissage Ende April. Natürlich ging ich hin. Das Interesse war gewaltig, ich musste mich gedulden, bis ich einen Blick auf das Bild werfen konnte. War meine Vermutung nur ein Hirngespinst? Das Gemälde sah auf den ersten Blick tatsächlich aus wie eines von Andys Werken. Aber dann begann ich zu zweifeln. Es war nicht der Hinweis auf den Künstler Nikolai Suetin, nicht der wuchtige alte Rahmen, in dem das Kunstwerk präsentiert wurde – der entscheidende Aspekt fiel mir erst nach der Vernissage auf, als der Rummel abebbte und ich das Bild aus der Nähe betrachten konnte: die Oberfläche! Sie war anders. Es war nicht Andys Arbeit, es war ein altes Bild, feine Haarrisse durchzogen die monochrome Oberfläche.
Und trotzdem …

Es ließ mir keine Ruhe, ich rief Eric an und machte ihn auf diesen Umstand aufmerksam. Ich wollte wissen, wie er das Gemälde einschätzte, bat ihn, vorbeizugehen. Meine Nervosität musste ihm aufgefallen sein, jedenfalls sagte er zu. Er werde sich das Kunstwerk morgen ansehen.

Und, was meinst du?, überfiel ich ihn bereits unter der Türe. Er hatte sich die Zeit genommen, am Abend vor Arbeitsbeginn kurz bei uns vorbeizuschauen. Ich führte ihn ins Wohnzimmer, ließ ihn am Tisch Platz nehmen. Andy war mit den Kindern im Atelier.
Es könnte eines seiner Bilder sein, sagte Eric im Ton eines Experten.

Ich schüttelte den Kopf.
Hast du es dir genau angesehen? Es sieht alt aus.
Eric sah mich verständnislos an, sagte, es ist schwarz wie alle seine Bilder. Klar, der Rahmen macht auf alt.
Die Bildoberfläche ist anders. Es ist nicht Andys Arbeit, das Gemälde ist alt.
Er legte den Kopf schief, sagte, vermutlich hast du das Bild genauer inspiziert als ich.

Ich richtete es so ein, dass ich früher aus dem Hospiz kam und mich mit Eric in der Galerie treffen konnte. Ich hatte mit ihm ausgemacht, dass wir vor Ort kein Wort über meine Beobachtung verlieren würden, es war mir zu heikel.
Eric besah sich das Bild aus verschiedenen Distanzen, ging ganz nah an die Oberfläche, als der Türsteher und die Galeristin abgelenkt waren. Dann nickte er mir zu. Wir verließen die Galerie, befanden uns unversehens mitten im Feierabend-Passantenstrom. Wir waren keine zehn Schritte gegangen, als er sich mir zuwandte und sagte, du hast recht!
Er fasste mich am Arm, lenkte mich Richtung Münsterhof, dann weiter zum Weinmarkt.
Lass uns etwas trinken, sagte er und deutete auf die Storchenbar. Ich nickte, folgte ihm. Das Lokal war voll und laut, ich zögerte, blieb unter der Türe stehen. Eric zog mich hinein, steuerte auf den Tisch zu, der eben frei geworden war.
Das Gemälde ist alt, flüsterte er. Ich verstand ihn nicht, deutete auf mein Ohr, es war zu laut. Wir warteten, bis unsere Drinks serviert worden waren – ich hatte mir erlaubt, einen Gin Tonic zu bestellen. Dann sah er mich an und sagte laut, es ist ein altes Gemälde.
Dann teilst du meine Meinung.
Ja.
Ich leerte mein Glas, lehnte mich zurück, fixierte einen Punkt an der Decke.
Es war nicht schlüssig, nicht logisch. Sie hatten fünfhunderttausend für die Rechte bezahlt… Ich drehte die Zeit zurück,

sah Andy in der Klinik im Keller an der Staffelei arbeiten, sah ihn Farbe auf der Palette mischen, verfolgte, wie er sie auf die Leinwand übertrug. Leinwand … Farbe.

Natürlich!

Die alten vergilbten Leinwände, auf die Andy malte, die alten Farbtuben.

Ich setzte mich gerade auf, sah Eric in die Augen.

Nein!

Eric sah mich verständnislos an.

Nein, sie haben es manipuliert!

Auf einen Schlag wusste ich, wieso er nur altes Material verwenden durfte. Es waren nicht Restposten, keine karitative Aktion, es war Absicht. Deshalb musste ich vor einem Jahr diese eigenartige Zusatzvereinbarung unterzeichnen, sie hatten es minutiös geplant. Die Rahmen waren auf der Seite bezeichnet, fiel mir ein, vermutlich nummeriert. Bisher hatte ich diesem Detail keinen Wert beigemessen, aber so kann festgestellt werden, ob eine Leinwand fehlt.

Ich lehnte mich über den Tisch, packte Eric an den Handgelenken.

Das Gemälde ist von ihm!

Eric sah mich an, als hätte ich ihm einen Heiratsantrag gemacht.

Ich erklärte ihm, wieso ich auf einmal so sicher war. Nachdem ich geendet hatte, nickte er matt, winkte dem Kellner.

Ich brauche einen Drink, hauchte er.

Wir stießen an, kamen uns vor, als hätten wir eben einen Kriminalfall gelöst.

Könnte Ludmilla dahinterstecken?, fragte ich ihn.

Keine Ahnung, sagte er achselzuckend. Möglich wäre es. Ich habe im Internet nachgeforscht. Die Inhaberin der Galerie ist eine Russin. Aber sie ist wie ein Geist, hat keine sichtbare Vorgeschichte, was in diesem Business doch eigenartig ist. Um ihre Person ranken sich Legenden – eine clevere Marketingidee. Ihre geheimnisumwitterte Aura verleiht der Galerie zusätzliche Publicity.

Ich hätte durchschauen müssen, was sie vorhaben, aber es … es ist sowas von abgehoben, von jenseits.
Wie hättest du das erahnen sollen?, sagte er beschwichtigend.
Die Zusatzvereinbarung, die ich unterzeichnet habe, ist genau dafür abgeschlossen worden.
Eric legte den Kopf schief, sah mich ungläubig an, dann verschränkte er die Hände, lehnte sich weit über den Tisch.
Dann hast du mir noch nicht alles gesagt?
Nein.
Gespannt hing er an meinen Lippen. Ich hielt das Glas umklammert, sah auf die schmelzenden Eiswürfel, erklärte ihm die Bedingungen, die ich eingegangen war. Er kippte seinen Oberkörper zurück auf die Stuhllehne, atmete tief aus.
Unglaublich. Andy hat Malewitschs Erbe angetreten. Eine schöne Vorstellung. Und lukrativ, sagte er mit einem verschwörerischen Lächeln im Gesicht. Ich sah ihn misstrauisch an.
Wirst du es ausplaudern?
Er schüttelte den Kopf, sagte nach einer langen Pause, nein. Ich bin nicht unschuldig an seinem Zustand.
Ich musste ihn angespannt angesehen haben, jedenfalls sagte er kopfschüttelnd, nein, nein, ich will kein Schweigegeld und keinen Anteil. Ich will, dass ihr's gut habt.

Ich suchte täglich in den Medien nach weiteren Hinweisen. Mitte Mai sprang mir die Schlagzeile «Viel Geld für schwarzes Gemälde» ins Auge. Ich musste mich setzen.
An einer Auktion in London war ein Werk aus der entdeckten Sammlung versteigert worden. Es erzielte einen astronomischen Preis, erreichte beinahe die Millionengrenze.
An diesem Tag war ich wie weggetreten, sah mir selbst zu.

Zwei Wochen danach trafen vierhundertfünfzigtausend Franken auf unserem Konto ein.
Der Bank erklärte ich, die Galerie hätte für mich ein Bild aus einer Erbschaft veräußert. Dieselbe Begründung hatte ich bereits bei der letzten großen Einzahlung vorgeschoben.

Vierhundertfünfzigtausend Schweizer Franken…

Ich versuchte, Andy von seinem Erfolg zu berichten, aber meine Worte fanden keinen Zugang in sein Denken. Er hörte weg, begann, mit Jonas zu albern.
Er hat zu den Kindern eine wortlose Nähe gefunden. Selbst Anna hat zu malen begonnen, sitzt neben Jonas am Tisch, als wäre es die selbstverständlichste Art, auf diese Weise Zeit mit dem Vater zu verbringen.
Andy trägt Spinozas Ethik öfter mit sich herum, blättert darin. Zwischendurch vertieft er sich in eine Passage, scheint zu lesen, über den Inhalt zu sinnieren. Ob er tatsächlich liest, weiß ich nicht, aber Spinoza scheint eine ungeheure Faszination auf ihn auszuüben. Letzthin habe ich ihm über die Schulter geschaut. Er verweilte bei einer Textstelle am Ende des Werks. Erschrocken las ich:

Der menschliche Geist kann mit dem Körper nicht absolut zerstört werden, sondern es bleibt von ihm etwas übrig, das ewig ist.

Ahnt Andy, dass er in seinen Bildern genau das ausdrückt?

Jeden Monat werden seine fertigen Arbeiten abgeholt. Ich trage sie immer noch auf der Liste ein, der Kurier quittiert, aber ich gehe davon aus, dass sie vernichtet werden, denn der angebliche Fund dürfte einen Bruchteil dessen umfassen, was Andy bereits gemalt hat.
Die Textvorlage benötigt er schon lange nicht mehr, das mysteriöse Kunstbuch liegt schon seit einiger Zeit geschlossen auf dem Tisch im Atelier. Er hat die Zeichen verinnerlicht.
Aber!
Was hat er eigentlich die ganze Zeit geschrieben?
Ich steckte das Buch in eine Tasche, fuhr zur Galerie. Andys Werk war immer noch ausgestellt. Die Geschäftsleiterin war da, sie begrüßte mich wie eine alte Bekannte, ließ jedoch das schwarze Gemälde unerwähnt, was mich konsternierte. Als ich

ihr das Buch über den Arbeitstisch reichte, reagierte sie überrascht. Sie nahm es entgegen, drehte, wendete es sorgfältig wie ein Kunstwerk.
Das ist ein Schatz, sagte sie ehrfürchtig. Dann schlug sie es auf, begann darin zu lesen, nickte.
Es ist die russische Originalausgabe von Kasimir Malewitschs konzeptuellen Schriften von 1919. Er hat darin sein neues Formkonzept für eine zukünftige Welt präsentiert. 1927 konnte er die Beiträge in einer deutschen Übersetzung im Bauhausverlag veröffentlichen.
Sie deutete auf die schwarzen Fingerabdrücke.
Schade, dass es Farbflecken hat.
Ich suchte in ihrem Gesicht nach Anzeichen von Mitwissen, Komplizenschaft, Einverständnis. Aber sie blieb undurchschaubar. Ich schlug das Buch an der Stelle auf, die Andy immer als Vorlage gedient hatte, zeigte mit dem Finger auf den Satz.

Очертания реального погружаются все глубже и глубже, шаг за шагом, пока, наконец, мир реальных понятий – всего того, что мы любили и на что жили – становится невидимым.

Sie las den Text, begann zu übersetzen.

Immer tiefer und tiefer versinken die Umrisse des Gegenständlichen, so geht es Schritt um Schritt, bis schließlich die Welt der gegenständlichen Begriffe – alles was wir geliebt hatten und wovon wir lebten – unsichtbar wird.

Die Galeristin bemerkte meine Verwirrung, ergänzte, Malewitsch war ein radikaler Künstler mit radikalen Gedanken. Er beschreibt mit diesen Worten die Wirkung seines Schwarzen Quadrats auf die damalige Kunstwelt.
Ich verabschiedete mich überstürzt, eilte nach Hause, dabei hatte ich noch einkaufen wollen. Das Zitat wirbelte durch meinen Kopf: *Bis die Welt schließlich unsichtbar wird …* Es erinnerte

mich an Spinoza, an die Auflösung unserer vertrauten Denkweisen, an schwarze Löcher. Und es passte beängstigend zu dem, was Andy passiert war: Er hat die Umrisse des Gegenständlichen verloren. Für ihn wurde alles, was er geliebt hatte, wovon er gelebt hatte, unsichtbar – er selbst wurde unsichtbar. Bis zu dem Moment, an dem er begann, dieses Zitat zu verarbeiten und zu verinnerlichen.
Andys Werke schienen mir jetzt noch mysteriöser – und faszinierender, eine Faszination, die offensichtlich auch in der Kunstwelt eingeschlagen hatte.
Der Umstand fiel mir erst im Nachhinein auf: Wieso hatte die Galeristin nicht gefragt, wie ich zu diesem offenbar seltenen Buchexemplar gekommen war?

Eric riet mir, einen Treuhänder beizuziehen, um unsere finanzielle Situation zu optimieren.
Optimieren?, fragte ich verwundert.
Steuern sparen, war seine Antwort. Sonst gibst du die Hälfte der Einnahmen gleich wieder ab.
Daran hatte ich nicht gedacht, hatte das Thema irgendwie ausgeblendet. Ja, ich musste Eric recht geben, der Geldsegen konnte schnell zum Fluch werden.

Ich zögerte zuerst, Erics Treuhänder zu kontaktieren, um die finanzielle Situation zu bereinigen. Die Nähe hemmte mich. Aber es gab keinen Grund, dem Vorschlag zu misstrauen, ich denke, der Entscheid war richtig.
Der Treuhänder ist sympathisch, geht gegen die fünfzig, hat viel Erfahrung in Steuerfragen. Ich erläuterte ihm die Situation, ohne die Verträge mit der Galerie zu erwähnen. Andys Bilder würden unter einem Pseudonym vermarktet und die Einnahmen kämen nur sehr sporadisch, dafür seien es immer riesige Summen. Er riet mir, die Auszahlungen in Raten zu beziehen, auch wenn das ein gewisses Risiko darstellte. So lasse sich die Steuerschuld minimieren und auf mehrere Jahre verteilen.

Die Galerie stimmte den Ratenzahlungen zu. Ich hatte erwartet, dass sie mich bei dieser Gelegenheit über die mysteriösen Begebenheiten rund um Andys Werke orientieren würde – Fehlanzeige. Eric meinte zu Recht, aufgrund des Vertrags könne ich nicht davon ausgehen, dass dieses Geschäftsgeheimnis preisgegeben würde.
Das Gemälde, das in der Galerie gezeigt worden ist, wird im Dezember hier in Zürich an einer Auktion angeboten werden. Ich habe vor, mit Eric hinzugehen.

Während der Sommerferien blieben wir in Zürich, ich erledigte Pendenzen, traf mich mit dem Treuhänder wegen der Steuern, ließ mich von unserer Bank beraten, wie wir das Geld sinnvoll anlegen könnten. Da die monatlichen Einzahlungen neu als Lohn deklariert werden, stellten sie keine Fragen.
Und…
Ich habe ein Haus gekauft!
Nie hätte ich geglaubt, dass dieser Traum je in Erfüllung gehen könnte. Es liegt in der Nähe von Zürich im Reppischtal und ist eher ein Häuschen, aber es hat Umschwung, einen Gemüsegarten und ein Nebengebäude. In Fußwegdistanz befindet sich ein ehemaliges Bauerndorf mit Kindergarten, Grundschule und Lebensmittelladen.
Ich habe das Nebengebäude als Atelier einrichten lassen. Der Raum ist hell und gemütlich.
Den Job habe ich aufgegeben, ich vermisse ihn nicht.
Jonas kann endlich den Kindergarten besuchen, Anna ist zu Hause, es gibt keine Krippe in der Nähe. Da ich jetzt genügend Zeit habe, kann ich mich um sie kümmern – aber es ist gar nicht nötig. Sie ist meistens bei Andy. Wenn Jonas vom Kindergarten nach Hause kommt, gesellt er sich dazu.
Ich arbeite im Garten, unterstütze Andy wo nötig, sorge mich um seine geschäftlichen Angelegenheiten. Das neue Umfeld, die Ruhe, das viele Grün beruhigen ihn und lassen ihn offener reagieren. Wir haben begonnen, zusammen kleinere Spaziergänge in die Umgebung zu machen.

Andy ist nicht mehr andauernd im Atelier am Malen. Er verbringt viel Zeit mit den Kindern, hilft mit bei der Gartenarbeit. Er spricht nicht, aber er hat sein wiedergewonnenes Gleichgewicht gefestigt, strahlt eine Souveränität und Ruhe aus, die er früher nie hatte. Sein Bart und die langen Haare passen dazu.

Andy, der Künstler.

Ja, ich sehe ihn mit anderen Augen, nicht mehr als Patient, sondern als kreative Persönlichkeit. Vielleicht hat diese vorbehaltlose Sicht dazu geführt, dass auch er mich anders wahrnimmt. Er kann wieder Gefühle zeigen, auch zu den Kindern, lässt Umarmungen und Nähe zu.

Wir haben die Betten wieder nebeneinander geschoben. Letzthin haben wir uns geliebt, es war schön. Wortlos. Aber wir haben auch früher nie viel geredet.

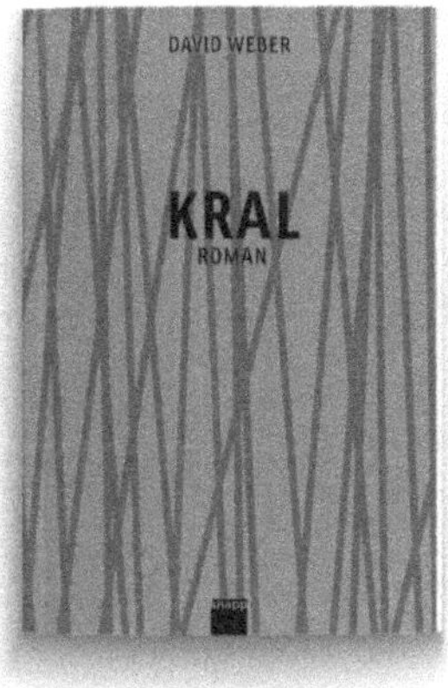

David Weber
Kral
Roman
Klappenbroschur, 135 x 215 mm
411 Seiten
ISBN 978-3-906311-43-2

David Weber
Reduit
Roman
Mit Illustrationen des Autors
Klappenbroschur, 135 x 215 mm
400 Seiten
ISBN 978-3-906311-52-4

Besten Dank für die Unterstützung:

Unterstützt vom
Kanton Zug

ZUG
Stadt

Korporation Zug
Alice & Walter Bossard Stiftung, Zug

DAVID WEBER – Architekt, Musiker, Autor – lebt und schreibt in Zug und Caccior (Bergell). Er studierte «Literarisches Schreiben» an der Schule für Angewandte Linguistik in Zürich.

Im Knapp Verlag, Olten, sind erschienen:
«Kral», Roman, im Frühjahr 2018
«Reduit», Roman, im Frühjahr 2019

www.davidweber.ink

Der Knapp Verlag wird vom Bundesamt für Kultur mit einem Strukturbeitrag für die Jahre 2021 und 2024 unterstützt.

Verein Freunde des gepflegten Buches
freunde.knapp-verlag.ch

LAYOUT | KONZEPT *Monika Stampfli-Bucher, Solothurn*
LEKTORAT *Mladen Jandrlic, Zürich*
KORREKTORAT *Petra Meyer, Beromünster*
DRUCK *CPI – Clausen & Bosse, Leck*

1. Auflage, Januar 2021
ISBN 978-3-906311-76-0

www.knapp-verlag.ch